离心力

Fliehkräfte
[德] 施特凡·托美 著
刘学慧 译

人民文学出版社

著作权合同登记号　图字 01-2021-4449

Stephan Thome
FLIEHKRÄFTE
© Suhrkamp Verlag 2012
Simplified Chinese translation copyright © People's Literature Publishing House, Beijing, 2021

图书在版编目(CIP)数据

离心力/(德)施特凡·托美著;刘学慧译.—北京:人民文学出版社,2021
ISBN 978-7-02-015613-9

Ⅰ.①离… Ⅱ.①施…②刘… Ⅲ.①长篇小说—德国—现代 Ⅳ.①I516.45

中国版本图书馆 CIP 数据核字(2021)第 127171 号

责任编辑　欧阳韬
责任印制　任　祎

出版发行　人民文学出版社
社　　址　北京市朝内大街 166 号
邮政编码　100705

印　　刷　三河市鑫金马印装有限公司
经　　销　全国新华书店等

字　　数　337 千字
开　　本　880 毫米×1230 毫米　1/32
印　　张　14.625　插页 3
印　　数　1—5000
版　　次　2021 年 10 月北京第 1 版
印　　次　2021 年 10 月第 1 次印刷

书　　号　978-7-02-015613-9
定　　价　59.00 元

如有印装质量问题,请与本社图书销售中心调换。电话:010-65233595

离心力——逃离与追寻的人生之旅

（代译序）

德国新锐作家施特凡·托美（Stephan Thome）曾以小说《越界》（*Grenzgang*）入围 2009 年德国图书奖[①]，并被德国 Aspekte 文学大奖评选为年度最佳小说处女作。当年，一同入围德国图书奖奖项的还有 2009 年诺贝尔文学奖得主赫塔·米勒。2012 年，托美推出了第二部长篇小说《离心力》（*Fliehkräfte*），随即入围该年度的德国图书奖短名单，并获 2014 年柏林艺术奖文学类奖项。虽然最终他与德国图书奖失之交臂，却三度入围该奖项，可见其实力。

施特凡·托美 1972 年出生于德国黑森州的小镇比登科普夫（Biedenkopf an der Lahn），曾就读于柏林自由大学，主攻哲学、宗教学和汉学。2004 年，他的博士论文研究的是跨文化阐释学和儒家思想，探讨了跨越文化界限进行理解的可能性和局限性。在成为小说家之前，托美是一位学者，研究哲学、宗教和汉学，他尝试用阐释学解读儒家思想和文化，尤其是宋明理学。托美的象牙塔生涯被他的第一部小说《越界》打断。这部小说以他的家乡为蓝本，男

[①] 德国图书奖（Deutscher Buchpreis）为德语文学的重要奖项，在每年法兰克福书展上颁奖。为争夺这份荣誉，很多作家会赶在书展前出版新作。德国图书奖由德国书业协会基金会设立，每年颁发给年度最佳德语长篇小说，竞逐格外激烈。

1

女主人公都试图在对方或者他人身上寻找出路,寻找可能拯救自己的生活方式。他们都想逃离各自的孤独和苦闷,却不知路在何方。小说中充满了困惑和疑虑,一经推出即备受德国文坛瞩目,先后获得了多个重要奖项。《越界》后来被改编成电影,在德国电视一台播出。

从 2011 年开始,托美成为一名自由作家,并被德国媒体评价为"德语文学近十年来最有影响的作家之一"。紧接着,他出版了《离心力》和《对立面》(*Gegenspiel*)。他笔下的主人公跟他本人一样,都是身为哲学教授,在解剖自己过去与未来的过程中,试图逃避日常、叩问人生意义。

一

托美在文学创作中善于描写德国中产阶级尤其是知识分子阶层的日常生活、人生危机和内心世界。《离心力》以中年危机为主题,讲述了一位婚姻幸福、事业有成的哲学教授哈特穆特·海因巴赫(Hartmut Hainbach)如何在平庸的生活中丧失动力与希望、一步步偏离生活轨道的故事。哈特穆特·海因巴赫将近六十,已拥有了他梦想得到的一切:事业上获得了哲学教授职称,生活上娶到了理想的妻子,还有一个可爱的女儿。一家三口,其乐融融。虽然拥有了这一切,可是哈特穆特却并不感到幸福。日常的工作和生活越来越单一,恰在此时,妻子为了艺术追求而搬到首都柏林,两人从此变成了周末夫妻;独生女儿与父母并不亲近,远离家乡去汉堡求学,并在上大学期间瞒着父母爱上了一位女性朋友;高校内部的改革困境让他丧失了工作热情。困顿之中,哈特穆特面临一次改行的机遇,思考抉择的同时,他愿借此机会厘清生活的意义:事业轨迹、婚姻生活、父女关系等重要的人生阶段,他原本以为都曾做出过正确的选择。

小说开头，哈特穆特去看望搬到柏林的妻子玛丽亚，这种周末夫妻的探望模式已经持续了将近两年。长此以往，肯定不是办法，两人都有意改变现状。哈特穆特接受了柏林一家出版社的邀约，趁着探望妻子的间隙去出版社详谈。至于他是否会决定辞去大学的教授职位，接受出版社的工作，最终搬到柏林与妻子团聚，这个问题一直贯穿全书，牵动着读者的心。

是否能够果断放弃大学的教授职位，对哈特穆特来说，不是那么简单的事情，牵扯到相关的政策制度和繁琐的退休金计算公式。哈特穆特索性决定暂且不管这些，如同逃离一般踏上了决断之旅：他从波恩出发，驱车穿过法国、西班牙，一直到达葡萄牙的里斯本。在旅途中，他先去巴黎造访了初恋女友桑德丽娜，希望能像从前那样，听听她的建议、获得她的支持；之后他又即兴看望了前同事贝恩哈德，想看看他从大学辞职之后经营酒庄的现状，似乎也想从他那里获得一些动力以做决断。一路上，哈特穆特终于有时间追忆一幕幕过往，他终于认识到自己的生命历程是多么扭曲、多么偏离、多么虚无……

读者可能猜想一定会有好结果，好奇哈特穆特会做出什么样的选择，也好奇玛丽亚知道他的决定以后会有何反应。然而，时隔两周之后，当两人终于在葡萄牙会合时，哈特穆特才知道，自始至终这一切都是玛丽亚的安排，并且就在他思前想后、犹豫不决时，出版社方面已经觉得哈特穆特根本就不是合适的人选。玛丽亚的一席话道出了实情，也是对哈特穆特最大的打击。原来，他竟然是最后一个知道真相的人，原来他这段时间以来所受的折磨和思考竟然都是枉然，原来他做出的一切努力和尝试早就注定将是徒劳。

仅从这一点来看,这就是一个特别的小说。特别之处在于,一开始设立的悬念,随着情节的推进,虽然一直萦绕在主人公及读者的心头,但是其实都是莫须有,终将化为虚空。一切的逃离,从北到南的跨越,心之所向,难以取舍,却诱人至极。可是造化弄人,离心漩涡,一番扑腾挣扎,头晕目眩之后,却仍在原地。哈特穆特将何去何从,曾经的诱惑只是虚无,他是否应该回归日常,故事该如何收尾?作者没有继续交代,只留给读者以想象——哈特穆特需要冷静,他下到海水中,舒展四肢,任凭波浪起伏,随波逐流……

二

托美擅长以细腻的笔触描绘人物内心的矛盾、冲突与撕裂。作为一名小说家,他对"一目了然"毫无兴趣,他喜欢"暧昧"、矛盾和不确定性,不喜欢黑白分明、非此即彼。

关于人物内心深处的矛盾及欲望,托美曾在一次采访中说到:我们都有很多愿望、很多雄心壮志,至于为什么会有如此多的愿望,人们未必那么清楚,有时甚至是自相矛盾的。我们总是既想要鱼,又想要熊掌;我们既想要财富,又想要自由;我们想在外面认识红颜知己,同时又瞒着家中伴侣。我们的欲望不可能满足于单一性。欲望和矛盾是天性中的一部分,可以限制,但无法克服。

在作者的眼中,人生就是一场旅行,走走停停,最后总有那么一个终点。途中有蜿蜒曲折,有岔口;有时会迷路,有时会走错路。也许在旅途的终点,已经不再是当初的自己。经历之后,回顾过往,甚至都不敢相信那些都曾是自己走过的路。

托美笔下塑造的人物在时间漫游中看见了不一样的过去,作者用小说证明,时间是一门艺术,能够使一切从牢笼中跳出。在他看来,他是站在小说中的人物角度来考虑故事情节的发展。作者本人为了找到创作灵感,曾多次亲自到欧洲的一些小镇上,自己开着车,模拟故事中的主人公,放空头脑、放飞思想、一路驰骋。正是基于这些体验,托美写出的故事才会显得如此自然。

如同作者的其他作品一样,这部小说中的人物总是处于自己的愿望和期待与周围环境和传统的张力氛围之中,读者能感受到一系列具有现实意义的话题:读博深造、职场竞争、爱情婚姻、成家立业、子女教育、高校改革、同性恋等。所有这些话题,看似琐碎,却是日常。主人公的日常在旅行途中渐次展开,回忆与意识流,成为小说的主要脉络。

作者以细腻的笔触描写生活当中的细节场景,人物描写细致耐心,内在情感自然流露。无论是处于人生哪个阶段,都能从主人公身上找到共鸣:求学路上的坚持与寂寞,初入职场的迷茫与痛苦,爱情婚姻的可遇不可求,家庭生活的美满与不足,师生、同事、朋友、夫妻、父女、旧爱、萍水相逢,传统与现代,世俗与世出,保守与改革,艺术家的追求执着、创新探索、先锋实验,两德统一,高校改革等等,总能赢得读者的共鸣。

三

哈特穆特在逃避现实的过程中,面对生活中的一堆日常,他索性随机踏上时间之旅,追忆往昔许多藏在记忆深处的细节,试图在旅途中寻找答案。在托美的笔下,主人公一头扎进时间隧道,仿佛一名游客,又如同一名观察者,看见了自己不一样的过去。小说以漫长的驱车旅行作为时间的支点,开启了重新梳理过去以及现实生活之旅。

小说的时间主线,在现实与回忆之间自如切换,现实画面与回忆掠影交错重叠。两条时间轴线,随时交叉穿越、无缝衔接,令读者不敢走神,遂紧跟作者的时光机,一次次从当下跳回到昔日,刹那间又从当初拉回到眼前,错综复杂、互为交代补充。两条时间线在结尾处正好合二为一,是为结点,一切终将结束。

顺叙和倒叙两条时间轴线并列出现,按照作品中的章节顺序,其中一条主线以年份为标号,从过去的某个时间节点展开,看似记叙,实为背景交代。小说开篇从1973年主人公哈特穆特在美国留学读博开始,之后的年份数字依次对应着人生的六个重要阶段:1973年(求学)、1978年(入职)、1980年(爱情)、1985年(婚姻)、1991年(家庭)、1998年(事业)。理论上来说,如果按照这条时间线发展,主人公应该是一帆风顺,拥有了自己想拥有的一切。但是,这条时间线并不是唯一的时间脉络,中间穿插着另一条时间主线,以章节序号排序,一共14个章节,三三两两分别穿插在各个年份阶段之间,从主人公去柏林一家出版社商谈改行调动工作的会面开始,自此以后,各个章节分别围绕主人公的内心纠结而展开:是否应该放弃大学教授的职位而调去柏林工作,以便能够与妻子团聚、不再过周末夫妻的生活;政策是否允许、经济是否受到损失;有哪些离职手续要去所在的高校办理;有哪些利弊要考虑。难以抉择,无法逃离,却又抵制不住诱惑、忍受不了工作的压力、家庭的分离、内心的孤独。

两条时间线穿插交错,时而重叠、时而切换,令人目不暇接、眼花缭乱。但是,作者却能游刃有余,张弛有度,在时空之间穿梭,窥透了人的内心,诱惑就在那里,近在咫尺,等你去取,却发现一路追寻而来却是遥不可及。失落、解脱、无助、无望,矛盾仍在,问题未解决,曾经努力过、憧憬过、忐忑过,以为驰骋千里,最终却仍在原地、无能为力。

各章节之间高潮迭起,点睛之处,戛然而止,回味无穷。两条时间轴平行、交错,画面闪回,蒙太奇效果明显。语言简洁,不拖泥带水,人物对话或内心独白尽可能保持原汁原味。作者的叙述娓娓道来,不急不缓却又扣人心弦,每到关键之处,点到为止,总有留白空间,让人读来不禁遐想联翩。

四

哈特穆特穿越欧洲的追寻之旅,按照时间线条或回忆或重逢或偶遇不同的女性角色。可以说,女性角色贯穿了主人公的各个人生阶段,对他的成长、成才和成功都产生了或多或少的影响。连他自己也承认,"除了我的博导之外,我基本上都是跟女人学的。反正最重要的东西都是。"在主人公的人生不同阶段,时间轴分别以年份标出,女性角色贯穿其人生的不同阶段,由于道德约束和家庭责任,最终这些只是插曲。

小说一开始讲述哈特穆特年轻时留学美国申请读博,在此期间他认识了来自法国的留学生桑德丽娜。同样是来自欧洲,德国人哈特穆特严肃认真、准点守时、专心治学;而法国人桑德丽娜在学习之余懂得欣赏音乐、品尝美酒、发表观点、享受生活。多年以后,提到初恋女友,哈特穆特仍然觉得她教会了他很多,"我们都在明尼阿波利斯读博士,她在很多方面都比我懂得多。我这辈子第一次喝到比较像样的葡萄酒,就是和她一起喝的。"生活中的很多第一次,哈特穆特都是跟桑德丽娜一起经历,第一次谈恋爱、第一次驾车长途旅行……

因此,哈特穆特为了推迟决断是否离职,临时起意驱车南下。他这次说走就走的旅行,契机有三:柏林的卡洛夫出版社主动邀请他加入;于是,他回到学校了解相关离职政策,并专门约了法务部的女同事卡塔琳娜共进晚餐,请她帮忙计算退休金的变化;席间,两人谈兴正浓、酒劲正酣,肢体触碰之际,险些越雷池而酿大错。

所幸哈特穆特在关键时刻一下子清醒过来,抵制住了诱惑、经受住了考验、守住了心中的底线。也正由于此,促成了他贯穿全书的追寻之旅:从德国起程之后,首先去巴黎看望初恋女友桑德丽娜,似乎试图从她那里获得推动力,以促使他下定决心做出果断选择。

时隔多年,再去巴黎。见到昔日的恋人,已然物是人非。她孑然一身,虽受重病打击,仍能坚强面对、努力生活。她问他特地到巴黎来是否在找寻什么,哈特穆特回答说:"找寻……很多东西。关于未来的正确决定。离开波恩的日常生活。也许还有找寻我自己吧。"而桑德丽娜则认为,过去的一切已经都过去,"曾经,我们都很天真,然后我们不是变得愤世嫉俗,就是变得刚愎自用。现在我们则是麻木不仁。"此时的桑德丽娜不能像从前那样给他建议,虽然哈特穆特依然还记得:"有很多东西,我都是第一次从你那里听说的。我相信,这些第一次我大都还记得。"

桑德丽娜很清楚哈特穆特需要她的建议和推动,她直截了当地告诉他,"别犹豫了。把房子卖掉,换个工作,搬到柏林去。要不然,你就会被孤独抛弃出局。你现在已经处在危险的边缘了。"可是,实际上,他突然心血来潮的决定,只给他带来了短暂的欣喜。他的内心深处渴望逃离,可是还有另一个自己却一直在选择逃避。

哈特穆特与其说是想从桑德丽娜那里得到支持与推动,不如说是来和她告别,告别初恋、告别过往,与过去做一个了断。"他们将最后一次拥抱。带着酒心巧克力来看她的日子不会再有。他们的故事到此结束。"哈特穆特不想再把桑德丽娜卷到这些与她不相干的事情中去,"他自己无可救药的不快乐,不能再成为她的负担。"

离开巴黎,哈特穆特继续南行。"做出决定,然后采取正确的行动。不要想着事先就知道那些你只能在经历过后才知道的事情。"旅途中,他不断重新经历过去,回顾并审视当下的处境。困顿之时,作者又巧妙安排了一个年轻的女性角色玛丽卡。这是一位非常叛逆的年轻女子,名字与哈特穆特的妻子玛丽亚极为相似。她本来是与男友结伴出游,却因为无法忍受情感束缚而碰巧躲进哈特穆特的车里,打算任性离开。从某种程度上,玛丽卡就是年轻时候的玛丽亚,她不顾一切地追求自由,可是又对哈特穆特充满了信任。两人一路往南,沿途所经过的路线正好就是哈特穆特当年和玛丽亚一同驾车经过的路线。在与玛丽卡交谈的过程中,两人对彼此的过往有了一些了解:哈特穆特是一位"自由、沉思的哲学家",而玛丽卡是一位"独立、随性、富有同情心"的女子,毫无拘束、充满野性。或许正是因为萍水相逢,哈特穆特对她敞开心扉,回忆了年轻时候的感情经历:在他认识玛丽亚之前,曾经和特蕾莎交往了很久,怀孕、堕胎、分手、忘记、回忆、挂念、祝福、祈祷。旅途中的回忆和厘清、诉说与倾吐,也算是卸下了心中的包袱,与内心过去的自己做一个告别。

另外,在小说的多个章节中,作者也埋下了影响主人公职业生涯的伏笔:哈特穆特早年在柏林做临时讲师期间,曾经被有夫之妇安娜·萨尔巴赫纠缠。安娜的丈夫因为不能满足妻子而默许她跟哈特穆特交往,最终哈特穆特果断绝交。多年之后,哈特穆特第一次申请教授职位,没想到安娜竟是掌握生杀大权的院长,结果可想而知。

需要特别指出的是,小说中的每个章节几乎都要提到哈特穆特的宝贝女儿菲力帕,她就是哈特穆特"生命中最大的财富和幸福"。如今,女儿已经长大成人,离开父母去汉堡求学,不再需要老父亲的呵护。父女亲密关系的挫败,使得哈特穆特在女儿面前言行谨慎、小心翼翼。菲力帕目前正在圣地亚哥交流学习西班牙语,哈特穆特此次穿越欧洲的旅行,最终目的地就是圣地亚哥,去看望挂念已久的菲力帕。谁料,菲力帕学习语言是假,实际上却是爱上了西班牙女孩加布莉艾拉,两人公开承认是同性恋,甚至已经同居生活,却一直瞒着父母。哈特穆特无法接受这一事实,可以说,这是他在工作之外所遭受的又一重大打击,从一定程度上导致了他最后的心理崩溃。

五

关于小说的名称《离心力》,德语原文用的是复数(*Fliehkräfte*),并非只有一种离心力,作者想要表达的恰恰就是现实生活中每个人都必将面临的种种无形力量以及循环往复的无限逃离。

严格来说,离心力并不是力,它只是一种假想出来的虚拟力,是惯性的体现、外在的表现效果。当物体在做圆周运动,尤其是高速圆周运动的时候,需要受到比较大的向心力。一旦物体所受到的外力不足以支撑自身圆周运动所需向心力时,就有离心的趋势,看似将会使旋转的物体远离它的旋转中心。向心加速度会在物体的坐标系产生如同力一般的效果,类似于有一股力作用在离心方向,却无法找出施力物体。如果向心力不足,物体就会越转越离开旋转中心,甚至直接被甩出去。假设以此物体为原点建立坐标,看起来就好像有一股与向心力大小相同、方向相反的力,使物体向远离圆周运动圆心的方向运动,而实际情况是向心力不足。因此,所谓的"离心力"和"离心现象",其实是提供给物体的向心力不足而导致的,并没有一个真正的力使物体离心。如果真有离心力存在,则与向心力相平衡,物体受力平衡,速度方向不会改变,是平衡态,不可能做圆周运动,所以证明离心力并不存在。

作者借用这种物理现象来暗指人们在生活中对于日常惯性和单调生活的逃离尝试,必将是一种虚空和徒劳。如同圆周运动中的物体一样,人们所需要的恰恰是足够强大的向心力,也就是动力和拉力,去面对一切不如意,顶得住压力,才是保持继续正常运动的唯一解决办法。

在实践中,离心力的最终作用并不会出现,旋转逃离的物体仍然会停留在原地。作为一种看不见的并非真实存在的力量,其作用之大足以拉扯人心不断往下坠落,在面对各种失望和失意的同时,人,最终只能踏上孤独的旅程,经过挣扎而寻求本质。

逃离是一种对自由的追求,更是一种证明自己"存在"的方式。既然是一种证明自己"存在"的方式,所以重点不在结果,他们需要在逃离中确认自己到底需要什么。逃离看起来是一种对外面世界的探寻,其实是一种对内在自我的审视。

生活中,哈特穆特和妻子玛丽亚一直都在逃离,也一直在为逃离付出代价。两人为此所付出的代价也不同:玛丽亚逃离家庭、逃离波恩,搬到柏林,追求艺术;玛丽亚显现出的是对命运的反抗;而在哈特穆特身上显露出来的则是一种非常宿命的人生观:哈特穆特独自一人留守在波恩空荡荡的大房子里,突然之间从拥有一切变成一无所有,没有家庭生活、没有工作热情、不被女儿需要……残酷的真相是,不管如何逃离,最终都要面对失去,失去往昔美好的生活,一切都不可能再回到过去,一切都不再是原来记忆中的样子。失去是人生无法回避的主题,不管以何种态度对待人生,终将要面对残酷的失去。

在孤独的旅程中欲望与希望交错、快乐与失落交替,其实无须追问,生命的意义就在那里,无可逃遁。在时间的流逝下,回顾过往,前瞻未来。生命仍在继续,结果如何,自有定论。

人类真是一种可怕的生物,对于任何一种现状和日常总是易于心生厌倦,内心深处总是幻想着不断逃离。每个人的生活都充满了离心张力,你越要挣脱、越要逃离,最终在生活的漩涡中找寻、迷失、追求、发现自己。如此循环往复,一张一弛,难以抗拒,无法逃离。

离心之力,向往逃离;虚空一场,仍在原地——逃不掉的日常,回不去的过往。人生唏嘘,一声叹息。

刘学慧

献给

赫尔穆特

1973 年

　　临近傍晚时分,世界开始转变。鹅毛般的雪花飘扬在空中,仿佛脱离了地心引力。校园里静悄悄的,朦胧中只见漫天的雪色昏沉。自十一月以来,城市上空一直笼罩着浓密的云层。学生们下课后走到室外,总是伸长脖颈抬头仰望,期盼着云散天晴。眼下,雪花轻轻拂过威尔逊图书馆的窗户玻璃,旋即又飘散离去。桥上有人骑着自行车疾驰而下,身后扬起雪花浮尘,犹如薄雾。哈特穆特呆坐在图书馆狭小的桌前,桌子上放着《经验主义与心灵哲学》一书,半个多小时过去了,仍然还在同一页上。他出神地凝望着窗外,紧盯着一片飘落的雪花,任由雪花带走他的思绪。他多么想把脸贴在窗户玻璃上,吹着哈气随意涂鸦。看了半天书,关于"所与的神话"这个概念,他根本就不懂到底是什么意思。

　　终于还是来了,他思忖着。长达数周,空气中弥漫着冬天的味道。尽管这并不是一种实实在在可以闻见的味道,而更多的是一种向往,是对冬天的向往;一旦冬天真正来临,他才意识到自己曾有过的向往。大家都提醒他:冬天的气温会达到零下三十度,可能会停电,房屋可能会被大雪覆盖,道路会结冰打滑。可是现在他感到无比幸福,冬天来了,万籁俱寂。幸福这个字眼让他大吃一惊,但他此刻确实感到很幸福。图书馆里其他的同学纷纷抬起头来，开始交头接耳。

晚上六点半的时候，他走出图书馆，外面一片漆黑。华盛顿大道横跨河流两岸，桥上罕见地空无一人。哈特穆特仰望着空中，觉得有些头晕。脚下的密西西比河在黑暗中静静地流淌，每天他都要从桥上经过两个来回，有时甚至往返多次。校园的东边是肃穆的福特礼堂，这个名字来自于曾任大学校长的福特先生。尽管大雪纷飞，依然可见福特礼堂屹立在风雪中，还可以看到礼堂正门廊檐下的方形柱子。每天早上，哈特穆特都要去礼堂的四楼，每次心情都很紧张，就好像面临一场考试。眼下，他踩着齐踝深的积雪，走在福特礼堂旁边的大路上。胡尔维茨教授告诉他，沿着这条大路一直往前走。刚才在图书馆里，他根本就看不进去书，最终不得不把书放在一旁，拿出随身携带的两张小卡片，准备研究上面密密麻麻的内容。但是他还是静不下心来。人们究竟会不会想念一个自己根本就不愿意回去的地方？他想起小时候滑雪橇的情景，就在自己家旁边的一条斜坡街上。因为家里经济条件比较拮据，父亲只能自己动手做雪橇。他在工厂锯好橇板，下班后再细心装到木架子底下，一如既往的认真，他做任何事情都是这么认真。

过了丁基镇之后，进入了他不太熟悉的校园园区，地面有些凸凹不平。路两边是宿舍楼，还有零星的独栋别墅。他在学校食堂吃饭的时候，听邻桌的人说这里曾经举行过聚众淫乱派对。周围很开阔，到处可见红砖建筑、斑驳遒劲的榆树以及来自不同国家的各色人等。不知从哪栋房子里传来热闹的嬉笑声，打破了薄冰般的沉寂，阵阵喧闹声飘荡在他身后。

走过35号国道旁的十字路口，对面就是胡尔维茨教授的家了。教授从未请他到家里来，难道这次是要单独跟他解释：为什么没有招收他当博士生？难道是因为他的欧式思维过于荒唐,教授觉得不可能在有限的时间内给他洗脑？还记得当初教授第一眼看到他的成绩单,看到他在柏林学过的课程,就不免摇头叹气:什么？请问,自主学习是什么课程？自那以后,哈特穆特每两周都要提交读书报告。碰上生词,他都要查词典,然后写在小卡片上,记下单词的意义和文中的例句,慢慢地就被文章的风格所吸引。在课堂上,哈特穆特多么想举手发言,大胆地说:"这种要求根本就不合常理。"可是,实际上,他很少发言,每周二和周四在304教室上课他都觉得是在经受考验。那么,今天晚上教授是要告诉他表现合格了,还是要把他扫地出门了？

教授家的房子是当地常见的维多利亚风格:虽然漫天飘着雪花,只能依稀辨认出房子的轮廓,但是仍然能够看到外墙是木板构造、门口有高高的台阶、屋檐交错、窗台凸出,房屋整体外饰都涂成了蓝灰色,让人倍感舒适温馨。楼里的窗户都亮着灯光,哈特穆特拾阶而上,觉得自己心跳加快。他抬手看了一下手表,正好七点整。将要谈多久呢？想到后面还有一场约会,他反而不清楚究竟是哪个约会让他更加紧张？确切地说,他也不知道,什么时候能和教授谈完,不过八点之前肯定不会结束。另外,他也没料到,路上竟然要走这么久。也许要谈到十点,或者九点半。她说过,和教授谈完以后顺路去接她就行,如果太晚了,就去看夜场电影。两人在四天前约定一起看电影,自那以后他根本无法专心看书,总觉得有一道扫视的目光投向自己。

他轻轻按了一下门铃,门后传来的清脆铃声吓了他一大跳。接着传来一阵利索的脚步声,听得出不是教授本人。门开了,一位上了年纪的妇女矜持地伸手欢迎他:"你好！是哈特穆特吧？"这个女人很面熟,以前在教授办公桌上的照片上见过。

"胡尔维茨夫人,晚上好!"

她比她丈夫矮了将近五十厘米。她微笑着让他进屋,一边让他换拖鞋,一边顺手关上门,同时问他,路上好不好找?她能正确说出他的德文名字,不像有些美国人总是念成"哈德穆德"。胡尔维茨夫人自我介绍说她叫玛莎,伸手接过他被雪花濡湿的外套,领着他进了客厅。屋里很暖和,哈特穆特的眼镜上糊了一层雾气。窗外漆黑一片,客厅里灯光通明,照在窗户玻璃上,显得更加亮堂。哈特穆特环顾四周,玛莎仿佛突然想起了什么,伸直手指对他说:"来杯热茶吧!"不等他做出反应,她已转身进了厨房。河对岸的华特宿舍楼里总是漂浮着汽油味,还有潮湿的地毯霉味。而现在,教授家里香气扑鼻,他觉得像是桂皮的香味、新鲜面包和烤苹果的味道。餐桌上、靠窗的条几上,铺着白色的针织桌布,还放着烛台、玻璃花瓶和相框。一些照片里是一个穿着制服、目光自信的男士,而大部分则是他们的女儿们的照片,有独照,也有合影,或玩耍、或骑马,还有的是她们戴着学位帽的大学毕业照。从照片上可以看出,胡尔维茨教授年轻的时候身材高大,总是比他旁边的人高出很多,尽管他那个时候已经微微有点驼背了。

玛莎从厨房端着满满的托盘出来。她穿着同样质地的深绿色裙子和套装上衣,戴着银质项链和耳环,仿佛面前不是一个大学生,而是在隆重接待明尼苏达大学的校长。她小心地将茶壶放在小热茶炉上,开心地打量着他。

"我们家有个不成文的规定:无论谁到家里来做客,我们都请他吃玛芬蛋糕,当然客人可以随意自便。你也来一块吧?"

"我……现在已经七点多了,不用了。"尽管他很饿,他依然客套地拒绝。

"别客气,吃一块吧。胡尔维茨一会儿下来。"她抬头看着天花板,正好楼上传来沉重的脚步声。"他也知道这个不成文的规定。哈特穆特,你要知道,我们家虽然是两层楼,但一楼是我做主。我说了算。"

"那好吧,那我就吃一块。"

"我只是想推销出去我自己做的榅桲果酱。请坐。"玛莎指着椭圆形餐桌旁的椅子示意他坐下。同时,她忙着在餐桌上摆放餐具。在接下来的一刻钟时间里,哈特穆特吃掉了平生以来的第一块玛芬蛋糕,喝了两杯兑了朗姆酒的茶,一边听玛莎聊到她的三个女儿:克莱尔、伊莲和赛西莉。三个女儿都很出色,玛莎希望她们能够尽快怀孕生孩子。玛莎喋喋不休地说着女儿们的事情,她们的住处、丈夫、工作等等。每次听到楼上的地板发出嘎吱嘎吱的响声,她就缩紧脖子。每次都是这样。同时,她也在仔细观察着哈特穆特,一旦觉察到他有没听明白的地方,她就赶紧再解释一遍。直到玛莎给他盘子里续上第二块蛋糕时,他才意识到自己是在狼吞虎咽。几个月以来,他都是吃三明治或者学校食堂的简单饭菜,这些他都没好意思说。他几乎插不上嘴,只是简单提及他的家庭,玛莎则表示出极大的兴趣:他父母每周日都去教堂,还有一个妹妹露特,快结婚了。妹妹在上一封信里写道:太遗憾了,你不能回来参加我的婚礼。这封信他到现在还没有回复。他无法想象,娇小笨拙的露特站在教堂的婚礼圣坛前的样子。不知什么时候,楼上的地板嘎吱嘎吱地响个不停,玛莎闭上眼睛,长叹了一口气。

"像我们这种老夫老妻,不仅彼此之间都非常透明,就连墙壁也变得透明了。哈特穆特,我觉得你该上楼去了。"

"好的。"

"他只要是专注于他的哲学文献,就一直坐在那里,一连几个小时都听不到任何动静。"她举起胳膊指着头顶的斜上方,靠近进门的位置。"怎么说呢？我倒是希望能够经常这样。以前他总是坐在桌前，每天晚上都是这样。"

"嗯。那现在呢？"

"他会自己跟你说的。"等她再次睁开眼睛，眼神显得疲惫。"哈特穆特，我可以问你一个私人的问题吗？"

"当然可以。"

"作为一个年轻人，当然只需对自己的行为负责。但是，恕我冒昧：你父亲在战争期间是干什么的？你知道吗？"她压低声音，哈特穆特觉得她好像是在替别人打听这个问题。胡尔维茨在研讨课上偶尔会提到第二次世界大战，只是轻描淡写地带过，不过从未问过他父亲的情况。

"我父亲没有参加过战争。他是独子，而且早年丧父，所以他……"他一时想不起来，用英语怎么说"免服兵役"，于是他换了一种说法："他没有被征兵，而是继续在家务农，同时照顾他的母亲。"

"这样很好，我是说……你懂的。"

两人都没有说话。玛莎两手握着茶杯，眼睛注视着袅袅升起的热气。隔壁房间的壁炉里，炉火噼里啪啦作响。此时，故乡阿尔瑙厨房里的景象重又如此清晰地浮现在哈特穆特眼前：房间低矮，墙上没有挂照片，只有一个挂历，每日撕掉一张，上面写着《圣经》的经文警句。屋里弥漫着油烟和饭菜的味道。他的奶奶整天坐在窗前，盯着窗外，一语不发，只要张嘴说话就是抱怨和不满。二十年来，她的牙齿都掉光了。满口的假牙经常夹到她嘴里的肉，气得她把假牙扔进了粪坑里。哈特穆特的父亲之所以能够免服兵役，可能跟他是锁匠有关：他当时上班的厂里生产重要的武器装备，也有可能是与此相关的零部件。具体生产什么无所谓，哈特穆特想。

眼下,在离家几千公里之外的地方,他坐在暖和的餐厅里,脸颊泛着奇特的酒精潮热,之后还约了人在晚上见面,这在美国都算是约会。今天白天他一直都很紧张,现在反而又平静下来了。如果胡尔维茨不打算招收他为博士生,那么他就不会让他的妻子在楼下这么热情地接待他。不管教授要让他干什么,最重要的是:他将可以继续留在美国、刻苦钻研、结交朋友、练好英语,最终逐渐出人头地,就像每天中午在学生食堂看到的那些人一样。成为他们中的一员,并且保持自己的个性。这就是他的目标,也是他来到美国的目的。

玛莎放下茶杯,清了清嗓子。"你可能都不知道他今天为什么约你来,对吧?"

"是的,不太清楚。"

"胡尔维茨打算请你参与一个项目,他一直想做的一个项目。他不懂德语,你是知道的。但是在他开口之前,我也想请你帮个忙:你先别急着答应他。你可以跟他说需要时间好好考虑一下。胡尔维茨是一个……"她环顾四周,仿佛在寻找得体的表述。"他是一个很执迷的人。我尽量不用痴狂这个字眼,但他有时确实是这样。"

"什么样的项目?"

"别马上做决定,哈特穆特,他会接受的。再说了,你来这里是学习哲学的,对吧?"她伸出手来,好像是要抚摸他的脸,最后一刻她还是把手放下了。"你自己的学业还忙不过来呢!"

"好的。"楼上又传来沉重的脚步声,持续不停,能听出教授沿着狭窄的楼梯走下楼来。刚才进门的时候,哈特穆特注意到了那个楼梯。"我会好好考虑。"

玛莎两手拍拍大腿,点点头,站起身来。

"好的,很高兴认识你。你最好把杯子带着。当然你也可以随

7

时下楼来,如果还需要茶水的话。"

两个小时之后,他从教授家里出来,雪下得更大了,能见度不足十米。刚才在屋里喝了兑过朗姆酒的茶而脸颊发热,出来不一会儿工夫,余热迅速褪尽。不过,裹着厚厚的羽绒服,走在街上,呼吸着夜里冷冷的空气,倍感清新。他的脑袋还在嗡嗡发胀。整整两个小时,他都在努力地听教授讲话。教授讲得很投入,完全没有注意到哈特穆特能否跟得上。现在,脑子里紧绷的弦终于可以放松了,刚才由于过度紧张甚至有些痉挛。他一边走着一边伸手去抓飘落的雪花,一把抹在脑门上。直到过了亨利平大街,他把手插进衣兜里,这才发现兜里还有一块用餐巾纸包好的玛芬蛋糕。就像放电影一样,他眼前浮现出刚才胡尔维茨教授激动不已的画面:他兴奋地忙前忙后,搬出一摞摞书籍,铺开一张张地图,又一一卷起来收好。哈特穆特不禁想到:玛莎可能正坐在餐厅里,眼睛盯着天花板,并且非常清楚楼上所发生的一切。

如果他当场表示愿意参与教授的项目,玛莎会生气吗?

他从衣兜里掏出玛芬蛋糕,一口咬下去,边吃边继续往前走。虽然嘴里嚼着东西,他依然加快了步伐。桑德丽娜在等他,他觉得少有的轻松。到目前为止,两人只是一起去学生食堂吃过几次饭。早些时候,天气还比较暖和,他俩还曾一起坐在草坪上聊天。但是他对她了解并不多,只知道她来自巴黎,平时吃饭主要只吃水果和沙拉,手头宽裕,而且很有主见。每当他说话的时候,她总是透过她那黑色的角框眼镜看着他,仿佛他说的每一个单词都值得她全神贯注,尽管她大多数情况下都有不同的看法。上次她问他是否愿意去看电影,他不假思索地答应了。

尽管大雪纷飞,依然能够看到圣福德大楼的轮廓。黑暗中,亮着灯的窗户似乎悬浮在空中。入口处通道上积雪一度被清扫过，现在又落了薄薄一层。哈特穆特冲着前台胡乱点了点头，顺着楼梯走上四楼。在日光灯下，湿湿的鞋印在地上反射出亮光。每户门上都有门牌号，屋里传来说话的声音，还有低沉的音乐声。门口放着厚厚的棉靴，靴底的雪已经融化成一汪汪污渍。

桑德丽娜的门后一片安静。他小心地敲了两下门，没有任何动静。他还以为她一个人去华斯缇剧院看电影了，正在这时，门慢慢打开，桑德丽娜戴着眼镜探出脑袋。她一脸微笑，门里涌出阵阵暖意。

"德国人不是很准时吗？怎么回事儿？"她说英语的口音没有他重，不过依然能听出来她是哪个国家来的。她抱着双臂以抵挡门外的寒冷，探头来回看了看空空的走廊。

"非常抱歉。胡尔维茨教授止不住话匣子。我能进来吗？还是……？"

"你头上还有雪呢。"她光着脚跑回屋里。屋子并不比他在华特宿舍的屋子大，但是有一个大大的窗户，透过窗户可以看到明尼阿波利斯的天际线，隐隐约约还可以看到闪着绿色灯光的灯塔，好像一艘巨大的海轮逆流而上。哈特穆特把鞋子脱在门口，走进屋里。他站在她面前，摘下眼镜用羽绒服衬里擦拭。房间里陈设简单，一个衣柜，两个满满的书架，还有一个小小的写字台。她一个人住，双层床的上铺用来放东西。

"我买了葡萄酒。"她说，"这是我能买到的低等酒中最好的牌子。本来我想等你一起喝的，最终还是等不及。"她点头四顾，仿佛刚发现屋子里一片凌乱。不仅是床上，屋子里到处都堆满了东西，书、杂志、一摞一摞的唱片。"让我猜猜。你那里肯定要整齐一些？"

"我的东西没你多。"他小心翼翼地脱下羽绒服放到上铺，以免水滴掉到书上。

"你知道吗？我注意到你每次吃三明治的时候,吃完总是把包装纸叠好。"不顾他的抗议,她用食指指着他说,"就是的！我觉得你每次都是无意中这么做的。这是你的第二本性。"

"你是什么时候注意到这一点的？"

"每次你吃饭的时候都这样。对叠再对叠,总是对叠三次。"她微笑着对他说。他稍后才意识到,她并不是在揶揄他。她用发夹把浅棕色的头发往后束起,纯真坦率,还带着一股沉思的表情。在课堂上,她总是盘腿端坐,后背紧靠椅背,头发扎成马尾,聚精会神地听讲。有一天早上,是美国宪法的选修课,她就这样坐在他旁边。她应该是来晚了,反正他是之后才注意到她——当时老师讲课的时候充满了爱国热情,把美国称作民主的发源地,这时只听见他右边传来撇嘴的嘀咕声：哼,你就吹吧,跟尼克松一样。

"不去看电影了？"他问。

"我觉得太冷了。而且我有点喝多了。"她转身走到写字台前,手里拿着葡萄酒瓶,又取了一只酒杯。她身上那条宽松的裤子是由不同质地的碎布拼接而成,依稀可以看出窄小的臀部轮廓。"你怎么才来？胡尔维茨教授是不是又给你列了五百本书,让你在暑假之前读完？"

"他让我帮他调查他弟弟的死因。"

"哦。"她伸手想把酒杯递给他,灰蓝色的眼睛对视着他的眼。"给我讲讲,他弟弟是怎么死的？"

"'二战'中死的。他不让我告诉任何人。"

"讲讲嘛！"

他迎着她的目光,故意迟疑不语,一边伸手接过酒杯喝了一口。酒不怎么样,但是感觉还可以。灯光照在桑德丽娜的脸上,能看见她脸上淡淡的雀斑。

"我要你讲嘛！"她说。

两人说着话，他觉得有些热，就脱掉毛衣和衬衫，只穿着一件T恤衫坐在桑德丽娜对面。他所使用的大部分字眼都是一小时前刚从胡尔维茨教授那里听来的，都是头一回听说。他觉得怪怪的，胡尔维茨教授眼里的德国就像一个陌生的地狱，他之前从未听到任何人说起过1944年至1945年冬春之交在北艾菲尔这片土地上曾经尸横遍野。桑德丽娜听得很认真，她双腿盘坐，背部挺直，一动不动，好像已经进入冥想状态。外面的窗台上结了一层白霜，逐渐把外部世界隔绝开来。

"我每周要去他那里一次。"喝了半杯葡萄酒之后，他又觉得两颊发热，"教授搜集了满满一屋子的资料，但他只看得懂英文的。"

"他们住的是一幢老房子吗？"

"是的。他妻子提醒我说，他这个人很狂热。以前上大学的时候他是一位很有名的足球运动员。就在这里的明尼苏达大学。他只要兴奋起来，根本就拦不住。他讲到以前的那些事情，仿佛就发生在昨天。"

"他弟弟叫什么名字？"

"乔伊。反正胡尔维茨教授是这么叫的。"

胡尔维茨家的二楼有两间小房间，较大的那一间是教授的书房，另一间冲着楼下的花园，里面放满了各种各样的资料。所有的东西都未归类，只是临时堆放在长长的书架上，有回忆录、书信、历史研究材料等等。墙上除了挂着两张旧地图，没有其他的装饰。较大的那张地图上画着军队前进的箭头。胡尔维茨教授把这间屋子称作他的指挥部，他认为那场战役是"二战"中最大的错误。战役发生在五十年来最寒冷的严冬，没有任何相应的装备设施！完全是一场没有必要的厮杀。教授越说越愤怒，直到他们在门口道别时才恢复到平常的模样——他显得有些疲惫，但是眼神依然亢奋。学生们平时都不敢和他握手，此时，教授还未伸手说再见，哈特穆特就已经紧张得挺直了上身。离开的时候他没有再看到玛莎。

"我根本就没法打断他。"他说，"我没法跟他说我还有一个约会。"

桑德丽娜摆摆手，接着给他续上酒。他再次环顾四周，发现屋内并不凌乱，摆设随意而不刻意，觉得这才是桑德丽娜的风格。他们坐在一堆靠垫上，彼此靠得很近，以至于他伸直的腿几乎要碰到她的膝盖了。她一度起身去换唱片，回来又紧挨着他坐下，手里举着唱片的彩色封套给他看。

"我爸爸寄给我的。你喜欢欧洲的爵士乐吗？"

"不太懂。"

"不太懂是啥意思？"

"我得先听听。"

"你不是正在听吗？"她看着他说。他感觉到他的小腿碰到了她的膝盖。"我爸爸定期给我寄书和唱片，以此求得我的原谅，因为他欺骗了我妈妈。本来我想把这些东西都退给他，但是他这只老狐狸非常清楚我喜欢什么。我就这样成了他的帮凶。"她把唱片封套顶在脑袋上，努力使它保持平衡，没过几秒钟，封套从她背后滑落下来。"这就是我的一家：一个是花花公子，就像费尔南多；另一个是有教养的聪明女子，不管吃什么，都说是阿司匹林。还有我本人。我还从来没听你说过你家里的情况。"

"他俩干嘛不离婚呢？"

"没那个胆量呗。财产关系比较复杂。囿于传统世故。他们当初是奉子成婚，搞得我有时候以为我才是罪魁祸首。是不是很可笑？我们都是俗人。"她耸了耸肩,握住他的手。

他一愣神,竟然不知如何是好。然后两人接着若无其事地闲聊。背景音乐是他从未听过的小号乐曲:喧闹、嘈杂,就像上蹿下跳的动物。他自己倒是越来越平静,能感觉到桑德丽娜的指尖在他手心里滑过,听她讲她的旅游计划。"大河之路。"她说,仿佛这是一句魔咒。旅游计划就像写在他的前臂上,总之,她在他的手臂上敲打着不同的点,轻声念着一串串他不认识的地名。哈特穆特想到了马克·吐温写过的故事,还有他笔下想象中的桨轮蒸汽船以及自制的竹筏子。宽阔的水面上弥漫着雾气,嘴里叼着干草。究竟有没有人会想念从未去过的地方？在桑德丽娜的描述中,这个地方甚至触手可及。在白雪皑皑的校园里,只需沿着横贯校园的河流一直往前走,就能到达遥远的南方。

"你起鸡皮疙瘩了,"她说,"是因为我吗？"

"你准备怎么去呢？坐火车吗？"

"我要买辆车。"

这会儿工夫他已经躺倒下来。桑德丽娜松开他的手,起身去把唱片翻了一面,又把空酒杯放到写字台上,然后回到他身边躺下。她很自然地摘下眼镜,躺在他的胳膊上,接着说:"敞篷蓝色雷鸟。我的花花公子老爸掏钱。"

"你把一切都计划好了。"

"差不多吧。"她伸直脖子轻轻吻了他的脸颊。那感觉让他想起了威尔逊图书馆窗外的雪花。"副驾驶的位置还空着呢。"

他慢慢转过脸看着她。一般来说,事情不是以这种方式发生的,但是他并不觉得吃惊。整个夏天还有整个秋天,他都在期待中度过。自从他到了纽约之后,在城里忙乎了两天,又累又渴,惊奇不断。那以后,他明白了他已经没有回头路可走。

"今天下午我就有了这种感觉,"他说,"在图书馆里。外面突然开始下雪。"

"什么感觉？"

"我也说不清楚,一种非常好的感觉。"桑德丽娜伸手摘掉了他的眼镜,他虽然担心自己的眼睛太小,却并未阻拦她。她的脸变得模糊,一只手放在了他的脸颊上。

"之前的感觉都不好吗？"

他能闻到她的气息、葡萄酒的味道,还有阵阵暖意。

"以后我再告诉你。"

"现在是属于我们的时间,你知道的。尼克松们马上都会靠边站。"

"哦,是的。"他说,"确实是,毫无疑问。"

小号长长地拉住一个音,逐渐由弱变强。他的思绪也随之沉浸到音乐中。桑德丽娜的脸越靠越近。外面飘着雪,仿佛永恒的冬天。

1

"这是什么话嘛？"彼得·卡洛夫猛地站起身来,声音里头一次带着不耐烦。他试图掩饰被激怒的情绪,微笑着绕过写字台,走到哈特穆特对面。两人谈了一个多小时,彼得一直心平气和,可是交流并不顺畅。两个不再年轻的男人,风格迥异,无论怎样为对方着想,都难以找到共同的话题。哈特穆特想:我们在这里干什么呢?他自己也觉察到了两人之间的紧张气氛。二十分钟之前就说过要给他上咖啡,到现在还没拿上来。一早上他都觉得嗓子痒得难受,总想咳嗽清清嗓子。

"我并不是想问是否有什么规则。"他说,"我试着假想了一下,可能会出现什么样的局面。如此而已。"他总是用假想的说法,愈发激怒了彼得,两人难以继续沟通。

"明白了。行吧。"彼得一手扶着他的肩膀,一手打开办公室的门,指着下面的楼道说:"要不要我指给你看看,以便你能够有更详细的了解？"

几个同事透过玻璃隔墙往这边看。隔壁房间的门半掩着,彼得把哈特穆特推到刚刷白的空屋子里。透过大窗户,外面的风景一览无遗。柏林上空飘着一团团淡淡的云彩,看起来就像一队队待命出发的飞船。那边黑色的圆穹屋顶应该是柏林博物馆岛的建筑。他早就对这一带很熟悉，不过城市东部他从未去过。

"请进。这里比我的办公室还要大。"

"我在这儿办公？"哈特穆特往屋子里跨进一大步，以便挣脱彼得放在他肩膀上的胳膊。跟卡洛夫·克里格出版社的其他房间一样，这间屋里也是新装修的味道：新贴的壁纸、新铺的地板，还有新买的办公家具。各种味道混合在一起，洋溢着清新与活力。整个楼道里都是这种味道，非常契合年轻同事们的风格：专业、简洁。每个房间里都显得很安静，大家都忙着自己的事情，充满干劲和使命感。

"如果你有任何需要，"彼得在他身后说，"办公家具或其他的东西，尽管说出来。总之，在我们这里，你要感到舒服才行。"

屋子里只有一张大大的办公桌和一把转椅，两边靠墙都摆满了书架，上面都是出版社出的精装书。靠走道的这边是一扇百叶窗，彼得抱着胳膊站在窗旁观察他的反应。彼得穿着深蓝色的牛仔裤，配了一件白色的丝绸衬衣，看起来很年轻，不像已经五十五岁的人。依然是金发碧眼，薄薄的唇上透着自负，很适合他的风格，所以并不令人反感。哈特穆特坐到转椅上，下面的液压调节系统发出轻轻的缓冲声。他很清楚，他现在应该说点什么。彼得的秘书诺拉·韦拉斯克斯终于端来了浓缩咖啡和一杯水，他一下子开心起来。他的嗓子非常干，以至于一直都忍着不敢张嘴说话，唯恐一张嘴就会猛烈咳嗽。

"亲爱的海因巴赫先生，很抱歉，让您久等了。我们急需换一个新咖啡机。"她长得又瘦又高，稍微有点鹰钩的鼻子在漂亮的脸蛋上显得尤为突出。她弯腰把咖啡托盘放在办公桌上，哈特穆特从她紧身的衬衣领口看到十字架项坠在晃动。

"没有我的吗?"彼得问。

"你想要什么,当然应有尽有。不过,要是我给你拿咖啡来,晚上埃尔文就会给我打电话说,小诺拉,我们可是有过约法三章的。"诺拉穿着高跟鞋,比她的老板还要高几厘米。她看起来好像很享受这种高度差。

"谢谢你为我着想。亲爱的,还是给我来一杯吧。"

"只要你愿意。"

哈特穆特从眼角的余光瞄到两人对视了一眼。他喝了一口水,试着让自己平静下来,这个时候他真想独自待一会儿。刚才在大街上那个女孩子追着找他募捐的场景还在他脑海里挥之不去。他闻到自己身上有汗味,所以在一个小时之前,他和出版社的年轻同事见面认识时刻意保持着距离。其中几个同事比他的女儿菲力帕大不了多少。大家互相寒暄,语调里听不出学院式的自鸣得意,也没有夸张的暗中攀比,反而透着自嘲、机灵,还有善意。他这么想着,并不清楚自己为何觉得不舒服。总之,他当时特别希望有人举起胳膊来,结束这一尴尬的局面。自从他跨进出版社的大门,他根本就无法摆脱犹豫不决、阴沉易怒的情绪,总觉得别人在殷勤礼貌的背后会图谋不轨。甚至在这宽敞明亮的办公室里,他竟然说不出任何满意的话来给予肯定。诺拉·韦拉斯克斯已经出去了,留下一股薄荷香烟味道,掺杂着柔和的香水味儿。

"另外,玛丽亚不知道我今天到你这里来了。"哈特穆特说,"只要我还没有做出最终决定,别让她知道这件事。"浓缩咖啡又苦又浓,正合他的口味。他坐在这里说要做最终决定,仿佛他真的打算跨出这一步。

"明白。"

"是因为她,你才叫我来这里的?"

17

"你问我吗?"彼得习惯在说话的时候往上抬眉毛,显得有些矫揉造作。每次看到他这样,哈特穆特总想私下里问问他的女秘书,彼得·卡洛夫这个人到底怎样?究竟是怎样的一个人?当然,他也可以直接问玛丽亚,不过她肯定马上就知道他的用意,然后就会对他皱眉摇头。

"我是说,就你自己看来,你是因为她的面子才让我到你单位来工作的吧?"

"我是个生意人,哈特穆特。你知道,我很喜欢你的太太,但这是两码事。我还是分得清的,而且我必须分清楚。"

"那你为什么想到我了?我在出版行业没有任何经验。"

"经验我们自己有就行了,我们找你是要你负责内容。"彼得看了看表,轻舒一口气,好像是要打消他过多的疑虑。"好吧,我从头再跟你解释一遍。我们是一家专业出版社,在业界享有很好的声誉,占有一定的市场份额。主题包括文化学研究、性别研究、媒体理论、设计等等。我们的产品物超所值、有公信力,有一点时尚,有一点特色。很多作者抢着要我们出版社帮他们出书,而且业务越来越多。简单地说,我们就是近年来德国出版界的明星。清楚了吗?"彼得不再靠着门框,径直走到左边靠墙的书架旁,架上那些按照最新学科分类整齐排列的图书仿佛代表着卡洛夫·克里格出版社的最新销量。"现在我们想要扩展业务范围,好好建设古典人文学科,以便树立在这个领域的声誉。所以我们正在物色人才,我们看中了你的专业造诣、你的人脉关系,还有你本人。我们不想继续出版老套的柏拉图注解版,我们必须要有新的想法。哲学领域最新的学术动态必须纳入到我们的出版范围内。这些理由还不够吗?我还可以列举更多,哈特穆特,这就是我的工作。当然我也可以换个说法:我喜欢你这个人,而且我也不愿意成为社里最老的员工。你自己选吧,看看哪种说法你更能够接受。"接着他用眼神示意:要尽早做决定哟!

"我有点担心失去自由。"

"你要我怎么跟你说呢?我们有自己的出版计划和选题风格,并不是所有的题材都适合在我们这里出版。你只需要在选题会上参与审定出版内容,平时你都是自由的。绝对比你在高校里更自由。"

"最终是由你来拍板吧,我觉得。"

"你来了就知道了,我完全相信同事们的专业能力。我知道,你来这里工作会放弃很多。"

你怎么知道我为此放弃了什么?哈特穆特想。隔壁房间的电话铃声在响,看来墙壁似乎不太隔音。他的眼光落到书架上一本银黄色封面的书上,书名是《看!着!我!》。

"万一搞砸了呢?"他问。

彼得转身又回去靠门框站着,一本正经地说:"搞砸了可不是我的风格。肯定会成功。"

"嗯,不是你的风格。"他们俩初次见面的情景重又浮现在眼前:灯光昏暗的站台上,道别的场面。那是八十年代中期,在东柏林的一个小地方。彼得流着眼泪。那个时候他就和现在一样敏感,很容易受到伤害。尽管他现在说话铿锵有力,身着设计师品牌的衬衣,仍然无法掩盖他根深蒂固的敏感特质。根据玛丽亚的叙述,他这一生中经常受挫,当过实验剧作家,从事过学术研究,后来开了一家咖啡馆,再后来创办了先锋艺术杂志《新生代》。如果没有合伙人埃尔文·克里格的资金支持,也许他的出版社也办不成。现在,他的出版社已经雇用了将近二十名员工。

"哈特穆特,我觉得你根本就不相信我说的这些。为什么?"

"我需要多一点时间考虑。"已经快十二点了,他必须离开这里,给玛丽亚打个电话,冷静地思考一下。

"给你十天时间考虑。因为你是合适的人选,因为你最终会答应。我们坐在这里谈不出什么。"

"好的。"哈特穆特放下杯子站起身,"十天时间。"

这间办公室位于楼内靠右边的拐角处,过道里铺的是浅色瓷砖,显得比较亮堂。过道两旁同样是满满的书架,上面整齐地排列着社里出版的图书,封面颜色都很醒目。新刷的墙壁上挂着图书出版海报,到处都堆满了纸箱子。几个同事看他要走了,冲他挥挥手。诺拉·韦拉斯克斯赶紧从她的办公室里跑出来,跟他握手道别。

"再见,海因巴赫先生。我们非常期待您的加入。"她戴的一串手镯随着手势叮当作响。

"再见。"

"我们这里的气氛还不错,对吧?"

"确实不错。很感谢。"

空荡荡的楼梯间是灰色的,就像毛坯房。透过玻璃墙,他能看到后面配楼的内部。已经是八月份的倒数第二个周末了,太阳还很高,照得金属窗框闪闪发亮。窗户后面坐着年轻的首都居民,他们有的伏案在苹果笔记本电脑前工作,有的围着大会议桌热烈讨论。

"也有这样难以想象的巨大吸引力,不是吗?"哈特穆特自言自语道。就在他跨进出版社的一刹那,他就一直在试图说服自己:难道冒险不是生活的一部分吗?就算输了,不也是值得的吗?不愿意冒险难道只是因为害怕失败吗?这些想法他之前在波恩的消夏影院里就曾经有过。当时,电影院的穹顶下坐了那么多人,作为在场唯一的大学教授,他坐在那里扪心自问:他目前的状态究竟怎么了？为什么电影里的故事让他如此感同身受？

彼得耸了耸肩。

"我觉得你适合来我们这里。"他的回答很巧妙，"我们有一个优秀的团队，几个年岁较长的人都富有经验，年轻同事又都充满活力。我们在一起肯定能干大事。来吧。"

"请你替我保密，要是你在这段期间碰到了玛丽亚，先别告诉她。"

"替我问候她。如果你在此期间需要有人推你一把，我怎么联系你？"

"最好是写邮件，你有我的邮件地址。"

两人握手告别，哈特穆特一边下楼一边感到吃惊：他怎么会如此急于离开这里？匆匆出了大楼走到人行道上，他才停下来深吸了一口气。这是一幢不带阳台的老式板楼，新近整修过，看得出还是有些破旧。路灯柱子上贴着传单，抗议房价上涨。他本应该把手机号码告诉彼得，而不是像打发学生那样只给了邮件地址。最好还应该对彼得说一些表示感谢的话，这样才够礼数。另外还应该向彼得保证，他换工作不只是为了挽救他们的婚姻。哈特穆特穿过科本广场的街心公园，身心疲惫却又如释重负。公园里的垃圾桶塞得满满的，长椅都被胡乱涂鸦。草坪上的木桌子和两把旧椅子应该是艺术摆设，也可能是别人扔的大件垃圾。他现在需要找一家咖啡馆，玛丽亚马上就要来了。最好是在剧院附近，她中午没有多少休息时间。

玻璃幕墙折射的太阳光照到人行道上格外晃眼，哈特穆特从哈克大院的走廊穿出来的时候不得不眯着眼放慢脚步。在英国领事馆前面又碰到了上午经历过的那一幕：四个年轻人正在为一个名为奥克斯法姆的组织招募会员。他们卖力地挥动手里的宣传小册子,观察判断迎面走过的路人,看看有谁比较好接近。当天早上,哈特穆特之所以迟到了,是因为玛丽亚突然解释说,她十点半才去剧院上班。两年以来,他们的婚姻生活已经变成了短期互访,这次两人刚刚小聚,效果还不错。他们一起去德意志大剧院看过《赫达·嘉贝乐》的表演,玛丽亚不太喜欢,其实更符合哈特穆特的口味,不过看完演出后他们的评价还算比较一致。一如既往,每一次在他妻子的屋子里,他总睡不好觉。早晨起床后洗了很久的淋浴,以免在早餐桌旁露出疲惫。屋外,晴空万里。两人结婚二十多年来,还从未像现在这样在这么小的餐桌上一起吃早餐,小得放不下一张摊开的报纸。玛丽亚偷偷直乐,看来她已经觉察到了他没休息好。哈特穆特到哈克广场的时候,已经快十一点了。他急匆匆地穿过马路,顾不上看路口的红灯,结果与一位年轻女士撞了个满怀。她一手拿着入会申请表的夹板,另一只手上拿着宣传海报,满脸洋溢着兼职义工的乐观神情。她的眼眶周围布满了过敏的红斑点。哈特穆特本想避开她的目光,但是已经来不及了,她已经认准了他。于是他立刻意识到,一定不会有什么好结果。

"您一定想做正确的事情,我看出来了。"

"我约了人了。"他说,脸上的笑容有些牵强,虽然放慢了脚步,但是并没有停下来。为什么她从这熙熙攘攘的行人中偏偏就选中了他呢?难道他看起来很容易被说服?他真想问问她,但是他必须继续往前走,以免被她纠缠住拉他入会。他得集中精力,一会儿还有一个重要的会谈。

"耽误您一小会儿工夫。"两边一下子挤满了人,他们粗暴的推搡就像赶苍蝇一样,仿佛要帮助第三世界的人民赶走贫困。哈特穆特简直难以突出重围。一边是奋力推销的这位年轻女士,另一边是贴满海报的供电箱子。再往前,自行车存放架挡住了去路,哈特穆特无计可施,跟个傻子一样站在那里。她身上的白T恤衫上写着绿色的字:"为了世界的公平。消除贫困。"

"我先拿一张登记表,行了吧?"

"奥克斯法姆是一家独立的发展与援助机构,致力于消除贫困,为了世界的公平。我们在危机地区实施紧急救助,并帮助他们改善导致贫困的结构。"她说话时嘴角残留着白沫,矫揉造作的语气更加引起了哈特穆特的反感。"我们希望能够提供可持续性的工作条件、健康医疗、环保与教育机会。目前,我们和九十九个国家的三千多个机构建立了合作伙伴关系。"

他每往前走一步,那位女士就倒着往后退一步,总是直接挡住他的去路。要想摆脱她的纠缠,必须绕过她,或者像跳栏一样从那并排的四辆自行车上跳过去。

"您愿意成为会员吗?"很显然,她觉得已经说动他了。

"现在不行,我急着去见一个人。"

"贫穷和落后是可以避免的。我们并不需要对他们施舍救济,而是要持续性地改良不合理的结构。您也可以贡献一份力量。我们将拿出四分之三的资金直接投入到项目及宣传中。"

他无奈地点点头,伸手去拿钱包。她的微笑其实并不令人反感,只是她脸上的晒斑让他不得不多看了几眼,心生厌恶。他本来想说,我们都有同样的想法。反正是类似的话,然后赶紧离开。

"我们不可以收现金。请您填写入会登记表,您可以自行决定以哪种方式缴纳会费……"

"您听我说……"我觉得您说的这个项目真的很不错。您为什么突然想到要找我入会呢?他一时语无伦次,干脆转过脸去避开了她殷切的目光,伺机在人群中找个空隙溜掉。他还有一个很重要的会谈,快要迟到了!正好旁边有个小伙子嘴里不耐烦地应声"对,对,对",哈特穆特赶紧跟上他往右跨了两步。情急之下差一点就被一条牵狗的绳子绊倒,还撞到了别人的肩膀。他暗自庆幸逃脱成功,却听见身后那位女士冲他喊道:"谢谢您啦。祝您生活愉快!"

回想起来,他难以确定她是嘲笑还是无奈,也许两者兼有。对她来说,被人拒绝应该是常有的事。也许同样的话她每天都要对别人说很多遍,而他们不一定都支持她。反正他觉得大上午出门就碰到她可真让人恼火。开始时使劲纠缠,逼得他狼狈逃脱,之后又讥讽嘲笑。他又往前走了两米,还是忍不住转身想回击她。不过他心想,还是走吧,可是已经来不及了:"别跟我装出这么一副道貌岸然的嘴脸,行吗?"他甚至威胁似的往她面前走了一步。"什么狗屁合理结构?见鬼去吧!"

他旁边一位妇女吓得愣了一下,赶紧把孩子搂进怀里。两个穿阔腿裤的小伙子稍微摘下耳机,嘴角挂着嘲弄的神情,看着这么一位戴着阿玛尼眼镜的老先生在大庭广众之下愤怒咆哮。现场气氛顿时变得紧张起来,就像未调和好的鸡尾酒,水火不容。哈特穆特听到他自己说话的回音,充满着刺耳的愤怒。他也没想到,他怎么会如此愤怒。过了一会儿工夫,就跟大城市里每天所发生的那些琐事一样,大家发现没有任何人受伤,于是就都各自纷纷散去。除了那个奥克斯法姆的年轻女子。她两臂僵直,站在三米开外,吃惊地瞪着他。一绺一绺的金发披在她的肩上。是说我吗?她的眼里满是疑惑。没有恼怒,只有惊吓,几乎还充满了同情。哈特穆特想说,不关你的事儿。但是他并没有说出口,只是摇摇头,继续逃到马路对面。穿过庭院的大门,他径直去了卡洛夫·克里格出版社去约见彼得。

什么狗屁合理结构？见鬼去吧！他竟然冲着一位女士说出这样的话！

他自己的呼吸声把他的思绪重又拉回到当下。在出版社里喝了浓缩咖啡之后，心跳快而有力。现在回想起上午那不愉快的一幕，心跳更加迅速。此时，马路对面，他又看到了那个年轻女士一伙四个人。她仍然在马路上挨个询问路人是否愿意加入他们的公益组织，脸上挂着坚强的微笑，嘴里喋喋不休地游说。该不该过去跟她道个歉呢？他刚有了这个想法的时候，就听见马路上又是一阵嘈杂。有轨电车叮当驶来，行人纷纷避让。四面八方的光照，四处走来的行人，他只想躲避到阴凉处寻找一片僻静。他冲她嚷的那些话，终归有些过分，令他略感羞愧。他甚至有些怀疑，他怎么会说出那样的话？就在今天上午，去见彼得的途中？

他快步穿过马路。城铁车站旁边的餐厅门口有很多路人正在围观嘲笑一个弹吉他的小伙子，他根本就不会唱歌，只靠弹吉他就想卖艺挣钱。哈特穆特侧身从几张桌子中间挤过去，来到铁轨桥下的一个大厅里，这里几乎空无一人，光线柔和幽暗。大厅右边是一家豪华酒吧，左边的过道通往餐厅，里面只有两桌客人。一个魁梧的光头服务员冲他点头打招呼。落座之前，他的心跳渐渐平复下来。他坐到一张结实的木桌子旁，脱下西装外套，顿时就觉得轻松了许多。收音机里播放着音乐，音量不大，却很好地挡住了外面的嘈杂。

服务员走过来，哈特穆特要了一杯不加冰的水，还点了一杯雷司令白葡萄酒。离他开车上高速还有三个小时的时间。

"请稍等。"大个子服务员把菜单放在桌上，正要离开，又转身问他："您没事吧？"他的耳垂上戴着黑色的耳环，看起来就像两个垫片。

"没事。外面太热了。"

"夏天嘛,确实热。"他又点点头,这才离开。

他靠在椅背上,闭眼休息片刻,深呼吸。早晨和玛丽亚道别的时候,她坚持要和他一起吃午饭,为了给他送行。手机来电显示,她在一刻钟之前给他打过电话。哈特穆特心想,但愿不是爽约电话,一边给她回拨过去。她什么时候能够从剧院出来,都不好说,主要得看排练的进展,还要看导演法尔克·梅尔林格的心情如何,另外还要看她的邮箱里有多少邮件需要回复。电话刚响了两声,她就接了,听起来情绪不错,问他现在人在哪里。

"哈克广场,城铁站桥下。"

"在那儿等着我,"她说,"我有一个小时休息时间。"

服务员端来了饮料。冰镇的雷司令入口酸爽,慢慢滑下喉咙。外面阳光普照,树影婆娑。那个弹吉他的街头艺人手里拿着帽子沿桌讨要赏钱,不远处有几个朋克青年蹲在地上,身边还有几条狗。生活也可以这样啊,他沉入幻想:在出版社忙碌了一上午,然后到这里等玛丽亚一起简单吃个午餐,放松地聊天,谈谈他们的日常琐事;玛丽亚大概会抱怨导演梅尔林格的脾气不好,他也许会谈谈如何说服某位作者采纳了他建议的书名;两人也许会取笑她办公桌上的那些荒唐剧本,还有其他可能会想到的话题!就这么吃着聊着,一小时的午休时间很快就结束了,两人只需商量好晚上在外面还是回家吃饭。

有一件事情他当时很快就意识到了:彼得·卡洛夫给他提供的工作机会让他着实纠结,因为他无法马上做出决定。关于这次见面,早在将近两个月之前就已经定下来了。那是一个夏日的傍晚,白天的燥热仿佛一只迟钝的动物还未慢慢散尽,人们纷纷出来纳凉。玛丽亚还在剧院忙乎,晚一点才能来见他。他和彼得两人坐在"大众"餐厅的栗子树下，就着基安蒂红酒享用意大利卡普雷塞手工乳酪。哈特穆特不太清楚，彼得为何滔滔不绝地谈论关于扩大出版社业务的详细规划，究竟是由于当时喝了酒一时脑子发热还是为了避免冷场的尴尬。前年秋天，在一场首演式上，他们彼此几乎都没认出对方。如果不是玛丽亚提醒，两人可能就会擦肩而过。毕竟二十年未见面了。主菜端上来之后，彼得问他，愿不愿意改行到他的卡洛夫·克里格出版社担任部门经理，哈特穆特还以为他是开玩笑呢。对面的彼得却一脸严肃。玛丽亚曾经跟彼得说过，自高校改革以来，哈特穆特就逐渐失去了对教学和科研的兴趣。是该接受新的挑战换个工作了，这是彼得的原话。哈特穆特对此记忆犹新。虽然时间已经很晚了，但是天色还未完全暗下来。一对对的情侣，还有一家家的土耳其人，纷纷走上桥头，去往福兰克岸边纳凉。而他，却突然如鲠在喉。往西看，那里是他的儿时故乡。天鹅振翅划过水面，聚集到码头边的草地上。而另一边则是大城市的上空，人们都在忙碌，没有人关心你是谁。这种感觉，他很久以前曾经有过：好想有个家，却不知家在何处。到底感觉如何，用心去感受就是了。他还未开口回答彼得，就已经紧张得一再咳嗽。"下次我再来柏林，我会去你们那儿看看。"自那以后，他的脑海里一直萦绕着一个模糊的想法，不断地提醒自己：为什么不试试呢？孤身一人住在波恩，究竟有什么好留恋的？

十二点半的时候，他看到他妻子从哈克广场走过来。她两手推着自行车穿过人群，他很惬意地从远处打量着她。他一直很欣赏她走路的优雅姿势，还有她眼里流露出的些微骄傲。也许是他觉得骄傲吧，每次他向别人介绍自己的妻子时，总是很自豪地告诉别人她的葡萄牙语姓名。她放好自行车，环顾四周，正要转身寻找他。他赶紧给她手机打电话。

"我在里面坐着呢,"他说,"马路边第一家餐厅,名叫洛克还是洛基的餐厅……"

"在里面?"她摇摇头合上手机盖,穿过空荡荡的餐厅向他走过来。她身穿米色衬衣,配着黑色亚麻裤子,脸上表情严峻,仿佛刚刚碰到了什么事情或者正在思考什么,但愿她会马上讲给他听。"你干嘛坐在里面?外面才是夏天。"

"外面没座位了。我也不想坐在那帮满身臭汗的游客身边。"

"那你宁愿一个人坐在这里?"她轻轻地给了他一个吻,看了看桌子又抬眼看着他的脸。周末夫妻意味着要间断生活,需要快速理解和适应。这一点玛丽亚做得比他好。

"中午就喝葡萄酒,"她惬意地说,"那我就可以抽烟了。"

两人并肩坐下,哈特穆特把烟灰缸推给她。他一直都觉得很奇怪:他虽然不喜欢她抽烟,却愿意看着她抽烟的样子。两人还未开口交谈,大个子服务员就来点菜了。玛丽亚要了一杯大的苹果汁苏打水,无视面前摊开的菜单,而是抬头看着他,尽量别让烟雾熏着他。

"你看起来有点累,是不是?"自从生了女儿菲力帕之后,他的妻子很多年都不抽烟了。现在回想起来,哈特穆特认为她又开始抽烟是因为她最终决定要独自先搬离波恩。"也许不是累,而是……"她扬了扬眉毛,欲言又止。

"昨晚没睡好。"

"在我的小床上。"

"另外,我今天在街上遇到了不愉快的事情。"他伸手去拿酒杯,才发现已经喝完了。他简单讲了讲上午的事情经过,少不了为自己辩护。玛丽亚靠着椅背,很认真地听,可他总觉得她不够关心。

"你冲她大吼?怎么大吼了?"她问。

"很大声。"

"是很气愤还是控制不住地大吼？"她想知道，但是没有直接问，是不是像一年前他俩大吵一架那样情绪失控。毕竟这次是在大街上冲着一个陌生人大吼。他一下子解释不清是气愤还是失控，只好举了另外一个事例。

"我觉得就跟上次我和海尔维格吵架一样。他把我往办公室外面推，就像推一个学生一样。我往回推他的时候，忽然发觉周围一片静寂：大家都停下打字，停下打电话，都竖着耳朵听我俩吵架。大家都很纳闷，海因巴赫这是怎么了？"

"海尔维格那是冒犯你了。"

"我知道。我只是想做个比较，说明一下我的感受。"

"好吧。"她抽了一口香烟，抬手把头发捋到耳后。"你还很有原则啊。"

他点点头，喝了一口水。有原则，嗯，就是这个意思。但他还是有点后悔跟玛丽亚讲这件琐事。说这么半天都没说到点子上，他应该告诉玛丽亚，主要是因为着急去出版社见彼得，才让他倍感紧张。

服务员把玛丽亚点的饮料端上来，问他们是否要吃点什么。哈特穆特要了一份墨西哥辣肉土豆汤，玛丽亚跟平时一样只点了一份沙拉。外面又有人大声嚷嚷，仿佛也要对哈特穆特吵架的事情发表一下意见，遮阳伞底下的客人都扭头循声望去：只见其中有个人在气愤地骂对方瞎了狗眼，另一个人则上来要抽他耳光。冲突随之升级，旋即又各自散去。大家相安无事。

"你现在还没消气儿？"玛丽亚问他。

"我也没觉得占理。她只是在做善事。而我呢？我当时误解了她的意思。"他没好意思重复当时骂的"狗屁"粗话，只是说"见鬼去吧"。如此一来,听起来就像是鸡毛蒜皮的小事一桩,而不是他又一次情绪失控。

玛丽亚嘴角带着微笑,就像吹散眼前的烟雾一样略过了这个话题。

"给你讲讲咱家闺女讲的笑话吧,让你乐一乐。她今天早上刚告诉我的。"难怪她刚才进来的时候脸上的神情已经表明她要告诉他关于闺女的这个笑话。

"好笑吗?"

"好笑,非常好笑。"

他妻子在家里不太擅长讲笑话,大多是不会掌握时机,急于抖出笑点,仿佛是为了一口气讲完以便交差。正因为如此,她虽然热爱话剧,但是自此以后她不再梦想着能够登台演出,而是在梅尔林格的剧团担任剧务,处理大小杂事,负责与媒体搞好关系,安慰那些敏感的演员,有时还要忍受喜怒无常的导演大发雷霆。

"我知道,你反正也不会笑,"她说,"但是,好歹试着笑一个嘛,好不?闺女给我写了一封邮件,没头没尾,只有一则笑话。邮件主题内容里也只写着:笑话一则。"

"我愿洗耳恭听。"听起来倒是很像菲力帕的冷幽默风格,这一点可不是她父母遗传给她的。她在汉堡上大学,已经上了三个学期了。这个暑假她在西班牙的圣地亚哥联合大学学习西班牙语。上次给他写邮件还是三周以前,只是平常的报报平安:一切安好,勿念,再见。

"哦。"她眼里的一丝尴尬恰到好处,"有一个天主教的神甫,一个新教的牧师,还有一个犹太教的拉比,三个人在一起讨论:人类生命是从什么时候开始的。天主教的神甫毫不犹豫地说,是从受孕开始的。人类生命始于受孕。新教牧师想了一会儿,然后得出结论:不,人类生命从出生之初开始。然后两人都看着拉比,拉比思考了好半天,摇头晃脑,最后才说……"她故意卖了个关子,摇摇头想忍住笑,"拉比终于回答说:人类生命始于孩子们长大离家的那一刻。"

他想笑,但是只从鼻子里往外哼哼了一下。隔着桌子,他伸出手想要抓住玛丽亚的手,但是他妻子摇摇手说:"我就知道你不会笑的。"

"笑话不错。你讲得也很好。"拜托,他根本就不是玛丽亚想象的那么消极。他确实觉得这个笑话很有意思,风趣幽默。孩子们长大离家以后,哈哈!要是妻子也离家岂不更好。那样的话,你晚上就可以独自坐在客厅里,高兴得不得了。幸好还可以打电话、写邮件、视频聊天,现代技术支持了虚拟的家庭生活。毕竟菲力帕说过,她从西班牙回汉堡的途中要来看他;玛丽亚到哥本哈根巡回演出之后也会回波恩小住几天。谁知道呢,他也许会在大家共进晚餐的时候,敲着酒杯向大家宣告:告诉大家一个重要决定,你们别感到意外啊。有那么一刹那,他真想不顾理智、毫不犹豫地抓住这个机会。彼得·卡洛夫提供的机会不失为一个不错的选择。现在他必须打消各种顾虑,就像要打败一个狡猾的对手。

"什么事情这么好笑?"玛丽亚问,"除了我刚才讲的笑话。"

"我想到了别的事,但是也许更能说明刚才的笑点。并不是始于什么之初。人类生命也有可能不只是开始一次。因为人生分不同的阶段,每个阶段都有各自的开始。周而复始,循而往复。"当然,按照这个推理,人生的每一个阶段有开始就有结束,不过他只是这么想了想,并没说出来。

"从你的嘴里说出一句发人深省的话。"

"人要想有所改变,任何时候都不算晚。不是吗?我说的是真正的、彻底的改变。"

"是的,理论上任何时候都不算晚。"

"你真坏。"他假装在开玩笑,也许就是一个玩笑。自从一年前两人大吵一架之后,他有时候真的搞不清楚,他们说出来的话是否真的是心里所想。他们对待彼此是否诚实?他们两人每次期待着见面,是否只是为了见上一面而已?说来也怪,他们每次见面确实都很顺利,一切正常。如果他说,他每次开车来柏林并没有丰富他的生活,那是假话。尽管如此,在两个人的婚姻生活当中,若将避免吵架视为婚姻的最高原则,那也无法保证婚姻和谐,只能算是凑合。也许人们应该心存敬畏,有所敬畏,才能有所顾忌。

哈特穆特再次抓住她的手,放在嘴上吻了吻。他不知道究竟是因为高兴还是什么其他的感觉。如果旁边桌上有一个中立的旁观者,会觉得他们之间关系微妙吗?在过去的两年时间里,他已经认识到,爱情这个东西绝对是脆弱的,比孤独的夜晚还要脆弱;还有给她打电话打不通时的沮丧,以及每次走进玛丽亚在柏林的住所里那种怪怪的感觉。她住在舒尔茨大街,屋里的摆设似乎刻意简单,书架半空着,墙壁上光秃秃的没有任何装饰。只有一张柚木桌子和一个四千欧元的沙发,都是他以前赌气硬要买给她的。他之所以赌气买这些东西,是因为有一次玛丽亚在葡萄牙看上了一个十九世纪的皇家办公桌,委托一家专业的古董家具搬家公司特地大老远运到波恩。运费不菲。可是,玛丽亚却把这张桌子放在卧室里当梳妆台使,眼下她只是偶尔才回到波恩小住,况且她也很少化妆。当她那天晚上在普兰岸边找到他们,听到彼得的建议,她第一句话就说:"我就知道,你们两个肯定能处得好。"哈特穆特后来提出了不同的意见,可是并没有说动她。她认为,一直以来他在工作上的任何晋升机会都是因为他全力以赴争取得到的,所以他不相信有任何唾手可得的大好机会。她的话不无道理，但是她究竟想说什么呢？从那以后，她再也没有提及这个话题。他也没有。

"今天晚上你还在吗？"玛丽亚问他。他们点的菜已经上来了，两人暂时打住了话题。

"我跟露特说了，到她那里不会太晚。我大概三、四点钟出发。"

"你什么时候回波恩？"

"最晚周一吧。很可能是周日晚上。"

"也就是说，等我从哥本哈根回来我们才能再次见面。"

他点点头，玛丽亚抬手看表。一刻钟之后，两人走出餐厅站在外面的广场上，哈特穆特想着他接下来该做什么。首先，他下周得给法务部打电话，了解一下具体细节，教授改行应该注意什么，这样才好有针对性地给学校提交辞职报告，如果公职人员允许辞职的话。

"那就先这样吧，"他说，"在美丽的波恩再见。"

"你就不能多待一天吗？你其实也可以明天去见露特和海纳尔。"

"我跟他们说了我过去吃晚饭。因为你说过，你不确定今天几点下班。"每次告别的时候，他妻子总是这么腻歪，每次总是让他又爱又恨。这全都怪她自己一个人独自搬到柏林！另外，她的那些话让他想起，玛丽亚已经有一年的时间没去过他的老家了，而且每次他回老家的时候，她总是不太高兴。主要原因可能是上次他外甥结婚的当天，两人大吵了一架。眼下离别之际，他给了她一个拥抱，因为随着时间的流逝，他逐渐对人的精神生活有了新的认识，也逐渐意识到：维持婚姻长久（而不仅仅是婚姻幸福）的秘诀就在于激情过后仍然能够彼此相爱。他也记不清是在哪里看到了这句废话，好像是有一次乘坐汉莎航空的航班在机舱的杂志上看到的。

33

不过这次他是开车来的,前天特地从波恩过来给玛丽亚送一些她需要的东西,返程的时候可以顺路去他妹妹家看看。

她的手臂顺势揽着他的腰,周围的行人熙熙攘攘。英国领事馆前,奥克斯法姆机构的志愿者仍然在努力工作。这么美好的一天,他真不愿意动身前往2号高速,但是他还有很多问题需要在回去的路上好好考虑。如果说,一个人要想有所改变,任何时候都不算晚,那么,两个人同样如此。关键在于,这两个人是否朝着一个方向努力改变。

"孩子已经长大离家了,生活才刚刚开始。"他在她的耳边轻声说。有时候,人们只能通过话语来表达感情。

"你怎么不直接说:可惜,我们现在要分开了。或者说:我会想你的,玛丽亚。"她把头埋进他怀里,熟悉又好闻的味道。

"这两年我一直都在想你。我只是不想重复说这句话。"

一般情况下,她对这样的暗示会比较敏感,但是现在她仍然依偎在他怀里,手依然揽着他的腰,一动不动地听着他说话。这是今天的第一个完美瞬间,也是他长久无法想象的另一个理由:没有玛丽亚的生活会是什么样的。实际上,这样的生活已经持续了很久,他怎么就没有一点点想象力呢?

"说点什么,让我高兴高兴嘛。"

"过去的还是将来的?"

"随便。"

"我在想,等你巡演回来,我们一起飞去西班牙。给我们闺女一个惊喜,然后我们三个人一起去葡萄牙看看你的父母。他们肯定会特别高兴,我们也可以度度假。"

"什么?"

"我们每年夏天都去那里度假的。"

"你来订机票吧。"玛丽亚心情好的时候,一切都好说。很可惜,她现在心情好了,可是他们俩又要告别了。

两人相拥吻别,他们这个年纪的人一般很少在公共场合这么露骨。哈特穆特目送玛丽亚离去。她骑自行车的样子很是轻巧熟练,尽管她以前在波恩从没骑过自行车。他们的婚姻真的正在经受考验吗？小时候,他经常壮着胆子试探自己的勇气,只有自己一人,而且只是在脑子里想想而已。他缩着脖子想象着:上帝是不存在的,然后赶紧屏住呼吸、张开双臂等待暴风雨来临或者脚底下突然裂开一个无底洞。然而,什么都没有发生,他很不解。难道上帝真的不存在吗？还是说,上帝高坐云端纹丝不动,往下看着这个淘气的小家伙摇摇头？现在,他看着玛丽亚的背影,大胆地想着:我不会搬到柏林来。我要离开你。

哈克广场上,行人如梭。游客们举着相机,看见什么都拍。一阵低沉的轰隆声由远及近,城铁列车进站,地面微微震动。

2

上次两人之间发生激烈争吵，正值哈特穆特处于一年当中最为筋疲力尽之时。在那之前的几个月里，各种压力堆积到顶点，严重影响到两人的婚姻关系：工作上的紧张、生活中的孤独、难以调和的冲突等等。哈特穆特所在的院系里也是一片风声鹤唳、无所适从。虽然早就决定要实施新学制，但是没有任何人知道，新学制究竟是什么样的。关于新学制的管理规定引起了折磨人的讨论。整个细雨绵绵的春季，大家都忙于重新修订新的管理规定，讨论完了再修改，修改之后再讨论。一而再、再而三，繁琐的修订细节阻碍了整个工作的进度。贝内迪克·海尔维格绝不允许借用英语表述，特别是在古典哲学这门课程的教学大纲中，他极力反对使用英文中的"工作量"这个词语。在长达几个小时的讨论中，他据理力争，最终提出了一个对应的德语表述"学生课业精确耗时量"。为了这些概念表述，每个人都在这改革的大潮中付出了极大代价来寻求一些得不偿失的小小胜利。

哈特穆特一时心软，表示愿意负责修改润色草纲内容。结果他仿佛有了语言强迫症，成为众人为了一己之利而激烈交锋的牺牲品。和其他同事一样，他也曾对整个项目的意义表示怀疑，但是他并没有多少时间去深入了解和熟悉各类材料。晚上看《每日新闻》的电视节目时,总能听到关于"高等教育学制改革"的新闻报道。每当这个时候,他总是想:人们是否了解参与这项工作的所谓专家其实是多么的不专业。尽管如此,他仍然身不由己地参与其中。有时候,他也很生气,他为什么要做这些事情?他的同事为什么都这么做?最令人恼火的是,当某个人分内的工作没有做完而影响整体进度的时候,大家都得等着。学术委员会将讨论管理规定的最后定稿,哈特穆特每天都跟法务部沟通,弄清楚每一个细节。他每天睡觉都在想着课程模块名称、学分设置、欧洲高校之间学分互认的复杂核算等等。在那段漫长、阴沉的日子里,唯一只有米勒-格拉芙太太的迷人风采能够给他带来些许慰藉。就连他这样彻头彻尾的欧洲人,只要一看到"博洛尼亚进程"的图标,都会紧张得汗毛倒立。

　　五月份的某个晚上,哈特穆特坐在电脑前,左耳突然听到了一种声响。好像是金属摩擦的声音,从大脑深处由远及近扩散开来。短促波动的频率,就像机械地模仿拉帕地区的蝉鸣。眼前的电脑屏幕上,显示的是选修课程模块的设置理由和先决条件。在"测试内容及教学目标"一栏中,写着这么一行信息:全面了解诸如普通方法的局限性。一时之间,他竟然看不懂这句话的意思。思维的线索一下子断开了。他小心翼翼地站起身,试着在房间里走动几步,在书架上找出几本书来,嘴里轻声念着书名。然后他走进厨房,打开冰箱门,拿出里面的葡萄酒,迫不及待地喝了一口。灶台上的时钟显示已经十一点半了,玛丽亚现在肯定已经睡下了。他再一次用食指按压耳朵,想起了同事们曾经有过的经历:他们因为工作压力大,常常出现耳鸣,有的是暂时性的,有的则是持续性的。无论是哪种形式的耳鸣,都会导致注意力不集中,继而影响到工作能力。

真倒霉,他想。屋漏偏逢连夜雨。

在接下来的几周时间里,耳鸣的情况偶尔还会出现,已经影响到了他的入睡。只是由于他近几个月来睡眠一直都不好,所以并未引起重视。玛丽亚和菲力帕搬离之后,打乱了他的生活节奏,以至于他的压力周期提前出现。每天晚上,他下班回到家,屋里冷冷清清、黑灯瞎火。菲力帕在汉堡一切都还好,这算是给他最大的安慰。玛丽亚打电话回来,听起来也已经安顿好了,准备大干一番。他自己则打算尽量做一些短期的计划,比如直到下次给玛丽亚打电话之前应该做什么,去柏林看望她之前又应该做什么,最迟到放假之前应该完成哪些工作等等。以前,他伏案工作的时候,既不听音乐,也不喝酒。现在他又把以前那些老的爵士唱片翻出来,一边工作一边听爵士乐,而且他还发现喝一杯葡萄酒能够帮助他多坚持一个小时。七月份的最后一个周末,他外甥弗洛利安将举行婚礼,玛丽亚和菲力帕到时候都会一起去。婚礼之后,他们将回到波恩好好待几天。然后,他和玛丽亚就可以飞去葡萄牙度假。菲力帕最近迷上了北欧,打算和同学一起去瑞典旅游。上次给闺女写邮件的时候,哈特穆特半开玩笑地告诉她,他耳朵里住了一个小人儿,正在召唤他去拉帕。不过对玛丽亚,他则守口如瓶。自从她搬到柏林之后,他觉得她越来越年轻了,所以他不愿因为这些小小的病痛而在她面前显得像个老年人。相反,他咬紧牙关,忠于职守,坚持完成手头的行政管理工作。另外,为了暑期班的课程,他每天都备课到深夜两点。暑期班周五结课,那天正好是外甥婚礼前的闹婚之夜。他准备当天早上就收拾好行李,上完最后一节课就直接出发去参加晚上的闹婚活动。

婚礼之前最后一件值得一提的事情是和贝内迪克·海尔维格

发生了冲突。这个同事是一个典型的刺儿头，美国人常常称这种人为"臀部之痛"。凡是想跟他修学分的学生，他都会亲手给他们发一张选课规定，与学生约法三章，比如第七条写着：书面报告的题目中禁止出现"以及"这样的字眼。海尔维格教授既高傲又乖戾，身穿英式粗呢西装，打着蝴蝶领结，和别人说话的时候从来不看对方的眼睛。虽然写得一手漂亮的文章，可惜口头表达能力极差。每次上台讲话，他就像一个紧张的考生，手足无措、语无伦次。

　　海尔维格喜欢将办公室的门从里面反锁，所以周四那天哈特穆特去找他的时候敲了几次门，过了半天他才打开门。尽管如此，哈特穆特还是抱着信心、满怀希望地走进他的办公室。目前他只需完成两件事情，一是找海尔维格谈判，另外就是给暑期班讲课，然后盼望已久的暑假就要开始了。虽然多雨的春季刚刚过去，夏日阳光充足，但是海尔维格的办公室里还是有一股发霉的味道。

　　"请问您有何贵干？"海尔维格从鼻腔里哼出来的声音让他联想到训练有素的英国管家。

　　"耽误您几分钟时间，咱俩谈谈。"

　　"谈谈？谈什么？"

　　"我们还是坐下来说吧。"哈特穆特一边说着，一边走向角落里的皮沙发。沙发有点旧，但是质量还不错。海尔维格有一次毫不留情地指责学生在希腊语引文中所犯的一堆错误，那个学生坐在沙发上紧张得直出汗，把皮沙发濡湿了一大片。从此以后，那张沙发的皮面颜色就变得有点深。窗外一片绿意，树影婆娑，挡住了对面的城堡教堂。为什么海尔维格不喜欢开着门通风呢？这算是他的众多怪癖之一。此时他还固执地站在门口，一个劲地问他，"谈什么？"

　　哈特穆特强忍着不让自己叹气。

"抱歉,我必须再跟您谈谈今天早上开会的事。"

"已经决定了,择期再次开会。"

"准确地说,不是择期开会,而是期限已到,同事们该做的事都完成了。但是唯独您不同意会议决议,而且……"

"这个我们可以在下次开会时讨论。"

"下次会议要到下个学期才开。我们绝对没有那么多时间了。"他听到自己的声音很强硬,就像挺直的脊椎支撑着他站在这个房间里。他就是要告诉海尔维格,他的反对是没有意义的。海尔维格早上从会议室离开之后,其他在场的同事都一致认为他们已经别无选择。决议内容必须写进会议纪要里,海尔维格的表决意见可以等他同意了之后再补充进去。因为这牵扯到全院的工作,而且其他的院系早就完成了最后决议。反正这个老教授下个学期之后就该退休了,总不能因为他一个人持反对意见而影响整体工作进度。"这场闹剧必须有个了结。"就连布洛伊格曼教授也这么说,他是学院里的另一位老欧洲先生,原本应该是海尔维格的盟友。

海尔维格没有打算坐下来的意思,哈特穆特只能自己先坐下。"您知道,"他尽量表示出友善,对着靠墙的书架笑着说,"其实我们没有人喜欢模块课程改革这件紧身衣,但是这次改革的整体意义明显在于努力建立可比性,这就要求我们要达成某种统一……"他本来想说内容统一,但是他背后传来一阵响声,他扭转头往回看,眼前的一切让他一时语塞。

海尔维格一言不发地把门打开,右手握着门把手,左手示意哈特穆特从办公室出去。他的眼睛直直地盯着地面。事后过了三个小时,当哈特穆特跟他的妻子讲述这件事时,说到他当时的感受仍然是:"我确实再也忍不住了。"

"您给我把门关上!"他的声音很大,连他自己都感到吃惊。

语气里带着威胁和命令,一点都不像他说的话。海尔维格无动于衷,于是哈特穆特冲过去,伸手把门重重地摔上。声音很大,整个楼都震动了,他能想象到旁边办公室的同事们肯定都被吓着了。哈特穆特用同一只手指着那两张沙发。

"您坐到那边去,好好听我说。"

接下来的三分钟时间里,他把海尔维格骂得狗血淋头,他还从未这样骂过学生,更何况是同事。忍了这么久,他终于将不满发泄出来,谴责海尔维格的行为不可理喻,下通牒责令他道歉。从海尔维格办公室出来的时候,那感觉简直不可言喻,直到晚上他都说不清是一种什么样的滋味。

"要是说,我觉得有点内疚,还不如说,我觉得很痛快。"两杯葡萄酒下肚之后,他终于吐出了真言。他把电话放到右耳边,认真地倾听,但是左耳已经不太管用了。除了觉得对不住同事,他自己倒是倍感自豪。听起来也许有些幼稚,但是这次他确实赢了。两个男人之间的较量,他以胜利者的身份离场。

"接下来该怎么办呢?"玛丽亚问。

"反正已经放假了。大不了我们从此就是仇敌,但是明年春天他就要退休了。更何况,海尔维格这个人不会耍心眼、不会记仇,他只是一个怪人而已。"

"好吧。"玛丽亚好像不甘心这件事情就这么过去了。她平时不太关心他工作上的事情,这次竟然如此感兴趣,实在不像她的风格。他自己也不太了解,下一步工作计划是什么。最近完成的新书已经交稿,他的直觉告诉他,这本书不会引起多少反响。同仁们可能会认为,书中的观点不够精确,没有多少技术含量,他们宁愿一头扎进毫无关联的棘手细节里,也不愿面对实际生活中切实存在的问题。

"柏林那边有什么新鲜事儿？"他在电话里问，一边在客厅里走来走去。海尔维格的样子一直在他脑海里挥之不去。他像一个忏悔的学生坐在他面前，紧咬嘴唇一声不吭。玛丽亚告诉他，有一个戏份很重的演员要离开剧团，可是此前梅尔林格已经跟他确定了下一个档期了。面对这种出乎意料的变故，任何一个老板都会反应强烈，既愤怒，又慌张。玛丽亚虽然没有跟他细说，不过，哈特穆特能从她的话语里听出来一些。

"这些人看来情绪都不好。"他喝完杯子里的酒，马上感觉到有必要再来一杯。

"这样一来，我可能就参加不了婚礼前夜的闹婚活动了。"玛丽亚说。

"你在开玩笑吧？"

"法尔克周五召集大家开会。"碰到演员辞职这种情况，任何一个比梅尔林格稍微正常一点的人都会马上召开紧急会议商量对策。"婚礼我一定到，但是周五确实不行。真对不起。"

他不知道如何回复，于是放下手里的酒杯，把电话放到另一只耳边。外面天色已暗。他感到很诧异，这个消息竟然对他打击很大。也就是说，两人见面的时间将会推迟一天。很糟糕吧？露特也许会因为她嫂子不能来参加闹婚而觉得有所遗憾，但是她并不会说出来。这可能会对闹婚的气氛有一点小小的影响，不过第二天的婚礼照样可以热热闹闹。哈特穆特去冰箱里又拿了一瓶阿瓦利诺葡萄酒。

"只能这样了，不是吗？"他说，并答应玛丽亚，周六那天去马堡火车站接她。

"太好了，我们在车站见。"她在电话里这样跟他说，仿佛在此之前他们俩不会再打电话联系。

放下电话,他站在敞开的阳台门前,望着外面的夜空。两个夜跑的人踏着轻松的脚步冲着卡瑟斯鲁尔的方向跑去。葡萄酒味道不错,很有后劲,喝得他有点晕乎乎的感觉。自从贝恩哈德·陶施纳辞职以后,他在学院里再也没有知心的朋友了。每天晚上他都是独自坐在办公桌前或者一个人待在寂静得能够听到回响的客厅里,沉湎在自己的思绪中,灯下独饮。所谓婚姻中的品质时光,他觉得反而更容易在酒后体会到。虽然他从未主动去寻找机会,但是近一段时间以来,他已经高度敏感地意识到:有人对他暗暗抱有好感,对方礼节性的微笑总让人觉得意味深长。最近,和迷人的米勒-格拉芙太太打过两次电话,她开口就说"我刚刚正好想到您了。"事情起因还是那该死的模块课程改革。她在电话里问,最新的管理规定是寄给他,还是？——"哦,对了,您听我说,反正我还有事情得去一趟你们那边。您现在有空吗？"放下电话,过了一小会儿,她就穿着时髦的西裤套装,头发高高盘起,拿着打印好的文件走进他的办公室。眼里的神情仿佛在问:我来了！我们现在该做什么？

哈特穆特拿着手机站在阳台门前,手指不由自主地按动键盘。通讯录里一堆人名和电话号码在手机屏幕上闪过。贝恩哈德·陶施纳名下的电话号码早就成了空号,下一个号码是呼叫出租车的号码,他脑子里忽然闪过一个念头,为何不独自去一趟莱茵河边？在这么一个美丽的夜晚,来一次说走就走的出行。

从卡塞尔开往法兰克福的短途快车晚点了十二分钟。广播里终于通知火车要进站了,哈特穆特已经在站台上等了半个多小时,无聊地观望着身边的一切。焦急等待的旅客眼中流露出心烦意乱的神情,气喘吁吁地拎着行李爬上站台,心里这才踏实下来。年轻的情侣依偎在一起，沉浸在甜蜜的二人世界里。然后，人群一阵骚动，大家提起行李，牵着孩子们的手，只等双层火车吱吱响着进站停稳之后上车。哈特穆特捂住耳朵，檐下的时钟指向两点差一刻。

在一节车厢的门口，他看到了他妻子，举起手挥了挥，逆着拥挤的人潮向她走去。玛丽亚穿着一件他从未见过的裙子，两人互相对视，然后张开双臂拥抱在一起。从上次分离至今，已经快一个月了。两人被挤在人群和行李之间动弹不得，但是此时此刻他们仿佛置身于二人世界。

"我有好多行李，跟搬家似的。"玛丽亚笑着说。

"好久不见。"

"哦，是的。你还好吧？"

他再一次将她搂在怀里，她刚要亲他，他连忙说："等一下，我还要更多。"他拎着箱子，两个旅行包他拿了较大的那个，两人顺着客流慢慢往出口处挪动。四周一片纷繁嘈杂，欢笑声，小孩子们激动的跑跳声。出了车站，晴空万里，夏日的暑热扑面而来。到了停车场，他把行李塞进后备厢，坐到驾驶座上。他出了很多汗，只好把西服外套脱掉，看着他妻子高兴得直乐。只要有一段时间没有见面，他俩总有说不完的话，以至于在打开话匣子之前，谁也不会先开口。路上开车要三十分钟，正好他可以讲讲暑期班的事，还有昨晚的闹婚，并转达汉斯-彼得和萝莉对她的问候。另外，他还想告诉她，他已经升级了他们去里斯本的机票。前天晚上他临时决定，平时工作这么累，干嘛不坐公务舱享受享受呢？

"路上挺顺的？"他终于先开口了。他在车流中寻找一个空隙，准备从火车站旁的路口往出城方向开。每次到马堡来，都让他想起从前。火车站多少年都没有什么变化。

"火车上人真多，有一个中学组织集体出游。"他从侧面看了她一眼,她略显疲惫。她坐的是八点半的高铁,可能是因为昨天的会议很晚才结束。她的裙子非常漂亮,显得她身材特别好,上面的花朵图案有点亚洲风格。

哈特穆特决定不走高速,改从市中心穿过。伊丽莎白教堂四周都是行人,科泽尔巴赫街旁的咖啡馆里坐满了大学生,正在享用周末的早午餐。哈特穆特突然觉得右边偏头痛。也许下周到了拉帕,他又可以睡个好觉了。近几天虽然不再耳鸣,但是他觉得并没有痊愈。耳鸣就跟一个小精灵一样,在和他捉迷藏。一会儿躲起来,一会儿又出现了,真是折磨人。

"热不热?"在下一个路口等红灯时,他问她,"用不用开空调?"

玛丽亚摇了摇头。"给我讲讲昨天晚上的情况吧。"

"特别好玩。"他的视线落在一个从车前过马路的盲人身上,听到盲人的手杖在柏油路面上敲打出短而规律的响声。昨晚闹婚是在一个僻静的森林小木屋里,来了很多客人。新郎是本地的一位年轻的大学物理助教,新娘是韩国人,学神学的大学生。尽管昨晚哈特穆特听别人喊了十几遍新娘的名字,但他仍然记不住,于是就没有跟玛丽亚提新娘的名字。好像是 K 开头。她和弗洛利安是在剑桥大学留学时认识的,目前两人住在海德堡。一周以后,他们将飞往首尔,再举办一次韩国婚礼。"上完最后一周课,有点累,昨天晚上我没怎么闹婚。"最后他说,"十一点半我就上床睡觉了。"

"露特没说什么?"玛丽亚问。

"说什么?"

"说我没去。"

"我觉得,我从来没见过我妹妹那么开心。她本人结婚的时候,我不在国内。她昨天看起来特别快乐,后来甚至还跟着音乐跳起舞来。"他自顾自笑了一下。"你说,我们也会这样吧。等菲力帕披上婚纱的时候。"

"哈特穆特,她说什么没有?"

他感觉到玛丽亚从侧边扫视过来的目光,警觉到自己正在经受忠诚度的考验。这已经不是第一次了。他微微一笑,试图打消她的疑虑。

"她说可惜呀,你没来。不过,最主要的是,你今天在。上周我没跟她说这件事,昨天晚上她又太激动了,所以没多说。"

过了贝霖药厂,经过一个指路牌,道路变成了上坡路。红白两色的警示牌提醒过往车辆此处有野生动物出没。他对玛丽亚说的话还算比较接近事实。露特得知玛丽亚不能来参加闹婚时,一边遗憾地点了点头,一边轻抚他的手臂,似乎是为他感到遗憾。但是也许是他想太多了。总之,他度过了一个美好的夜晚,尽管他觉得身边所发生的这一切跟自己并无太紧密的关系。弗洛利安的同事和朋友们正在与年轻的韩国新娘子热闹调笑,旁边有一群本地的兄弟会学生也在好奇地瞧热闹。他们都穿着同样的T恤衫,散发着相同的气质。当然,他不得不多次跟别人解释,为什么他妻子没来。她最近在柏林忙什么。另外,他甚至觉得,自从玛丽亚搬到柏林以后,露特很少叫她"玛丽亚",而更多的是说"你妻子",但这也可能是他的猜测。

"你们昨天的会开得怎么样?"他问,以便转换话题,"问题解决了吗?"

"没有完全解决。"

"在哪里卡住了?"

"你是在问还是……?"

"我是问卡在哪里了?"

她犹豫了一下,转脸看着窗外。

"你怎么用这种语气?"

他双手放开方向盘,做了一个很无奈的手势。我们谈谈吧,他想,尽管他自己已经意识到,她不喜欢他说话的语气,略显轻松,像是在欢呼。每次谈到她在柏林的差事,他总是用这样的语气。玛丽亚很清楚,他之所以问这些问题,源于他们之前的一个约定。在她打算搬到柏林之前,两人之间曾经达成一致:凡是涉及法尔克·梅尔林格的事情,他都可以毫无忌讳地探问。他故作镇定的语气虽不属于上述约定,但是她也拿他没有办法。

"昨天的会开得很不成功。"她终于开口了,"法尔克批评别人的时候说话很是伤人。就算是一些小事情,他也很容易⋯⋯很容易起急。甚至他努力克制,也无济于事。当然,他很少克制自己。他的脾气根本就改不了。"

"他批评谁了?你吗?"

"也许他只是想出出气。他没有批评什么具体的内容,只是为了批评而批评,为了显示他懂得多。演员们最讨厌他这一点,现在有个演员要跳槽,很可能就是和这个有关。"

"你不讨厌他吗?"

"我跟他很熟,我知道怎么处理。"

"他为什么总是这么爱发脾气?"

她叹了口气,耸耸肩没有回答。哈特穆特把一只手放在她的大腿上。薄薄衣料的肌肤触感,唤起了他对温存抚爱的欲望。火车虽然晚点了,但是如果没有什么意外的话,他们到达贝尔根城后还有一个小时的时间,婚礼是下午三点半才开始。

"但是,我也讨厌他发脾气。"玛丽亚轻声说,"我越来越多地处在导演和演员之间,两头受气。也许他一开始找我来就是这么

47

安排的。他需要一个人帮他沟通联络。"

他们到了山顶，再往下车子就开得越来越快了。路边是一片云杉育林区，阳光洒落，在柏油马路上拉下一道道长长的树影。

"你还没告诉我，他为什么这么……"

"我也不知道。为什么这些人都是这样的？当初没有人愿意接他的剧本，没有人把他当一回事儿。柏林墙倒了以后，他成功了，红了一段时间。现在所有的评论家都说他已经没有了自己的风格。可能这也是原因之一吧。"

"他在红极一时的时候也经常发脾气吗？"

"谁知道！那时候我们还没有联系。"你都知道，还问什么？她一脸平静，没有一丝勉强，几乎就跟以前在波恩家里聊天一样。

"也就是说，工作其实很辛苦，对吧？在柏林的新工作。"

她瞥了他一眼，淡然一笑，仿佛知道他说这些是要得出什么结论。闪动的光线、树影，忽明忽暗，令人眩晕，他的欲望也随之更加强烈。有那么一刹那，他甚至想拐进旁边的小树林里，然后……他把手从玛丽亚的大腿上挪开，不禁失笑。

玛丽亚转过头来。

"笑什么？"

"没什么。我有时候觉得自己很可笑，就这样。差点忘了，汉斯-彼得和萝莉向你问好。他们觉得很遗憾，你离开波恩了。"汉斯-彼得是他在柏林的大学同学，三十多年前移居美国。现在他是伯克利大学的教授，应邀到暑期班来做主题报告。每次出差，只要当地有一点点文化特色，他妻子萝莉都要跟着一起去，以满足她对文化食粮的无尽追求。

"谢谢。"玛丽亚说，"这次萝莉攻下几家博物馆了？"

"这次也不例外，她铆足了干劲。瓦尔拉夫-理查茨博物馆，东亚艺术馆,路德维希博物馆。她在科隆又度过了充实美好的一天。"他模仿着萝莉的美国口音,以前玛丽亚一听就会笑。"至于她在波恩看了些什么,我就不知道了。我们只是一起吃了一次饭。"

"他们俩还好吧？"

"这两个人多少年都没变。萝莉无论讲什么事儿都是一副陶醉的样子,而汉斯-彼得干什么都像拿着外科手术刀一样比画来分析去。她什么都能聊,而他只聊哲学。他俩一般都说不到一块儿去,但是两人好像从没吵过架。真是奇怪。"

"嗯。"

"每一次我见到汉斯-彼得,我总想起他第一次请我吃饭的情景。那是1971年还是1972年,为了庆祝他第一次获得奖学金。他租住在梅林大街附近的一间房子里。有一次我跟他打听那间房子,他说……"

"女人呀,真是难养。"玛丽亚望着窗外,嘴里重复着他说过多少遍的话。

"好吧。我可能跟你讲过了。"

"他又惹你生气了？"

"没有。我变老了,爱絮叨了。对不起。下不为例。"车子正在拐弯,可是他的手又松开了方向盘,这次的手势既表示无辜,又意味着发誓会改正。好不容易见面了,玛丽亚却毫不留情,他觉得真没必要。尽管他以前曾经跟玛丽亚提过要求,一旦出现了任何变老、絮叨的迹象,玛丽亚都应该提醒他。

汽车驶过那片小树林。这条路很明显刚刚整修过,比以前更宽更直了。远处的天空,朵朵白云。两旁的丘陵之间是一望无际的田野,山坳深处坐落着一个个村庄。这里就是他生于斯长于斯的故乡。

"还是重新回到之前那个话题吧，"他打破沉默，"生活的核心是什么？对于将来而言，这些又有什么意义？"

"什么是什么？"

"你的期望实现了吗？还是没有？你谈到你的工作时，并不是很满意的样子。"

"工作嘛，"她简练地说，"你每天下班回家不是也有不开心的时候吗？"

你怎么知道的？他心里想着，但是并没有说出来，只是点点头，提挡加速。

"我记得你说过，先试一年看看。"

"这样的低收入工作一般都是一年一签合同。"

"玛丽亚，他妈的！回答我！"

他的声音大得吓了她一跳。

"干什么？哈特穆特，你的问题要有针对性，我马上就可以回答你。什么核心什么的……？我早就知道，要想在柏林站稳脚跟肯定没那么容易，事实证明确实如此。你是想听这个吗？"她抬手示意他小声说话，提醒他注意保持一直以来的沟通方式：有问题可以拿出来讨论，必要时可能会引起争辩，但是请不要咆哮。他自己其实也被自己的声音吓着了，并不是说声音有多么大，而是这突如其来的爆发。本来他很高兴两人又见面了，并对即将一起度过的夜晚充满期待。上次两人一块儿跳舞是什么时候的事了？他几乎真的觉得耳朵里住着一个小精灵，它不再负责发出嗡嗡的天外之声，而是要控制他的声带。

"对不起，"他说，"我还没有真正进入假期模式。"

菲力帕这个时候应该已经起床了——他也不知道，为什么此刻想起了这个。早上出发的时候，她还在床上躺着，看来是头天晚上闹婚闹到很晚才回来。昨天夜里,他们俩住在露特和海尔纳家里,今天晚上他准备带玛丽亚去住酒店。"我只是希望你能够明确告诉我,你还想在柏林再干一年。免得我搞不明白你的具体意向。很简单,有话好好说出来就行。出于对人的尊重。"话刚出口,他就觉得说错话了。玛丽亚摇摇头表示不同意他的话。

"哦,现在是有一点儿……"

"有一点儿什么?"

"这些我们不是早就讨论过吗?你是不是觉得我出去工作,是对你的不敬?"

他的右脚尖使劲往下踩油门,速度表的指针立刻就有了反应。他感觉到高速飞奔的车身在颤抖,双手紧紧握住方向盘。路面粗糙不平,马达发出轰轰的声响。事情真是令人费解:他明明是从玛丽亚的角度去看问题,而且尽量不露出固执倔强的表情,可是却没能与她更亲近。路边的田野里是一堆堆捆扎好的草垛子,让他想起了过去的时光。捆扎成圆柱状的麦秸,人们称之为"垛草",垛起来堆在地里不会受潮。等到草垛晒干以后才能搬进仓库里。只是他不太清楚,"垛草"这个词到底是动词还是名词,到底是形容捆扎的动作还是捆扎的结果?他只知道,他曾经是多么痛恨这项农活。有时候,连夜扎好的草垛又要在第二天摊开晾晒,据说只有这样才能使麦秸变得软乎,奶牛才更喜欢吃。这都是农民的一些迷信传言……

"哈特穆特!"

他一下子惊醒过来。刚才有几秒钟他走神了,想起了以前的事情,而没有注意到前面是一个环岛。汽车疾驶进入环岛入口,玛丽亚倒吸一口凉气,哈特穆特用尽全力踩住刹车。幸好有 ABS 防抱死刹车系统,汽车一直保持平稳,但是他们被安全带紧紧地勒住了。他等了一小会儿，以为面前的安全气囊会弹出来。在白色停车线之前几厘米的地方，汽车终于停住了。两人同时被重重地甩到椅背上。从对面路口驶过来的大货车司机气愤地看着他们，眼里满是指责。坐在车里都能闻到橡胶轮胎刹车时摩擦地面而发出的焦煳气味。

"真的很对不起，"他说，吓得十指发抖，"这个地方以前没有环岛。"来的时候他走的是另外一条路线。

有好几秒钟的时间，两人一言不发地并排坐着，只听见紧张的呼吸声。他本来想问，我们是不是应该在下一个村庄停下来休息一下？你需要从后备厢拿什么东西吗？他又小心翼翼地慢慢发动车子，心都快跳到嗓子眼了。刚才两人在谈什么，已经忘得一干二净。玛丽亚用食指和中指压住太阳穴。

"快到了吧？"她问。

"还有一刻钟。"

到了下一个村庄的出口处，跨过拉恩河就拐进了 B62 号国道。哈特穆特伺机缓和气氛。玛丽亚竟然没有问他闺女怎么样了，那么他可以肯定，这娘俩今天应该已经通过电话了。昨天下午，菲力帕到达的时候，还给了他一个意外惊喜。她给他买了一个小枕头，里面植入了一个小音箱，可以直接连到 CD 机上。她解释说，这个枕头可以缓解因为耳鸣而引起的睡眠问题。但是她这个礼物是在德国耳鸣治疗协会的网店里买的，让他的高兴劲儿减少了几分。他要不要告诉玛丽亚，昨晚菲力帕逼着他在露特和海纳尔家的客厅里试用睡眠枕，听了一段《马太受难曲》。当时大家都好奇地围着他，询问他是否好用？是不是觉得想睡觉了？能否详细描述一下他听到的声音效果？他外甥菲利克斯以前在某个热线里听到过，使用这个枕头可以消除各种耳鸣的声音。他建议哈特穆特从中识别出对他有效的声音,刻录到CD上,以后睡觉的时候听。只要这个声音从外部进入他的耳道,那就不会再有耳鸣了,是这样吗?

他听到玛丽亚在旁边发出一种奇怪的声音,刚开始他还以为她是在打嗝儿,但是他扭过头去才发现,她往前弯着腰,伏在膝盖上,双肩抽搐正在哭泣。一时之间,他有点惊慌失措,不知怎么安慰她。路边竟然找不到一个能紧急停车的地方,他只好松开油门,伸出右手拍拍她的肩膀。

"宝贝儿,怎么了?"

玛丽亚摇摇头,不停地抽泣。头发散落下来,露出又细又白的脖子。

"玛丽亚?"他赶紧回头看看车前的路况,又扭转头看着玛丽亚,虽然动作紧张,不过他内心出奇地平静。过了一会儿,玛丽亚直起身来,伸手翻找纸巾。她很少这样突然崩溃,所以他更加感到好奇,她接下来会开口说什么。

玛丽亚擤擤鼻涕,把纸巾扔到一边。眼睛直直地盯着前方的路面。

"我们之间这是怎么了?"她的声音听起来比他预期的还要坚定。

"你什么意思?"

"我们俩这是怎么了?为什么我们不能好好说话?"

"我们不是一直都在好好说话吗?"

"话不投机,各说各话。总是这样。"她使劲地擦眼泪,动作果断有力,仿佛因为刚刚的失控而生自己的气,试图一举抹掉刚才给人留下的这种印象。"你假装关心我的工作,其实你只是想知道,我会在什么时候放弃。"

"你想工作的意愿无可厚非。我一直都很支持你……"

"对,没错。你是说支持我去夜大教葡萄牙语,对吧?"她陡然伸出手来,做出一种极其少见的手势,"我已经教了五期,五期!"

"那你想听我说什么呢?你去柏林吧,宝贝儿。打电话给法尔克·梅尔林格,问他有什么工作给你。反正待在波恩也是给我找麻烦。你是想听我说这些吗?"明明是她自己在搬走的时候信誓旦旦,坚信分开对他俩都好。但他从未相信过。

"最近我常想,其实我有很多事情愿意跟你一起分享,我愿意讲给你听,可是每次我还没开口,就已经想象得出这场对话的结果。我很清楚你会在哪个环节打断我。每次我一提到有哪些困难,你就暗自高兴。我一说起有什么麻烦事,你不但不体谅,而且还一再声称:不听老人言,吃亏在眼前。而且,我感到很难过,我让你抱有希望,可是又不得不让你失望。还有一点:你总是给我压力,逼我成为危害我们婚姻的那一方,仿佛我只知道自私自利地去追求自己的人生理想。"

"我们的婚姻受到危害?我怎么不知道?"

"不!你知道!"

哈特穆特伸出右手打开空调。这真是新闻。以前从未说过婚姻受到危害,而且玛丽亚一般也不会轻易地胡诌这些词,她虽然情绪很激动,但是却很冷静地说出这些话。哈特穆特把手收回到方向盘上,想着怎么接她的话。只用寥寥数语,她就将开场铺陈完毕,然后开始逐条陈述。语速很快,比她的眼泪干得还要快。

"你好像不知道,"她接着说,"你没有意识到你的行为已经导致了危机的出现。"

"说清楚了!"

"一年以来,我们进入一个处境……"

"两个处境。"他的右脚又抽筋了,好像全身都突然开始抽搐。"把情况说清楚了,没有害处。"

"……不但没有进步,而且还白白浪费了我们在一起的宝贵而短暂的时光,为了一些琐事吵来吵去,毫无结果。"

她这段话的起因似乎是刚才他问到她工作上的事情,不过她每次都避而不答。毫无结果,她说的没错。为何这是他的错?显然,他必须在这里指正一些事情。玛丽亚是否知道过去的几个月他是怎么度过的?凭什么一下子把他置于审判席上?

他妻子还在喋喋不休。

"你我的经历本来是可以互相丰富我们的生活,我们肯定能找到共同的话题。我们可以一起分享。要是能够这样该多好……"

"我是不是应该放弃这个愚蠢的想法,不再认为我们最好能生活在同一个城市里,对吗?我是不是应该承认,各自居住在相隔五百公里的地方,这才是夫妻之间的最佳距离?这样我们的生活才会像杏仁糖果一样浓郁香甜?天哪!我们什么都能彼此分享,除了餐桌和床!"

"你听听你自己说的话,哈特穆特!听起来好像是谁欺负你了。"

他最恨这个!他妻子竟然这么责备他!责备他不应该因为不常见到她而难受。接下来呢?她会不会认为他是一个懦夫,就因为他爱她?

"等一下!"他尽力克制自己的情绪,避免抬手在她面前做出冲动的手势,"你埋怨我逼着你扮演一个自私的、追求自我实现的女人。我觉得还应该加上一句:首先,这个角色是你自找的,而且你扮演得还不错……"她双手紧握,看得出,他的话戳中了她的要害。这确实让她措手不及,但是她就应该严守游戏规则吗?"第二,

55

换位思考一下,你逼着我扮演这么一个角色。哦,不不不,是好几个角色!被抛弃的丈夫、夜里在家等电话乞求关注的乞丐,一个比一个可怜。全是他妈的烂角色!"

"这就是我们的问题:你认为,我所做的一切都是对你的伤害。"

"我们的问题是,你做什么都不考虑我的感受,究竟会不会伤到我。"

"这叫做以自我为中心。"

"差不多就这个意思,就是自私自利。"

车子进入一个小镇,他们临时停车休息。在一家名为里亚尔多的冰激凌咖啡馆外,有年轻的父母领着孩子在惬意地享受阳光。刚刚过去的这个学期简直像打仗一样,去年事事都不顺利。哈特穆特觉得应该果断做一了结。已经拖得太久了,他对自己说。跟海尔维格大吵一架之后的当天上午,他的秘书交给他一封密封好了的信件,这位同事在信里以各种方式为他的不当行为表示道歉。有时候,必须坚定捍卫自己的立场。也许他犹豫了太久,只是为了顾及同事之间的和平相处。

玛丽亚叹了一口气,换了一个语气说话。

"我们还能重新开始吗?"

"每一对老夫老妻都梦想从头开始,可惜呀……"

"我们可以从头开始吗?!你能不能放下你的这种腔调。别这样,好不好?"

"好,我听你的。"他从眼角的余光感觉到她的嘴唇直哆嗦。愤怒,失望。但是,她还是决定接着说下去。他第一次明白,其实她是想避免发生争吵。这个认知就跟窗外掠过的风景一样一闪而过。

"我觉得最主要的是,你应该理解我,我当时为什么要那么做。

为什么这不是自私自利。我……"她语速很快,不给他插嘴的机会,可是她自己却语塞了。"……当时,有一个机会,要么抓住机会,要么我会后悔一辈子。我不但会责怪自己,也会埋怨你。归根结底还是因为波恩的生活……"

"你所说的波恩,是指在我身边的生活,对吗?"

"我说话的时候,你最好别在后面强加指责,这样对我们都有好处。"

"是的,我为什么要这么做?多年以来,我忙于我的事业,以至于冷落了我的家庭,没能帮助你找到工作。这不是责备,这是事实。对吧?"他有的是办法继续激怒她。难道她不知道,她之所以能够到柏林去工作,是因为她在柏林的房租是他付的?是因为他的努力工作才能支持她去柏林工作?是因为他支付了搬家的费用?他才是做出了最大牺牲的人,可是竟然还要听她抱怨。

"哈特穆特,你从什么时候开始变得这么爱挖苦人?"她非常冷静地问他。此时此地,她打算跟他说:她爱他。他太了解她的核心本质中不可动摇的虔诚,她的父母来自埃什特雷拉山区,受过严格的天主教熏陶。那里的妇女每天晚上都要念诵《玫瑰经》祈祷文。如果他愿意的话,她想告诉他:她完全了解并且也承认,在过去的二十年时间里,他为了家庭,多么辛苦地工作——当然,前提是他不再对她搬家的事耿耿于怀。说是搬家,其实是从家里搬出去。

"是啊,从什么时候开始的?"他说。

"明白了,又是我的错。"

"什么叫又是?一直都是在说我的错。"

"这话应该我来说吧。我们根本就没法交流了。我们都没法谈谈我们自己了。"从她沙哑的声音里他能听出来,她的眼泪马上又要夺眶而出。她重新掏出纸巾,捂着脸哭。现在该轮到他发起反击了。

"一切都是我的错,没完没了。要从哪里说起呢?我不支持你去工作,虽然我在经济上支持你,但是在你眼里,经济支持根本就不算支持,反而是一种居高临下的心机和傲慢。我看不出你的工作对我们的婚姻生活有任何调剂。咱俩的婚姻生活只存在于一封封邮件中,内容无非是什么时候可以有空打电话。而且,每次我在邮件里写的都是重复的话,最主要的就是问你过得好吗。没办法,我就是这么一个尖酸刻薄的人,天生如此。而且我的过错好像远远不止……"

"别说了,"她低声说,"求求你,别再说了。"

他也不想说,可惜停不下来了。他自己也意识到了,他一边说着,一边把车开得更快。外面的风景变得模糊,他只专注于眼前的道路。今天是一个重要的日子,不知不觉中他已经盼望了三个月。是他危害到了两人的婚姻?他简直要气炸了,头都要裂了。

"我的过错当然远远不止这些,我还对你的工作内容一点都不了解。"

"拜托别说了!这些……"

"你就直说吧:对于现代舞台艺术,我一窍不通,就像一个乡巴佬一样。"

玛丽亚抱着双膝蹲伏在副驾驶座上。他应该闭上嘴的,可是他竟然做不到。上次去看巡演,他没有诚实地说出他对《欧洲屠宰场》的看法,这只是他自欺欺人的另一个事例,为的就是不要破坏家庭气氛。哦,对了,他当时真切地感觉到一旁的彼得·卡洛夫看他的异样眼光。当玛丽亚来到吧台陪他们的时候,他马上改口,不再说这部戏是青少年叛逆期的胡闹,而是说它充满了爆发张力。一直以来,他小心翼翼地呵护他们的婚姻关系,结果呢?竟然说他是危害婚姻的人!

"在舞台上对着观众自慰,多么前卫呀!"他的声音比平时高了半音,听起来有些发狂。前方是一个长长的弯道,然后就拐到更长的一条直路上。远方视线所及,哈特穆特依稀能认出贝尔根城的城堡,除此之外,只有路两旁呼啸而过的隔离绿化带。他把挡位推到五挡,双手紧握方向盘。就像一个教授在课堂上打开了话匣子,滔滔不绝、喋喋不休。

"自慰意味着解放,这正是我们需要的:解放!从谎言和枷锁中解放出来。抛开那些小市民常规!我们伪装得太久了。我们大家都在欺骗自己。我们应该感谢他,感谢这位大师,感谢他……"

"住嘴!"玛丽亚的声音在车内回荡,仿佛要把车子像玻璃一样挤爆。他还从来没有听过她这种声音,也没有听过自己这样。这下可好!

"本来就是这样!"他大声喊道,"我们这些可怜的众生常常不知道自己有多可悲、多么的不自由。我们是多么幸运哪!柏林文化局出钱资助了几个有关专家,给我们树立了一面镜子。他们的言语辛辣尖锐,能够一针见血地拆穿所有谎言。我们真正想要的究竟是什么?哥特弗里德·贝恩不是早就说过吗:要消除对洞穴和性欲的障碍!或者响应西方戏剧大师的第一条指令:操!"

话音未落,只听见"砰"的一声响。

车胎发出刺耳的吱吱声,车子越过左边的隔离带一下子蹿到了对面的车道上。大脑中孤独的、风雨飘摇的理智灯塔在提醒他,他妻子出于自卫采取了行动,把方向盘往左推,因为她已经无法忍受他再说下去。他是不是应该开着车一头撞到旁边的树上去?他感到两颊发热,但是他倒是很愿意听到更大的声响。

"你再推啊!"他大声喊道。他重新控制住方向盘,依然行驶在对面的车道上。接下来是什么呢？鸡飞？狗跳？乌鸦嘎嘎叫？

"在这个疯人院一般的婚姻里,我在做什么？"玛丽亚又哭又叫,歇斯底里,声嘶力竭。他们终于抛开了一切界限。他把车开得更快了。

"你没有做什么,完全没有,你只是百分百变成了我的牺牲品。"

"哈特穆特,你为什么要破坏这一切呢？为什么？"

"谁破坏了你们,你们就要破坏谁。我们以前不都是这样说吗？或者不是'我们',是别人说的。当时我坐在写字台前。"

"让我下车！你他妈的给我回到右边车道去！"

前方三百米处,有一辆车拐进国道,与他们对向驶来。他只在电影里见过这样的画面,自己却从未经历过。做这件事的人是他吗？《野草莓》中激烈争吵的夫妻:丈夫滔滔不绝、尖酸刻薄,妻子沉默不语、伤心绝望。难道这些真的会在现实中上演吗？

对面的汽车对他们闪灯。

"靠右行驶！靠右行驶！"

"你想怎么着就怎么着！"他陡然往右打轮,开回右侧车道,车胎又发出嘎吱的声音。对面的汽车使劲按喇叭,相向会车时司机直瞪他,旁边副驾驶座上的人举起右手示意他扇自己的耳光。

玛丽亚的喉部发出一声痛苦的尖叫。哈特穆特抬起油门,恍恍惚惚中看到了一个黄色的路牌。左边是梅赛德斯汽车店,右边是一个已经关门的加油站。仪表盘上的速度指针在往左下降,仿佛意味着车里的紧张气氛也在下降。

玛丽亚无声地流泪,一个劲地啜泣。

此时,宽阔的人行道上没有一个行人。在一栋房子的车库门口,有人在使劲擦车。他们还得驶回国道上,但是这次他只换到了四挡。一队摩托车轰隆隆呼啸而过。两分钟之后,车队消失在贝尔根城里,不知去向。快到两点半了。他没有打转向灯,直接把车往右开往酒店方向,穿过中心广场。战士纪念碑前有几个人坐在那里闲散地喝着听装啤酒。这是他能想起来的唯一路线,不过玛丽亚擤擤鼻涕,直摇头。

"你休想现在就到你妹妹那里去。"

他点点头,难道他会这么做吗?在城堡山的阴影下,马路渐渐往上变得有些坡度。往左拐是去露特和海尔纳家,哈特穆特却接着往前开。这是通往森林小木屋的路,昨天晚上闹婚就是在那里。为何隔了一晚却像是过去了很久?去那个小木屋,应该也不错。他现在最明确的感受就是口渴,但是水瓶却遥不可及地躺在玛丽亚的脚边。

马路不再宽敞,而是一条柏油小路,两旁都是黑莓灌木丛。路的左边视野开阔,贝尔根城的山谷一览无遗,在阳光下就像一个巨型的大绿碗。玛丽亚一把抓过后座上的手袋,拿出香烟。他突然急着想去上厕所。

只有两辆车停在树荫底下,四处无人。玛丽亚一解开安全带,仪表盘上的指示灯就开始闪烁。现代智能技术的麻烦!等到哈特穆特熄火了,指示灯才灭掉。他故意放慢动作,想保持原有的宁静,但是玛丽亚马上打开车门出去,一言不发地在身后把门关上。一股森林里的暖风随之涌进车里。

事情就这样发生了,让他很伤脑筋。

双手放在方向盘上。他妻子顺着小路往小木屋走去。他什么都没法做,只能坐着车里,注视着她的背影。本来他们可以在喜庆的婚礼气氛中一起度过一段快乐的时光。婚礼、婚宴、音乐和舞蹈,一直持续到午夜。露特昨天跟他说了婚宴菜单,还请了一个五人乐队。玛丽亚已经转弯不见了。透过林间缝隙,哈特穆特看到山谷上空热气升腾,还能看到山上的城堡。

这将是他这辈子最漫长的周末,忽然之间,他觉得自己变老了,仿佛有一百岁。

3

下班了。六点刚过，哈特穆特就离开了学校的主楼，看到中心花园里大家都在锻炼放松。大学生三三两两地坐在草地上，或独自一人，或两人做伴，或小组一起，有的专心看书，有的在杂耍五彩球，有的在喝啤酒。学校已经结课了，这是一个天气晴朗的周一傍晚。年轻的妈妈们领着孩子，走在回家的路上。哈特穆特刚刚审完一篇无聊的论文，文章的语料充足、文辞通顺，可是通篇空洞无物。如果搁在以前，他肯定会一顿痛批。下午还打了各种电话，懒散的思绪常常被打断。他站在窗边沉思良久，然后就径直朝着地下车库的通道走去。艺术博物馆门口有两个小伙子在玩飞盘，一抛一接之间伴随着他们拉长的叫喊声。

几天以来，时间仿佛在和大气压力作对。按照赫德韦西夫人的说法，主要原因就是持续不散的高气压，她现在也被高气压弄得乱作一团。在天气最难忍受的那几天，她在院办的小厨房里储备了几瓶气泡酒，下午还请他喝了一杯。喝了酒之后，工作效率反而更慢了，烦躁的情绪只是暂时有所缓解，但是胃里却感到一丝丝灼痛。

哈特穆特看了一眼手表，只剩不到两个小时的时间。他打起精神,准备从楼梯去地下车库。就在这时,身后传来脚步声,他听到有人尴尬地轻咳,等到对方开口说话他才听出是早上曾经听到过的熟悉声音。今天早上,此人给他送来三份装订好的博士论文,红色封面,摞在办公桌上有砖头那么厚。因为他装了一份论文在包里准备带回家去看,所以两人握手之后,他不得不放下手里沉重的公文包。

"您好,海因巴赫教授。"查尔斯·林虽然在德国已经生活了六年,但是他每次跟别人打完招呼之后,仍然还是一副松了一大口气的样子。

"您好,林先生。"

站在他面前的这个人是他的博士生,身穿棕褐色的灯心绒裤子和浅色衬衣。赫德韦西夫人总是喊他查尔斯王子,尽管他长得一点也不像查尔斯王子。他比哈特穆特矮一头,笑的时候总是将脑袋微微上扬,仿佛在站军姿立正。他左手拎着一个磨损的公文包,对哈特穆特说:"我今天早上去过您的办公室。"

"我知道,你给我留了一张纸条。"

"是的,一张非常详尽的纸条,对吧?"

"恭喜恭喜。没想到,你这么快就写完论文了。"

林先生使劲点了点头,丝毫没有觉察到他的导师其实并没有多大的兴趣就这个话题继续谈下去。不仅如此,他还慢吞吞地开口说着一贯的半拉句子,虽然听起来没有多大意义,不过还是能让人明白他想说什么。

"坚持不懈地努力,为了转换精神思想。"他的博士论文写的是一些晦涩难懂的中国思想家对黑格尔的阐释,也许正因为如此,文中有一些表述听起来好像是黑格尔与孔子合力完成的句子。他在上次博士生论坛上介绍论文架构的时候,曾引起大家不时发出笑声。

"到现在还在坚持不懈地努力?"哈特穆特问他,"你没有庆祝一下完成了博士论文?"

"没有。我今天还泡在图书馆里。"

"明白了。但是今天晚上也许会好好庆祝一下吧?"

他报以微笑,不知道是同意还是不同意,或者还有别的什么意思。玛丽亚有一次在路上碰到过这个博士生,回来跟他说,这个林先生眼里满是忧伤。她有时候这么说的意思是,她对那个人有着莫名的好感。但是对于哈特穆特来说,其实他对林这个人有那么一点点反感。不过还好,隔了两周,这种反感情绪就已经被忘得一干二净。他并未深究个中缘由,只是出于礼貌而没有流露出任何反感,或者尽力掩饰反感情绪。两人望着窗外洒满阳光的中心花园,一时不知道该说什么。然后林先生冷不丁地冒出来一句:"您喜欢里尔克吗?"看来,写完了博士论文,虽然并未让他有心情去好好庆祝,却引起了他闲聊的兴致。

"里尔克?我以前比较喜欢表现主义作家的作品,不过那都是很久以前的事了。那个时候我还有时间去读读诗歌。我怎么不知道,你还对诗歌感兴趣?"

"心灵和感性不应该被忽略。黑格尔已经合理地证实了这一点。"

"的确如此。"心灵和感性。在林先生撰写博士论文《世界思想在中国的回归》这六年时间里,哈特穆特看过他陆续交来的无数个段落,却一直无法判断好坏。林先生定期来找他谈论文,结果总是徒劳。他总是恭顺地接受导师给出的每一条建议,同时又对导师表示出足够的礼貌和尊重,就像对待一个反应迟钝的权威长辈。哈特穆特对他的反感也许就是因为他如此小心翼翼地隐藏和掩饰。尽管如此,这样的场合还是需要一点表面功夫来维系。

"林先生,我可不可以问你一个问题:博士毕业以后你打算干什么?"

"回国。回到我妻子和女儿身边,然后努力评上教授。"

"你在波恩读博期间,妻子和孩子一直都留在中国?"

"头三年她们跟着我在德国生活。之后她们不得不回去,这就是所谓的世界思想吧。对不起,开个玩笑。"这算什么玩笑!哈特穆特并不清楚,林先生是坚持保留了最初那个空泛浮夸的论文题目,还是听从了导师的建议。早晨看到砖头厚的论文时,他嘴里轻声骂着脏话,连封面都没有看一眼,就拿了一份塞进公文包里。想到要批改这份论文,他就开始头皮发麻。论文的选题范围跟他的研究领域相去甚远,估计文笔和论文作者本人的谈吐一样不太纯正。实在是吃力不讨好。

他不想故作欢笑,可是又找不到更好的表达办法,只好也回应了一个笑话:就是那三个宗教神职人员关于人生始于何时的笑话。他的博士生听得很认真,到了笑点的时候他却没有任何表情反应,好像还在等着故事继续。过了几秒钟,他才点点头说,"真是太有意思了。"

"这是我闺女给我讲的一个笑话。她今年二十岁。"

"很显然,她的思想挺有境界的。"

"对,可以这么说。虽然她学的是食品科学。你听说过食品科学吗?"

"不太懂。"

"我也不懂。但是她自己感兴趣,我这个当父亲的也没有办法。你说是吧?"哈特穆特耸耸肩。虽然他一点兴趣都没有,但是他依然在考虑是否请查尔斯·林去传统驿站酒馆喝杯啤酒,然后从那里直接去博伊尔。他感到非常口渴，而且也需要放松调剂一下，另外，他忽然对这个可怜的林先生充满同情。估计他今晚并不会去找人喝两杯以庆祝完成论文，甚至还会在坦伦布什宿舍楼空荡荡的宿舍里继续研读里尔克和黑格尔。长达六年的寂寞写作！他自己当年写完博士论文的时候，桑德丽娜专门请他吃了龙虾大餐，那还是他头一回吃龙虾。

"耶！"后面一个玩飞盘的人在大叫。

辅导查尔斯·林这样的博士生，多年以来已经成为了他学术生涯中的一种宿命。当年，他从美国学成归来，在莱茵河边的这所高校任职。入职以后，他就开始带头实施所谓的"重组改革"：只要他在办公室的时候，大门永远是向所有人开放的；他还尝试推行各种各样的改革措施，对学生非常友善，深受学生喜爱。可是，所有这些举措却像一把双刃剑，给他在院里也带来了一些不好的名声。在他任教的最初几年时间里，改革措施带来的后果之一就是，当时有很多学生念到三十多岁了，依然拿不到学分。他必须费力地教会这些学生重新规划选课，引导他们制定适合各自能力和水平的学习计划。由于大学学制改变，今天已经不会再出现这样的情况了，但是哈特穆特以此建立了自己的声誉，吸引了来自全球各国的学生。他们或是因为无法克服语言障碍，或是由于经济困难，还有的是因为过分思念家乡，而严重影响了学业。他之所以帮助他们，可能是因为这些学生让他想起了昔日在美国留学的情景：每次去找斯坦·胡尔维茨教授谈话，不管教授问什么问题，他都只能以点头作答；教授在他眼里就像一个巨人，每次谈话结束的时候，教授在办公桌后面跟他说："年轻人，别担心！我们一定会帮你。"每当这个时候，他都会如释重负，高兴地离开。可惜，以人性的一面来处理大学里的事务势必要付出巨大的代价。同事之间对他颇有微词，都说他是一道放水的闸门：有些学生本来难以通过考试、根本就没有资格拿到烫金的毕业文凭，可是选了海因巴赫的课之后却都能顺利过关。像查尔斯·林这种情况，就连哈特穆特本人都不太相信他是否能够顺利毕业。为了证实自己的这种怀疑，他必须先搞清楚，这个人到底在做什么。这几天他顾不上冷静思考自己的未来，当务之急是要了解查尔斯·林的实际情况和业务能力，以决定他是否能够毕业。也是怪他自己拖得太久了，这件事一直搁置到现在。

不过，今天他决定还是先不和这位博士生去喝啤酒。他在餐厅订了晚上八点的座位，事先还要去买点东西，然后还要回家洗个澡，并提前编好一套合适的理由。米勒-格拉芙太太倒是毫不犹豫地接受了他的邀请，但是他在发出邀请时特别注意小心措辞。大学办公楼的走廊里很容易传闲话。哈特穆特点点头，双手松开栏杆，拎起地上的公文包。

"林先生，我得走了。这个星期我不在学校，下周再来找我吧。下周四来吧。我们必须好好谈谈。最重要的是，我们还要给你的论文再找一位评阅专家，如果你还没有找到的话。最好是一位比较了解中国的教授。你也知道，我对这方面不太熟，而陶施纳教授已经辞职了。你认识汉学系的诺伊豪斯教授吗？"

"诺伊豪斯教授？认识。他对中国不太了解。"

"不太了解吗？可是，林先生，我们需要第二评阅人。你好好想想，谁比较合适？下周到我办公室来谈。"

"太好了，我非常乐意。"他的博士生一如既往地信心满满。然后他就一直站在楼梯口等着，目送哈特穆特进了地下车库，转弯时回头看了一眼，他这才离开。

在穿过城区的路上，哈特穆特一直在想，他如何才能让包里的这篇论文能够通过波恩评审委员会的审核。如果论文的内容真的如他所料,那恐怕就难以通过了。周末的时候,他刚跟露特讲过,评审委员会每次召开会议时,那些专家都不拿正眼瞧他。他甚至告诉露特,就连他带的博士生也受到牵连,正是因为是他带的博士生,这才是对他们最大的不利。她说,你太夸张了吧?《哲学通讯》上有关于他上一本书的评论,大概意思是:教授若将自己看作独创天才,才会写出这样的书。也许真的是他想多了。但是上次他带的伊朗女博士生答辩惨败之后,布洛伊格曼教授确实私下找过他,请求他以后对那些能力不够的外国留学生不要有任何恻隐之心,不要大发慈悲。况且,除了玛丽亚之外,很少有人对查尔斯·林抱有好感。他过分鲜明的固执性格不知道在遇到哈特穆特之前已经得罪了多少人。

汽车拐进罗伯特-科赫大街,朝着维纳斯山的方向上行,哈特穆特暂时先把这个问题搁置到一边,支起胳膊肘放在敞开的车窗上。德国西部广播电台的发射塔高高耸立在傍晚时分的蓝天里。以往他总在这个时候迎来一天当中最舒服的时段,但是近两年,每当他打开冰箱看到绿瓶的阿瓦利诺葡萄酒时,那种高兴劲远远不如从前。另外,他在地下室里发现了满满一箱子光盘,大概有一百多张。他本来是去地下室找电动割草机配套的装草袋,无意中发现了这些光盘。里面很大部分都是美国的电视剧和电影,反映出十几岁青少年的口味。估计是菲力帕在搬到汉堡之前把这些光盘堆放到地下室里,以纪念成功度过青少年时期。她肯定想不到有一天她的父亲会在寂寞的夜晚与这些破烂为伴。为了不至于太堕落,他选择原音播放,安慰自己说,这样是为了复习英语。里面也有一些葡萄牙语的电视剧光盘。

塞尔梯恩大街的商店都已经关门了,这条街上的店铺本来就少

69

得可怜，无非是面包店、书报摊和药店。当年，联邦总理维利·勃兰特就住在这条街的拐角处，那个时候，街上的零售业生意还不错。有一次哈特穆特结账付钱时听到有人在闲聊这个话题。他接着往前行驶到凯撒超市，买了香肠、奶酪和一箱矿泉水，然后坐回到帕萨特车里，打开一瓶水狂饮而尽。四周充斥着关车门、发动汽车的声音，两个小学生年纪的男孩儿故意快速推回购物车，差一点撞上超市入口的水果摊。他们的笑声传到他耳朵里，模糊又不真实。

他慢慢驶出停车场，大约过了三百米之后拐进吉芬路，他停下来看了看前面拐角处那栋三角形尖顶的房子。当时他们本来打算买下这栋房子。现在，这栋房子已经被自然科学学院的一位年轻同事买走了。矮树篱笆后面，两个孩子在玩耍。远远望去，哈特穆特觉得其中有个小孩仿佛就像篱笆后面的一大块彩色花斑。他似乎也认出了一旁身穿绿色园艺工作围裙的孩子妈妈，就站在通往露台的石阶上。当他觉得貌似有人冲他挥手时，他已经调转车头继续前行，三分钟后就到家了。

他没有把车开进车库里，而是停在马路边，双手仍然放在方向盘上。周围的邻居大都外出度假了，百叶窗紧闭，仿佛在打瞌睡中等待主人归来。他自己家的窗帘虽然高高卷起，但是看起来却像是被人遗弃的房子。屋前的杂草已经深及膝盖。阳台上躺着两个装着园艺土的黄色大袋子，是他从歌特斯堡的园艺超市里买回来的。今年春天的时候，其中一个袋子被鼬鼠咬了一个大洞，黑褐色的土块从破洞处往外涌出。家里那几盆花，他虽然很少照料，却依然顽强地存活下来。玛丽亚每次从柏林回来根本就顾不上侍弄这些花。

哈特穆特坐在车里一动不动，四周一片下班之后的宁静，只有叽叽喳喳的鸟叫声。他下意识地用手抓握方向盘。这是九月初，一个极为普通的周一。夏去秋来，维纳斯山上的树叶已经开始凋落。此时，他坐在车里，望着外面的马路，当时"欧洲汽车搬家公司"的大卡车就停在这个位置，车上装着玛丽亚的少量家当。早上九点半，他当然也帮她搬运装车。装好车之后，两人面对面站在人行道上。至今他还清楚地记得他当时脑海中的念头，清楚得就像写在纸上的句子：我还是不明白，你为什么要搬走。每逢医院的探视时间，整个罗伯特-科赫大街上都停满了车。榉树和细长的杨树在晨风中摇曳。

玛丽亚的想法比较乐观："我们都足够坚强。我们一定能做到。"她试探着握住他的手，眼光坚定，充满信心，仿佛是要告诉他，他刚刚忽略了很重要的一点：没能发自内心地为她感到高兴。她身穿牛仔裤、针织紧身上衣，配了一双运动鞋。来自里斯本的玛丽亚·安东尼娅·佩雷拉。他不知道她竟然还穿运动鞋。她看起来一直都比实际年龄年轻，现在这身装扮就更显得生机勃勃。披肩的长发束在脑后，一小绺头发漏在外头，随风飘动。这么年轻的妻子，他可不想从此相隔五百公里。

他想，我们足够坚强，足以经得起荒唐的折腾。无论如何，你要相信这一点。菲力帕一早就到朋友家去了，出门的时候对她即将离家的母亲只是简单说了声"再见"。过不了多久，她自己也要搬走。

自前几天开始，玛丽亚就收拾打包刀叉、盘子和水杯。她尽量注意，不让橱柜里剩下的东西出现明显的空当。地下室里有一个用旧的床架，她觉得正好适合她简朴的需求。——她不想给家里带来麻烦，只想简单离开。衣服放进行李箱，几本书装到纸箱里。她是不是应该有所收敛，不要在他面前快乐地哼唱？

"生活会有所不同，有时候可能会不容易。"她说，"但是也会

71

常有美好时光。我们见面的机会就少了,不过随着时间的推移,我们会彼此想念。想当初,你住在多特蒙德,我在柏林,不是也挺好的吗?"

"那个时候,你还不到三十,而我也不到四十岁。"

"所以呢?"

"那个时候,我们才刚刚认识。那个时候我们还不知道,我们是否会继续在一起。"

"哈特穆特,你现在是不是想听我说:生命中的一切都是暂时的?相信我,我们一定能做到。而且,这样对我们双方都有好处。"她深深地吻他。他几乎要用力才能从她的怀抱里挣脱出来。

"东西都带齐了?"

"都齐了,就等你点头放行了。"

"你放在橱柜上的这张小纸条,我明白,你是想告诉我:把你忘记的东西寄到哪里去。"

"你愿意帮我寄东西?"她看着他,没有气恼,只有请求和期待。他感觉到自己内心坚定的意愿,绝对不要把告别的气氛弄得很忧伤——就算心中满是苦涩。他原本打算好了,等菲力帕搬走以后,借此机会重新安排他每天的生活:减少工作,周末休息,和玛丽亚一起到周边走走。在波恩生活的这十五年里,他们从未一起去过附近的艾菲尔山,也没去过阿姆斯特丹。他更愿意去看电影,多看看小说。另外,他也在考虑接受汉斯-彼得很久以来的邀请,带着玛丽亚去伯克利大学讲学一年,让她高兴一下。他可以开设一门课程,写点文章,而玛丽亚也可以趁机练练英语。他们将有足够的时间,一起去纳帕山谷探寻葡萄美酒。他曾经想问她:楼上再也没有人大声放音乐了,剩下他们两个人留在波恩的家里会觉得不习惯,去美国岂不是更好?

"我已经是一个头脑糊涂、上了年纪的老男人,实在不知道该做点什么。"告别时说的这些话,最终还是把气氛弄糟了。

"也许你可以等等我,让我们一起变老。"她转动手里的车钥匙,迟疑了一下,终于在他脸颊上给他最后一吻,转身走向汽车。

他看着她的背影,不愿她离开。不,他不让她走。不能让她走。他没有那么坚强,他妻子很快就会觉察到这一点。

一辆救护车闪着蓝色的灯,急速驶向医院的停车场。但是,直到车子消失在他视线中,救护车的警笛声才把哈特穆特的思绪拉回到现实中来。仪表盘上的时钟显示七点一刻。他将双手慢慢从方向盘上放下。周末的时候,露特出乎意料地问他:"你不怕她不再爱你了吗?"他妹妹能够这么问他,说明她很清楚哈特穆特目前所遭受的折磨,却无法真正理解他。每当他晚上独自坐在家里的客厅里,害怕只不过是众多感觉中的一种。然后他就听到内心激烈的斗争,就像一场辩论,他不想参与其中,可是对方的言辞又刺中了他的要害。同时,他感觉到自己正在慢慢接近一个临界点,任何理由都不再重要,他只想就这样简单放弃。和弗洛利安婚礼之前的那次大吵不一样,但是结果却何其相似。

她走进餐厅的时候,比约定的时间晚了一刻钟。棕红色的头发松散地披在肩上,比哈特穆特记忆中的颜色要稍微深一点。她把外套搭在胳膊上,眼光一扫,看到他坐在角落里的一张桌子旁。服务员迎着她走过去,她示意已经"看到他了"。一边用眼跟他示意打招呼,一边把钥匙放进手袋里,踩着高跟鞋朝他走来。她还没走到桌子边上,哈特穆特就从座位上站起来,伸出手表示欢迎。

"肯尼迪大桥上堵车。"她说,"总是这样。"

"我也是刚到。"他骗她说,"你能来,太好了。"

她一坐到椅子上,香水味四溢。脖子上带着银质项链,低开的V领恰到好处地露出诱人的胸脯,额头上略微有些香汗的痕迹。餐厅里的光线略显昏暗。《卓悦》杂志的美食栏目上推荐的这家餐厅,菜品味道非常棒。温暖的红、棕色调,桌子上点着蜡烛,插着鲜花,还有高脚葡萄酒杯。

"我看到您已经点了葡萄酒。"米勒-格拉芙太太在手袋里翻找,似乎是再一次检查手机屏幕。"看这酒的瓶子,应该很合我的口味。冲这一点,我就先信任您吧。"

"这款葡萄酒可能有点干。"他招手让服务员过来,又点了一份同样的里约嘉葡萄酒。能够再次见到她,他比意料中还要高兴。虽然两人的办公室只隔了几级台阶和过道,但是上次见面却是半年之前的事了。除了在学校里,他们从未在别的地方碰到过,所以他觉得,应该还是先跟她解释一下。

"你肯定会觉得很奇怪,我为什么会在假期联系你?"他说,尽管他不想马上将他的来意和盘托出。

"我反正待在家里也没事。"她耸耸肩,意思是确实觉得有点奇怪,不过也没什么。"我儿子去参加一个夏令营了,而我觉得看看小说应该也算一个消遣,可是长时间不读也就忘了。以前我经常看小说,现在我坐在阳台上,一拿起书来,脑子里就想说服自己,还有比看小说更紧急的事情要做。"

"这个我也有同感。我看的上一本小说……"

服务员端着酒瓶过来,哈特穆特突然意识到,他其实并不知道,上一本书究竟是哪一本。从柏林回来的路上,在马格德堡附近一个空荡荡的服务区里,他给法务部打了电话,了解到米勒-格拉芙太太还要休假两周才来上班。第二天,他试着拨打了她的手机,本来不抱多大希望,没想到她竟然在波恩,看起来好像没有觉得他的电话是一种打扰。正好相反。于是,他跟她约好,在电话里说不清楚,还是当面咨询吧。他甚至不觉得,玛丽亚会不同意他这么做。在这件事情上,除了米勒-格拉芙太太能帮他,他也找不到其他认识的人。

"来尝尝吧,"他给她杯子里斟上酒,接着说,"希望合你胃口。"

"我敬您。"

他们喝了一口。哈特穆特记得他观察过她眼周的细纹,心里还纳闷,为什么她的细纹反倒让她更显美丽。她放下酒杯,眼神有些怀疑。

"不喜欢?"他问。

"有点太干了,您觉得呢?"

"真是抱歉,给你换一份别的吧?"他想招手叫服务员,但是她笑着摇手制止了他。

"也没有那么难喝。何况会渐入佳境。刚才我们谈到哪里了?"

"看小说。或者说,打算看小说。"

"今天我还在想,如果让工作狂在周末无事可干,他们会是什么感觉?没有能力享受闲暇时光?这实在不像我。"

"也许这只是个过渡现象。"他说,"我每年夏天都是这么过的。几天之后就调整过来了,常常是第二天就已经适应了。"

"我还记得您办公室那张美丽的照片。不过,我忘了照片上那个地方叫什么。"

"那片地区在葡萄牙埃什特雷拉山脉,一个叫做拉帕的村子。除了光秃秃的山和发酸的葡萄酒,什么都没有。不过,那里确实是一个度假的好地方。"

"今年您不去了?"

"今年……这么说吧:今年的假期虽然已经开始了,但是跟往年不一样。由于各种原因,我还不知道今年到底要放假到什么时候。"

"哦,好吧。也许比我的假期有意思,我就是在阳台上看看书。我是不是应该先从托尔斯泰开始读?"

"也许可以吧。"哈特穆特说,伸手拿过菜单。"我们点菜吧?"

在她进餐厅之前,他已经研究过菜单了,现在他现学现卖,帮她轻松搞定点餐。两人在商量如何搭配前菜和主菜以及选酒时,哈特穆特的思绪又飘到了柏林。今天下午他收到了玛丽亚发来的一封简短邮件,得知她今晚约了彼得·卡洛夫。不知她为什么要约他。自从玛丽亚搬到柏林以后,彼得常常邀请她去普兰岸边的那家意大利餐厅吃饭。他会不会跟玛丽亚说起两人最近在出版社见面的事?虽然彼得周五那天跟他保证过不会告诉她,但是他长着一张诚实的脸,无法欺瞒别人。哈特穆特暂时把手机关掉。他自己跟米勒-格拉芙太太见面这件事,他昨天在电话里也没有提。要怎么说呢?怎么说才不至于透露整件事?每隐瞒一件事,就得隐瞒另一件事。这就是为了自由空间必须付出的代价。

他们点完菜之后,米勒-格拉芙太太马上直接问他有什么事情要约她面谈。"您看,我并不是要记录我们的电话内容,"她说,"但是我觉得好像是您在周六提到了什么事,想要找我谈谈。您说您想先听听我的看法。您在电话里用的是一种公事公办的语气。"

"我用公事公办的语气?"他一脸夸张的惊讶表情。周六那天,他站在露特家的露台上打电话,并不确定,其他人透过开着的厨房门听到了多少。

"您别让我学给您听了,我学不像。"

"你说得对,有时确实这样。我们还是在饭前先把事情说完吧。非常抱歉在假期打扰你,但是我需要你的专业建议。"

哈特穆特喝了一口酒,尽量保持集中精力。开始的时候,他既没有提到卡洛夫·克里格出版社的名称,也没有说这家单位在哪个城市,只是笼统地说出版行业某家单位有意邀请他入职。他也没有透露考虑这个职位的真实原因,只是简单地归因于职业倦怠以及对高校不彻底的改革感到失望。他甚至借用了彼得·卡洛夫的说辞:时机已经成熟,该接受新的挑战了。跟露特聊过之后,这是他第二次跟别人提到他的计划。在此过程中,一直想要打消自己仍需被说服的感觉。这次约见她,不仅显示出他对待这个计划严肃认真,而且也说明了,正是由于这个原因,他们才坐在这里。米勒-格拉芙太太看起来对他讲的事情很感兴趣,她吃惊的眼神和语气都表明了这一点。"我理解得对吗?您在认真考虑放弃自己的教授职位?"

"我知道,这听起来有点匪夷所思。眼下离最终做出决定,还差得远呢。但是,既然有这个机会,我至少应该知道,接受这个机会到底意味着什么。你能理解吗?"

"理论上可以理解,但是从大学辞职,转到一家小小的专业出版社?"

"这个想法确实令人难以理解,但这也正是它的诱人之处。"他说这句话并没有什么双关的意思,不过这个时候很容易理解成双关暗示。

"您是说,虽然这个想法很不理智,但是您还是想试一试?"

"首先,我想知道,这是否可行?必须满足哪些条件?"其实他的具体想法是,尽量对这个可能性保持微妙的若即若离的态度,尽量掩饰这个可能性对他有多么大的诱惑力,只有这样,才能让他看起来不像是一时头脑发热。本来非常具有吸引力的事情,却要控制住不受诱惑。——难哪!

77

"也许我还是应该先给您讲讲我自己吧。"米勒-格拉芙太太说,伸手拿起她的酒杯。"我的婚姻不成功,主要是因为我丈夫职业生涯失意、拿不到教授职位,以至于无法从挫败中振作起来。至少这是很大一部分原因吧。他完全被打垮了。"

"我很为你难过。"他说。"你丈夫以前是……?"

"他现在也依然是科隆的艺术史专家。不过,已经不是我丈夫了。刚开始,他只是一名代课讲师,玩命工作,但是工资都不够养家。后来就赶上了高校中级职称的制度改革,人家把他那点可怜的工资也停发了。最具讽刺意味的是,那点工资顶多也就补贴一下房租而已。这几年他在莱辛学院教课,给一些感兴趣的外行们讲授梵高。您别误会,这些跟您都没有什么关系。我说这些,只是因为:迄今为止,我还从来没听说过,有人会自愿放弃教授职位。尤其还是在人文学科!"

"据我所知,只有贝恩哈德·陶施纳教授这么做了。他原先在我们学院任教,三年前突然辞职不干了。"

"我怎么没听说。那个时候我刚刚开始上班。"

"他是助理教授。但是他辞职的时候合同没到期,还有好几年呢。我听说,他在法国南部经营一家葡萄酒酒庄。"

"那还不错。"她简单回应说,带着一股不太赞同的语气。"您知道的,我不负责关于劳动法方面的事务。所以,针对您这种情况,我给不了什么建议,更何况我还未仔细了解查证相关规定,不能马上给您答复。如果您愿意的话,我回去好好查查。我想,您是希望我这么做吧?"

"我自己还没想清楚,下一步应该怎么办,也不愿意让学校的其他人知道这件事。所以我就没有直接去303办公室打听。"

"明白了。但是我可以去帮您打听。就算我自己主动学习一下相关政策。"

"那真是太感谢你啦！"从她的表情可以看出，她好像知道他并没有说出全部的实情。有一刹那的工夫，两人看着桌面都不说话。米勒-格拉芙太太有一双修长的手，他真想握在他手里，并告诉她，他给她打电话并不只是出于上述一个原因。其实他还有一个需求，一个和她的手相关的需求。他多么希望，能够放松调剂一下，彼此坦诚相待。

"不过，以我的了解，我现在就可以告诉您，目前这个时间点对您不利。"显然，米勒-格拉芙太太也是公事公办的腔调。

"我明白，我年纪太大了。"

"正好相反。您要是办理提前退休，年纪又太轻了。或者说，身体状况又太好了。无论您挑哪一个说法，都不太有利。所以，您能做的，要么是辞职，要么就是停薪留职。但是第二种情况下，您的退休工资会减少。至于减多少，得根据您的工作年限以及停薪留职期限而定。这些都有非常复杂的计算标准。所有这些都必须满足一个前提条件，那就是您的申请能够获得批准，当然您必须有充分的、无可辩驳的理由。"

"你看，这就是问题所在。只要想想这些具体因素，我就觉得这件事太疯狂了。"

"我会再好好了解一下，然后再联系您。就这么定了？"

"非常感谢！问题是，我得马上做出决定，给对方一个答复。"

"包在我身上了！整天在家读托尔斯泰，反正我也受不了了。"她把两手平放在桌面上。"现在您得原谅我离开一会儿。"

他报以微笑，她拿起手袋站起身来。等她一消失在视野中，他赶紧把手机从兜里掏出来，开机。虽然他已经预料到了别人会半信半疑，也对官僚主义的办事作风早有心理准备，但他还是觉得有些泄气。整个计划不太切合实际,他最终必须认识到这一点。手机里显示没有任何来电,只有玛丽亚发来的一条短信。他紧张地点开那个黄色的小信封标志,信封顿时展开,内容随之出现:彼得和我从柏林问候你。亲吻。玛。"

在闪烁的蓝色屏幕上,那些文字显得简单、含蓄,看不出有什么特别的含义,只知道他们在吃晚餐的过程中想到了他。她在那里和一个同性恋的男性友人一起吃饭,而他在这里和一个有魅力的女同事共进晚餐。自从她搬到柏林以后,时不时地发来一些短信。只要她想发信息了,哪怕是只言片语,她总能够成功表达出她的鲜明个性。无论她是在说话、在爱还是在笑,总是充满了坦率真诚。昨天晚上,他刚从露特和海纳尔那里回到家没几分钟,他们俩又通了最后一次电话。当时,他站在客厅里,穿着外套,鞋子还没换,手里拿着从菲力帕的箱子里翻出来的光盘,正想着是否要试试看一集《欲望都市》。玛丽亚在电话里说,剧团马上就要去哥本哈根巡演,工作上很紧张。他们要去哥本哈根参加一个戏剧节,只需演两场,而且选中的剧目在柏林已经演过十几次了。但是,法尔克·梅尔林格的臭脾气显然随时都会爆发,影响了周围的气氛。哈特穆特听着听着,听见了自己的心声,发现自己根本无法感同身受。他必须极力勉强自己,最后才发现,原来他之所以无法对她所说的事抱有同感,是因为他总觉得她这是自讨苦吃。不过,他的这种冷漠也对他造成困扰,因为这只是装出来的表象,实际上他是想借此尝试与寂寞相处,谁知最后却使他感到更加寂寞。他一时沉浸在这个思绪中,没想到这个时候玛丽亚结束了电话汇报,转而换了另外一个话题,语气也随之变化。她很开心地让他猜,最近她加入了哪个国际慈善机构。

他马上就明白了是哪家机构。只是他搞不懂,她为什么要这么做。

"猜不出来。"他说,"加入哪个机构了？"

玛丽亚说,周五中午两人分手之后,她骑着车经过英国大使馆,忽然被人拦下搭话。可能就是他当天早上碰到的同一个人。长头发,眼周有红色晒斑,对吗？哈特穆特听他妻子讲的时候,想起了她以前坐在车里讲的话:你认为,我所做的一切都是对你的伤害。是这样吗？如果是的,说明他的感知是对的？整个周末他一直都在努力忘记那令人不快的一幕,可是现在玛丽亚又让他想起来了。光盘的封面上写着"凯莉、米兰达、萨曼莎和夏洛特在寻找真爱途中的疯狂大冒险——或者是追求刺激的性爱欲望。"又来了,令人筋疲力尽、具有多重含义的暧昧,自从弗洛利安的婚礼之后,他们之间的谈话就总是这个样子。无声的试探,揣摩说出来的那些话,辨别可能想表达的意义。他正思索着如何恰当地回答她,但是这么一番犹豫达到的效果却如同表示直接的怀疑。

他甚至自问,也许她根本就没这么想呢。只是一时有了这种下意识的直觉而已。他是不是有点扫兴了？

她的意思其实是:我是为你做的,我只是要求你承认这一点,怎么就那么难吗？他口头表示承认,却又说她其实不必为他这么做,这最终将两人轻松的谈话气氛破坏殆尽。玛丽亚接下来问他,这个周末准备怎么过,看样子她只是不想马上把电话挂断。问他有没有替她代为问候露特和海尔纳。问候了,他骗她说,实际上她也没让他问候他们。周五中午,他们依依不舍地告别之后,到了周日晚上他终于又认识到:尽管他们比较注重更多的交流,就像教育电影里关于如何挽救婚姻关系的节目里所讲的那样,但是两人的和谐婚姻关系仍然只有两天半的半衰期。而且,前提是在此期间他们两人没有任何联系。如果他想发泄的话,他会对着那个为了世界正义而斗争的女战士惊愕的脸咆哮。玛丽亚竟然还要赶紧跑去找那个人为他赎罪，难道还嫌不够丢人吗？奥克斯法姆机构应该关心的是，至少有几个埃塞俄比亚的小学生能够以他的婚姻关系恶化为代价而获得帮助。

他失神地盯着手机的屏幕。问候，吻你。他觉得，这些都不够，谁让她自己糟蹋了这最后一个机会。她这么直率地向他示好，而且固执地坚信：如果他愿意接受的话，相隔两地的夫妻生活对他们都有好处，这么说，仿佛他对她的爱只是一种冥顽不化的形式。她怎么不觉得这是一种侮辱呢？昨晚两人打完电话之后，他就那么站在客厅里，想着第二天与米勒-格拉芙太太的约会，明确地感觉到：要想把这次约会的性质从信息咨询变成其他的内容，是多么容易的事情。也许只需要两杯葡萄酒就够了。第一杯酒已经下肚。现在他看见通往洗手间的过道上隐约有动静，他赶紧又把手机关掉。卡塔琳娜·米勒-格拉芙经过吧台时，停下来跟服务生说着什么。等她回到座位时，脸上的表情不再凝重，似乎她在这短短的时间里做出了重要决定。

"您当年在美国的时候，教您了解爵士乐的那个女朋友到底是谁？"她坐下来，拿起空酒杯当作麦克风举到他面前，"这个问题不会太侵犯隐私吧？"

他有些吃惊，最近这几天他确实好几次想到了桑德丽娜。

"我讲过……我什么时候说过，她是我女朋友？"他只记得，上次两人聊天的时候，他手里拿着葡萄酒瓶子站在她的办公桌前，差一点就说出了他脑子里很久以来的想法：学制改革的每一项新规定，对他来说其实都是借口，他是为了借机与法务部多联络。他们具体谈了些什么，他已经不记得了。

米勒-格拉芙太太摇摇头："没说过，但是您说话的样子泄露了天机。"

"原来如此。真聪明。"

服务员拿来新的杯子和另一款葡萄酒。倒完酒之后,他把酒瓶放在两人的酒杯之间,米勒-格拉芙太太耸了耸肩:"我觉得咱俩喝不了这么多。"

"我们会喝完的。"

他们尝了一口,她放下酒杯,没有问他是否觉得她选的酒还不错,而是饶有兴致地点头示意他:"您接着说。"

"我当时的女朋友,"他说,"巴黎人。我们都在明尼阿波利斯读博士,她在很多方面都比我懂得多。我这辈子第一次喝到比较像样的葡萄酒,就是和她一起喝的。当然现在这款葡萄酒也不错。"尽管两人年龄悬殊,但是他还是给她讲了七十年代的美国印象。他自己已经不记得,上次提到美国留学生涯是什么时候。民权运动和反文化运动,该死的乡巴佬,他当时的房东总是这样称呼那些住在西岸的混杂居民。他很满意地看到,卡塔琳娜喜欢听他讲这些。服务员开始上菜。此刻能有另一个女人对桑德丽娜抱有好感,这让他更有兴趣接着讲下去:当时,桑德丽娜和南部的白人吵架。双方几乎要动手了,他不得不好几次拽着她的胳膊劝她上车。他讲到他年轻的时候非常喜欢马克·吐温,后来兴趣又转向福克纳。他形容密西西比河雄伟壮丽,水流平缓,尤其是在与湍急的密苏里河汇合之处,反差更为明显。受到她的兴致鼓励,他又试着讲了当地人的几个小故事:曾经有人问他,德国有没有冰箱啊?你觉得希特勒这个人怎么样啊?卡塔琳娜·米勒-格拉芙太太大笑,用手当扇子扇风。饭菜很可口,哈特穆特不知道,是应该接着说,还是先把嘴填满。这两种欲望似乎来自同一个源头,诱惑力越大,他越想探寻追踪。

"你看过《末路狂花》这部电影吗?"他一边咀嚼一边问。

"我最喜欢的电影之一。"

"我们去旅行时,开的就是电影主角的同款车型。"听起来像是在吹牛,却是事实。"1966年产的雷鸟。我女朋友坚持一定要买那一款。坐在车里手握方向盘,感觉就像在开游艇。"

"太棒了。"在她的脸上他看出了诱人的想象,年少轻狂,卿卿我我,自由翱翔,敞篷车驰骋大地。哈特穆特一时觉得诧异,对他来说,这些根本不是什么想象,而是真真切切经历过的事实。

"我的第一次长途旅行。"他说,"这种事我一辈子也不会忘记。"

"如果能让时间倒流,我愿意晚一点结婚、生孩子。我会趁年轻多出去看看世界。"

"河流蜿蜒穿过大地。我们只需沿着河流的方向往前开就行。多数情况下,河流两岸分属不同的联邦州。我们学校所在的明尼阿波利斯市横跨河流东西两岸,我住在西岸,每天去学校上课都要跨过密西西比河。每次经过的时候,我都想,哇噢!密西西比河。我从小在拉恩河边长大。"

"我想问您,后来您跟这个桑德丽娜还有联系吗?"米勒-格拉芙太太把她的衬衣袖子挽起来。

哈特穆特指指他满含食物的嘴,继续嚼着。她怎么能这么问呢?他实在无法不去看她衬衣里面若隐若现的文胸肩带。

"我们还有邮件联系。"他说,"不常写。"上次是在三、四年前吧。

"我之所以问您,是因为男人很少说他们从一个女人那里学到很多。"她的眼神仿佛在说,做得对!

"除了我的博导之外,我基本上都是跟女人学的。反正最重要的东西都是。"

"另外,可能听起来比较幼稚,但是我觉得挺好:如果两个人分手之后,还能够做朋友。好的关系值得继续保持下去。可惜我的前夫总是因为一点点小事情就跟我争吵:什么时候去接我儿子马尔科,早二十分钟还是晚二十分钟,不管是在火车站,还是在家里,好像一切都只是为了争吵,争吵才是我们真正的目的,而不是……"她突然停了下来,摇摇头说,"嗨,我们还是谈点别的吧。您接着讲。"

哈特穆特毫不费力地又接着话题讲。他已经很久没有这样无拘无束地打开话匣子了。"拿到博士学位之后,我本来没打算回国。我的梦想是到中西部地区或者新英格兰地区的某个文理学院去任教。但是我的博导却有另外的计划,而且他不是那种能够让学生敢于表达自己想法的人。我得注意点措辞。否则的话,我今天也许就是美国人了。"

"这也是个奇怪的想法,不是吗?"

"现在看来,确实很奇怪。不过,当时可不是这样。谁要是当时又回到德国,那才真是奇怪。德国的车子这么小!"

她笑着把脸上的发丝掠到旁边。哈特穆特耸耸肩。无所谓了,他想。他的脚离她的脚那么近,他突然感到一股兴奋的热流,一直往上传到脊骨。时间又跳回到现在。他们不是一直都在看着对方吗?难道他们除了聊天之外还希望发生点别的什么事情吗?哈特穆特稍微把他的鞋往旁边挪了挪,打消了最后一丝疑虑,感觉到满心的欢喜已经碎裂成互不相容的复杂情绪:誓言、要求,还有威胁。尽管如此,他还是把他的脚往前伸了伸。他这个时候才刚刚注意到,餐厅里竟然点了那么多蜡烛。还有,餐厅里的人比他刚进来时少多了。

"有的时候,我甚至自认为,我说德语时,带有美国口音。"他故意用很重的美国口音说这句话,在明尼苏达当然没有人这么说话。桌子底下的接触让他们两人无法继续安心聊天。两人之间隔着吃完的空盘子,酒瓶里只剩下最后一点酒。米勒·格拉芙太太把剩下的酒分到两个人的杯子里,说:"其实我们不用这么生分,还是不要用尊称,直接叫名字吧。"

"这样……"他一时语塞,不知说什么好。"哈特穆特。"

"卡塔琳娜。"

"再来一个餐后甜点?还是来杯咖啡?"

"不用了,不用了。"

"好吧。"哈特穆特招手叫服务员过来,把信用卡给他结账。然后他们站起身离开桌子,他帮她穿上外套,再次回头看了看四周,确定餐厅里没有认识的人正在观察他。其实,他不太相信正在发生的这一切。吧台的服务员向他们道谢,祝他们有一个美好的夜晚。没有任何人跳出来说"停!"

不,还是有人喊住了他们,是要还给他信用卡。

莱茵河边凉爽的微风,让人一下子清醒了许多。岸边的树木后面,高耸的电信大楼和朗恩尤金大楼在夜幕中闪着亮光。玛丽亚此时可能正坐在地铁里,他是强迫自己想这些,还是被迫的?他妻子走在回家的路上,回到潘科夫区的两个空荡荡的房间里,满屋都是她剧院工作相关的物品——折页传单、宣传海报、起了毛边的剧本手稿——她有时候不得不问自己,她现在过的生活,真的是她想要的生活吗?一年前,他就像个傻瓜一样束手无策,但是现在还不晚。哈特穆特一边这么想着,一边抬起手臂搭在卡塔琳娜的肩上,感觉到她的臀部配合着两人的脚步摆动。两人都不说话,沿着马路往前走。他们从屋子拐角走过来的时候,他就已经观察到,停车场的后面比较黑暗隐蔽。

"我们还能开车吗？"她问。

"刚刚好,还可以吧。"但是去哪儿呢？

"明天早晨我要去我母亲家接我儿子马尔科。"所以是去城南边,如果他没记错的话。空间直线距离不到一公里,但是他们得先把车开回到肯尼迪大桥上。

"像我这样温文尔雅的绅士,当然应该把风险揽在自己身上。我开你的车送你回家吧。"他在黑暗中认出了自己那辆闪着金属光泽的车子,刚才的故做姿态令他感到有些尴尬。卡塔琳娜没说她的车停在哪里,那么她正在走向的那辆菲亚特应该就是她的车了。车尾贴了一张贴纸,上面写着:不要鸣笛,司机正梦到科隆足球队。

他们肆无忌惮地看着对方。头顶上亮着灯的两扇窗户应该是餐厅的厨房,灰色的轻烟不断从旁边的排油烟机管道中冒出来。停车场上还停了其他四辆车,那后面是黑乎乎的一片花园。两人于是迫不及待。

他们并不是慢慢地、温柔地靠近彼此。哈特穆特听见手袋掉到地上的声音,几乎同时他一口吸吮住她丰厚的红唇。他的手伸到她的衬衣里,抚摸着她温暖柔软的皮肤,急躁地想伸进她的乳罩里,正如她的手急于伸进他的腰带下。他背靠着她的汽车,然后两人再次停下。刚才是有人路过吗？关车门的声音？他们真的要在这样一个破旧的后院里做吗？卡塔琳娜更紧地环抱着他,在他胸前喘息诉说着他听不懂的话语。他不太懂。他两手紧紧抓住她的臀部。

她抬起头看他,他将眼睛闭上。在最后一秒,或者迟了一秒。无论她接下来想说什么,都已经飘散在空中。还有必要说什么吗？

87

哈特穆特相信他已经感受到了那种亲密以及她压在他身上的身体重量。先是一丝预想,然后更多。某种不确定的感知,最迟明天他便可逃脱。

1978 年

"终于回来了！"他妹妹不停地说着，使劲地拥抱着他。他俩就像水中的一块石头，其他的乘客就像水流一样从他们身旁绕过。他感觉到妹妹亲他两颊时濡湿的嘴唇。列车启动的笛声响起，乘务员沿着车厢逐个把车门都关上。哈特穆特想去拿箱子，可是露特的手还搂抱着他的脖子，就像当初他上火车去往法兰克福的时候一样，不同的是当时是离家求学，现在是学成回家。当然，现在妹妹没有哭，而是满脸放着光，一头短发，就像他在照片上看到的一样，不过他还是被她的外表吓了一跳。

"终于回来了。"她又说了一遍，两人肩并肩笑着，就像没有音乐却想跳舞的恋人一样有点尴尬。露特不再是他记忆中墙边的小花儿了，她也好奇地打量着他的脸。

"你都有白头发了。"她的食指轮番指着他的太阳穴两边，他些许有些紧张，一时不知怎么回答。一路上，他坐在火车里恍惚地望着窗外，远处的篱笆后面依稀可以看到平坦的地平线上散落的村庄，那里应该就是东德了。站台上的人都走光了。他本来想说，过边境的时候一切都很顺利。但是露特根本就没有问这个，而是拽着他的胳膊往前走。

"快走吧！我的车停在了禁停区，我来得太晚了。"她兴致很高，指挥他下台阶然后又上台阶，进到火车站大厅里，一股尿骚味扑鼻而来。鸽子蹲在进出口的栏杆上。"我出门的时候，弗洛利安找我要创可贴。一个有了创可贴，另一个也跟着要，都贴在同一个地方。"

"他们两个知道我是谁吗？"

"知道的可多了，你要小心哦。他们对你非常好奇。我们几次让你寄照片回来，你都没寄。所以，他们以为舅舅是深色头发。你说说，什么时候开始有白头发了？"

露特的甲壳虫汽车停在出租车站前面的马路牙子上，引起了很多出租司机的不满。哈特穆特记忆中曾经是一片建筑工地的地方，现在已经架起了高速公路桥，挡住了后面的城市风貌。马堡火车站前的大街往右拐了一个大弯，附近小镇的很多居民都到这里坐火车上班。一切看起来都是既熟悉又陌生。当时，他每周一次坐火车去管理学校上学，后来每天坐火车去大学上课。但是露特不容他沉浸在思乡的好奇观察中，而是将前座往前推了推，好让他把唯一的一件行李费劲地放到后座上。在他熟悉的阿尔瑙镇上，年轻的妈妈们不会穿着这么短的裙子走在大街上。另外，她穿着凉鞋和红色衬衣，领子开得很大。她知不知道，她的这些变化让他多么吃惊？坐进车里，她戴上一个大框的太阳镜，扭头看着他。

"海纳尔说，我戴着这副眼镜看起来就像一只绿头苍蝇。你说呢？"

直到现在他才注意到，她在和他说普通话。不等他回答，她有力地将变速杆一推，汇入火车站大街的车流中，往城外驶去。四年以来，她随夫姓，名为露特·布鲁内尔。

得知他没有给那两个双胞胎外甥买礼物，她只是点点头没说什么。窗外的热风吹进车里,他觉得仿佛被吸进一股漩涡中。省道沿着拉恩河右边延伸,阳光下的田野和绿色的丘陵就像油画中的田园风光。这熟悉的一切,他一眼就能认出,并没有他以为的那样觉得反感:传统的木框架民居、穿越村镇的宽阔马路、精心侍弄的屋前花园、篱笆护栏,还有教堂的尖顶。他已经不再是当年离开时候的样子,明白了这一点感觉好多了。从九月份起,他就要当公务员了,试用期的月薪是3290马克94芬尼,还要扣税。这个星期,他一想到这个数字就偷偷直乐。当年他的父亲月收入达到四位数时,他们都觉得了不得了。

"哈特穆特怎么不说话呀?"露特说。

"这么多年没回来,感觉怪怪的。"他把胳膊伸到车外,感觉到行车时的风在手心里拂过。"你从来没想过要离开这里吗?"

"我们买了一栋房子。海纳尔的工作也在这里。"

"在此之前呢?从没考虑过吗?"

"曾经考虑过,出国一段时间,去一所海外的德国学校任教。然后就赶上有人要卖这栋房子,然后……"她耸耸肩,"能有一栋自己的房子,确实不错。尽管我们的房子现在还在装修。"

"明白了。你也没打算回到医院去上班?"

"目前家里最需要我。另外,我不像你,你总是对一切都不满意,充满愤怒——总想着离开。"

马路左边有一家冰淇淋咖啡馆,生意很火。门前色彩缤纷的遮阳伞下,停着好多婴儿车和自行车。咖啡馆名叫里亚尔多。愤怒?他想着这个词,身旁驶过的汽车里传来小孩的吵闹声。在美国这么多年,他的愤怒到底跑到哪里去了?

"你呢?"露特问他,"你从不想家吗?"

"想家里的什么?"

"你看你，想家，顾名思义就是想念家里呗。"她瞥了他一眼，似乎想在开口说下一句话之前展开全面搜索。"我可没有爸妈那么好骗，他们认为你在美国整天除了上课就是泡在图书馆。"

"啊哈！"

"快告诉我，她叫什么名字？"

他不由得转过脸看着右边，窗外的树林就像一条绿色的带子往后退去。前面不远就能看到丘陵上贝尔根城的城堡。和露特聊这个话题，似乎不太对劲，但是他在柏林也不认识别人。上周他只去见了两个人，一个是房东，另一个就是理工大学他的新领导。拐过下一道弯，就是开阔的山谷，城堡坐落在那里，沐浴在阳光下，一动不动，就像一只蹲在石头上的青蛙。

"桑德丽娜。"

"听着不像美国人。"

"我以后再跟你说吧。"

然后，两人谁也不说话，直到露特把车开到城堡山后面有林荫的洼地，之后又回到阳光下。沿着山坡是一片新建的小区，一整排木头的屋脊，上面还挂着最近落成典礼时的松树枝环。晒得黝黑的建筑工人没精打采地走向运输卡车。露特往左拐，如果他没记错的话，应该是通往以前镇政府的方向。他心里莫名地感到一股抗拒，但更多的是惊愕，果真又回来了。斯坦·胡尔维茨以为替他说话是帮了他的忙，是为了回报他在小房间里辛勤工作的许多个夜晚。没有工作的话，居留签证早就过期无效了。

他妹妹放慢车速，抬抬下巴指着一块地皮，那里只看得见两棵杉树的葱绿树冠，四周是茂密的野蔷薇丛。

"我们到了。"

"那前面是镇政府吗？"

"左转,走两分钟就到。两分钟应该能到。"

"爸妈呢?"

"爸爸还在厂里上班。我们先喝杯咖啡,然后再去接他们。"

哈特穆特点点头,试图透过树枝看一眼房子。他妹妹当然也给他寄过照片,当时他只是草草看了一眼上面写了什么,随手就塞到写字台的抽屉里。现在他后脑勺感觉到了露特的目光,知道她要说什么。

"好好的,啊?爸妈高兴极了。"

"好的。"

"你一点都不高兴吗?"

他下车之前,又转过脑袋。

"你从什么时候开始总喜欢说什么高兴极了、好极了?"

门口是方形石块铺的小路,穿过灌木丛通到平整的草地上。房子地基比较高,造型简洁,有一个露台,两边配有侧楼。右边的配楼还没粉刷完,红色的空心砖露在外面。左边配楼的外墙上部是尖顶的三角墙,直达屋顶。空框处应该是窗户,暂时挂着浅色的塑料布。里面传来电锯的声音。

"这就是我们的建筑工地。"露特站在他身边说。

"这块地儿不错啊。"房屋的背阴处是一块菜地,阳光透过树枝洒下道道光线,照在花园最外边的那三棵幼嫩的山毛榉树上,一片绿意盎然。

"现在那几棵树的地方,将来要砌上台阶。目前这个地方还被称作强盗窝,估计那两个小强盗就在窝里面。"树枝和叶子后面隐约有动静,紧接着就看见两个小男孩从暗处蹑手蹑脚地溜出来,金色头发,光着身子,看到有新面孔,就远远站在安全距离之外。一个头戴鸭舌帽,手上拿着一根断掉的折叠量尺,另一个还在把玩自己的小鸡鸡。

"怎么不知道打招呼啊？"露特直摇头,但是看得出来,她脸上洋溢着身为母亲的自豪,恨不得把母亲二字写在牌子上高高举起。"你们两个都没有裤子吗？"

"这都谁是谁呀？"

"戴帽子的是菲利克斯,另一个就是弗洛利安了。嘿,你们这两个强盗,你们的裤子呢？"

那两个光屁股的孩子又溜回到树丛中,等到哈特穆特站到露台上的时候,透过叶缝他又发现他们俩正在观察这边的一切。眼前的景象和他期待的不一样,他觉得非常舒坦,就像全身冻透了之后来到一个陌生人家的壁炉前,穿着借来的袜子,喝着甜甜的热巧克力。头顶上没有一丝云彩,山谷的露天游泳池里传来开心的戏水声。小时候,大概九、十岁的样子,有一次他站在三米跳台上,却没有勇气往下跳。站在跳台的边缘,深渊就在眼前,他一动也不敢动。最后双颊涨得绯红、满脸羞愧地顺着梯子爬下来。为什么他现在突然想起了这些？

"美国人回来了！"他妹夫海尔纳站在厨房门口,正擦着手,"好久不见。欢迎来到我家工地。"

他们握手问候。他妹夫中等个子,肩膀宽厚,胸前长满了毛,胳膊上肌肉发达。他的工作服裤子上沾满了灰尘,上身套了一件汗衫,一股锯屑和汗水的味道。脸上有两道发红的印迹,应该是戴太阳镜留下的晒痕。总的算起来,这是他们第三或第四次见面。

"我们是强盗！"有人在野蔷薇丛中轻声宣告。

"我看,这是让我们过去呢。"露特说,"你去看看,他们把裤子脱在哪里了？蓝色短裤,屁股上有补丁。"

当他沿着台阶往下走的时候,就像在经受考验:拨开树枝,走进洞里。山毛榉的树枝伸向篱笆，底下自然形成了一个类似洞穴的空间，大小足以容下一辆小汽车。地上扔满了玩具、工具，还有一个蓝色的充气床垫，一个三轮车，塑料凉鞋。

"原来这就是你们的强盗窝啊？"他朝着那两个光屁股的小子说道，两人正直勾勾地望着他。在他俩的注视下，他觉得自己又高大又滑稽。他上一次跟小孩子说话是什么时候？

"你住在美国。"戴帽子的那个开口说道，他应该是菲利克斯。两个白白的小人儿，两张一模一样的脸，哈特穆特根本就看不出有任何区别。他听到露特和海尔纳在房前忙乎的声音，他们在摆桌子、准备咖啡。洞穴里，树荫下，阵阵凉意沁人心脾。

"不住那儿了。哎呀，一言难尽。我确实在那里住了很久。也许我还会回去。"坐在地上，他还是比那两个小东西高。柔软稚嫩的脸蛋上，圆圆的眼睛和脸型长得特别像露特，像爸爸的地方不多。

"夜里头，一只刺猬睡在这里。"弗洛利安用棍子指着灌木丛。

两个人允许他进入他们的小天地，无法抗拒、纯真朴实。他们告诉哈特穆特，那只刺猬有时候推着一只装牛奶的小碗穿过露台，发出哼哼唧唧的声音。那两个小孩模仿刺猬的哼叫声让他觉得像是猪在哼哼。他们在充气床垫上围着他这个成年人欢蹦乱跳，圈子越围越小，似乎是想把他也纳入到他们的游戏中。不一会儿工夫，一个孩子被他伸着的腿绊了一跤，他忙着把他扶起来。再过一会儿，另一个孩子直接上来紧紧地趴到他肩上。两个孩子很快就跟他混熟了，甚至一人一边坐在他的大腿上，以此表示对他的占有权。显而易见，他们对于征服他的过程感到非常满意。

"你们两个不冷吗？"两条有补丁的短裤勾在树枝上，哈特穆特确信他闻到了一丝尿骚味。

菲利克斯耸耸肩，深深叹了口气。也许他觉得什么都要跟大人解释,时间一长会很累的。

"我们是光屁股的强盗。"

十分钟后,露特把两人的湿衣服收拾掉,给他们换上新的裤子和T恤衫。咖啡桌摆好了,放在屋旁的一小块草地上。地面有些不平,看来他爸爸用小木块垫了桌腿。两个孩子的头发里有李子蛋糕渣,脸上沾了鲜奶油,一会儿拽拽桌布,一会儿又发现天上有飞机飞过,就这样娴熟地不断挑战大人对他们的忍耐程度。

"这是第二个阶段。"海纳尔跟大舅子解释说,"刚开始还比较认生拘谨,然后就突然的一百八十度大转弯,使劲跟你闹。"

菲利克斯和弗洛利安好奇地打量着他,海纳尔试图和他继续聊菲尔宾格辞职下台的事情。露特在桌子对面看着他,仿佛所有这一切对于他这个不愿返乡的人都是宝贵的一课。在火车上,他五年来第一次看德语报纸。在《明尼阿波利斯论坛报》上只占据一个小角落的报道,在这里却成了头版头条。联邦总理是施密特,反对党是德意志联邦共和国的左翼党。哈特穆特时不时抬头看着窗外,似乎要验证报纸上写的是否属实。当他在威尔逊图书馆撰写关于言语行为理论的博士论文期间,这里发生了这么多事情。不过,露特所指的不是这些事情。

"我在想,也许我更愿意在中央一台的《每日新闻》里看到报道说:巴登·符腾堡州的州长罗默尔解释……哎呀,我也不清楚。"

"哈特穆特,再来点咖啡?"

"谢谢,我还有呢。就冲他这姓氏①,估计他也解释不清楚。"

"海纳尔,你帮着把你儿子的蛋糕吃了。"

"我只是说,听起来好奇怪。菲利克斯,别闹了。你知道规矩的啊!弗洛利安,你也一样!放回去!"

---

① "罗默尔"在德文中的意思是:滚筒、轱辘。

"哈特穆特,你愿意一起去阿尔瑙吗？还是在这里等？"

"我要去阿尔瑙！"

"宝贝儿,你们的儿童座椅不在车里。我只是去接姥姥、姥爷。他们两个到我们这里来吃晚饭。"

"我们不是要烧烤吗？你能不能去一趟哈佩家,帮我把电钻带回来？"

"那么沉的东西？"

"贝恩德会帮你拿到车里。没有电钻,我楼上的墙就没法继续弄了。"

"烧烤！烧烤！"

"今天是周六,我去哪里买肉？！哈特穆特,你刚才是说,你要……菲利克斯,我听到了。我们不是正在商量吗？"

"在阿尔瑙的冰柜里还有好多上梁仪式那天剩下的小香肠。"

"我觉得我还是待在这里吧。"哈特穆特点点头说。他忽然觉得过去的五年这里所发生的一切非常神奇诱人：以前那个傻乎乎的小露特成了年轻妈妈,孩子也生了,房子也建好了。而他竟然对这些变化不知所措,可能是内心对这些变化还有极端的距离感,却又真真切切地就在眼前上演。他想到,桑德丽娜此刻正独自一人坐在大楼前的草地上,旁边没有他。还是说她已经睡了？他觉得,多年来曾经是他生活中心的事物仿佛被不断地推到了他生活的边缘。那么中心呢？在这期间,中心空了,不知还会继续空下去多久。他只能等待。

露特摇摇头。

"等一下。你不会是明天要把这面墙拆了吧？"

"然后他还站在那里说,别人都错怪他了,——错怪他了？！我是说,这人怎么可以这么不要脸！"

97

"亲爱的怒发冲冠先生,明天是星期天。"

"我知道,亲爱的。但是明天贝恩德要去踢球,周一他又得上班。没有人像我这样有这么长的假。"

"我也要去阿尔瑙!"

"你们两个留在家里帮爸爸和哈特穆特把火生起来,好吗?我要拿多少香肠回来?"

"我要两根!"

"露特,把一整兜子都拿回来吧。我担心,我家这两个孩子吃不饱,就会跑到邻居家去要饭。"

"我要三根!"

"你在美国吃饭时是什么情形?——也是这么热闹吗?"

"我一般都是自己一个人吃。有时两个人一起吃。"

"两个人一起吃饭的事儿以后再跟我们多讲讲。你们两个,我跟妈妈说好了,五点开始烧烤。生火的事你们记住了:只有大人在场,你们才可以动手。听见了吗?妈妈走之前,能不能亲亲她?"

喝完咖啡之后,哈特穆特由妹夫领着参观房子,菲利克斯和弗洛利安则把他们的三轮车推到草地上玩去了。新盖的部分从外面看还远未完工,进入内部才发现里面已经快收尾了。客厅里新铺的木地板在临时塑料护膜下闪闪发亮。房屋正面的大窗外可以一直看到城堡山以及贝尔根城山谷。

海纳尔自豪地展示齐肩高的瓷砖壁炉。

"这可是我们最贵的东西。对于我们的经济实力来说,实在是太贵了。但是,我和露特商量好了,就这么任性一回。反正在还贷的过程中,多还那么两、三个月也无所谓。"他停下来,耸耸肩。"月供一千二百马克,贷款二十三年。去年开始贷的。到2000年能够还清。到时候,我就五十四岁了,露特四十九岁,两个孩子……是啊。要不然就是租一个不带院子的公寓房,或者很小的房子。"

他们踩着吱吱作响的木楼梯上到二楼。海纳尔跟他说做隔热层有多困难,而哈特穆特则想起,他在查理·林登堡候机楼登机时心中默念:我从现在开始等待。一切都取决于桑德丽娜博士论文的进度,还有她和导师是否处得来。飞机还没起飞,他已经觉得飞往柏林的航程太过漫长。

两天之后,他坐在电信大楼恩斯特·西蒙的办公室里。太累了,累得紧张不起来了。他转致了问候,强撑着沉重的眼皮听西蒙教授讲完他所知道的斯坦·胡尔维茨教授的小故事。出于某种原因,每个人都知道一个关于他的小故事。在明尼阿波利斯的同学中流传的故事可多了,有的是关于他在课堂上离题讲战争历史,有的是关于他在球队里当四分卫的英雄事迹,还有的是他流露出的深沉忧伤,身为巨人却如同一个寂寞的孩子。他从未表达过自己的感觉,而是相信,最重要的感觉会自然而然地流露出来。哈特穆特去和他告别的时候,他说,那边有很多事情等着你去做,似乎他要把哈特穆特派到一个陌生的国度去完成一个重要的使命。那边的远方。玛莎含着泪跟他告别,令他感到非常难过。

"你见过他喝醉的样子吗?"西蒙问。

外面的阳光照在动物园的绿色屋顶上。位于十三层的这间办公室里,烟雾缭绕,他还以为是哪个神秘的电影制片人在这里办公呢。屋里有两千来册图书,哈特穆特只知道其中的一部分。西蒙给他倒咖啡,好像并不急着讲完他的故事。在一排接一排的英文书中,竟然还有一本《存在与时间》的英文版。哈特穆特想起了胡尔维茨曾经说过的话,恩斯特·西蒙对于哲学的理解"有些呆板"。这样的评语虽未断然否定欧洲大陆哲学研究自以为是的废话连篇,而且西蒙并未予以反驳,但是他还是打算严肃认真地对待。胡尔维茨对此并不觉得生气，只是感到悲哀：通过简单的把戏就能诱出的聪明才智。

"一年也就一次。"西蒙教授轻啜了一口咖啡，"11月6号，是他弟弟的忌日。"

"乔伊。"

"你知道这段历史？"

"他弟弟是在'二战'中阵亡的。"

"他家里把乔伊看作是最有前途的年轻天才。四岁就会写字，跳了两级，九岁的时候全县的人都知道他。1941年，他进入哈佛大学学物理，一入校就马上引起了大家的关注。斯坦说过，他在青少年时期非常嫉妒这个天才弟弟。您了解他，他这么高大，怎么可能屈居在别人的影子下。然后，战争爆发了。也许乔伊是想证明，他不只是会思考和计算。"

哈特穆特只是点了点头。西蒙显然并不了解，乔伊报名参军，是因为他哥哥摔断了腿正躺在医院里。是在足球训练中受的伤。半年之后，他的腿应该又摔伤过一次，否则的话，1944年11月就不是乔伊，而是斯坦去胡尔特根瓦特去打仗了。是当后备队员，没有前线作战的经验。

"有一次，我正好在那里。"西蒙说，"晚上，研讨会结束后，在宾馆里。那天是1956年11月6号。屋外大雪纷飞，屋内的斯坦·胡尔维茨声音越来越大、越来越愤怒，几乎要哭出来。我试图劝阻他，但是没有用。不知何时，大家都围过来，站在我们的桌子周围，听他讲他弟弟的故事。有服务员、住店的客人，还有同事。我是里面唯一的德国人。虽然他一点都不知道，到底发生了什么。"西蒙放下杯子，戴上眼镜，看着哈特穆特。"我怎么会谈到这个？"

接下来的谈话一点都不像哈特穆特想象中的求职面试。在一个半小时的谈话过程中,西蒙一共抽了八、九根不带过滤嘴的洛特·亨德尔香烟,说到德国的分析哲学犹如娇嫩的小草,询问了哈特穆特关于教授资格论文的计划。哈特穆特简要描述了自己的选题,他就下结论说,这个选题已经被别人写过,他似乎对此很感兴趣。但是从他的神情中可以看出,其实他更希望哈特穆特研究其他的选题。

"你在美国没怎么接触德语文献。所以,要补上这一块儿,不需要太多,有一些就行。你得马上着手。"

"我会努力的。"

"你这就开始。"西蒙提到的那本书就放在他椅子旁边,触手可及,哈特穆特离开他办公室的时候,西蒙又给了他另外四本书。另外,他平生第一次有了正式的薪水。他握住了西蒙伸过来的手,以为西蒙会说再见,但是他说的却是"欢迎加入!"哈特穆特不敢告诉他,他还要回去和女朋友商量呢。他坐电梯下楼,来到恩斯特-罗伊特广场。夏末,空中飘着零星的云彩。人行道上,有三五成群的大学生。基培特书店门口的桌子上摆满了书。现在呢?一时之间,他竟然不知道怎么办才好。

"你妈不总是说:你不能什么事都不做。"海纳尔站在他面前,指着一卷隔热材料,满脸的怀疑。"有些东西不是自己能做主的。"

"什么?"

"危险的东西,可能还会危及健康,但是我们的屋顶用玻璃棉隔热。这是目前唯一可行的解决办法。"

"哦,知道了。"

"说到妈妈,你可能要对眼泪有足够的心理准备。你这次回来是一年当中的大喜事,也许还是十年一遇的大喜事。"海纳尔敲了敲天花板上的木头贴面,这个动作没有别的什么意思,只是对自己的手工活儿感到特别自豪。

"我知道。"哈特穆特又说了一遍,同时环顾四周。在未来当工作室的房间里,前窗还未装上,阳台门也还空着。他不再觉得诧异,不再抗拒周遭的日常生活。露天游泳池的嬉闹声又传到他耳朵里。既然回来发展是不可避免的,那就努力做到最好吧。要有耐心,要写完下一篇论文。这些听起来很平庸无奇,但是生活真的就是这样在继续。下面的花园里传来双胞胎的叫喊声,听起来更像是印第安人,而不是强盗。然后,哈特穆特听到路上有车子停下,车门打开,父亲熟悉的嗓音响起:"露露,你咋不把车子停得离路边远一点呢?俺这边车门都不好开!"

4

　　铺着白色瓷砖的台阶就像蜗牛壳一样,蜿蜒向上。彩色的广告牌上,人人笑逐颜开。地铁车站的通道里,阵阵热风上涌。为了避免出汗,哈特穆特走得很慢,并且让路给一群青少年。他们的脚步声在下一刻就像空洞的回声传进他的耳朵。等到他爬完最后几级台阶离开车站时,才看到拉马克-库兰科地铁站居然还有升降电梯。
　　车站出口就像从山洞里延伸出来的一条水平隧道。各式颓废的身躯坐在台阶上,喝着听装啤酒或葡萄酒,用黑话大声交谈。蒙马特花店依然还在,带有防风露台的那家小酒馆也还在。拉马克大街在富丽堂皇的店面中缓缓而上,他虽还能认出,但是隔了这么多年之后,已经不再熟悉。地铁站对面能够看到巴黎密密麻麻的房屋。天空一整天都是灰蓝色,很凉爽,现在云层渐散,看来周三晚上又是好天气。哈特穆特走进蒙马特花店,给了店员二十欧元,伸手在花瓶里的各色花束中细心挑选。店员带着一脸询问的表情伸手帮他拿另一支,他点点头说"好"。然后店员给他看不同颜色的透明包装纸,问他要选哪一种,他连说了三遍"不好"。往前走几步上坡的路就该到了。睡眠不足导致他异常敏感,但是也给那些

103

粗浅的印象一种特别的意义。昨天在高速公路上的时候就已经这样了。期待的兴奋几乎消失得无影无踪。

他考虑要不要先到对面的小酒馆去喝一杯,最终还是决定不去。他不想让自己身上有酒味,也不想有汗味,所以他强忍住烦躁,沿着拉马克大街走到下一个十字路口,远远就认出了他熟悉的房屋大门。那后面就是那家餐厅,两人上次一起在那里吃过饭,应该是1999年秋天的时候。所有的一切似乎还是原来的样子,可是又有所不同。哈特穆特在宽大的楼门前站住,在衣兜里寻找那张写着大门密码的小纸条。他一吃完早餐就从宾馆出来了,想在室外走走,但是走了几百米之后,站在剧院的石头假山前,不知接下来该往哪里去。一个胸部丰满的妇女沿着人行道在慢跑,完全不在乎路人瞪视她的目光。巴黎是一个美好的回忆,一个他不愿提起的回忆。狂躁的风在屋顶上空卷着彩云跑。购物的人如潮水般涌进老佛爷百货商场。半个小时之后,他又回到宾馆,为了打发时间,拿出查尔斯·林的论文看那蹩脚的德语。可是,纸上的文字在他眼前跳来跳去,他实在看不下去了,将它推到一边,准备起身前往蒙马特。

摁住对讲铃,里面传来开门声。"太早了,当然太早了。"桑德丽娜打趣地说。

他用肩膀顶开大门,一排排信箱以及刚刚打蜡的木地板映照出吸顶灯的光亮。门卫的房门上贴了一个手写的小纸条。跟以前一样,哈特穆特不愿坐那个老得掉牙的电梯,准备自己爬到六楼。刚走到五层的时候,他就听到楼上有开门的声音。他常常无数次想象着两人再次见面的第一刻会是什么样的情景,但是,等到这一刻真正来临的时候,却异常迅速。一年变成了一秒,中间的过程全都跳过。因为灯光是从屋子里往走道这边照过来,哈特穆特首先看到的是她的剪影。她似乎比以前矮小了一些,双肩依然是那么瘦削,没有喷香水,和他拥抱时一只手放在他的颈项上。一股凉爽的风吹向楼梯间,两人挽着胳膊。花束已不成样子,哈特穆特一时不知说什么好。难道每个人的微笑都有各自不同的方式,表明他们已经变老了?

他默默地打量她,她耸耸肩说:

"你希望是什么样子?毕竟已经过去这么多年了。"她的英语听起来没有语感,而且法语口音比他印象中还要重。她穿着宽松的亚麻连衣裙,很容易让人以为她是药草医学讲师或者密宗冥想术的导师。但是根据她在昨天的邮件里写的,她现在依然还是自由职业者,在大学里讲授民俗学课程。具体是在哪个大学讲课,他记不得名字了,反正是巴黎第几大学。

明明已被打动了,可是却一点都没有感觉到,这是一种多么奇怪的体验。似乎他还不在这里,而是一直在等着他到来。

"你怎么不说话?"她问。她把长发扎成马尾,辫子上到处闪着银光。

"见到你,真好。"

他们再一次拥抱,然后桑德丽娜退到一边,让他进屋。过道很窄,光线明亮,地上摆着一排鞋子。她接过花束,令人诧异地摇摇头。这么多年来,他们只是邮件联系,难道再次见面只送鲜花还不够吗?还是太没有新意?

他脱掉西装上衣,桑德丽娜说:"看样子你不是专程来看我的。"

"那我为什么来?"

"问你自己呀!"她低头嗅一嗅花香,忽然脸一拉,"我都不知道,我有没有合适的花瓶。你是什么时候到巴黎的?"

"昨天晚上到的,我在邮件里说过。"

厨房很小,像一个小小的储藏间。暖气片前堆满了书,里面掺杂着各色的光盘封面、杂志和文件夹。在这个斜顶阁楼的拥挤空间里,桑德丽娜的父亲以前和他的情人在此幽会。斜坡式的木板屋顶确实有它的魅力,从高高的窗户望出去,是一片片密集的屋脊、防火墙以及细细的烟囱,直到远处一望无际的城市边缘。

"这个时间,你喝点什么?"桑德丽娜问,打开好几个橱柜门又关上,"咖啡还是酒?"

"你有葡萄酒吗?"

"你猜呢。"她未做回答。

在《巴黎生活》的封面上,他看到了总统欢呼胜利的笑脸。桑德丽娜从来不注意房间的功能区分,随时在任何一个地方都可以工作。写着参考文献信息的黄色小纸条贴在橱柜门和门框上。两人好一会儿都没说话。这几年来,他一直都在想,要来看看她,现在他胳膊上挽着西装上衣站在她的厨房里。屋里的陈设几乎没有任何变化,熟悉的咖啡味道,还有旧书的纸味也没有变。只有房间所处的高度让他感到吃惊:窗外开阔的视野,可以俯瞰无数房子、公园和林荫大道。

"你住哪里?"桑德丽娜找到了一个花瓶,把花插进去,寻找哪里有空处可以放。

"海尔达大街,歌剧院附近。豪斯曼酒店。"

"不认识。为什么住那儿?"

"我就是随便找了一家。我在这里还从没住过酒店。"

"你要是早点告诉我……为什么这次突然这么急,你是在逃亡吗?消失了很多年,然后说:喂,我明天到。你说,要是我度假去了呢?"

他用手指了指冰箱。

"那上面有地儿。"

"你又不是不知道，我是怎么生活的。你就不会买个小一点的花束吗？"

两人对视了一眼，略显尴尬的同时又觉得很有趣。下次见面也不知道又是什么时候，在此期间，他们所做的事情，桑德丽娜在上一封邮件里称之为"正确的事情"。她转身去水池子那里，打开水龙头。他的紧张不安竟然很快就没有了，这让他几乎有点小小的失望。他一整天都觉得，好像在经历一次大冒险。她把花瓶放到冰箱上，确实也找不到别的空地方了。这样很好，他想。也许他昨天坐进汽车里就是为了让幻想破灭。此时以不同的方式再经历一次。

"不好找，对吧？"桑德丽娜背对着他说，"还认识到这里的路吗？"

"刚开始是有点不好找。"

她必须踮起脚尖，才能把插得满满的花瓶放上去。哈特穆特发现，她变瘦了。她往上扬起胳膊时，下滑的袖子底下露出下臂，看得出她定期在户外运动，但是总的印象是她的身体有些弱。臀部一直很小，从现在应该可以看到在并不遥远的将来，她老了的时候是什么样子。

"别老拿眼光审视我。"她说，没有转身，"今年春天我生了一场病，还没完全恢复。"

"生病了？"

"这不是我们要谈的事。如果你真的是在逃避——逃避什么呢？"

"我可没这么说。也许我是在找寻。你别哪壶不开提哪壶。我

107

刚刚到,咱们好久没见。你好吗？"

"找寻什么？"

"……很多东西。关于未来的正确决定。离开波恩的日常生活。也许还有找寻我自己吧。"

"找寻你自己？祝你好运！但愿你不是到这里来和我臭贫的。尤其是,我弄不懂,你为什么偏偏要跑到巴黎来找寻你自己？你已经很久没来巴黎了。"

"你一点儿都没变,真的。"他说,"你还记得什么是痒痒挠吗？"

"那你还记得乡愿是什么意思吗？"桑德丽娜双手叉腰,歪着脑袋,然后就笑着跑开了。她的眼神让他想起了昨天开车时的一个念头：几个月以来,——不,也许是两年多以来,——他一直都处在过分奢求的状态中。昨天中午,从波恩出发的时候,他简直就像解脱了一样。车子开进比利时,又驶离比利时,沿途的风光不知不觉中逐渐变换。他应该早一点来,而不只是在脑子里想想,这样才不至于对这次见面抱着不切实际的期待。这恰恰说明他的内心其实又充满了过分的奢求。

"我还能跟谁说呢？"他问。说英语,还是有点不习惯,不过还好吧。毕竟是她以前很熟悉的语言。

"谁知道啊！我的大哲学家。说什么呢？你的邮件里写得好像每个星期我们都在互通邮件,然后就又到了该互相聊聊的时候了。我是不是错过了什么？"

"那是星期一的晚上,很晚了。我有点喝多了。"

"你的脸色不太好,我这么说没有冒犯你吧？"她一脸严肃地走向他,伸手抚摸着他的脸颊。与其说是动作温柔,倒不如说是一种测试,试探如何在亲密和保持距离之间小心地保持平衡。她目光专注地看着他。他这才发现,她眼睛下面直到鼻翼两侧都有些发红。上次体检他没有去,号称是没时间。

"你老实说,"她问,"你喝酒吗?"

"是喝得比以前多。"

"因为工作还是家庭?"

"两者都有。"

"你还是已婚吧?"

"不像以前那样了。只是周末夫妻。当然,我还是已婚。"

她点点头,继续打量他,离他的脸这么近。要是迎着她的目光,他的眼睛肯定会变成斗鸡眼。他总觉得桑德丽娜和玛丽亚有点像,具体是哪里像,却又说不出来。"不像以前那样了。"她记住了这句话,而且认为他说话太不经心。这么说的人要么是没有意识到事态的严重性,要么就是根本没那么严重,而他已经有了别的打算。这两个女人只是在他的想象中见过面,虽都彼此尊重,但是并没有真正的好感。

"然后你就来我这里。"她轻声说。

"见到你,感觉真好。"

"这个你说过了。"她本来脸上即将露出微笑,迟疑了一下终于还是笑出来了。"我考虑了很久,到底要不要回复你那封奇怪的邮件。你可能不爱听,但是收到你邮件的时候,刚开始我确实很生气。并不是因为这么多年没有联系,而是你突然像没事人一样冒出来,这样合适吗?"

"你需要一个解释?"

她摇摇头。

"我们去那边把酒打开吧。还是说我应该煮一点草本茶给你护护肝?"

"小淘气！"他尽量装出很凶的样子。

进入客厅之前，他从虚掩着的房门看了一眼她的卧室。称为客厅的这个房间是这套房子里最大的屋子，其实并不像个客厅：有一个双人沙发，还有一把旧藤椅，一个茶几跟膝盖差不多高，是专门用来堆放东西的，上面放满了书、杂志和一些散页，还有老照片、拆开的信封等等。两扇细长的斜顶天窗之间放着一张写字台，上面是桑德丽娜的电脑，屏幕上蒙了一层细细的灰尘。哈特穆特注意到电脑屏幕是菲力帕称之为"老古董"的凸面显示屏。

"要不要我帮你？"听到厨房里传来酒瓶塞冲出的响声，他喊道。

"腾出块地方，我放托盘。"

"我怕弄乱了你的东西。我知道，你这里表面上乱，其实暗藏着一定的秩序。"

"真是这样就好喽。"她手里拿满了东西走过来。在宽松的衣服里面，她有一种仙女般的气质，不过他更喜欢她以前的那种嬉皮装扮。"那只不过是我以前好面子的说法，现在我已经放弃这么说了。试试看，只要是平的，能放东西就行。"

"好吧。"他赶紧动手整理，桑德丽娜站在旁边等着他整出结果。一张照片上有两个心情不好的年轻人看着镜头，他看了两次才认出是桑德丽娜和他自己。两人肩并肩靠着栏杆，背景是一片模糊的绿色。桌子上甚至还有他手写的信。还有一个名叫马修·杜伯斯特的学生交来的作业，还有波罗的海东岸三国人类学研究会的信纸台头，看起来就像自命不凡的传统贵族徽章。

桑德丽娜终于忍不住笑了。

"哈特穆特，你先随便把它们撂起来。"

"得放稳了，对吧？"

"又不是要它永远不倒。你还记得吗,那时候我们找地方放托盘?"

"别分散我注意力,我在干活呢。"

"你简直跟以前一个样!"她有点激动地喊道,这使他感到有些意外。"你需要工具吗?我这儿有锤子。"

"欲速则不达。"他用德语回答。也许她还记得,他跟她讲过他父亲的家训中这条生活格言。

跪在茶几前面,他开始一张一张地将 A4 纸分成两叠,直到桑德丽娜把托盘搁在地上,坐到他身边,用双手捧住他的脸。她身上变化最小的是她的眼睛,蓝灰色,此时她的眼眶已经湿润,闪着泪光。

"我都记不清已经过去多少年了。"她的指尖拂过他的脸颊,就像盲人在抚摸读脸,"为什么?"

"不知道。但我常常想起你。"

"你撒谎!我们两个都知道为什么,但我们都不是小孩子了。"

"我也是这么告诉我自己的。"

也许这一刻两人应该亲吻,但是时间不对。桑德丽娜靠在藤椅上,往杯子里倒酒,伸手将杯子递给他。

"为了我们干杯。"他说,"当时只能那么做了。"

"是的,也只能那样了。"

茶几上的信封贴的都是陈旧的德国邮票,他那个时候的字迹都是往右斜着的,似乎字母都被沉重的负担压趴下了。其中一个信封上盖着一个黑色的、半褪色的邮戳,上面还写着:通信——让我们彼此更加了解。一共大概有十几封信,他猜测,并抬抬下巴指着那些信。

"你为了我这次来访专门找出来的?"

111

"你没给我留多少时间。我看信的时候,忽然想起来,你以前在明尼阿波利斯写信都是用复写纸,自己还留了一份底。难道你打算日后要出版你的书信集?"桑德丽娜指着茶几上那叠信件说:"这些你都留底儿了吗?"

"当然。"

"为什么?是因为你总有一天要找寻你自己?"

"或者是找寻另外一个我。"他放下酒杯,又开始翻找。

"我总记得那张索引卡片,放在高高的一摞资料上面,用英文写着'请小心'。怎么翻译的,我忘了,但是一定特别贴切。"回忆过去,桑德丽娜不禁笑出声来。"你把什么都要写下来。刚开始我还以为,要么是德国人严格要求秩序的民族性,要么就是你有强迫症。不过,我不知道,一个人还可以这样系统性地教育自己。说实话,到现在我都不信。"

哈特穆特点点头。桑德丽娜属于不多的几个能够拿他开玩笑的人,而且并不会引起他的反感。但是,此时此刻,他宁可不要她这么直接地命中靶心。由于不知道如何回答,他只好伸手去拿茶几上的照片。那张照片是新照的,桑德丽娜站在一个深色头发的年轻女子旁边。两人都在室外,戴着太阳镜,穿着攀岩的装备,冲着拍照的人竖起大拇指。身后是浅色发亮的岩石,显然是砂岩。他本来想问,她从什么时候开始学会了摆这种运动员的姿势了,但是桑德丽娜抢先开了口。

"这是我最小的表妹,维吉尼亚。两年前,她搬到巴黎来,让我也爱上了攀岩。或者更确切地说,是她消除了我的恐惧,从那以后我就自然而然地喜欢上了攀岩。现在她已经成了我最好的朋友。我们甚至考虑要搬到一起住。"

她的表妹很苗条,跟桑德丽娜差不多高,长长的头发扎成辫子。她穿着一件无袖的运动上衣,估计拍照的人是她的男朋友,要不就是她非常善于与他人沟通。

"人蛮好的。"桑德丽娜模仿年轻人的姿势,他从中看出了桑德丽娜从大学时代就有的那种爱讽刺人的优越感。她的父亲是一个老奸巨猾的地方政要,最终以心脏骤停的方式从一系列的贿赂诉讼案中脱身。桑德丽娜有时候宣称,她继承了他父亲的狡猾和诡计多端,但这是她少有的卖弄和撒娇作态。这又是一个与玛丽亚的相似之处。

"维吉尼亚是个宝贝。"她说,从他手里把照片拿过去,"在过去的两年当中,我最好的时光都是跟她一起度过的。谁能想到,有一天我能找到一个在户外需要体力的运动爱好;又有谁会想到,我会找到一个几乎能当我女儿的好朋友。"

"如果我没记错的话,你甚至有恐高症。"

"我可以练习啊。"她说,"我的朋友们盼着过周末,是因为孩子们或孙子们回来了。而我则盼着和维吉尼亚一起去山上。这就是我休息放松的方式。你不觉得现在的年轻人生活方式都很健康吗?他们拥有健康的乐观心态以及对健康的思考。我觉得,我们那一代人从不这样。"

"我知道,我不是这样的。"

桑德丽娜摇摇头,仿佛他说了什么反对她的话。

"曾经,我们都很天真,然后我们不是变得愤世嫉俗,就是变得刚愎自大。现在我们则是麻木不仁。自从我认识维吉尼亚之后,我越来越觉得跟朋友们一块吃晚饭是多么无聊无趣。同样的话题,同样的语调,聪明过度又冷漠无情。我们什么都知道得比较多,但只是比以前多,而这完全说明不了什么。"虽然她才喝了半杯酒,但是从她眼里已经能看出她准备气势汹汹地发表长篇大论。哈特穆特真想制止她。他到现在还清楚地记得,当时她在车上满怀激情地大谈美国的种族主义、人权以及宗教的形式如何与文明统一等等。桑德丽娜·鲍比翁不是那种淡泊宁静、心平气和的人。这是她性格中的一种特质,有时候很难让人接受。

"我对你的表妹没有恶意,但是我的职业所接触的都是年轻一代……"

"我知道,实际上他们都有很强的适应能力,有些草率却又追求事业。我对此没有抱怨。我们那时候还崇拜过毛泽东呢。"

"我没有。"

"你当然不会啦。你那时候去参加休伯特·汉弗莱的集会了。"

他确实去过一次,那是1976年的秋天,当时汉弗莱正在竞选参议员。最近,他还在想并且终于发现,他对那些毫无个人魅力的政治家情有独钟。虽然他一辈子都是投票给社民党,却对基民盟的安吉拉·默克尔抱有好感。那些拥有个人魅力的政客容易变得不真诚,反而使大家都忽略了他们的魅力。这真是两厢情愿的互相滥用啊!

"如果我早知道,你会取笑我这么半天,"他说,"那我还不如待在家里。"

"你不抽大麻,也不喝酒,也不是马克思主义者,还反对任何形式的政治暴力。要想列举你年轻时候的罪过,恐怕连摩门教徒都会取笑你。"

"你说今天的年轻人健康?那我呢?"

"你最大的恶习就是喜欢吃英式玛芬蛋糕。现在依然还这样吗?"

"我现在开始理解,我为什么这么长时间没来这里。为什么你现在对我这么刻薄?我做错了什么?"

"穿着那么难看的衬衣,说话还带德国口音,你简直就是一个怪人。我已经不打算改变你了。根本就改变不了。我只是后来才发现,你这样的人确实很少见。"她看着他,挑衅的语气来得快、去得也快。"准确点说,你是独一无二的,所以别再抱怨。你喝醉了酒给我写来一封邮件,然后我就开始找出以前的信来读。我确实是打算对你刻薄一点。我故意要这么做!"

"好吧。"

她自顾自地点了点头,喝光杯子里的酒,将杯子放到茶几上。与表妹的合影重又放回到其他的照片中。

"上个月,卡尔森·贝克死了。"她说。

"上个月死的?"

"我也是觉得他怎么才死啊。我刚好看到新闻报道。本来还想着引用他以前的一篇文章——当然,是为了批评他——当我在网上搜他的文章时,看到了他的讣告。很短,就像一段简讯。他应该有一百岁了吧?还有谁比他更自大自负呢?一百岁了!"

"那你还引用他的文章?"

"引用了,不过是为了证明他的自大自负。"自他进门以后,第一次看她笑得跟以前一样开心。多年来,她和贝克教授一直僵持不下,因为桑德丽娜坚持在论文里把私刑当作一种原始落后的宗教仪式来研究。这在当时是一个很大胆的想法,就连她的导师都不想跟这种言论扯上关系。她的导师贝克教授是一位来自蒙大拿的斯多葛派学者,满头白发,快七十岁了。对于这位女博士生批评他头脑狭隘、目光短浅,他竟然不为所动。他认为桑德丽娜的这个选题不合适,并察觉到桑德丽娜的态度是典型的法兰西文化沙文主义。贝克这个名字让哈特穆特的思绪又回到了启程飞回德国之前的一个下午。当时,桑德丽娜生气地跟他说,教授建议她最好还是写理论方面的文章，比如关于民俗学自身的方法问题。最让她生气的是，贝克教授竟然不假思索地建议：她，桑德丽娜·鲍比翁，不妨可以试试应用一个民俗学自身的概念，以便把密西西比州和肯塔基州那些嗜杀成性的普通公民也纳入研究范围。她坚决否认了这个建议，可是贝克回应她：那么，路易斯安娜州怎么样？桑德丽娜把所有的怒气都发泄在哈特穆特身上，因为他竟然认为贝克的回应很好笑。与贝克教授之间的这场没有结果的争吵最后导致她离开了明尼阿波利斯州，搬到了东海岸的一所文理学院，那里有足够的学术自由，可以让桑德丽娜做她想做的课题。

"生活就是这么奇怪，"她说，听起来跟他的想法差不多，"我本来不想跟那个老顽固妥协。想做什么事情，总是要付出代价。我后来为此付出了三年多的时间。"

"我也是。"

"是的。否则的话，今天跟我离婚的人应该是你，而不是乔治。"她拍拍手，对自己的这个恶意注解感到非常得意。茶儿上的那些信件有几封都是乞求恳请的内容，他在信中发誓渴求获得她的爱情、理智还有很多其他的事情，不过最终还是屈从于桑德丽娜与生俱来的骄傲，一切都是徒劳。她从来就没有过真正意义上的远大抱负，她也从来不是为了钱而工作；她家里有的是钱，在吕贝隆的度假别墅里，有保姆贝尔娜黛特，还有她神经质的父母，他们只是在饭桌上吃饭时才偶尔说说话。

她往他身边挪了挪，把头靠在他肩上。

"你相信这一切都是命中注定吗？现在。"

"不管怎样，我其实最希望你对我少一些挑剔。"

"我曾经担心时隔这么多年后再次见面，会不会多余？这许多心神上的消耗，只是为了一起重温往日旧情。何必呢？"

"你虽然嘴上这么刻薄,却是刀子嘴豆腐心。你心里肯定不是这么想的。"

"你凭什么这么肯定?"

"不凭什么。我只是不相信。"

"不过,你说的确实是对的。我差一点就想拒绝你的来访。"

哈特穆特向她投去怀疑的眼光,她想推开他,可是他却伸出胳膊紧紧搂住她的肩膀。桑德丽娜把双手放在膝间,接着说。

"我本来没想开始这个话题,是你坚持要说的。好好听我说,别这么神色紧张。好吗?我是认真的!"

"我听着呢。"

"你根本就没必要紧张,我又和以前一样完全康复了。我甚至可以去攀岩了,就算医生说很危险。"她似乎很镇静地思量着下面要说什么,哈特穆特趁此机会环顾屋内。在他的脚边躺着一本夹着书签的书,封面上两个男人站在开着的车门前。其中一个是白人,穿着深色西装,另一个是黑人,穿着厨师或者是理发师的白色工作服。也许是个司机。两人都神情严肃地望着拍照的人,似乎因为某一个莫名的劫难而联系在一起,正如福克纳在《我失去了一切:民族觉醒时代的南方白人》中所描写的那样。很显然,桑德丽娜对她以前的选题仍然兴趣不减。

"去年冬天,"她指着那本书说,"我在南特接了一门课,一周一次,每周四下午,讲美国的白人和黑人。在我认识的人当中,大家都暗自隐藏着对这个话题的反感,所以我每次都不得不重新开始。没有什么能够比面具本身更能显露其真正面目。这句话是卡尔森·贝克那个老头儿说的。"

哈特穆特靠在沙发的侧面,桑德丽娜接着往下讲。她竟然没有从他的胳膊里挣脱,这让他感到高兴。

"去年冬天,对吧?"

"当时,我们坐在教室里,讨论一篇文章。具体是这样的:我先念一段英语,然后翻译出大概意思,内容是关于麦克朗与卡岑巴赫之间的诉讼,你应该也记得。为了准确讲解,我比平时做了更多的笔记。讲到某一个点时,我抬起头来看看学生们那一张张脸,想知道是否有人睡着了。两个窗户都开着,能听到外面的建筑噪音。一切都很正常,天气晴朗,学生还算专心听讲,我已经习惯了他们的学习状态。当时我在想:好吧,那就接着讲,该讲到上级法院的辩论了。但是我却说不出话来。我到现在还是不知道该如何去描述那种感觉。顷刻之间,什么都想不起来了。没有一个词,没有一个句子,没有语言了。我的头脑是清醒的,还有知觉,也不觉得疼痛。我甚至基本上知道,我想说什么。只是说不出来。我看了一眼纸条上的内容,上面有我手写的单词,但是我竟然念不出哪怕一个单词,就像要完成阿克琉斯的任务一样艰难。从哪里开始呢?学生们一阵骚动。大家都瞪着我,窃窃私语。后来我就听见一个女生跟急救人员说:她直瞪着眼,张着嘴有两分钟说不出来话。然后我就想:两分钟,怎么可能呢?我只不过是需要几秒钟的时间来集中精力。同时我也知道,我的样子看起来很奇怪,所以我应该跟大家说抱歉。可我还是说不出来话。我只听到了从我嘴里发出一些啊啊啊的声音。这都什么乱七八糟的,我想。我并没有惊慌,只是感到非常恼火。这个时候有人掏出手机开始打电话。这让我很生气,他们终于可以干他们想干的事情了!可是我却不能说什么。世界在我眼里还跟从前一样,而我却被锁在自己的身体里。虽然我还能够思考,甚至比平时还要精确、细致,但是却毫无秩序。这是最不可思议的地方。另外我确实在为你的到来而做准备,还专门查了一些概念,因为我很清楚,我迟早要跟你讲这件事。我写的小纸条应该还在茶几上某个地方。"她弯腰向前去找那张纸条。"随着年龄的增长,我越来越像你了。多可怕!"

"别找了。你那天到底是怎么了?"

"从专业角度看,是中风的一种。"她俯身在茶几上翻找那些纸张,所以他看不见她的脸,"不同的是,你总是很清楚,你的东西都放在哪里。"

"什么?'从专业角度看'是什么意思?"

"这只是我选择的一种表达方式,我不想说中风这个字眼。纸条在这呢。"她手里拿着一张黄色的小纸条,重新靠回到他胳膊上,看着上面的内容。"记着我们的约定,不许愁眉苦脸!"

"桑德丽娜,你快说!"

"那个用手机打电话的学生后来跟我说,他爷爷也出现过同样的情况,所以他了解那种场景,就马上打电话叫了救护车。是呀,我中断了上课,然后就有急救人员从门外进来了。我这辈子还是第一次让别人用担架抬着。救护车闪着蓝灯,鸣着警笛,在城市里呼啸而过。我身边的人在说什么,我都听得一清二楚。司机在跟别人说:我快饿死了。然后我就想,我包里还有巧克力呢。巧——克——力。我觉得,好像没有那么复杂。然后门就开了,我被抬下车。"她指着纸条上的第一项内容,"这儿呢。我们这里叫做UNV,英语叫做脑中风加护治疗。"

"你真的中风了?"

"没有,哈特穆特。你大老远从波恩跑过来,我逗你玩的。喝口酒助助兴?"桑德丽娜必须扭过脖子才能看到他,表情不是很严厉,反而有点难为情,似乎想说:你别被我的语气所欺骗。好吧,他闭上嘴。她刚开始讲这个事情的时候,他想起了他第一次出现耳鸣的情形。那天晚上,他的意识也是暂时中断了。桑德丽娜的情

119

况看来还要严重得多。

"急诊科里,"她说,"你能想象吗?早上八点的急诊科就跟宾馆的厨房一样乱哄哄的。刚开始的那一刻,我觉得所有的东西都从我身边飘过,一切都显得那么紧张,根本就不容你思考。他们的口号是:时间就是生命。我被推进一个管道里,又被推出来,为了检查我是否麻痹瘫痪。医生做了一系列的检查,我就像个木偶一样听从命令。请用右手摸左耳!请跟着我说一遍!我又可以说话了,刚开始很慢,因为我害怕一说出来又变成啊啊啊的声音。还好,过了一会儿,一切又都恢复正常了。前后不过几个小时的时间。后来有人告诉我说,这就是人们常说的身体发出的健康警告。身体告诉你,它的功能是没有保障的,大家都处在情绪化的合约之中。准确地说,根本就没有什么合约。我们一直很走运,直到有一天运气没有了。"

"没有后遗症吧?"

"我留院观察了一天。医生告诉我,我没有脑出血。主要是心脏的问题。"她继续读纸条上列的注意事项,下一条比较长,哈特穆特没有听懂。"核心问题是协调不畅,心房外有一点点血没有跟着循环流动,因此血管出现了栓塞。医生给我开了疏通血管的药,其实最初是一种老鼠药,我没骗你。我的医生没办法跟我解释,人怎么会发现老鼠药也可以用于治疗人的疾病。我后半辈子就得靠香豆定这种溶栓药活着。听起来像一种印度尼西亚的香料,实际上是老鼠药,味道有一点像香草。"

"然后你又去攀岩了?"

"医生说,我必须自己决定要不要冒这个风险。万一跌下来的话,对溶血的人比较危险。维吉尼亚只是说:很简单,那你就注意点不要跌下来。你要是问我,怎么跟表妹的关系这么好,她都可以当我女儿了，——这就是原因。因为我的同龄朋友们都摇着头说，我应该疗养。大家都再三提醒我，要多注意身体。毕竟我是一个人独自生活！如果又发生了这种情况，那该怎么办？万一是在夜里呢？维吉尼亚则认为，最好的疗养就是跟以前一样继续生活。一个人也许会有他优先考虑的事情，但是无论怎么担惊受怕，他总之也得睡觉。预防中风，比较好的办法就是吃老鼠药。"

"我刚进来的时候，你就说过，你还没有完全恢复。你瘦了。"

"你不喜欢吗？"她仍然紧挨着他坐着，头倚着他的肩。尽管如此，她还是有所不同。不再那么紧张，不再张牙舞爪，而是需要人安慰，虽然这有些违背她的意愿。"也许我根本就不该告诉你这件事。我也不太喜欢跟别人谈及此事，毕竟也没发生什么特别糟糕的情况。头几周我就跟以前一样生活了，就跟我表妹说的一样。只是不能再去讲课了，因为我必须每天都去验血。这比中风本身还要麻烦。每天都要去医院，你说我能觉得自己健康吗？总有一天又会有什么状况。我坐在写字台旁，突然就盗汗不止。医生说，这种情况也是有的，惊吓的症状可能会滞后出现。身体比大脑恢复得快。有时候，我会梦见那些我在脑中风加护治疗期间见到的人。他们有的半身不遂，必须进行三个月的康复治疗之后，才能自己去上厕所。这都是三月初的事，从那以后我觉得在我身上还有另外一个自己。一个瘦小的女人，一个我从来也不愿意与她相似的女人，而且我现在也不想与她有任何相似之处。我这一辈子都把她锁在柜子里，突然她从里边把门打开了。这真是极大的讽刺。你知道我在说谁吗？"

她的父亲或者她的母亲，哈特穆特都没有见过，连照片也没见过，但是桑德丽娜的描述却栩栩如生。他在内心描绘出一个昏暗的房间，里面散发着鲜花和肥皂的香味，还有静静地朝着天花板伸出的合十双手。

"我还记得,你是怎么说她的:一个有教养的聪明女子,不管吃什么,都说是阿司匹林。"

桑德丽娜点点头证实了他的猜测,且几近感激。

"她生命中最后的三分之一时间是在精神病院度过的。这对他们两人来说都是最好的选择。我父亲还能工作、和情人约会,而我母亲则完全被她的苦难打垮,不再能够承担她生命中的任何责任。我从美国回来以后,没怎么去看她。对我而言,这是最好的解决办法。其实,我从未原谅过她的软弱。一个身体健全的女人却偏偏要躺在病床上度过余生。十五年前,她死了。自那以后,我很少再想到她。只有维吉尼亚,除了她还会有谁跟我解释,我心中被锁在柜子里的那个人是谁,我所害怕的那个人是谁。我不愿意相信,我俩之间有什么相似之处。但是我们之间肯定有相似性。怎么可能没有呢?她是我的母亲啊。"

哈特穆特不吭声,只是握住她更加冰凉的手。他宁愿再多一点回忆,回忆两人曾经的谈话、那些地方、那些情形,可惜他脑海里只有模糊的场景和零落的只言片语。

"从那以后,我尽量保持平静的生活。"她说,"我变得越来越自私自利,这要是搁在以前我会觉得难为情。减少工作,定期去做按摩,等等。尽量少看电视,几乎不喝酒了。我不喜欢我现在这个样子,但是目前来看,我必须在一段时间内接受我自己。"她陡然站起身来,看着他,好像要把她的话在脑子里再过一遍。"我解释了这么多,就是要说明我看到你的邮件之后的第一反应。我读了你的邮件之后,考虑了好半天,觉得最好还是别见了。"

"我懂了。"

"然后我又劝我自己:去他妈的!如果那个家伙非要来,那就来吧。我刚才说过,我考虑了很久是否要给你回邮件。考虑了半个小时。"

哈特穆特把她的手举到自己的唇边,忽然发现,这是他在婚姻生活中表示温柔的常规动作。也许桑德丽娜感觉到了,只是她不露声色。外面,凉爽的午后已经转为温和的傍晚。阳光从开着的阳台门照射进来。早晨他在剧院门口驻足观察过的云彩,正从巴黎上空退散。从西边缓慢升起了一抹淡淡的晚霞。此时,无声胜有声。

"我还没说完呢。"桑德丽娜接着讲道,"最近又发生了一件奇怪的事情,是我一时心血来潮的一个例子。也许你会觉得有意思。我在拐角的那家小小的蔬菜店买菜,买一些周末需要的东西,还买了一袋土豆。自从去了美国,我就开始喜欢土豆了。当时我拎着装土豆的袋子,正想放到购物筐里,忽然觉得你就站在我身边,对我说:你要知道,拎起来很辛苦的。"她模仿他的声音学得不太像,笑得前仰后合,似乎觉得不好意思。她的手也颤抖不止,哈特穆特紧紧握住不肯松开。

"拎起来确实很辛苦。"他说,"即便是在你的幻想中,我也知道我说的是对的。这是个好兆头。"

"我能够听到你是怎么说的,好吗?就在我身边,仿佛你紧贴在我身后看着我。一开始我吓了一跳,还想着:糟了!时候到了,我疯了,跟我母亲一样。但是同时我又想大声笑出来,就那样站在店里面。我真不是开玩笑,那个时候听起来完全就是你在说话。你明白我的意思吗?我站在那儿,一个不再年轻的女人,手里拿着购物筐和一袋土豆。傻傻地笑着。我居然做出这种事。"

"最近这几个月,我也出现过几次这样的情况,事后我还问自己:到底是怎么了?也许这就是……"

"你没明白我什么意思,哈特穆特。"她声音急促,以前她也总是这么说话,"那是一个美好的时刻。我才不管别人怎么看、怎么想。那很真实!"

拉马克大街上汽车轮胎发出吱吱溜溜的声音,还有人按喇叭。桑德丽娜摇摇头,拿起酒瓶子,把剩下的酒倒进他的杯子里。

"也许我们接下来该吃点东西,你说呢?"

"好哇!我今天只吃了早餐。"

"本来我想请你去奥雷丽酒店吃饭,但是我现在没有兴趣出门了。我们可不可以随便叫一点吃的?"

他点点头,顺便指指空了的酒瓶。桑德丽娜站起来走到门边,回过头来说:"帮我回想一下。你以前有没有什么忌口的东西?海鲜?猪肉?你的牙还好吧?"

"谢谢关心。你就点一些你自己喜欢吃的东西吧。"

"好吧。吃完饭后,我想知道,究竟是什么风把你吹到我这里来的?"

"我们有的是时间,我会把一切都告诉你。"

"有的是时间,对吗?你说有就有吧。"

然后哈特穆特听到她在厨房打电话订餐。

手表上的时间是七点半。左脚有点麻,哈特穆特站起来活动活动腿脚,在屋子里走了几步,看看书架上都有什么书。几本美国小说的名字他觉得似曾相识。里面还有很多民俗学的书,主要是结构主义的研究成果,当时卡尔森·贝克对这些都不太感冒,就跟桑德丽娜的博士论文选题一样。那时还是八十年代末,她从一家文理学院去往另一家文理学院,对美国的乡村生活逐渐感到厌烦,于是她就回到了法国。除了她那段维持了三年的婚姻之外,她一直都住在拉马克大街的这套亮堂的屋子里,把里面的空间变成她个性的写照：不拘小节、简单朴素，到处都堆满了东西，却又带着不一般的暖意。来访的客人能喝到昂贵的波尔多葡萄酒，却只能坐在地上喝。别人怎么想，是别人的事。

  哈特穆特把照片拿在手上，下午他就已经注意到了，是他和桑德丽娜的快照合影，已经有些模糊、褪色。他们靠在一处栏杆上，仔细看好像是船舷的栏杆。拍照的人并没有特别认真，只是随手一拍，所以左前方还有别人的肩膀进入镜头。这对年轻的恋人看起来在下一个瞬间就走出了镜头，两人刻意保持着距离，似乎是不情愿一起合影。浑浊的水光在背景中粼粼闪烁。

  他在想，其实在按下快门的一刹那，这两个人就已经消失在记忆中，形同路人。照片上的那个小伙子看起来有好几天没刮胡子了，可能是以为有胡子楂会显得更加阳刚。他的表情居然同时兼有忧郁和傲气，让人很难对他产生好感。旁边那个女士披着长发，穿着一件短短的连衣裙，上面的图案就像炸裂的花圃。背景里的水面是密西西比河？还是中西部的众多湖泊之一？他听见桑德丽娜打完了电话，连忙把照片放了回去，走到敞开的阳台门前。外面，城市上空，开始闪着紫光。埃菲尔铁塔的尖顶几乎碰到了镰刀状的那轮弯月。

  两只手扶着门框，他深深吸了几口气。之前的一天半时间过得又快又慢。昨天早上他的宿醉如此严重，如果他推迟一天出发，就不能在预定的时间赶到宾馆。所以，他起床冲了很久的淋浴，喝了三杯咖啡，然后才坐出租车去博伊尔取他的车。当他终于重又站在停车场上时，七岭山上乌云密布，即将来临的暴风雨让空气显得更加凝重。他连手指都没有动，就已经满头大汗。这时，他特别想听到玛丽亚的声音，却又害怕手机铃声响起。环顾四周，似乎在寻找地上的痕迹，就在帕萨特汽车的停车空当里。他们就站在这里，短短的几秒钟,仿佛开始了他无法避免的结局。

　　刚刚过去不到两天,说实在话,从那之后,他几乎没再想过那天所发生的一切。

5

时间又过了一秒。哈特穆特靠着车子,感觉到了自己心神不宁、满嘴发干。从卡塔琳娜的头上望过去,是一排闪光的汽车车顶。旁边的空处,晾衣绳上还挂着衣服。习习凉风从莱茵河边吹向这边的花园,绳子上的床单和白色被罩随风鼓涨飘动。这样不行!总而言之就一句话。哈特穆特把身体的重心换到另一条腿上,等待失望的来临。

下午他还想过,在哪一个点上他会觉得一切都无所谓了,会不再矜持了。而现在,卡塔琳娜的手在他背上游移,就像玛丽亚在柏林哈克广场跟他告别时所做的一样。这是一个寂静的仲夏夜晚,他就站在自己旁边,审视着这个上了岁数的男人,他竟然想到要和一个年轻女人在这么黑暗的后院里做爱。他自己的所作所为,却像是一股陌生的力量在强推着他。这几个星期,甚至这几个月以来,他都感觉到沮丧如何在他体内膨胀,但是他并没有为自己寻求开脱,而是让一切在刹那间烟消云散。基本上什么都没发生,他感到非常诧异。

"我做不到。"卡塔琳娜的头靠在他胸前,他们这样站着一动不动,似乎已经拥抱了很久。她的手袋仿佛是不小心掉到了地上,而凌乱的衣裳仿佛也是风撩起来的。"跟一个有妇之夫,我做不到!"

他很想告诉她,他不需要她解释。脑子里却想着另一种不会发生的结果:第二天早晨不自然地寻找借口、难堪、结结巴巴的责备、辩解。不!他准备收拾几件东西开车出发,一大早就走。透过开着的厨房门,他听到她说话的声音以及餐具碰触的声响。停车场后面的树枝停止摇曳,在叶缝间窃窃私语。

"我知道,有两个方面的原因。"她轻声说,"一方面,是因为他在职场上不得志,自己寻求聊以慰藉的方式;而我这边呢,则是要报复他。结果可想而知,只能离婚了。"

哈特穆特伸出胳膊搂住她的肩膀。她说的这些话竟然没有让他觉得难堪,他觉得听起来还算舒服。责任不在他。仿佛想证明这一点,卡塔琳娜抬起头来,稍有迟疑,但还是亲了他一下。两人都跨过了这道门槛,但前路仍然受阻。此时此刻,在夜晚的停车场,在一辆辆汽车之间,他们是自由的,完全可以做他们想做的任何事情。他听到马路上传来脚步声和欢乐的说笑声,幸亏很快就走远了。

"然后我就对自己发誓,今后再也不这样了。既不做弃妇,也不做荡妇,更不能当小三。"

"你真是……"他清了两下嗓子,然后接着说,"你真是个高贵的好人。"不然他还能说什么呢?

他的手再一次轻轻抚摸她的后背,感觉到她身上柔软的衣料以及腰下浑圆的臀部曲线。欲望还在那里,就像被困的野兽,它的需求还算得了什么。于是,他松开她的肩膀,对她说,"我开车送你回家吧。"

两人各自整理好自己的衣服,坐进她的车里。汽车后座上散落着翻旧了的漫画书。哈特穆特把车座往后推了推,调整好后视镜。脚踩离合器,先试着挂上挡。幸好,卡塔琳娜打破了沉默。

"当我知道的时候,我整个人顿时就彻底崩溃了。早知如此,何必当初。也许是我一厢情愿地以为他比他本身还要坚强,所以他只是表现出很坚强的样子,可惜只是以一种错误的方式。直到现在,在我们的小吵小闹中,我才了解到,他其实跟我想象中的那个人相差太远。"

"是他首先背叛了你。为什么女人都以为丈夫出轨的责任都在自己身上呢?"哈特穆特一边慢慢驶出停车场,一边问她。尽管他喝了一点酒,但是现在已经没有什么酒意。取而代之的是,他已经开始感到自责和内疚,就像一个小小的先遣队提前来探测地形,以便第二天的整体安营扎寨。

"在这一点上,我比你的生活经验丰富。"卡塔琳娜的语气比之前要冷静。"尽管如今离婚已经不再少见,——没有经历过的人,根本就不懂得接踵而来的破灭。所有的人都是见证人。家人、朋友,跟所有的人都必须解释,即使他能够做到,但是那种全线失败的感觉依然还在。我们之所以会有儿子,是因为我们曾经相爱过。现在他必须轮流两边跑,而且两边还为了探视看望儿子的时间短而小气地讨价还价。责怪他有错在先,对我又有什么好处呢?"

"也许你说得对。"哈特穆特驾车驶过肯尼迪大桥,沿着空荡荡的阿登纳大街继续行驶。他使劲瞅着仪表盘,又抬起头盯着前方的路面,在联邦审计局后面拐弯往南城方向驶去。每次换挡,汽车总是要抖一下,这一抖就把哈特穆特到嘴边的道歉又抖回去了。经过一个红绿灯路口时,他们旁边停着一辆警车,两人顿时紧张得两眼直视前方,只等着绿灯一亮就往前冲。两人都沉默不语。当他们拐进莱辛大街时,已经是夜里十一点半了。拐角处的酒馆已经打烊,椅子都收起来高高地扣在桌子上。马路两边是漂亮的老房子和高大的菩提树。卡塔琳娜指路,让他开进路边唯一空着的停车位。这个位置似乎是她专属的,可是他并没看到哪里有车位号停车牌。离这儿不远的地方,在上面的波恩河谷路上,玛丽亚、菲力帕和他一家三口在最初的几年就住在那里。当时他们还是一对年轻的夫妇,带着一个小孩子。此时他才意识到,他已经很久没到南城来了,记忆中这个地方稍微有点小市民的感觉。

"你生我气了?"他停车熄火,卡塔琳娜问他。

"怎么会呢?我觉得这样挺好。"

"我应该早点告诉你的。我也确实想过,必须早点告诉你。只是我从来都没觉得这么难说出口。一个人独自生活,我总会问自己,遵守原则有什么用?只会让一个人独自过日子的时间更加漫长罢了。"

他本来想说,我们互不相欠,最终却只是摇头作罢。这样的方式本身就已经是错的,尤其现在他们又尝试弥补一切,不想让对方失望,不想让彼此觉得受辱、羞愧或后悔。别再欺骗自己了,他觉得愤怒,坚持原则就是道德准则中的豆腐香肠,既无肉,还无味。他心里这么想着,嘴上却木讷地说:"都怪我,抵制不住你的吸引力。"

"好吧。"

在他的意识里,另一个他正把双手放在她的胸脯上。不过现实里,两人已经下车,一起往她家门口走去。沙漏的最后几粒沙子落下瓶颈的短短工夫,他们已经走到门口。他把车钥匙递给她,仿佛象征着缴械投降。

"那就再见了。"卡塔琳娜顶着凌乱的头发,站在他对面。哈特穆特把手插在裤兜里。隔壁就是分析式完形疗法协会,小小的前院花园的篱笆旁,锁着几辆自行车。

"阳台,"他说,抬起下巴看着上面,"哪一个是你家阳台?"

"四层就是。关于停薪留职的事,我先了解清楚,然后再告诉你。"卡塔琳娜两手捧着车钥匙,就像捧着一个从树上的鸟窝里掉下的小鸟。"是因为你妻子,对吗?"

"是的。"他没有否认。她要么是猜的,要么就是能够感觉得出来,也或者她在学校听别人传过什么闲话。"主要是比较复杂,有很多原因,并不仅仅是出于责任。也许我们下次再聊这些吧。"

"好吧。那就下次吧。"

两人最后吻别,互道晚安。他从她转身的动作以及开锁时的短暂用力看出她多少还是有些遗憾。他站在那里看着她的身影消失在过道里,转身想叫一辆出租车直接回博伊尔。漫长的一天过去了,他在家里还有很多事情要做,比如回去再喝几杯。车子可以明天再去取。他沿着莱辛大街慢慢往上走,然后向右拐进他以前去学校上班走过的那条路。在一家小酒馆门前,年轻人互相亲吻、拥抱告别,似乎就此别过、后会无期。哈特穆特从他们旁边经过,感觉到内心充满了矛盾,为了寻找平衡而心力交瘁。痛并快乐着的寂寞。感到失望却又如释重负,觉得亢奋却又疲惫。一直走到韦伯大街,后面才驶来一辆出租车。他招招手,看到刹车灯亮起。汽车后座上迎面扑来一股好闻的香草和皮革的味道。后视镜里司机投来询问的眼光。

"请去维纳斯山。"哈特穆特关上门,系好安全带。他仍然觉得很奇怪,竟然不假思索地做了这样的决定。桑德丽娜可能会感到好奇,而且会怀疑地问他,但是他还能去哪里呢?上次见面已经是好多年前的事了,他已经记不清具体是多少年以前。他们一起在奥雷丽酒店吃饭,离她的住所不远。用餐气氛透着友好和温馨,稍微带着一点感伤。他们两人一起喝了一瓶葡萄酒,尽量避开不谈心里真正想聊的话题。他之所以想到这件事,也许是因为他当时并不知道,为什么他内心的自责和愧疚竟然久久不能释怀,如同在行使一项麻烦的责任义务。

"美好的夜晚。"他喃喃自语。

饭后,桑德丽娜送他去地铁站,双手抱在胸前,沉默不语。她心情不好的时候,都不爱说话。经过她的住所,沿着拉马克大街往下走。他抬头看她住所的楼面,心里想着,不知他以后还会不会进到她的屋里。七年过去了,还是八年?

"您是海因巴赫教授吗?"这个问题将哈特穆特从思绪拉回到现实。他机械性地坐直身体,抬起头。

"是,我就是。"

"您不记得我的。十年前,我听过您的课,讲的是维特根斯坦。"出租司机扭过头来看了他一眼,他并不觉得面熟。这个人大概三十出头,戴着无框眼镜,头发已经稀疏,表情像是因为满足而显得有些无聊。

"你是学哲学的?"哈特穆特问。

"学建筑的。哲学只是我的爱好。"

"这样啊。"他宁愿一个人继续安静地沉浸在回忆中,可是现在上了以前的学生开的出租车,他只能试着尽力跟他聊会儿。他问过之后才了解到,当时他们讲的是《逻辑哲学论》。司机名叫迈耶尔,关于"世界就是原本存在的一切"这句话,曾经让他思考了很久。车子经过泊佩尔斯多夫,那里的酒馆依然还很热闹。迈耶尔先生对着后视镜如同对着一个移动的摄影机在说话:尽管维特根斯坦换了一种说法,实际的意思是说"世界就是事实所构成的荆棘丛林"。要想用有限的句子来表达出这个重点,恐怕不太可能。虽然是个天才,而且有着独特的英雄气概,但是却不切实际。维特根斯坦自己在晚年也发现了这一点。从后视镜里可以看出,司机期待他给出评论。

"那你现在是建筑设计师？"哈特穆特问。

"算是也不是。"眼下没有固定职业,他的女朋友怀孕了,而找到固定工作的可能性——"唉,反正报纸上写得清清楚楚。"副驾驶座上确实摊开着一份报纸《广告总汇》。在美国的房地产市场上发生的事情,这里也未能幸免,他说。哈特穆特漫不经心地听着,诧异于今天竟然是第二次进行这样的对话。第一次是下午和查尔斯·林,他也许正在读里尔克,在这位司机的眼里,可能会觉得他具有很高的精神层次。迈耶尔先生伸手从手刹旁边拿出一袋咸饼干,正犹豫着要不要请后座的乘客尝一尝。

"人有了孩子之后,"他嘴里嚼着咸饼干,"很多事情都会改变,对吧？"

"我就是这样的。"哈特穆特掂量着该不该讲讲那三个神职人员的笑话。克雷门斯—奥古斯特大街上的酒馆已经被他们抛到身后,现在车子停在路口等红灯。哈特穆特的目光落在外面空荡荡的人行道上以及黑魆魆的街边橱窗里。路口的文具店在橱窗里摆出了专门针对小学新生的文具大礼包。菲力帕上小学的第一天就收到了一个蓝色的文具大礼包,上面写着银色的几个大字"小学第一天"。不知为何他现在突然想到了这些,或者说,为什么他看到夜里的橱窗就想到了这个。路口的灯变绿了,在汽车行驶的过程中,橱窗渐渐向后退去,同样的,前面又有很多其他的橱窗闪现在眼前。时光最终如何计算总和？也许他应该再开一次课,给学生讲讲已不再流行的那本《逻辑哲学论》。书中探讨了关于不同事物为何组合在一起却成为无法解释的东西。每次他拿起这本已经翻烂了的书,眼前总是浮现出斯坦·胡尔维茨在黑板前走来走去的身影。他讲课时全身充满激情,也逐渐感染了底下听课的学生。一大堆存疑的句子,冷静中肯,神秘又深奥,比如第一章的第二十一条:每一种情况要么是这样或不是这样,其他所有的一切都保持不变。这是真的吗?还是说正好相反:只要有一点改变,所有的一切都将随之发生改变?最终这是相互关联的问题,而不是组合。

"我女朋友告诉我,她怀孕了。当时……"迈耶尔先生找到了一个比早先的维特根斯坦更让他忙乎的话题。"夜里我躺在床上几个小时都无法合眼,我想:天哪!现在该怎么办?当然,我非常高兴,但是我睡不着觉。您想知道为什么吗?从那以后,我又开始在夜里开出租车,跟以前上大学时一样。"

哈特穆特在后视镜里看到了迈耶尔先生毫无表情的眼光,他忽然觉得这个司机还挺有意思的。得知有了第一个孩子时的那种兴奋与慌张,他也经历过。那种感觉,套用一句老话,就是意味着责任,而他以前根本就不知道这种责任。菲力帕出生的时候,他还只是一个代课讲师,还没有固定的职位和稳定收入,就跟卡塔琳娜的前夫一样。根本就不确定,将来拿什么来养活全家。

"我那个时候每天写日记。"他说,"以前很少写日记,之后也没再写。但是,我想,应该坚持写几个月。那些变化,那些让人无法轻易把握的变化,值得写进日记里。"日记应该在书房的某一个盒子里放着,是一个绿皮的本子,里面写满了当时的无助反应。后来他再也没有打开看过一眼。

车子沿着罗伯特·科赫大街往上行驶,两人都没有说话。十五年来,他每天都经过这里,并且很享受每次拐一个小小的弯开进来的情景。似乎一拐弯就意味着一天的工作结束,即使这两年等待他的总是一个空荡荡的屋子。他最后一次去游泳池接菲力帕回家是多少年前的事情?哈特穆特从旁边的窗户往外看去。发射塔上一闪一闪,已经看不清轮廓。有一些事情不可避免地发生了变化,不是在世界上,而是在他的脑子里。

"我还没想到这个主意呢,"迈耶尔先生更像是在对自己说,"写日记听起来有点像回顾过去,不是吗?"

"对你来说,肯定是的。我的意思是你这一代人。前面往左拐。"

两年以来,他每天夜里一个人坐在客厅里,听四周花园里的虫鸣,寄希望于玛丽亚会承认她搬去柏林是个错误,希望她能够回到他身边。可是,一切愿望都是徒劳,最终还得是他来做出选择。这一次可不像三天前在哈克广场上的那个无伤大雅的想法,不再只是脑子里想想而已,而是要采取实际的行动。他必须做出决定。

"我一直梦想着在这上面买一栋房子。"迈耶尔先生说,车子已经沿着石块铺地的路面驶到了森林边缘。计程器下的对讲机发出嗡嗡的声音。

"我打算近期把这栋房子卖掉。"哈特穆特听见自己在说。他说完这句话才意识到,这样说是不是有些不合情理?是不是有些不可思议?总之,听起来是有一些胆大妄为的意思。"我女儿去汉堡上大学了,妻子在柏林工作,我自己一个人住这个房子太大了。前面那家花园比较杂乱的房子就是。"他从兜里掏出钱包。他很喜欢自己想都没想就脱口而出的这些话,不知道这是一个好兆头还是不好的兆头?他真的会按照刚才说的那样去做吗?还是说明天早上起床才发现原来自己喝多了、脑子里有了一个挥之不去的念头?

"九块六欧元,"迈耶尔先生直接停在大门进车的地方,"这个花园确实可以好好利用起来,虽然不大。"

这是他今天第二次从车窗里观察自己家的这栋房子,有些昏暗,无人收拾,实际上的确需要好好整理一下,万一有潜在的买主来看房呢。

"我没时间收拾,你明白吗?"

迈耶尔先生伸出胳膊,指着露台边上的樱桃树说:

"对了,说到时间,这棵树长得离屋子太近了,迟早会爬上地基的。您要票吗?"

"不要票。不用找了。"哈特穆特递给他十二欧元。他看了看敞开的钱包,旋即决定眼下再顺势往前迈一步。"你听我说,我再给你二十欧元,三十好了,如果你愿意的话,我想请你一起进屋里待一会儿,帮我看看房子估个价。"

"现在吗……?"迈耶尔先生使劲往后扭头,第一次正面对着哈特穆特。估计他以前上大学的时候肯定喜欢坐在后面,要不就是经常翘课,否则的话他一定会觉得他的脸有些面熟。

"这几个星期我一直打算请人来帮着估个价,"哈特穆特说,"可惜一直忙着没顾上。明天我要外出休假几天,就想把这个事情搞定。你了解波恩的房地产市场行情吗?"

"还行吧。准确点说,是非常了解。"

"真的?"哈特穆特从钱包里拿出一张钞票,往前递给他,"大概看一下就行,好让我有一点了解。"

"您赶紧把钱收起来吧!"迈耶尔先生使劲摆手,假装很生气的样子,可惜装得并不像。他解开安全带,打开车门。"您知道,这不是什么正式的可靠估价。其实我不具备估价的专业资格。"

"太感谢了。"哈特穆特从另一边下车。维纳斯山上总是比下面城里的气温低两至三度。夜色中静寂的马路,一排排弯头的路灯柱子,灯光洒在暗色的铺石路面上。这么好的地段,当时之所以买得起这栋房子,还得感谢老丈人的大力支持。两年前,搬家的车就停在这里的车道入口处,把玛丽亚为数不多的东西搬走了。自那以后,他就生活在四下寻找妻子的感觉之中。尽管工作压力很大,尽管生活倍感孤独,不知不觉中他依然强烈地希望率先采取行动。他以前可不是这样的:每次妻子从家里离开,他总是追随着妻子的身影,直到她消失在街道的尽头。维特根斯坦不是针对这种现象写过吗:第三章第二条:思想就是一个人所能思考到的各种事实的可能性。没有做不到,只有想不到。要想弄明白他说的对不对,必须先跨出第一步,然后再跟进一步,希望借此能够从自己的动作中赢得突破。

"就是这样。关于我为什么来到这里,我已经给出了详尽的解答。"哈特穆特停下来,看着桑德丽娜的脸。直到这时,他才意识到他竟然讲了这么久。几乎一整个小时都在讲玛丽亚如何搬到柏林、两人如何大吵一架,包括前天晚上所发生的一切。令他意外的是,这些事情竟然是一件接着一件,毫无间歇。只是结果听起来有些勉强,不过还好,他觉得还是动力大于阻力。

"明白了。"桑德丽娜微笑着抱腿蹲坐在椅子上。烛光映照下,她嘴角的皱褶看起来像一道道细长的阴影。她的眼光略带嘲讽,似乎对他的果断表示怀疑。

"我们走进屋里。"他说,"那个小伙子开始四处打量。我想:天啦,竟然可以就这样迈出第一步。让我迟疑不决的既不是房子也不是波恩。他走之后,我赶紧给你写了邮件,并把酒店房间订好了。第二天早起我只需收拾自己的东西就可以出发了。"

"然后你就来到我这里。时隔这么多年。"

"我已经不记得,当初咱俩是怎么约定的。我只知道,过了这么久,我不想就此跟你失去联系。"他伸手拿过桌上的长颈水瓶,给自己倒了一些水。

"你真的打算卖掉房子?"桑德丽娜说,并没有细究他的说法。

"可能还要换个工作。我承认,我从不认为你有这个胆量。"

"最近,我读过一篇文章,里面说成年美国人平均每五年就要搬一次家。在美国,人们做事情总是旧的不去、新的不来。你在考虑,和维吉尼亚搬到一起合住。这很正常。为什么我就不可以呢?"

凉爽的风从阳台门吹进来。他们面对面坐在折叠桌旁,中间是吃光的餐盘。桌子腿也不太稳,哈特穆特小心翼翼地把它垫好,就跟下午在茶几上找地方放托盘一样。那篇文章还写到,生活态度和搬家次数直接相关:对未来越有信心,就越愿意搬家。很多作者在写德国人的价值观念时,都认为德国在这方面的期望相对较低,但是处于上升趋势。

"卖房子这件事,"他说,"当然不是眼下唯一的决定因素,也不是最重要的决定因素。"

"这个我懂。"

"我还有一个星期的时间可以考虑,可是现在我每次打开邮箱就已经很紧张了。也许在我找机会跟玛丽亚商量之前,出版社就要一个答复。"哈特穆特掰下一块法棍面包,沾了沾盘子里的橄榄油,搁进嘴里吃了。桑德丽娜说是随便点了一份很小的意大利冷餐拼盘,结果却是满满的一大盘海鲜和意式帕尔马火腿,还配了切好的哈密瓜、三文鱼以及油渍蔬菜。配菜沙拉是他们俩一起在厨房自己动手做的,一边做一边想起了以前在瓦尔特宿舍楼里学着做饭的情景,忍俊不禁。两人肩并肩站着切西红柿,不时拿起酒杯喝口酒,这情景就跟他对此次来访所想象的一模一样:互道往事、共同经历过的地方、人名。那个酒吧叫什么名字来着?想起当初两人学着做饭没成功,只得一起外出寻找可以吃饭的地方,最后去了一家酒吧。不记得那家酒吧叫什么名字了,帕尔默斯酒吧?还是帕尔默斯咖啡馆?或者就只是帕尔默斯?桑德丽娜抱着胳膊坐

在椅子上,看着他,嘴里问道:

"我要不要再开一瓶酒?还是……你要喝咖啡还是茶?"

"我想听听你的意见。"

"我的意见?"

"你表妹也许会建议,就跟以前一样生活。可是我的情况和你不一样。"实际上,他突然心血来潮的决定,只给他带来了短暂的欣喜,前天晚上就已经不再兴奋。迈耶尔先生不肯说定房子的估值。我们两人在屋里看过一圈之后,重又回到厨房。他说,地下室的墙是一个不确定的因素,他必须在白天光线好的时候再下去仔细瞧瞧。屋顶还算坚固,但是新的房主肯定会马上想把砖换掉。至于上下水的水管情况,他觉得这是个比较棘手的问题。这位临时请来的看房专家态度倒是非常认真。他说,卖房的时候最关键的还是要看地皮的价值。只有外行才会参考租金行情,而专家都是看地皮的标准价值。在维纳斯山这片地段,每平米价格应该能达到四百多欧元。如果哈特穆特能够告诉他占地面积有多大,他就可以帮忙算出市场价格。就一会儿工夫,他马上就可以算出来,但是不能保证是否有买家愿意出这个价钱。

哈特穆特一口气喝完杯里的水,接着又倒了一杯。

"我一整天都没怎么喝水。"他说,"你再来一点?"

桑德丽娜摇摇头。

"你根本就没告诉我,你这一整天都干了什么。你都去过哪儿了?"

"今天早起我去剧院那边转了一圈,然后去了一趟商场。之后我回到饭店房间,批改学生的博士论文,题目是世界思想在中国。除了这些,我也不知道独自一个人在巴黎还能干什么。"

"世界思想在中国怎么了?"

"如果我没理解错的话,作者是担心进入现代的步伐停下来。至于他打算怎么做,这是他的秘密。从语言上看,这篇论文简直没法看。"

从桑德丽娜的眼神看不出来她是否对他的回答感到满意。夜越来越深,两人的思想交集似乎逐渐地越来越飘离。哈特穆特不甘心他们变成这样。

"写这篇论文的博士生是个中国人。"他说,"他写这篇论文写了六年。两天前,我跟他聊过,发现我对他所知甚少,而且也没有兴趣了解更多。一方面,我抱怨学生质量太差;另一方面,我又狠不下心来拒绝那些需要我帮助的学生。实际上,我也没有帮到他们,我只是在放他们一马。虽然我曾经想对学生尽心尽力,就像当初斯坦·胡尔维茨对我一样。"

桑德丽娜微笑着点点头。

"我还想着呢,看你什么时候才会提到这个令人敬畏的高塔以及他的神秘研究。你当时竟然景仰这么一个投票给尼克松的人,——而且他一连两次都投给了他。这一点我当时真的很难接受。我只是马后炮啊,因为之前我已经说过了,我不想要你做出任何一点改变。"她给他的博导教授取了绰号叫高塔,并不是因为他身材高大,而是影射福克纳的小说《八月之光》中的那位高塔神甫。这位神甫的脑子里每天都想着南北战争的骑兵队呼啸而过,而斯坦的脑子里整天想的也是'二战'的步兵营不断行军。她屈身向前,似乎觉得该是聊天的时间了。

"哈特穆特,别犹豫了。把房子卖掉,换个工作,搬到柏林去。要不然,你就会被孤独抛弃出局。你现在已经处在危险的边缘了。"

"这就是你的建议?"

"咱俩上次见面的时候,你扭扭捏捏不愿承认你已经处于中年危机之中。但是你现在比起那个时候,连一半的安全感都没有。"

"如果你这么说的话。我已经不知道我当时是什么感觉了。"

"别再咬文嚼字了。你并没有你想象的那么不自由。你只是感到害怕而已。"

"还有一些劳资方面的法律问题我必须问清楚。毕竟辞职可不是小事情。"

"那就赶紧搞清楚了!然后把心一横,行动吧!"她用力把椅子往后一推,站起身来,"我马上回来。"

"好的,去吧。"

桑德丽娜走出房间的时候,烛光在书架上留下摇曳的影子。黑暗令他想起了狭窄的洞穴,他只想挣脱逃离。于是他又起身走到敞开的阳台门下。凉爽的夜风吹拂在脸上,心旷神怡。赶紧行动吧,他想。前天晚上他也有过同样的想法。一番搜寻之后,他翻出购房合同,平摊在桌子上。迈耶尔先生俯身细看,似乎想从中找到他所期待的信息证据。占地五百平方米的地皮,在现在的行情中不算太大的面积,保守估计应该不会超过二十万欧元。他以前听说过一个成交案例,每平米地皮售价四百二十欧元,然后房子本身再单算一些钱。迈耶尔先生煞有介事地总结说,由于房子使用的建筑材料很一般,所以地面的房子本身估值应该不会太高,那么投资买这套房子并指望能够升值应该没有什么吸引力。哈特穆特听了感到非常失望和恼怒,这么说来,潜在的买家可能只是因为看中了这块地皮的升值空间才买的。所以,结论就是,或者套用哈特穆特的哲学术语,——综上所述,——要看哈特穆特自己了。迈耶尔先生肉嘟嘟的手指间转动着的吸水钢笔并不是他自己的,不过,他似乎一点都不在意。他俨然就像一个真正的房地产中介,正在给一位资金有限的顾客讲解市场行情。接下来,他应该还会说:要不,您去别的地方再瞧瞧吧。"

行动吧——即使从经济上看并不明智？

他站在阳台上等了好几分钟，桑德丽娜还没过来。他只好走进厨房，却看见她抱着胳膊站在窗前。空气里一股洋葱和橄榄油的味道，还混杂着他买的鲜花散发出的阵阵甜香。水槽上方装了一个桌灯，光线柔和朦胧。窗外，夜色中的大都会，一片霓虹繁华。他忽然觉得该是时候离开了。

"窗外景色这么好，我肯定会想念这里的。"桑德丽娜说，"如果我真的要搬到维吉尼亚那里和她一起住。"

"搬家的日子定了吗？是新房子吗？"

"都没定，我们正在找合适的房子。"

"是不是我刚才说的那些问题让你觉得无聊了？"哈特穆特的臀部靠着水槽，"如果是的话，我非常抱歉。"

"我只是想在这里静一静。"

"好吧。"

他们望着窗外，谁都没说话。塞纳河就像一条黑色的带子蜿蜒穿过这片灯光的海洋。桑德丽娜扭过头看了看，似乎想确定，他是否还在她身后。

"我们俩自从上次见面之后都有了很大的变化吧？我感觉是。"

"你指哪些方面的变化？"

"刚才我在听你说话的时候想到的。我们就这么坐在那里，聊着，关于婚姻、工作、健康的思考。"听起来她似乎还有很长一段话要说，但她却只是摇摇头，将杯子凑到唇边。哈特穆特不太确定，她是否能在反光的窗户上观察到他，就像他在看她一样。

"看来你还是被我的无聊影响到了。"他说。

"这不是你的责任。我自己还不是也一样。我的意思是：我们以前从未这么害怕往前看。以前你来找我，就是为了和我上床，一起度过一个愉快的周末。我总是很期待。其实我们都很清楚，那都是错的，没有希望的，而且是迟来的。但我们还是不顾一切地做了。至少我没有后悔过。"

"虽然就此毁掉了你的婚姻？"

"我的婚姻在此之前早就已经毁掉了。我现在并不是在说后果，而是说：那个时候你每次来，我都觉得刺激有趣。而现在呢？我们开两瓶酒喝，我讲讲我中风的事，而你……"她以一个兴趣索然的手势打住这个话题。"今天下午，我站在窗前，以前的那种感觉又回来了。你知道吗？我不期待任何事情，我只是跟以前一样觉得——似乎是有什么值得我期待。非常美好的感觉，我几乎已经忘记了这是一种什么样的感觉。"

"然后我就捧着鲜花来了。"

"你想象一下我的热情和期待吧。还鲜花呢？呸！下一次是不是该带酒心巧克力来了？"

下一次该带电热毯来了，他本来想说，却不知道电热毯用英语怎么讲。

"你跟乔治还有联系吗？"

"我只知道，他住在蒙特利尔。其他的就不清楚了。"她和窗户玻璃上的自己面对面站着，透明、模糊，声音温柔："有时候我宁愿像其他的女人一样：哭闹一阵，然后去做个头发，买双新鞋。一个人如果能从物质享受上得到安慰，那可真是幸福。可惜我要的不只是物质上的满足。所以我会冷静地站在镜前观察自己，或者站在窗前望着外面。刚才我还在想，你讲的最精彩的部分是在车里失去理智的时候。真的，这不仅仅表明你深深爱着你的妻子，还因为你做得对、做得痛快。而我却找不到地方撒气。虽然我不是运动健将,但还是喜欢攀岩。维吉利亚并不能让我忘记害怕,但我依然无所畏惧地强迫自己上去,特别是中风以后,我去攀岩的时间比以前更多。也许只是为了让我自己与我母亲有所不同。"

"只要你攀岩的时候多加小心就行,别再跟以前咱们旅游的时候那样。"

"你到底有没有在听我说?我的任务就是关注我自己的身体健康。从三月份到现在,我每天都按时吞服我的老鼠药。害怕自己生活不能自理而需要别人照顾,这种担心无时无刻不在缠绕着我。我生命的全部意义都悬在这一线上。在岩壁上我拼命爬高,就是为了甩掉这个折磨我的想法。你明白吗?"

"不要再这么折磨自己了。"他说。他多么想把她搂在怀里,只是不确定,她是否也愿意这样。"你按时吃药,定期去验血。这样比较理智,而且……"

"总结得真好!"她轻蔑地哼了一声,"最近,医生告诉我说,鲍比翁女士,我真希望所有的患者都像您一样理智。那个有着游泳健将身材的年轻医生。他对我这么说时,我真恨不得把他的眼睛给挖出来。像我这个年纪的女人,没有什么比理智更容易了。能够轻狂的机会反正也不多。你可以找一个年轻的小东西在停车场胡搞。而我呢?"

"她也没那么年轻了。"

"反正比你年轻。我想和年轻的小东西胡搞还得花钱。你知道吗?没准哪天我也找一个年轻的试试。钱我有的是,人生除了理智之外,总得发生点别的吧。"

"桑德丽娜!"

"桑德丽娜怎么啦?"她气恼地大叫,"你讲了那么多,这才是我最讨厌的地方。我们那个时候你不愿欺骗你妻子,现在更不愿意。那就别这么做了。当时和我上床是因为看在旧情的份上。好吧。但是,难道只是出于色欲吗?你至少也对你自己诚实一点吧!"

"人吧,有时候做出来的事情并不是他真心想做的,也不一定知道为什么会这么做。"他感受到了她从窗户玻璃上投向他的怒火,就跟当时她坐在驾驶座上发怒一样,只是因为他袒护了斯坦·胡尔维茨,或者不愿意把福特总统说成是犯罪分子。当他对她的提问爱理不理,她就会因此而大发脾气,斥责他无可救药。就这样开出十几英里之后,她又将车子靠右停在路边,请求他原谅。她穿着花裙子,坐在他的大腿上,在辽阔的自然天地中又悔又恨,于是他再也不会爱理不理了。实际上她当时想改变他很多方面。很多很多。

"你有没有想过,"她此时说,"你自己可能是唯一一个对你的行为感到惊讶的人?只要稍微了解你的为人,就会知道你的这些行为其实都是有逻辑、有计划的。你妻子当时肯定知道你来巴黎做什么。你那个时候究竟是怎么跟她说的?"

"这跟你有什么关系?"他轻声而坚决地说,"这种问题,我们互相之间都不问。"

"很多这样的问题吗?"

他小心地在她身后靠近她,从窗户里看着他的动作,发现桑德丽娜也在看着他,不动声色。她把双肩靠在他的胸前,下半身与他保持距离,避免太亲密的身体接触。对的,她在很久以前就已经对他产生了根深蒂固的亲密感,从那以后,亲密感是前提,无须证明。她,或者是他,都无须为此努力。他还记得,他们两人站在窗前,他穿着内裤,而桑德丽娜身上只搭了一条毛巾,手上拿着半空的酒杯。半年内总共有三次,不抱希望的、迟来的、秘密的生活,却总比没有的好。第一次是玛丽亚带着菲力帕回葡萄牙的时候,之后他就假借出差的理由。说谎是丑陋的,但是一点都不难。需要的只是严谨,而他有的是。最后一次他和桑德丽娜达成一致,不能再这样下去了,所以就没有再继续。无论是和她还是和别的女人,都没有再出现过这种情况。

眼前的窗户玻璃上,映着两个中老年人的身影,他们刻意保持距离,尽管身体靠得比较近。他们的青春回忆都留在桌子上的照片里。桑德丽娜和他在船上。她刚才去厨房的时候,哈特穆特拿着这张照片,打算问问她。此时,他的目光又落在那张照片上,里面那两个人都是一副不开心的神情。他突然觉得一下子打开了记忆的大门:汉尼拔、密苏里、马克·吐温的出生地。酷暑难耐,到处都是蚊子,马路上船只的柴油味久久不散。

他抬起左手指了指照片。

"这拍的是我们吗?我们好像不太开心的样子。"

"船上的船员帮我们照的,说的话挺不中听。那个家伙戴着船长的帽子,裤裆处的蛋鼓鼓囊囊的。"

"你觉得,如果我们当时有机会的话,会走到一起吗?"哈特穆特问。

桑德丽娜从他怀抱里挣脱出来的时候,他都担心她会发脾气又要回到客厅去。还好,她从餐桌柜上拿起打火机,点亮了桌上的两根蜡烛,顺手把水槽上的灯关掉。嘴里嘟囔着说,她一点也不喜欢这盏灯的灯光。她走到桌子旁坐下,抱着胳膊,转过身看着他的脸。

"你现在准备干什么?"她问,"我的意思是说明天。回到波恩去卖掉房子?"

"还不着急。我之所以扔下工作,就是要好好享受一下这份自由。我想先接着往南开。"

"去哪儿？"

"我以前的一个同事在米蜜灿开了一家酒庄。我早就想去看看他。"

桌子太小了,哈特穆特在她对面坐下的时候,两人的膝盖都碰到了一起。木质的桌面上摞着很多书和杂志。剩下的空处仅够他放下双手。谁知,他刚把手放在桌上,桑德丽娜就一把把它紧紧握在手里。之前她一直在回避与他的身体接触,这么猛地一抓还真吓了他一大跳。这是怎么啦？他该怎么办？既然不想知道答案,那又何必去问呢？

"从一开始我就很喜欢你的手。"她说,并不抬头看他。"我到现在还记得,你当时觉得很奇怪。怎么会喜欢手呢？很显然,没有人告诉过你,女人会觉得手很吸引人。"

"有很多东西,我都是第一次从你那里听说的。我相信,这些第一次我大都还记得。"

"你知道你为什么来我这里吗？"她问,"你来我这儿,是为了确认你当时的决定是否正确,是为了确认你没做错什么,起码这件事你没做错。然后你才能够继续做下一个决定。是这样吗？告诉我实话。"

"当时还没觉得是一个决定。"

"尽管如此,那依然是个决定。"她微笑着揉弄他的双手,把它们贴在她的脸颊上,挨个抚摸他的每一根手指,嘴里不知在说着什么。"我父亲这个人很有意思,见多识广同时又很混蛋。他曾经说过,最好是做出决定之后还要采取正确的行动。虽然他自己很少能做到,但是这一条却是我从他身上学来的为数不多的建议之一。"

"对于一个政治家来说,这个建议还不错。"

"这就是你眼下该做的事情：做出决定，然后采取正确的行动。不要想着事先就知道那些你只能在经历过后才知道的事情。"

"听起来像是世界上最容易的事情。"

"并不是，但却是你要面对的。"她看着他，他也听懂了她的意思。山下面的巴黎，万家灯火。此刻他才意识到，她竟然整个晚上都没有放音乐。那个时候，她父亲送给她的唱片《紫日》，意味着他们两人之间很多事情的开始，搁到现在来说已经太迟了。桑德丽娜抚摸着他的手，这就意味着该告别了，而她不会容忍他将告别戏剧化或者庸俗化。所有重要的事情都已经说过了。他抽回双手，她只是点了点头。

"我得走了。"他站起身。

"我还记得，我们俩站在明尼阿波利斯的机场。你说到柏林，而我尽力控制住情绪。我几乎要说出口，但是怕你会反驳我，然后我们会在分别的最后一刻发生争吵。这是我最不愿看到的。"她依然直视，似乎他还坐在她对面。

"我自己也知道，"他说，"太不现实了。"

"事后我才意识到，为什么我偏偏在最后这个时候没有坦诚相告。这是我后来唯一感到无比后悔的事情。"

"就算你当时坦诚相告，也不会改变任何事情。"

"虽然如此，为了我们，我也应该做到坦诚。"

他特别想做点什么：比如把杯子放进洗碗槽里，把客厅里的盘子收拾一下，把摇摇晃晃的餐桌再折叠起来。可是他并没有这么做，而是拿起厨房桌上的照片，问她："我可以把这张拿走吗？"

"我有纪念品要给你。我翻找你的信件时，一起看到的。"她站起身，走进客厅。

关于那天下午的部分记忆重又浮现：在一个荒凉的小镇，廉价的纪念品商店和咖啡馆。大街上人迹稀少,桑德丽娜穿着短裙,引来别人异样的眼光。那是1974年夏天,尼克松退位后不久。除了坐蒸汽船横渡密西西比河,汉尼拔小镇没什么好玩的。然后就看见有个穿制服的家伙从桥另一边悠闲地走过来,发现了他要找寻的目标。他直接朝桑德丽娜走过来,还不怀好意地微笑着。

桑德丽娜手里拿着一张唱片,从客厅里回来。一张单曲唱片,外面裹着白色的封套。圆形的标签上写着"格拉芙之声",其余的什么都没有。

"我敢打赌,你家里肯定有一个唱片机。"她说。

"我甚至还有卡带录音机。这是我们录的吗?"

"听听看。然后你就会想起来。真实的场景。"

"我这会儿想起来了船上的那个家伙,他让我抬胳膊搂着你的肩。而我没有照他说的去做,于是他就嘲笑我是个软蛋。"

桑德丽娜踮起脚尖,亲吻他的脸颊。

"那之后你一整天都不再说话。我们下船之后直接出发去了圣路易斯。"

他在她身上所想念的一切,忽然之间全都记起:貌似不经意间的温柔,却很清楚地知道她在做什么。她对感情归属的严肃认真,近乎于一种忠诚。她微微扬起嘴角半笑着,隐藏着一股傲气,同时表现出不容置疑的坚定。他们将互相最后一次拥抱。带着酒心巧克力来看她的日子不会再有。他们的故事到此结束。

两人手牵手走到屋门口。哈特穆特从衣帽架上取下西装外套,寻找借口想再看一眼客厅。低头又看着手里的唱片,点点头。

"谢谢你!"

"很高兴,你来我这里。"她说。

他使劲搂了搂她,屋门已经打开,楼梯间里清爽的地板蜡的味道扑面而来。片刻之间。她抬手抚摸他的脸颊。

"多保重。"他尽量保持镇定地说。

桑德丽娜点点头。跟他来的时候一样,她又变成了一个剪影,站在敞开的门里。

然后,他转身离去。

1980 年

八十年代伊始,天气寒冷。柏林周围所有的湖泊都结了冰。清晨,屋顶上到处升起袅袅的白烟。报纸强烈谴责苏联进军阿富汗,并试图预言,如果东德加入联合国安理会将会对两德关系有何影响。二月初的一个周四中午,哈特穆特刚刚上完一节很有成效的研讨课。在课上,学生们思维活跃,那个年轻的讲师,事先在家里准备好了几个问题和简明扼要的答案,到了课堂上则一副对答如流的样子。这几天,柏林虽然严寒刺骨,但是他并没有受到任何影响。一周当中最忙的时间已经过去,顶头上司又不在。哈特穆特站在办公室门前,右手拿着讲义夹和一个空咖啡杯,左手在兜里掏钥匙。正在这时,一个沙哑的声音从他身后传来,"嗨!",有人冲他打招呼。

他转过身。

她叫特蕾莎,在柏林自由大学的拉美中心工作。她一周两次来恩斯特-罗伊特广场这边,给学生上关于恩内斯托·卡德纳尔的辅导课。她和其他助教曾经和哈特穆特一起吃过几次午饭。有一次吃饭的时候,她极力想说服他相信:《新约》中包含有近乎马克思主义的社会学说。"你现在不能简单地只说'东部阵营',你先听我说,老兄。"她说,耶稣在山上对门徒的教训是马克思主义的原型。在他同事迪特玛·雅克布斯的生日晚会上,他见过她舞动的身姿,对她留下了很好的印象,远远好过她关于马克思主义的言论。她矮小结实,纤腰宽臀,胸部丰满。深色卷发用发带束在脑后,耳朵上挂着造型复杂的耳环,随着她说话的动作发出轻轻的碰触声。两人面对面站着,她一双黑色的眼睛,并没有看着他的脸,而是落在他的衣领上,似乎在审视有没有污渍。

"你好。"他说,"吃过饭了?"

"最近我还和我的朋友说起过你的围巾。你在哪里买的?"

两人同时低头看他脖子上深色的羊绒围巾。

"卡德威百货商场。"

"你还真有品味。"她很满意地下结论,"我可以摸一下吗?"

他还没来得及回答,她已经伸手抓住他的围巾,他只好往前伸着脑袋,就像运动员在颁奖台上被授奖一样。他闻到了她身上洗发水和烟草的味道。

她把围巾放在鼻子底下嗅闻,然后把它围在自己的脖子上,顺手把围巾的一头撂到肩上,另一头就那么垂在她的胸前。他想说,你戴着挺好看的。但是她却抢先开口了。

"下周六,我们要庆祝我朋友的硕士。这么说,对吗?我们庆祝硕士?"

"实际上应该说,你们为你的朋友庆祝硕士毕业。不过,那样说也可以。"

"不是你们,是我们。你也来吧,如果你愿意。欢迎参加。"

"谢谢。"

"谢什么?"

"谢谢邀请。"

"那你来不来？"

"来呀，当然。"

"先是在我们的住处，然后再看去哪里。"

"非常感谢。"

"你已经谢过了。你这人还真客气。但是革命以后就没有这么多啰唆的派头了，对吧？"她把围巾重新帮他围在脖子上，用手抚平。然后她把地址告诉他，转身向电梯走去。哈特穆特看着她的背影，思忖着下午应该能做些什么。他是应该去买书还是花钱买一件新衣服？这样就可以让特蕾莎再来装模作样地羡慕一番？最终他慢步走进另外一间办公室，里面一位同事提醒他，安娜不在办公室，每周四她都要去社会学研究所进行机械打孔。他只好又穿上棉服，赶往对面的富兰克林大街。

空气寒冷，看样子要下雪了。玛赤桥下的运河里，鸭子游过水面，伸长了脖子嘎嘎地寻找食物。与特蕾莎的偶遇让他有些飘飘然，他很想把这份好心情分一些给安娜。可是，他却不清楚该如何分给她。无论如何，不能让她觉察到他为什么心情这么好。

他在三楼看到她俯身在打孔机上，走近一看，才发现她并没有在专心工作，而是捂着脸在哭泣。她身旁有一摞卡片，上面的编码近似于盲文。安娜必须帮她的博导把填好的调查问卷转录到打孔卡片上。她每一次总担心编码错误或输入命令有误，继而毁掉了全部的工作。这种情况并不少见。几个小时的工作，如果机器没有给出所期待的分析数据而是干巴巴的错误报告，那么一切工作都将是徒劳。克洛兹教授虽然可能会表示理解，但是要想修订错误、从头再来，安娜又得在惨白日光灯下的机械操作间里连续工作好几个小时。哈特穆特走到她身后，抬手抚摸着她的肩膀。

"很糟糕吗？"他问。每次只要安娜碰上不顺心的事，她就不

153

可名状地变成了她母亲的第二个自我。在出错和疏漏的表单中重新计入新的记录,这似乎成为她一生的主线。克劳斯用他粗短的手指擦来擦去,用括弧将填入的信息括起来,把重复的信息删除掉,最终却没有得出任何结果。从希腊的克里特岛回来之后,安娜谈到他时比以前更加刻薄。尤为复杂的是:他最了解她,却是最帮不了她的那个人。

"说说看怎么回事。"他抚摸着她的双肩。外面开始下雪了。明尼阿波利斯的天气。

"录入的时候有一个小小的拼写错误。然后所有的SPSS分析数据全都错了。"

"这种事免不了。可能很恼人,还要费时间,不过没那么严重。"

"你觉得不严重,可我觉得非常严重。这已经是同一项工作第三次出现错误了。"

"你看。"他说,"下雪了。"地面很快就有了厚厚的积雪。安娜赌气不愿往外看,他只好双手捧住她的脸,扭过来朝着窗外。"你上次去滑雪是什么时候?"

"1975年12月。"

"记得这么清楚?"

"我们和克劳斯的同事一起去哈尔茨山过圣诞节。在西德那边的一个地方。圣诞节的第二天,我们去滑雪橇,克劳斯和我同坐一个雪橇。我们一直往下滑,谁知地面有一个坑,雪橇失去平衡,冲出滑道外。我们躺在雪地里,四目相对,克劳斯忽然对我说:嫁给我吧,安娜。那天是1975年12月26号。"

"我们吃饭去吧。"

"我不饿。"

"那也得吃点东西。"

"你一点感觉也没有吗?"

哈特穆特看到雪花飘落在窗户玻璃上,心想,我还不如自己一个人去吃午饭,可以呆看窗外,不必和任何人说话。他当然有感觉,否则的话,他何必刻意去忽略?

"我早就知道,迟早会有这么一天。"她说,"也许你当初第一次走进我的办公室,我就已经知道了。我不可能和一个人走得如此亲近,却不爱这个人。"

"你和克劳斯的同事也很亲近。"

"他是个秃头,而且属于赫尔曼·范·韦恩那种类型。再说了,我并没有和他亲近,我从来没在他那里过夜。"

两人直视前方,良久都不说话。半年多以来,两人之间的关系一直都是一种权宜之计。他们都感到自责,却都不承认,似乎在等着最终能有个了结。反正他一直在等。

"我不知道,我这样还能撑多久。"安娜说,"既然我爱的是你,为什么我还是克劳斯的妻子?既然你不爱我,为什么还要和我在一起?我根本就不想做学术研究工作,为什么我还要读博士?我生活中到底有没有一件事情是有意义的?"

"你经常说,你爱你的丈夫。"

"该死的苏联心理疗法。这就是我们所谈论的一切。你知道吗?巴甫洛夫的神经病理学从六十年代起就已经失去了天下独大的统治地位。"她的声音尖锐而苦涩。

"安娜。"

"而这个理论本身还是德国心理学界的一个遗产,这一点经常被人忽视。甚至也太过频繁了。除了我丈夫,所有人都忽视了这一点。"

"安娜,我问个问题你可别见怪,你是不是来例假了?"

她紧咬双唇，就这么看着他。她的面部表情让他想起他以前喊他妹妹露特"爱哭鬼"的脸。

"如果只是因为例假就好了！"她说，"但这就是我的生活。"

他没有回应，只是把桌上的卡片盒子推到一边，坐到桌沿上。有时候，他如此冷漠地观察她，连他自己都吓一跳。他在内心里嘲笑她脸上奇怪的表情，不想听她没完没了地唠叨抱怨她的母亲，鄙视她抽泣时抖动的双肩和含泪的双眼里所表现出来的多愁善感。最近他越来越感觉到：每次和她上床的时候，就像是以前在阿尔瑙运动场上孤独地围着操场跑步一样。再来一圈，再来一圈，最后没有其他的目标，只落得筋疲力尽。每次完事以后，他躺在她身旁，这种念头就如同在时间的长河中拾到了漂流瓶中的信：人可以逃离自己——只要你能够一直不间断地逃。

"我无法解决你和克劳斯之间的问题。"他说。

"你要和我分手？"

"你是有夫之妇。我不能解决你的任何问题。"他几乎要加上一句，我妹妹也是这么认为的。露特每次来电话都要求他赶紧跟这个已婚妇女断绝关系。得知安娜的丈夫不仅了解他们两人见面的事，还向他俩表示祝福，露特觉得很不对劲。上个周日，她又在电话里问他，你为什么不找一个能够跟你正经过日子的女人呢？这样就不用每次在你这里过夜时还要给她丈夫打电话说一声。事实是，他很努力在找。他在基培特书店的二楼并没有专心看手里的书，而是来回观望过往的女顾客。当他坐在咖啡馆里、乘地铁时，或者是在超市里跟前面的金发女郎一样买了同一款葡萄酒时，他无时无刻不在努力。在最近参加的舞会上，那些搭上话的女伴不止一次向他传递信息，她们当中不乏性感美丽者对他大胆示爱，看看他到底会有什么反应。是啊，为什么不接受呢？现在他正处在高领毛衣、满脸胡须的年龄,可以开心玩乐,而不再需要繁文缛节。他有时候观察到,男女之间只需轻轻点个头都能彼此心领神会、携手走到一旁。还有一件事他没有告诉露特:他不想和另外一个女人真正在一起,是因为总有一天桑德丽娜会写完她的博士论文。

安娜的眼神咄咄逼人。

"有时我觉得,你根本就不明白这一切对于我来说有多难。我究竟有什么问题?我没有办法过我想要的生活。但是,这究竟是我的错还是我母亲的错?难道这就是命运吗?你最近说得很对:爱,真的就是一种依赖。两个人之间要么彼此相爱,要么就是难以忍受。"

我必须走了,他想。

"克劳斯坚持要认识你。"安娜说,"他认为你一直在逃避和他见面,这样对他不够尊重。"她转过脑袋,不论她的问题是什么,不论这些问题的根源在哪里,是因为她丈夫性无能,还是她母亲的社会背景复杂,这些都在她努力压低音量、结果却几乎变成抽噎的哭声中找到了宣泄口。"毕竟是你在操他的女人。"

"好吧。"他说,为了打破这个句子之后的沉默。

"下周六在我家。"

他点点头,不想再提特蕾莎的舞会。晚些时候他可以顺便过去看一眼。他拍拍安娜的肩膀,给她打气,然后指着门说:"现在我们可以去吃饭了吧?"

接下来的那个周二,安娜溜到他的办公室,两颊绯红、两眼放光地对他说,他不必为周六的见面担心,也不必带什么东西去,只需好好期待和她以及克劳斯能一起度过一个美好的晚上。克劳斯打算做他拿手的醋焖牛肉,配上自制的土豆泥丸子。她神经质地呵呵嗤笑，在他脸上狂吻。当他表示他还要为下午的课做准备，并把她往门外推时，她竟然一点都不生气。办公桌上摊着一篇还未完成的文章，西蒙教授已经催了好几个星期了。前不久，他突然发现自己在离开办公室时，总是先探出头来看看走廊的动静，然后他才走楼梯到下一层去等电梯。

整个星期都在下雪。菲利克斯和弗洛利安两人在电话里兴奋地跟他讲他们滑雪橇的事情，因为激动而显得声音很大。夏洛特宫城区的人行道已经被积雪覆盖，甚至都围上了黄色的警戒带。他家屋前的栗子树从树冠到细小的枝丫都裹着白雪银装。天空阴沉沉地压在城市上方。他脑子里想着今晚将要发生的事情，首先要去见的那个男人，他睡过那个男人的女人；之后要去见的那个女人，他更愿意跟她睡觉。成败与否，各种想象的画面在他脑中交错回旋：他诧异于特蕾莎能够轻松搞定，在他做梦都想拥有的房子里铺好了床等着他；而当他悄悄溜到她身边，正要扒光她的衣服时，却发现不是安娜而是桑德丽娜挡在眼前；当着桑德丽娜的面，他重重地甩手把门关上。

周六晚上，还差五分钟就七点了。他从海德堡广场地铁站上来，很快就找到了他们说的楼门入口。这是一栋五层楼的建筑，楼的正立面是青春艺术风格。他们就住在这里，那个为爱而疯狂的萨尔巴赫女士以及她那位大度的丈夫——现代群体心理治疗协会的创始人之一，早年间好几次出现在有关宪法保护的报道中。如今，协会的成员都有了自己的私人诊所。

楼门处的对讲机里沉寂无声，但是楼门却吧啦一声迅速打开，仿佛有人一直守候在楼上的门铃旁。楼梯间里铺着塑胶地垫，走在上面丝毫听不到脚步声。一扇一扇的大木门，他猜想那些门后面都是装修考究的客厅沙龙。楼上传来门锁转开的声音，他真希望是安娜一个人在门口迎接他。刹那间,他是那么期待见到她。

她站在门里,看起来与平常不同,身穿衬衣和裙子,睁大眼睛迎着他,眼里满是感激、害怕和兴奋。

"嗨。"他说。她轻轻地吻他,如此羞涩,让他有些感动,他甚至发现她竟然破天荒地抹了淡淡的口红。

"嗨。"她伸出手来摸了摸他的短发。下午为了打发时间,他去理了个发。

她拉着他的手,走进客厅。过道很宽敞,地上铺的是深色的实木地板。一进门就闻到了浓浓的肉香。过道两旁都是光亮通透的房间,哈特穆特经过房门时看到里面都是满满的书架。他还没来得及脱下外套,安娜就直接拉他进了厨房。"来吧。"她耸耸肩,她的丈夫和情人终于面对面见着了。

克劳斯腰上围着围裙,衬衣袖子高高挽起,正在灶台前忙乎。他身材魁梧,长着络腮胡子,戴着眼镜,脑门上发际线很高,头发有些脱落。

"哈特穆特,"他说,一边迎着他往前走近了两步,"很高兴,认识你。"他并没有说"终于认识了"或者"最终还是见面了"等等之类的话,而是用力握住他的手。哈特穆特原以为他这么客气只是一种表面假象,甚至觉得他可能会嫉妒,但是实际上根本就没有这么回事。

"我也是。"他回答说。

"我马上就好。不,其实不是我,而是炉子上这个家伙。"他的声音低沉,听起来很舒服。——他马上想起来,安娜曾经跟他说过,他的声音很好听,很容易让人产生信任感。

厨房里弥漫着腾腾的水蒸气,窗户玻璃上都蒙上了一层雾气。电炉子上架着一口大汤锅,锅里冒出的水汽垂直涌进上方的抽油烟机里。哈特穆特开始冒汗,他脱下大衣,将围巾塞进大衣袖子里。安娜拿着他的大衣走向过道,他真想跟着她走出厨房。

"你喜欢喝什么开胃酒?"克劳斯问,"雪利酒还是意大利气泡酒?"

"来杯雪利酒吧,可以吗?"

克劳斯抬手指着客厅门,示意他往那边去。这个时候,哈特穆特才注意到,他走路很费劲,髋部僵硬,就好像穿了太小的鞋一样。他今年应该四十三、四岁,可是看起来比实际年龄要显老一些。他在客厅里打开玻璃柜门,里面的酒类品种繁多,简直就像饭店的酒吧一样。几十瓶贴着各色商标的酒,酒柜上层则是令人咋舌的酒杯大展,似乎每一种酒都有专属的配套酒杯。安娜坐在已经摆好餐具的大橡木桌旁,揉搓着前臂。窗外,大雪纷飞,落入黑夜,飘洒在海德堡广场的上空。看起来,这雪没有要停不下来的意思。

"雪利酒。"克劳斯说着,一边递给他一个细长的高脚杯。"希望你喜欢吃醋焖肉,今天我做的是醋焖猪肉,一般很少有人用醋做焖猪肉。"

"一定很好吃。"

"在莱茵兰地区我们管这道菜叫做'百事菜'。我一直都没搞明白为什么要叫这个名字。"

"虽然你真的很努力——彻底搞明白?"安娜说。克劳斯看了看她,眼里满是父爱般的慈祥。

"你也想喝点什么吗?"

"我的杯子还在厨房里。"她又出去了,只留下哈特穆特单独面对她的丈夫。书架上的书要么摆放着,要么靠立着,一种小心维持过的凌乱。套着白色封套的唱片,就那么堆放在地板上。刚开始哈特穆特还以为是自己听错了,细听之后才发现背景音乐是扬·葛贝瑞克演奏的萨克斯风《去往远方》。对，没错，就是他演奏的。难道这是巧合吗？还是说克劳斯和他有着同样的音乐爱好？安娜倒是从没提过她喜欢爵士乐。

"哲学！"主人冷不丁地喊道，仿佛在向全神贯注的听众宣布即将有大人物要出场。"我一直都对哲学很感兴趣，不过对于美国的哲学分支我不太喜欢。我总觉得美国的哲学偏离了一些本应该很重要的问题，反而遁入了一个……无关紧要的精密分支里。"这短暂的迟疑表明他为了这个场合事先准备了一些措辞。哈特穆特这是生平第一次喝雪利酒，觉得口感还可以，并没急于回应克劳斯的话题。

"我是说，在分析哲学的整个领域，是否也有超验这样的概念？究竟有没有类似于另一种真实的概念？或者至少应该有一个空间能够让这样的概念得以发展？"

"超验？"

"历史性的，就跟马尔库塞所说的那样。"

"我觉得，努力理解我们所处的现实，并不意味着缺乏政治上的批判性。"

"但是我如果对于现实没有一定的政治立场，还能够理解现实吗？而我如果找不到一个更好的关于现实的概念，又怎么能够站在一定的立场上呢？因为，现实不是本来就存在的，而是由人自己创造出来的。也许我们还能创造出更好的现实。"

哈特穆特侧耳听着厨房那边的动静，可是那边只传来锅里煮土豆泥丸子的咕嘟声。

"安娜让我当心你。"他说。

克劳斯把酒杯放到旁边一个较矮的桌子上，拍着大腿直笑。他很有幽默感，但是幽默感的中心似乎并不在他自己身上，而是在某个边缘地带。所以,大脑虽然指令他要开怀大笑,但是真正笑起来却稍稍有一点滞后。一旦指令任务完成,他复又一脸严肃。

"十年以后,没有人能够明白我刚才提到的那个问题。这才是问题所在。"

"已经开始了吗?"安娜从门外就开始问。

"已经开始什么?"

"你这么快就已经过渡到世界和事务的格局里?"

"先知在自己的国土上根本就不算数。"克劳斯看着哈特穆特这边说。他坐到椅子上,腰里依然系着围裙,双手放在膝盖上,仿佛马上要跳起来高喊革命万岁。哈特穆特不确定他究竟是抱有好感还是反感,是尊重还是同情。还好,克劳斯最终并没有振臂高呼发动巴士底狱革命,而是关心锅里的土豆泥丸子是否已经煮好了。安娜摇摇头,他立即艰难地站起身。

"那就只能让我这个会长亲自去看看了。"他走到厨房门口停下来,吻了吻他妻子的脸颊,这才走向灶台。哈特穆特打算下次有机会一定跟他妹妹讲讲刚才这一吻——动作笨拙,就像他父亲以前过圣诞节的时候吻他母亲一样:因为父亲每年都收到母亲自己亲手织的毛衣作为圣诞节礼物,他拆开包装后放在身前比试,总是说:至少还算合身,然后以吻来答谢。

"感觉很糟糕吗?"安娜问他。她站在厨房门旁,一脸的忧伤。

"没事儿。"

"他远比他自己愿意承认的还要紧张。"

"我没看出他哪里紧张。倒是你看起来很紧张。"

"我放松不下来。谁知道我妈会在什么时候来电话。"她朝他走过去,半张着嘴吻他。他觉得她的内心深处似乎因为寒冷或者渴望而瑟瑟发抖。"待会儿我可以和你一起去你那里吗?"

"我们不可以同时从这里离开,而把他一个人扔在这里刷碗收拾。"

"说,说你在乎我。"她靠紧他,他看了看厨房的门,抬手搂住她的腰。她真的在发抖。

"安娜,你怎么了?"

"没什么。我只是觉得不快乐。"

"会不会你只是……?"他耸了耸肩。不快乐!为什么总是要用这么严重的字眼呢?

"我只是怎样?"她往后仰了仰头,满眼怒气。"又发情了?又需要被狠狠地操一顿了?"

"你根本就不让我把话说完。"

"你说啊!"

但是他已经不知道他想说什么了。他根本就不想和她有这样的对话,尤其是她的丈夫还在隔壁的厨房里正在做莱茵兰式的焖猪肉,难得一见的醋焖猪肉。他到底陷入了一种什么样的状态啊?他爱着一个女人,而安娜根本就不知道这个女人的存在。那个女人的来信渐渐稀少,他把所有的来信都藏在抽屉里,以为这样就可以不必面对现实。为什么呢?是害怕安娜不明白他的感情吗?还是他无法解释清楚他的感情?

"你刚才真的想说这些?"她摇摇头,强忍住泪水,"你认为我只是想着男女之间那点事儿吗?你根本就不明白怎么回事。对你来说,我究竟算个什么?——阴道吗?"

"向上帝保证:我要说的不是这样。而且我不知道今天来这里是不是个好主意。"

她蓦地转过身去,拿起桌上的酒杯一饮而尽。他一时不知道怎么才好,只得学着她的样子也将杯中的酒一口喝干。然后两人都不说话。扬·葛贝瑞克演奏的萨克斯风音乐听起来愈显聒噪。外面还在下雪,老天似乎也受够了他们之间这令人难堪的一幕。

醋焖猪肉味道确实不错。鲜嫩的肉纤维入味很足,克劳斯提前两天就把肉放进作料里腌渍,有刺柏果、月桂叶、丁香、胡椒和芥末。调制的酱汁配料包括葡萄酒、葡萄干、紫甘蓝和亚琛产的辣饼。哈特穆特记得,安娜曾经说她丈夫是世界上最不感性的人,看起来确实是这样,他似乎更关心装填挑选配料,而对于烹饪结果他好像并不太在意。用餐的时候,醋焖猪肉搭配的是高浓度的红葡萄酒,席间大家谈到伊朗的局势。美国大使馆已经被占领了三个多月了。克劳斯说:"每次革命,即使是反动分子,也总是想着尽可能带来变化。这就是革命的进步核心。我之前说的关于分析哲学的那些话……"他的餐刀尖正对着哈特穆特的方向。

"我可以说点别的事吗?这是我吃过的最好吃的土豆泥丸子。"

"你的朋友故意逃避我的话题。"克劳斯带着无可撼动的好脾气对他妻子说,"你往家里带来了一个自由党人。好吧,我不再提政治或哲学了。我说到做到。"

从那之后,整个晚上的气氛一直都很轻松愉快。在甜点上桌之前,第二瓶红酒已经见底了。克劳斯则表现出了令人诧异的自嘲和幽默。他谈到他当年创建治疗集体时,如何醉心于理论、充满了热情和干劲,以及与患者的治疗接触,用他的原话来说那些患者"和我们比起来要健康得多。但是这就是我们想让患者知道的。有一次,一位女士对我说,她想继续进行治疗,但是前提条件是,我得把胡子好好刮干净。我在当天就照做了。"

"我当初认识你的时候,你看起来就像马丁·布伯。"安娜把手放在胸前比画着。

"我也像他那么有智慧。你呢？哈特穆特,你从没留过胡子？"

"在美国的时候,我曾经连续四个星期没刮胡子。就这样了。我留胡子不好看。"

"再来点儿酒？"

"我先歇会儿再喝。"

"你既不抽烟也不喝酒。穿衣讲究,胡子刮得很干净。——你就没有一丁点恶习？"

有那么一刹那,他甚至想冲动地告诉他,他和一位有夫之妇有染,嘴里却说:"我总觉得留胡子的人都是神职人员。小时候,我的印象里那些神甫都留着胡子。为什么是这样呢？"

"问得好。我总觉得留胡子是一种阳刚之气。很奇怪,对吧？"

这是一场奇特的决斗,他俩唇枪舌剑,而安娜则在一旁静观,手里不停在把玩手指头够得着的任何东西,纸巾、餐刀或者装盐的玻璃瓶。她是一晚上唯一没有放松下来的人,甚至喝完第三杯酒之后仍然还未放松。

时针已经指向了十点,哈特穆特心里惦着特蕾莎的晚会。喝完红葡萄酒之后,他的脑子开始变得迟缓,甚至有一些无所顾忌。他们两人后来在电报大楼里又碰到过两次,他很喜欢特蕾莎总是将调情的话挂在嘴边,喊他为"可爱的男孩"之类,毫不掩饰她对他的好感。哈特穆特不清楚她是否了解他和安娜的关系。如果知道的话,她应该也不会太在意。

餐后甜点是冰激凌,上面还浇了热樱桃汁。让哈特穆特感到惊讶的是,克劳斯这个糖尿病人竟然吃了跟他们一样大的一份冰激凌。哈特穆特接着又喝了一杯意式白兰地,感觉飘飘然。他脸颊发热,想要到外面的雪地里去走走。安娜赤裸的脚尖顺着他的脚踝来回摩挲,此时克劳斯正在推出结论,认为耶稣和教堂里的其他

165

圣徒都是以大胡子的形象出现的,所以神甫们肯定是跟他们学的。最终,餐桌上一片沉寂。唱片也放完了,哈特穆特把脚抽回来,担心安娜温柔摩挲的声音在沉寂中会被大家听到。三个人都盯着面前的空盘子,一时无语。

"我觉得,我该走了。"他尽量保持镇定、吐字清楚,"雪下得这么大,再不走就可能没车了。"

在过道里,克劳斯跟他握手道别,一时不知该说什么才好。他开始说,他感到很高兴云云,鉴于目前这种状况……重要的是,他得知道……同时,对于安娜来说,确实不容易,但是……他耸了耸肩。

"希望我们能够经常见面。"

"谢谢,晚餐很好吃。"

"但是我还是想听你哪天给我讲讲,为什么人们会退回到这种半生不熟的实证主义理论里?"

"因为人不能总是建造空中楼阁,还得落下来脚踏实地。"哈特穆特说,忽然觉得自己很蠢,就像中学生在搬弄从大人那里学来的话语。

"这个理由还不够。路上慢走啊!"克劳斯转身走进厨房,哈特穆特和安娜两人站在凉爽又黑暗的楼梯间里。他要狂欢,要继续喝酒,要跟特蕾莎上床。欲望在他身体里燃烧,不仅是渴望女人的身体,而是渴望一切。三十出头的他,迄今为止经历过什么?先是什么都没有发生,然后是百无聊赖和寂寞难耐,最后遇见了桑德丽娜。她宁愿和博士导师僵持下去,也不愿最终来到柏林。他不想再等下去了!他几乎要抓起安娜交叉抱在胸前的双臂,用力摇晃。她的丈夫虽然性冷淡却又待人亲切,尽管他对他的妻子关怀备至,以至于她不忍离开;可是却又乖僻至极,令她难以和他相处。哈特穆特不想再当这个女人的安慰剂了,他对这样的性事感到可悲,这种平躺在床上的加班工作,早已失去了最初的刺激新鲜感。别再来烦我!他想咆哮怒吼。他在安娜静静的注视下愈加愤怒,她的眼光一再提醒他,她才是受到伤害的人,而他则是罪魁祸首。外面的城市在等着他,这个充满女人和诱惑的地方,他现在必须去,去过他自己想过的生活!

"那就这样算了吧。"安娜说着,转身进屋去。

"你很清楚,那根本就不是我要说的话。而且我也没有这么说过。"

"我知道,比起我的不幸,你有更重要的事情。"这又是她从她母亲乌尔苏拉·萨尔巴赫那里学来的话,当然她也遗传了她的大眼睛和苍白的皮肤。难怪她的父亲在巴西待了二十多年都不愿回来。也许她抿嘴的习惯也是家族遗传。双唇紧闭,两眼满含情感。但是,眼下这个时刻,他完全没有意愿想要安慰她。

"我们改天再谈吧。"他说。

"我们从来就没有谈过,也许以后也不会谈了。我就是你的麻烦。你基本上和你老家那些穷乡僻壤的虔诚老农没什么两样。我不过是你聊以自慰的垃圾。干完就扔。"

"我不明白你为什么现在一定要说这个。"

"你住嘴!别再自欺欺人了。你做得好像很体谅,但是你根本什么都不了解。有时候你看着我,好像我有什么残疾似的。也许我不是我原本应该存在的那个人。但是,你觉得你自己就是那个人吗?"

短短几秒钟之内,他想要离开的感觉却变成了被驱赶的感觉。安娜任凭眼泪顺着脸颊往下流,仍然含着泪眼看着他。她似乎能看穿他的想法,这个感觉重重地压着哈特穆特,让他不再有任何想法。又是一个接近真理的时刻,他不知说什么才好,也不知该如何自我防御。

他慢慢地摇摇头。

安娜把门关上。

6

尽管他比贝恩哈德·陶施纳年长十五岁，但是无论是在学校，还是工作之外约着一起去莱茵河边度过愉快的夜晚，他从未觉得自己是长者。贝恩哈德平时很在意自己的着衣风格，但是他并不会以貌取人，所以两人一直相处融洽。他同样也不去理会布洛伊格曼的恶习以及海尔维格的怪脾气，对他来说，重点在于目前正在走下坡路的哲学传统的本质上。哈特穆特事后才知晓，贝恩哈德为此做出了极端的决定：为了追寻一种与自己独特的理念相一致的生活方式，他放弃了助理教授的职位，去法国南部经营一家葡萄酒庄。在他们共事的两年半时间里，两人究竟是朋友，抑或只是好同事，这也是今天早上哈特穆特在出城的路上重新思考的问题之一。

卫星导航仪指引他开上了一条极其拥堵的出城公路，他穿过一片混乱的车流驶进十号国道。巴黎上空，灰蒙蒙的云层笼罩着下面单调的混凝土城市。昨晚和桑德丽娜告别之后，他夜里没睡好觉，做了很多乱七八糟的梦。早晨起来，他在酒店喝了比平时多很多的咖啡。眼下，他从后视镜里注意到后面驶近的摩托车，必须小心这些摩托车随时穿梭出现在拥堵的车流中。沿着奥尔良和图卢兹的方向往南开,目的地是米蜜灿。贝恩哈德上一次给他写邮件时提到,"像你这样的人"绝对不会走出这一步,不过他一点都不后悔辞职。思考不仅是对过去学说的恪守和梳理,还包括个人的言行与实践。这是典型的陶施纳风格的言辞,以前他和布洛伊格曼斗嘴时,经常这么说话,惹得布洛伊格曼总是傲慢地大喊"你们都听着,你们都听着"。他在邮件里还写到,随时欢迎哈特穆特到他的新酒庄做客。迄今已经三年过去了,哈特穆特在此期间时常想起重新和他联系,问问他,"像你这样的人"到底是什么意思。办公室里的工作经常让人忙得不可开交,所以一直也没顾上联系他。按照贝恩哈德的辩论风格:工作的时候,如果最重要的事情总是淹没在蜂拥而来的急茬儿里,那还能做成什么事呢?

虽然昨晚睡觉时的床垫太软,他的后背有些酸疼,但是他依然觉得精神抖擞,充满能量。灰色的居民区建筑逐渐被抛在车后,有三条行车道的交通变得通畅起来。时间比预计的要快,已经驶出巴黎城区了。两天前,他带着宿醉的头痛坐在驾驶座上,行驶在比利时狭窄的高速公路上,现在终于开始了真正的旅行,可以惬意地享受舒适单调的旅途生活了。窗外是一望无垠的收割之后的田野和一小片一小片的森林地带,平坦、开阔,远远望去,地平线都消失在田野尽头。刚刚经过奥尔良之后,导航仪里传来女声的导航指令:"请沿当前道路继续直行!"哈特穆特回应说:"好的。"顺手放进一盘新的光碟。雾散云开,天空渐渐明朗。沿途有很多指向著名建筑景点的路标说明,法国丰富的文化遗产,让他应接不暇。贝恩哈德肯定会大吃一惊。哈特穆特沿着中间车道向南行驶,手指在方向盘上跟着音乐打拍子。你肯定没想到吧,哈哈!他听见自己在自言自语:"像我这样的人"也能够做出这么一时兴起的随性举动。

那个时候,高校改革开始带来彻底的变化,很长时间内他都没有觉察到。现在回想起来,他仍然觉得难以理解这些变化,但是随着贝恩哈德的聘任到岗,学院的气氛发生了积极的改变。两人的办公室紧挨着,所以自然而然地他们经常一起去食堂吃饭,之后还在走廊里继续辩论吃饭时未完的话题。两人手里拿着冒着热气的咖啡杯,匆匆忙忙,意犹未尽。贝恩哈德·陶施纳特别喜欢与人辩论,总是从一些不可能获胜的论点出发,然后竭力固执地捍卫自己的观点。关于共同开课的计划终于有了初步草案,贝恩哈德却在这个时候提出,他不适合在大学继续从教。哈特穆特还记得,当初他在办公室和贝恩哈德有过一场谈话,两人其实没有说很多话,只是默默地看着窗外。他不得不提醒自己,认真听听这位同事的抱怨。这段时间,他不仅在学校里过得不愉快,在家里也同样如此。前一天,玛丽亚和菲力帕大吵了一架,他闺女最终气得逃到同学家里去了。另外,对于贝恩哈德来说,他的聘用合同还有三年才到期,这个时候提出辞职,绝对不够理智,而且有些任性和愚蠢。他的手指在裤兜里拨弄着手机。他本来想劝劝贝恩哈德,你一定要振作起来。好好工作!玛丽亚在家里沮丧地躺在床上,他只得去找菲力帕谈谈,可是她根本就不接电话。

你爱干嘛就干嘛!最后他说。

"你爱干嘛就干嘛。"似乎他并不知道,其实贝恩哈德·陶施纳这个人本来就是想干嘛就干嘛的人。半年之后,他真的辞职走了。

汽车行驶到普瓦提埃附近,蔚蓝的天空一望无际。阳光下,一个一个小村庄静谧安逸。光碟里播放着妮娜·西蒙的歌曲:我希望你能明白这对我有多么重要。远处,空中飘着几朵雪白的云彩,就像在透明的空气中起伏的山峰。田野蜿蜒起伏,大地色彩斑斓,遥无边际。两旁的玉米地里,庄稼密集林立,时不时能看到沉甸甸的深色向日葵花盘。

上午的时光就此一晃即逝。

到波尔多还有二百多公里的路程,光碟已经播放两遍了。哈特穆特的后背愈加酸痛,而且口渴难忍。车外的温度不断攀升。他打开转向灯,松开油门,拐进路边的服务区。停车场和加油站由一块草地隔开,歇脚的客人坐在结实的木头板凳上休息,各自从冷藏保温包中掏出食物和饮料。高高的白杨和栗子树下,孩子们在树荫里玩耍。哈特穆特找到一处空位停好车,刚打开车门,就感觉到一股热浪扑面而来。在一辆来自明斯特的房车前,一个四口之家围坐在野餐桌旁,仿佛就在自己家的餐厅里。

他去洗手间洗了一把脸,然后买了一杯咖啡,坐到贴了防晒膜的玻璃窗前。带小孩子的妈妈们满脸倦容,急匆匆地奔向婴儿休息室。哈特穆特悠哉地搅着咖啡表层的厚奶油,这时他忽然意识到,这么多年来第一次没有任何人知道他的行踪,玛丽亚和菲力帕不知道他在哪里,露特和赫德韦西夫人也不知道。早晨在酒店的时候,他就考虑过至少应该告诉贝恩哈德:他将要去看他,但是最终也只是抄下了他的酒庄地址。酒庄的网页上,首页是酒红色的背景色,网页设计很有品位。里面的诱人图片就已经足以让人印象深刻,图片上兴致高昂的客人做出胜利的手势,高高举起手中的酒杯朝着镜头致意。从网页上可以看出,酒庄主人除了晒成棕色的健康皮肤之外,其他没有任何变化:脸庞瘦削,眼睛有神,一副讥讽的表情。当时学院里的老教授们都看不惯他这种狂妄自大、桀骜不驯的做派。

贝恩哈德是否会很高兴见到他这个不速之客呢?远远望去,哈特穆特隐隐约约可以看到前面有一段公路在中午的酷热中闪着白光。突然间,他裤兜里的手机振动起来,他浑身一激灵。

屏幕显示是"玛丽亚"的来电。

一开始他惊讶得不敢接电话。上次他们是什么时候通的电话?都说了些什么?玛丽亚会以为他在哪里?她又是从哪里打来的电话?哈特穆特慌乱地环顾了一下四周热闹的服务区。柜台后面的黑人帮厨应该一直都站在那里,可他现在才发觉她的存在。她系着蓝色围裙,围巾的两头均匀布满了吊穗和五彩珠子,手上拿着一把长勺不停地忙碌着。哥本哈根,波恩,一条表示问候及亲吻的短信。还有他们打算飞到西班牙去度假。哈特穆特深吸一口气,按下绿色接听键。

"喂。"

"喂。我还以为你没空接电话。你忙啥呢?"

电话里有杂音,但是玛丽亚沉静的嗓音让他也随之镇定下来。书报架上方有一个由五彩字母拼出的单词"逃离"。

"没忙啥。"他回答说,"买了一杯咖啡,正在想着我老婆在干嘛呢。恰好,你就打电话过来了。"

"我今天喝咖啡喝得太多了,现在心跳得发慌。"

"在哥本哈根很忙吗?"

"其实我是想听你讲讲你那边发生的事情。我这边尽是些不顺心的烦事儿。"她叹了口气,仍然开始讲她的那些烦心事:在舞台设计上碰到的问题以及关于彩排时间的持续争吵。他们这次去哥本哈根是为了庆祝一个新剧院的落成,为此专门举办了国际戏剧节。可想而知,所有的剧团都想在大舞台上至少排练一次。法尔克·梅尔林格似乎以为他的剧团享有优先权,玛丽亚承认,她有时实在是为他的行为感到羞愧。哈特穆特认真听着。以前他还是挺愿意跟她在电话里聊的,只是后来两人主要是通过电话来交流有关婚姻的话题。电话里,她的声音近在耳边,性感好听。他没有跟她坦白,有一次在开会的酒店房间里面,一边听她在电话里讲白天发生的事情,一边自慰。眼下,他在想,周遭环境的各种声响是否会暴露他目前的方位。还好,玛丽亚貌似没有注意到这些。也许她还以为他现在是在波恩的大学食堂呢。

"我真希望你现在就在我身边。"她说完了,他也正要把话题转到梅尔林格身上。"我不喜欢一个人睡在酒店房间里。你要是在波恩没有什么要紧的事情,能不能临时飞过来?"

"就为了待在房间等着你?"

"我想要你过来嘛。"

"那我白天待在那里干嘛?"

"把你的活儿带过来干呗。最好是把学生写得较差的作业带过来,这样你晚上就可以念给我听了。"

"我正要跟你说呢:你的那位朋友查尔斯·林提交他的博士论文了。"

"我的朋友查尔斯·林?"她笑着说,"用德语写的?"

"中式德语。儒家思想世界语。晦涩难懂的国际学术行话。"玛丽亚的突然来电虽然吓了他一跳,但是聊了几分钟之后,他觉得其实这个时候与他妻子聊天再完美不过了。他尽可能往后靠,紧贴着座椅靠背,伸直双腿到桌子下面,惬意地享受着电话里面玛丽亚诉说对他的思念。

"全世界所有的哲学家,团结起来,到哈特穆特·海因巴赫教授门下来攻读博士学位吧。"他说,"我就跟大众医疗保险一样,什么人都收。"

"听起来,你不像在抱怨。"

"我现在是越老越宽容了。你现在在哪儿呢?"

"我现在就站在这个新落成的大剧院前,站在太阳底下抽今天的第一支烟。我还没时间好好地去看看这个城市,但是看起来这个城市应该很美。我们要不要安排一下:在汉堡住一宿,然后到哥本哈根过周末。哦,对了,我的妇科医生的账单到了吗?"

"到了。"他随口说,"好像已经到了。"

"你把它放好,我还得仔细算一遍,上次他们就多收了我的钱。"

"好的。"他腾出空闲的那只手扒拉窗台上的塑料花,感觉到拇指和食指之间塑胶的质感,令他想起了给桑德丽娜送花时她一脸惊讶的表情。为什么他自己没有想到,给她送花并不合适?

"我怎么觉得我们很久没见面了,"玛丽亚说,"隔了一周多的时间。"

"我总是有这样的感觉。你最近跟彼得·卡洛夫一起吃饭去了?怎么样?"

"挺好的。"她吐着烟圈,听筒里传来轻微的吐气声。她停顿了片刻,似乎明白他不经意的问话没有那么简单,好像话中有话。柜台后面的黑人帮厨呆站在那里,左手举着盘子,但是柜台前面并没有什么客人。她的眼光冲着入口处,有几个年轻人推推搡搡地走进来。他要不要紧跟着问玛丽亚,彼得到底跟她谈了些什么?

"当然他让我代问你好!"她抢先开口,"你还记得你跟他初次见面的情形吗?你还记得我当时给他带去一本书吗?尼采的书?"

"记得。"他说。那是1985年春天去东柏林郊游时的情景。玛丽亚和他第一次互相亲吻,没过几分钟,彼得·卡洛夫就把她从地铁站接走了。当时地铁站还叫做马克思-恩格斯-广场站,现在改名为哈克广场站。很有意思的巧合:两人的初吻以及最近的亲吻都是在这个地方。

"你看,我都忘了。看来是我帮他从西德偷偷带了一本书过去,然后告诉他说是你帮他带的。是这样吗?"

"对,就是这样。"他以前在西德这边工作了很久,对柏林墙那边的生活一点都不感兴趣。玛丽亚则每天都会过边界去那边,为了把法尔克的手稿带回来在戏剧圈里发表。她和彼得·卡洛夫是在人民剧院里结识的。冷战时期的美好回忆。

"你怎么突然想起这个了?"他问。

"直到三天之前,彼得一直都以为:当初是你偷偷帮他把书带过去的。我们之所以提到这件事,是因为他说他从一开始就对你有非常好的印象。由于那本书的关系。"

"然后呢?"

"我怎么也想不明白,我为什么要说是你带的书?目的是什么?是想促成你们两人成为好朋友吗?"他觉得她一般不会这么矫情,更是加深了对她的思念。有那么一刹那工夫,他真想调头返回直奔丹麦。在那个陌生的城市闲逛,等着玛丽亚从剧院回来。两人可以一起外出享用晚餐,然后把目前所有的可能性摊开到桌面上,和他妻子好好商量。另外,他现在特别希望当初真不该跟卡塔琳娜·米勒-格拉芙乱搞。否则,他眼下也不至于难以开口说他到底人在哪里。

"后来我问过你,你说,彼得是那种很容易感动、心怀感恩的那种人,即便是为了一件小事情。而这种特质让你觉得很不舒服。"那天,他们三人后来在彼得居住的瓦尔特堡镇下车,好像是去某个人家里听一场关于表演艺术的朗诵。哈特穆特坐在后排,回味着唇间初吻的滋味。前排的玛丽亚在她的包里翻找,一边说:哈特穆特给你带了样东西。如果他没记错的话,是《悲剧的诞生》这本书。当时这本书在东德虽不是官方禁书,但是很难弄到。他现在觉得有点奇怪,上周两人在车站告别的时候,他竟然没有想起这件往事。也许是因为站前广场变化太大。

玛丽亚吐着烟圈,准备换一个话题,听起来好像是打算结束这场对话。

"波恩有什么新鲜事儿吗?"

"我想请个人帮着收拾一下花园。可能要锯掉屋前的那棵樱桃树,因为树根已经威胁到地基了。"

"嗯。谁说的?"

"你老公!我甚至在考虑卖掉这栋房子。"

"什么?!"

从玛丽亚的声音里能听出一些意味——对他的思念,小女孩般的撒娇,刻意的低调让步,以退为进——这些都逼着他有些话非说不可。他坐直身体,双肘支在桌面上。

"我自己一个人住,房子太大了。"他尽量装得满不在乎地说。

"好吧。你是什么时候开始有了这个想法?"

"这不是一个想法。这是事实。我一个人住确实太大。"

"是有点大,但是这不公平啊,你只是电话里通知我一声。好了,我得进去了。"

"我还没开始做呢,玛丽亚,只是有这个打算。让我感到有点吃惊的是……我是说,没有人会一辈子都住在这个房子里。"

搁在平时,两人可能会吵起来,但是今天玛丽亚也许没工夫理他,或者她今天的心思不在这上面。

"真是奇怪,"她说,"你的逻辑是:我觉得房子太大了,所以我要卖掉它。但这是咱们的房子。而且你并不是唯一的一个最近有很多事情需要考虑的人。"

那几个年轻人从洗手间出来,哈特穆特转过头去。透过贴膜的

177

窗户看出去,阳光低沉、晃眼。

"我听着呢。"他说。

"我们现在不说这个了。我真的必须进去了。下周我们再说,行吗?你看过机票了吗?"

"还没。"

"你不是要和我一起飞去西班牙吗?去找菲力帕,然后去葡萄牙。没改主意,对吧?"

"是的,"他说,"一定去。"

"我打算,把我们的生活重新好好安排一下。我还没想好具体怎么做,但是绝不能让任何一个人受到伤害。我们能做到吗?"

刚开始,他还以为彼得·卡洛夫口风不严跟她说了他们在出版社见面的事,否则的话,彼得为什么忽然提到了二十多年前初次见面时的印象?但是,果真如此的话,玛丽亚不会兜这么半天圈子,一定会马上提到如何让他搬到柏林去。她究竟知不知道彼得的建议,要么是她只字不提,要么就告诉他:搬到柏林来吧!所以,听到她这么问,他一时不知该如何回答,想到玛丽亚当初搬走时说过的话,于是说:"我们都足够坚强,我们一定能做到!"

"哈特穆特,我错了吗?我的意思并不是说我伤害到了你或者说目前这种情况让你很为难。我想说的是:我是不是做错了?"

"反正就我看来,没有什么改不了的错。我们肯定能找到办法,我们一起努力。"

"那你答应我。"

"等你从哥本哈根回来,我们再谈。"他忽然感到眼球后面有一股莫名奇妙的压力,不得不吞咽了两次口水,才能接着说话。"闺女那边没什么事吧?"

"上一封邮件是一周前收到的,就是关于那个笑话的邮件。这两天我还没来得及看邮箱。"

"我给她写封邮件吧。她肯定有男朋友了,你说呢?"

"我得走了,哈特穆特。你好好的,啊?"

"你也一样。别让那个暴君欺负你太甚。"

玛丽亚好像又深吸了一口气,仿佛还要说什么。但只听见吧嗒一声,电话就挂断了。

哈特穆特迟疑地把手机从耳旁缓缓拿开。他虽然在一刻钟之前刚去过厕所,现在又想去了,而且他的肚子咕咕直叫。对面桌子上有份体育杂志,封面上的那个人握着胜利的拳头。哈特穆特六神无主地把手机放在挽起的衬衣袖子上擦拭,然后合上手机盖。他一边站起身,一边喝完咖啡,摸了摸汽车钥匙还在兜里。他还需要买水,油就不用加了。在路上再好好考虑吧。前面的路还很长。

快到海边的时候,夕阳已经开始下沉。海岸边,视野辽阔,大地一望无际。从波尔多开始就是笔直的十号国道,在右手边的一片片松林后面,哈特穆特已经隐约感觉到在慢慢靠近大西洋海岸了。蔚蓝的天空下,地平线的尽头白云朵朵。他僵硬的双肩酸痛无比,终于快到通往米蜜灿的出口了。导航仪显示,离目的地还有最后几公里。狭窄的省道两旁,到处都立着"森林就是生命"的标牌。光秃秃的路面似乎被清扫过,露出了下面的沙土层。路标后面就是米蜜灿小镇,随处可见精心打理的花园。一排排密集的商店,应该就是镇中心了,旁边当然是必不可少的教堂。房屋之间的绿化做得非常好,中心酒店前,酒红色的遮阳伞下坐着几位上了年纪的度假游客。再往前开几公里,到了米蜜灿的海岸码头,哈特穆特才慢慢感受到度假胜地在旅游旺季的商业气氛。他把车开到游客中心对面停下,刚打开车门,一阵海风扑面而来,耳旁充斥着断断续续的法语单词。

这个小镇位于一条狭长的沙丘背面,远处就是依稀可见的大海。哈特穆特走在路上,迎面碰到了成群的沙滩游客。显然,他们是第一拨从海滩返回酒店的人,手里拿着收好的遮阳伞和浴巾,还有动物形状的充气游泳圈,孩子们都玩累了。缓坡上的游客步行区到处都是吵闹的音乐声,小摊上摆满了五花八门的商品。露天阳台吸引着度假的游客,空气里飘溢着咖啡和新出炉的法式可丽饼香味。一个扎着辫子的灰发男子正在兜售银质饰品和藏式旗幡,他脸上的表情似乎毫不在意是否有买主光顾。一个小男孩手中满满的华夫冰激凌不小心掉到了地上,他哇地一声大哭起来。每天的日子都是这样,有人欢喜,有人发愁。不一会儿工夫,各家餐厅里都坐满了人。

沿着小巷往上走到一半,哈特穆特找到了一家小酒馆的霓虹灯招牌。他一眼就看出这并不是什么葡萄酒庄。酒馆的入口处有一条木质回廊直通露台,俯瞰海边的人行步道,仿佛置身于观礼台上。露台前放了五六张桌子,上方撑着白色的遮阳伞。哈特穆特站在敞开的酒馆门前,发现里面的空间并不大,有些昏暗,几乎没什么客人。店内播放着雷鬼音乐,两台老旧的电扇呼呼旋转。一个长发的酒吧服务生正在尝试调制新的鸡尾酒,他倒满一小杯酒,放在嘴边抿了一下,然后把剩下的全部倒掉。哈特穆特并没有看到贝恩哈德·陶施纳的人影,要不是今天早上在网页的照片里认出了他,怎么也不会料到他会在这个地方。

深色头发的女招待轻轻走到他的桌旁,他点了一杯啤酒,说着带有口音的法语向她打听陶施纳先生。她用食指指着腕上的手表,嘴里说着什么,他理解为陶施纳马上就会到酒吧来。哈特穆特一边谢谢她,一边坐直后背,并用两手按住腰部的脊柱。酸痛感主要位于肾脏上方,可能是同一个姿势坐得太久的缘故。他坚持了两年,定期去做按摩,但是没有什么效果。他有时会想着去买一个能够站着工作的书桌,却一直拖着没买。现在他感到很高兴,终于结束了这个阶段。他深吸一口气,专心欣赏美景。

等到服务员把啤酒拿上来,他才发觉自己实在是太渴了。

三五成群的游客拿着酒杯站在狭窄的吧台前,皮肤晒成棕色的妙龄女郎把纱巾围在腰间,男人们则穿着宽松的拳击短裤,敞着衬衣。让哈特穆特感到熟悉的不是眼前这个地方,而是长途旅行到达目的地之后的那种疲惫至极和慵懒惬意。以前每次到达拉帕小镇,他第一件事就是走到对面的老城,去玛丽亚姑姑开的咖啡馆里喝一杯冰爽的萨格勒斯啤酒,坐在咖啡馆后面的阳台上,远眺埃什特雷拉山脉的荒芜景致。他在波恩很少喝啤酒,所以现在一口喝下去,立刻让他觉得进入了度假模式,告诉他目前身处南方。去海边游泳的人以及闲逛的游客越来越多。店内,正播放着鲍勃·马里的歌曲《我射杀了警长》。

他和陶施纳之间有一个共同点:无论什么时候,所有对南方的向往都必须让它实现。贝恩哈德的父亲在慕尼黑附近当法官,他本人则擅长拉小提琴和画画。当初,他到波恩来应聘,只是因为按照开课计划,法国近代哲学这样的课程只需讲讲近代法国哲学史概要。后结构主义标志着混乱的结束,是一种暂时的现象,最多再过五年,下一轮思潮就会出现。这不仅仅是海尔维格个人的观点,所以找一位年轻的助理教授来上这门课就足够了。贝恩哈德·陶施纳高中时期上的是具有人文思想的文理中学,学会了很多种古老的语言,对德里达推崇备至,这不免令人对他来应聘的动机表示怀疑。如此彬彬有礼的年轻人,穿衣得体讲究,学识渊博,学院里那些花白头发的元老教授们在他眼里就好像是以大老板自居的守门保安而已。

"真是神了。我今天早上还想到了你。"

哈特穆特抬头看时,贝恩哈德已经站到了桌旁。他摘下太阳镜,突然的光亮晃得他不得不眯缝着双眼。他的脸瘦了很多,棕色的短发中已经出现了几丝银灰色的白发。虽然他张开的胳膊停在半空中,但是并没有哈特穆特想象中的那种惊讶,更像是静静地享受这份惊喜。哈特穆特连忙站起身来,一时不知从何说起。

"你在邮件里写了,随时欢迎。"他说,感觉到他为了掩饰一时的激动而咧嘴干笑。"所以我就想,顺便路过到你这里喝一杯。见到你还真是高兴。"

他们握手,尴尬地笑着,两人用力一拉手,不太自然地拥抱在一起。跟店里的客人不一样,陶施纳没有穿沙滩服,而是穿了一件白衬衣,配上米色的亚麻裤子和深色的薄底软皮鞋。他竟然还能认出这个老熟人身上的剃须水味道,真是神奇。

"真是个惊喜。"贝恩哈德说,两人松开双臂又像刚开始一样面对面站着。"我之所以想到了你,是因为我今天和别人聊起了一部电影。我记得你跟我说起过这部电影,是《野草莓》。但我到现在也没看过。"

"这是伯格曼最有代表性的一部电影,尽管不是他最好的作品。英格丽特·图琳真是太美了。"

"总有一天我得看看这部电影。"贝恩哈德一边坐下来,一边抬手招呼服务生。他双手支在桌子上,疑惑地看着哈特穆特。"你——是刚到呢还是昨天就到了?自己开车来的?"

"是的,从巴黎开过来的。"

"从灰突突的巴黎来的?自己一个人?"

哈特穆特一边点头,一边举起双手。

"十分钟之前到的。我今天早晨在酒店上网找到你的地址,一切都是兴之所至。"

"你是要往南去葡萄牙?"

"看情况吧,也许要去。我主要是想先来看看你,想看看你的酒庄是什么样子。"

贝恩哈德摇头晃脑了一圈,哈特穆特觉得他不想马上谈到这个话题。他的蓝眼睛目光犀利,当初很多学生都觉得他很有威慑力。似乎他一下子就想搞清楚一切,玛丽亚说过。贝恩哈德确实喜欢发问,而且总有很多的问题,他自己也说,他提问是为了摆脱内心的不适,尤其是面对陌生人的时候。

"当时我听我的一个大学同学说,"他说,"他想脱手这家酒馆。原本是打算接手做一个葡萄酒庄,这样我也可以进一些好酒。可惜,如果做酒庄的话,根本难以为继。"

服务员又拿来一杯啤酒。两人碰杯而饮,然后贝恩哈德简要讲了讲他近三年的经历:他接手了这家酒馆,决定把它打造成挑剔的度假游客常来光顾的品牌。但他很快就认识到,由于客流有限,不可能经营太多的酒类品种。现在,他放下了身段,随波逐流,把好酒留着自己享用。他说话时的神情和以前一样,那表情和手势估计是遗传自他父亲,镇定又从容。他讲完自己的事情之后,接着问哈特穆特为什么跑到这里来了。

"自己一个人跑到法国来,听着有些反常。你老婆呢?"

"玛丽亚在上班。我必须从波恩出来透透气。"为了不至于显得唐突,哈特穆特随手指了指头部,"让大脑从改革的压力中暂时休整一下。自从你辞职以后,事情完全没有什么好转。"

"她在哪里上班?"

"在柏林的一家剧院。法尔克·梅尔林格。你记得的。此刻她和剧团一起在哥本哈根呢。"

"哦。但是你们还……？"贝恩哈德的双手停在空中，仿佛他不知道，如何用手势来表达"在一起"这个词。

"两年了，我们一直是周末夫妻。据说，这样对我们的关系有好处，防止我们的感情生锈。"

"看得出来，你脸上都写着呢，确实很惬意。"

"具体我改天再跟你说吧。现在我只关心你的事情。你开了一家酒吧？"哈特穆特四处打量，做出恍然大悟的样子。

"我知道你是什么意思。对，是酒吧。"

"我只是感到好奇，这儿比大学里好吗？"

"当时只是权宜之计，先从大学辞职，慢慢再找更好的去处。以为不会在这里干太久。下一步会怎么样……再看吧。一言难尽，我们找时间再聊这些。"他笑着靠到椅子背上。也许是为了回应哈特穆特怀疑的目光，他补充说，他其实盈利还行，去年春天还买了房子，离这里一个小时的车程，就在郊外。旅游旺季的时候，他就住在酒吧楼上的小屋子里，秋春之间的淡季，他只需偶尔过来看看是否一切正常。说完这些，两人沉默不语。哈特穆特觉得自己好像听到了远处传来的阵阵海浪声。街上越来越热闹，对面在卖一百多种口味的冰激凌。店内播放的还是鲍勃·马里的歌曲，《救赎之歌》。

我们就坐在这里，哈特穆特十分惬意地想着。三年的时间足以让成年人改变，却难以描述发生了哪些变化。早在波恩的时候，贝恩哈德就很成熟，只是并未定型。他既敏锐又笨拙，对一切复杂的事物都执迷于多重解读，并且能够坚定、明了地表达出自己的观点。年逾四十，他又开始学习中文。问他为什么要学中文，他说很多事情其实不需要理由。总之，他不是一个视野狭隘的人。

他脸上带着一丝耐人寻味的微笑。"我总是想,有那么一天,你不打招呼就跑来了。虽然不是你的风格,但这是唯一的可能性。"

"你了解我的生活:不是波恩,就是葡萄牙。剩下的就是在这两个地方之间飞来飞去。"

"我还真不了解你的生活。菲力帕还好吧?"

"挺好的。至少我是这么觉得的。她在汉堡上大学,很少回波恩。目前她在圣地亚哥学西班牙语。要是她有时间,我打算从这里去她那儿待几天。"

"我在波恩真的是那么不合时宜的人吗?"贝恩哈德挑了挑眉毛问道,也不知他是真是假。

"以党的路线来看,你是在分散精力浪费时间。你对高校的想法根本就不适合二十一世纪。这些想法早就过时了,应该静静地躺在博洛尼亚的公墓里歇息。"

"只要一提到二十一世纪,大家好像什么废话都敢说。"

"比如,有人就敢说:人类是不断交换资讯的中继站,人一辈子都得跟各种资讯打交道。这句话是我去年在一个关于沟通交流的系列讲座上听到的,我当时参与了讲座的组织工作,没办法,推不掉。交流的是资讯,而不是思想。"

"是中继站,而不是人格。你怎么看?"

"你最让我生气的地方是,海尔维格和布洛伊格曼在你辞职之后就可以拿你说事,为他们的癖好辩护,说什么让你写教授资格论文能够帮你彻底消除你的那些荒唐念头。直到今天他们还这么认为。"

贝恩哈德听了,只是无奈地笑了笑。"这两个家伙,真是无可救药。你还别说,有时候我还真有点想他们。"

在他们聊天的这会儿工夫,旁边的桌子都坐满了,大部分都是年轻人。太阳西沉,洒下余晖,华灯初上,交相辉映。

"你自己怎么想的?"哈特穆特问他,"你真的一点都不后悔走出这一步?"

"有时候有点后悔,有时候又不后悔。总之,我现在读书的时间比你多,而且还没有发表论文的压力。"

"读书?真的吗?"

"不然呢?"贝恩哈德突然表现出以前激烈争论时的神情。当初,他争论起来很容易发脾气,一开始只是有些气恼,如果再继续刺激他,他就变得斯文扫地,代之以不明事理、竭力争辩,甚至满脸厌恶的表情。

"我还以为,你把这一切都抛在了脑后。"

"那是你以为!我自己从来都没有想过不再读书。我只是不想继续跟那个弱智的制度妥协。当然,这也是我觉得你最可恨的地方,你竟然答应负责起草管理规定。你是答应了,对吧?"

哈特穆特还没来得及开口,服务生就跑来找贝恩哈德,把他拉到一边说话去了。旁边的酒吧里,随着一声玻璃杯碎裂的声音,吆喝声四起。已经八点多了。外面的小巷里,来往的男人个个秀出发达的肌肉,眼光尾随着路过的年轻女人。哈特穆特喝了一口啤酒。为什么他突然一下子觉得内心无比平静?不再违背自己的意愿,不想争辩,不想弄清是非。背部的酸痛感也消失了,他想去海边看一看,想接着喝酒、聊天。直到贝恩哈德的那位员工好奇地打量着他,他这才觉察到自己一直在傻笑。

贝恩哈德谈完事情以后,对哈特穆特说:"抱歉啊。今天晚上有人请假。我们最好是喝完杯中酒,然后我带你去找酒店住宿。我的住处太小,而且酒吧会闹到很晚。你打算待多久?"

"待几天吧。这么多年来,我头一次没有提前做时间规划就出门旅行了。"

"肯定是发生了什么严重的事情。"

"我待会儿再跟你细说。我想先去跟大西洋打个招呼。今天一整天我都盼着见到大海。"

贝恩哈德点点头,继续喝酒。之后他陷入沉思,似乎在寻找刚才中断了的对话线索。

"你知道吗?我忽然想起来,有一天,布洛伊格曼到我的办公室来。我们就坐在靠门不远的小角落里,我忘了他是为了什么事情来找我。也许他是要跟我啰唆他精致措辞的凡夫俗文,什么有时候不得不适应、妥协啦,妥协就是识时务等等,扯了一大堆废话。你自己说说,你碰到过这种以如此亲热的方式放下身份的人吗?而且还一点都不让人觉得反感,不过我真正记住的是我当时的想法:我没有任何办法能够说服他。我所能提供的,对他来说无非就是赌资,而他的那些钢蹦儿已经流通了几百年。他绝不可能想到把钢蹦儿搁到嘴里咬一咬,然后发现那也是金属。"

"布洛伊格曼曾经说过,没有任何人像你这样有礼貌地执拗。听起来对你近乎赞赏啊。"

"说老实话,我还是挺喜欢他这个人的。无论如何,谁今天还会用'山野村夫'或者'难以取悦'这样的字眼?"

"走吧,去海边走走吧。"哈特穆特喝完杯里的酒。越过屋顶可以看到天空泛起晚霞,他不想再说大学里的事情了。耳朵里还回想着玛丽亚在电话里说的那个词"错误",语调怪怪的。这一时刻,他已经无所畏惧。于她于己,都得找到一个解决办法。必须解决!

哈特穆特站起身,贝恩哈德连忙说,"等我一下呀。"

沿着海边栈道仅几步路就到了海边。空置的公寓窗户上,到处都贴着招租的广告牌子。他们刚走到沙丘上,迎面就看到大西洋一阵一阵的浪涛卷向岸边。嘈杂的人声，小孩的喧闹声，充塞在咸涩的空气里。宽阔蜿蜒的海岸线从北向南延伸，消失在昏黄的氤氲中。贝恩哈德抬手指着北边的沙滩，对他说："我们去那边吧。回来的时候顺路就去酒店。"

两人顺着木头阶梯走下来。几个年轻人坐在台阶上，捧着油腻的纸盒子在吃披萨饼。只有寥寥几个人在水中嬉戏，大部分都是玩球的小伙子，沙滩上他们一片欢呼。较远的海面上，冲浪的人站在潮头浪尖乘风破浪。海风有些大，西北风，凉爽舒适。远处的海平线上，看不到一艘船。

"你说什么？"哈特穆特问，贝恩哈德最后的话音被海风吹散。他们把鞋子拎在手里，走进海水中。哈特穆特抬头四顾，仿佛觉得沙滩上的房子都在渐渐往后退去，窗户玻璃上反射着阳光。贝恩哈德和他的影子被拉得又细又长，将近二十米长，细得就像贾科梅蒂的人物雕塑。

"这就是坚持的韧力，我说过。"贝恩哈德将袖子挽起，脸上映衬着傍晚柔和的光。"布洛伊格曼这一点让我想起了我的父亲：有修养的男人，真正的知识分子。他们通晓专业群书，善于引经据典。我父亲平常并不去教堂，但是周日他一定会戴上领带，即使是在家里。然后午餐就有酒喝，还有美味的蛋糕甜点。小时候，我认为这些再正常不过，现在我倒觉得这确实值得一提：协调一致。他所活过的人生就像穿着一套量身定制的西装，或者反过来说，是他之于人生就像得体的衣装，谁知道究竟是哪一种。总之，他就是他应该的样子。去年，他过世了。"

"没听你说过。很抱歉！"

"每次我想起他的时候，我总会问我自己，协调一致到底是一种什么样的感受？是努力企及的？还是自然而然的？是适应生活、适得其所吗？我只知道,他这么做,绝不是因为目光短浅、头脑狭隘。但是,如果不是因为这个,那又是因为什么呢？"

远处的海面上,一只海鸥迎风飞翔,以坚定的节拍扇着翅膀,却还是逆风原地不动。哈特穆特只是点点头,未做回答。这样的问题他也问过自己上千遍,根本就找不到答案。

"以前,我们一起去远足。"贝恩哈德说,"每年都去两三次,每次都是周末两天。背上背包,带上瑞士军刀。他平时很少在家,所以路上他总是教给我,他所认为的人生哲理是什么。他说的那些话搁在今天,绝对不会有人想到那是他在七十年代说过的话。那是永恒的定律,现在这些已经没有了。"

哈特穆特抱着双臂,远眺大海。他的第一把小刀还是当时在贝尔根城的市政厅实习时自己买的,还不是真正的瑞士军刀,刀柄是绿、黑色,摆在罗斯巴赫的橱窗里已经好多年了。罗斯巴赫是一家家居用品商店,位于十字路口前面,紧挨着加油站。阿尔瑙当地人称那个十字路口为"尖峰"路口。汗湿了的衬衣湿乎乎地溻在后背上。阵阵凉气让他觉得很不舒服。一个冲浪者从水里出来,精疲力竭地躺倒在沙滩上。待了一会儿,两人继续往前走。脚底下软软的细沙踩起来无比舒服。

"我一直想问你……"贝恩哈德不得不大声说话,免得声音被风浪声淹没,可是风声、浪声依旧,像是要剥夺他说话的权利。"你父亲是纳粹吗？"

"什么？"哈特穆特摇摇头,转过身去,"不是,他不是。你怎么会这样想呢？"

"按年代来算？而且从来没听你说起过他。"

"他早就去世了。他既不是纳粹,也不是知识分子。我对他的印象是,他总穿着一件灰色的工作服。生活和工作对于他来说,就是一回事。"哈特穆特使劲盯着远处的海面，直到眼睛觉得灼痛。真是奇怪，听起来像是很久以前的事情。一个双手有力的普通男人，上了年纪之后，满头白发。哈特穆特所感受到的满是羞愧，虽然随着几十年的时间有所减弱，但是内心深处依然充满羞愧。为了摆脱这种感觉，他朝水边又跨了一步，问："海水有多暖或者有多冷？"

"很凉爽。二十度。你明天下水试试嘛，今天我得回去了。"

"等我一分钟。"他伸手让贝恩哈德站住。水底的地面比沙滩上的沙子瓷实得多，沙砾也粗大一些。他接着往水里走，直到海水没过小腿。小时候，周日出去散步的路上，父亲会给他们每个人一小块卡琳娜巧克力，有时只有半块。上个周末，他还跟露特说起过这件事。时隔这么多年，两个人头一回提起这件事，而且记忆是相同的，没有分歧。他妹妹认为，那些巧克力都不是便宜货，质量都非常好，而且父亲有时必须去火车站的烟草店里订购才能买得到。他还记得巧克力在嘴里开始融化时丝滑的感觉。一阵舒服的白浪袭来，他的胳膊上直起鸡皮疙瘩。他不再感觉到有风了。

海鸥跟远处的白沫搏击。海浪扑来，水天一线，如此辽阔。这个景致令他晕眩。

7

第二天早上,哈特穆特来到几乎空荡荡的海滩上。几百米开外的地方,垂钓者把钓竿插在沙里,蹲守在一旁。宽阔的沙滩上,两个慢跑的人渐行渐远,直至消失在视野中。放眼望去,几个冲浪爱好者趴在冲浪板上,用手划水调整到最佳位置,准备开始下一轮冲浪。哈特穆特从酒店里拿了一条浴巾披在肩上,呼吸着海边发咸的空气。小腿裸露着,他觉得不太习惯。朦胧的阳光落在翻涌的波涛上。

尽管时间尚早,但是他的额头上已经布满汗珠。离水边还有几米的距离,他脱掉短裤和衬衣,用浴巾把衣服包起来放在鞋子上。由于没戴眼镜,晨霭中眼前的一切都变得模糊不清。每当这种时候,他老觉得别人都在注视着他。他下到海里,冰凉的海水让他打了个激灵。海水滚滚而来,波涛拍打着海岸,水底可见贝壳和石砾。脚底的沙子被水冲走,海浪一波又一波向他袭来,使得他脚步不稳。虽然他早就盼着下海,但是真正走进漫无边际的大海中,他还真是鼓足了勇气。

当他的双脚再也探不到水底的地面时,已经离岸边有了一大段距离。岸上是另一个世界,在密集的浪涛中时隐时现。灿烂的天空下,沙丘和房屋的轮廓清晰可见。刚才从酒店出来的时候,他还想起以前全家到海滩度假的情景:大早上一起出发去海滩,菲力帕每次都是迫不及待。现在他振臂游了几个自由泳动作,以免被海水冲走。海浪推动着他一起一伏,一股激流把他带离了岸边。大西洋酒店就在沙丘后面,如果戴着眼镜的话,应该能够看清酒店的红色屋顶在一片房屋中很是显眼。昨天晚上,他一个人在酒店用餐,酒店的住宿包含一顿正餐,周围全是带着小孩的年轻家庭或度假的老年夫妇。餐厅很舒适,四面为砖墙,略显简陋。几个客人在那里喝着加了冰块的葡萄酒,他们手握刀叉的样子就像在操作笨重的工具。桌子底下趴着两条狗,正在啃吃剩下的烤鸭翅骨头。

哈特穆特翻身仰泳,太阳已经有了一圈光晕。每一次浪头拍向岸边,都把他顺势往海里带一段距离。但是此刻他不想做任何抗拒,而是张开双臂随波逐流。就这么随心所欲,接受正在发生的一切。昨晚九点钟,他又回到贝恩哈德的酒吧,里面的客人比酒店里的年轻,大家都坐在里面喝着七彩的鸡尾酒。贝恩哈德在柜台后面忙完之后,就出来陪他坐在露台上。他们开了一瓶波尔多红酒,平时在酒水单上根本就见不着这种高端的品牌。两人又谈到大学里的事情,贝恩哈德怪罪说他之前的女朋友导致了他们最终分手。哈特穆特抿了一口酒,想起了朱莉娅·拉芬伯格红扑扑的脸上夸张的表情。她是一位企业顾问,对文化艺术很感兴趣。她攒了很多飞行里程,比普通人一辈子的飞行距离还要多。贝恩哈德跟她分手的时候,也正是他打算从波恩辞职的时候。这是巧合还是……?哈特穆特不记得当初他们曾经谈过这些。

酒吧里已经有客人随着音乐开始摇摆。四处弥漫着蓝色的烟雾,惨白的灯光笼罩着啤酒商标的发光招牌。贝恩哈德和他两人坐在外面,躬身在桌子上方聊着,完全不顾周遭的喧哗。

"随便你怎么说吧。"贝恩哈德用手指转动着酒杯的高脚。"我觉得,高校已经成为了传播知识的绝育场所。学科界限分明,现在又加上这可笑的模块一、二、三。这简直就像装铅字的盒子,一个又一个漂亮的小格子,拼成一个看起来貌似完美的整体。庞大笨重的思想是装不进去的。"

"与你不同……"哈特穆特说,尽量不去注意邻桌那两位喝醉了呵呵傻笑的女孩。"我很努力,但是我还是接受不了开酒吧是一种更好的归宿。"

"你先别提酒吧。你先看看我因此而获得的自由空间。你想想看,有谁能够像我这样一年有八个月不用上班,而且还能有不错的收入?"贝恩哈德喝了一口酒,不知他这么说是知足还是固执。"况且我离开波恩并不是因为我一定要开酒吧,而是因为我已经受够了学校里的一切,坐井观天,吹毛求疵。确实,谁要是不再申请第三方资助、不愿接受弱智的评估,就必须离职。好啊,那就拜拜了。"

"你跟朱莉娅还有联系吗?"

"她偶尔会给我发信息。有一次她飞到波尔多来,然后租了一个车跑到我这里,就为了劝我恢复理智。我无法跟她说清楚,我辞职不是为了提高我的身价。她觉得我这个人太浪漫化了。"他对这样的评价报以大笑。哈特穆特怀念他们以前在莱茵河边一起度过的夜晚,男人之间轻松的哥们儿义气,可惜以后再也没有这样能谈得来的朋友了。

"你辞职三年以来,"他说,"我没有跟任何同事一起喝过酒。跟谁喝呢?我觉得,比起我们学校里失落的自由,这是我更大的缺憾。"

"你知道我们可以做什么吗?"贝恩哈德拿起酒瓶倒酒,"我们可以在这个周末去我家里。热拉尔蒂娜也许有空在家。我们可以坐在阳台上喝酒。你觉得呢?我们明天就出发。"

"看你的安排吧。热拉尔蒂娜是……?"

"我女朋友,去年开始交往的。我们俩在夏天很少见面,因为她住在蒙特马颂省,而我几乎都在店里。你笑什么?"

"没笑什么。我早就怀疑,你小子心满意足的原因绝不只是赚了钱。"哈特穆特端起酒杯,觉得该是时候说说他离开波恩的真正原因了。"其实我也在考虑从学校辞职出来。和你的情况差不多,不过我不是要开酒吧。柏林的一家出版社邀请我去。所以,从某种意义上说,这也是我这次旅行的原因。"

一声尖锐的口哨声把他拉回到现实中。他刚才随着水流和思绪放空了一会儿,现在猛一抬头,才惊奇地发现自己已经离岸边很远了。隔着眼前的宽阔水面,远远望去,黄灿灿的海滩一望无垠,远处的房屋看起来那么陌生。也不知道哨声是否针对他,也可能是他误闯进了冲浪者的专门区域。哈特穆特奋力划动手臂。海浪裹挟着他,高高举起又落下,使他觉得呼吸急促。离沙滩还太远,看不清岸边是否有人站在那里注视他。

他忽然一下子觉得有点害怕,动作也变得惊慌失措。每一次换气时,他尽量不往岸边看,避免总是目测还有多远。他咒骂自己太不经心,竟然随波逐流到这么远的地方。他感到筋疲力尽,四肢麻木,心跳加快。他脑子里甚至出现了海岸救生队的船只,不过他还是轻声提醒自己,情况没有那么危险。慢慢地,他又恢复了正常的听觉,意识到是自己吓唬自己。离岸边还是很远,但是距离在缩小。只要他坚持住,每一次浪头打来之前,他可以顺势往回游一小截。

离他下水处大约二百米的地方,水面刚没过膝盖。他终于松了一口气,对自己刚才的历险行为感到既兴奋又羞愧。太阳高高升起,仿佛要燃烧整个天空。他找到浴巾,戴上眼镜,眼前的一切重又变得清晰明朗。海浪依旧咆哮翻腾，好像什么都没发生过，只有一条货轮静静地出现在海天交接处。哈特穆特四顾寻找刚才吹哨的那个人，可是并未见任何人影。也许是早起遛狗的人在吹哨吧。

他一屁股坐在沙滩上，摊开双腿，脚踝处青筋暴露，清凉的水珠从皮肤表面滴落。过了不久，沙滩上来了第一家游客：爸爸和妈妈带着一双儿女，一家四口都装备齐全，戴着头套，包裹得就像沙漠商队的小贩。那两个孩子套着充气的动物游泳圈，看起来就像半人半牛的怪物。估计是德国人，否则的话，谁会在上午九点之前就来到沙滩上？陆续到来的沙滩游客仿佛是一种信号，那些垂钓者纷纷开始收拾东西准备回去了。

走到离哈特穆特几米远的地方，那一家子停下脚步，商量着找一个最佳的位置安营扎寨。小孩子们指指这里，又指指那里。看着眼前的这一切，他不禁有些伤怀：大人和小孩的亲密接触，其乐融融。他闭上眼睛，躺在沙滩上伸展四肢，眼前浮现出菲力帕四岁时在法雷西亚沙滩上奔跑的情景。她那时还没长成瘦长笨拙的学龄儿童身材，穿着绿松石颜色的游泳衣，圆胖可爱。游泳镜已经歪了，湿湿的头发贴在脑袋上，她跑过来扑到爸爸的怀里，迫不及待地告诉他：海豚是怎么看鲨鱼的，她还看到了一只螃蟹。玛丽亚躺在一旁，看样子是在读书，一本关于戏剧理论的书，坐在沙滩上看这样的书确实太难了。她抬手帮菲力帕摘掉小腿上的海藻，接着又从容闲适地继续翻页看书。

远方的呼唤，湿热的沙子。海鸥的叫声，宽阔的海面。涛声阵阵，让人几乎觉察不到它的存在。

等他再睁开眼睛，那一家子已经坐在了支起的红色遮阳伞下。大人变得懒洋洋，小孩子们则套着游泳圈往水边冲去。两口子在聊天，妻子肯定开口说"我昨天夜里……"，因为一旁的丈夫使劲在

195

点头，坐起身来认真地听，把报纸也放到一边稍后再看。哈特穆特心想，跟他们以前一模一样。年复一年，每个夏天都是如此度过。傍晚，他们还会来到沙滩上，因为菲力帕想捡贝壳。玛丽亚和他手牵着手跟在后面，另一只手则拎着一只小桶。每到假期结束的时候，他们总要跟孩子解释，为什么那么多的贝壳他们只能带两捧上飞机。

他真想走过去跟那对父母说，这是最好的时光，好好享受眼前的每一分钟吧。

太阳越升越高，脚下的细沙开始慢慢变热。贝恩哈德跟他说过，一点钟到酒店接他。昨天晚上两人一起在酒吧喝酒，后来店里的客人越来越多，老板只得进去帮忙。哈特穆特一个人在吧台又坐了一会儿，他毫不顾忌自己可能是店内年级最大的客人，脑子里还在想着刚才贝恩哈德听说他要去柏林的打算时，态度并不是很积极。他决定冷静下来好好思考，不能像刚开始那样一时冲动。接近午夜时分，酒吧紧靠里面传来音乐 DJ 掌控节奏的声音，机械单调的音乐在店内回响。吧台上有人吆喝着下一轮优惠促销：在十五分钟的优惠时段之内，一杯龙舌兰只要一欧元。于是，哈特穆特决定离开。海滨的人行步道上，人潮涌动，跟七点的时候一样热闹。沙丘上，一些年轻人围坐成一圈，高声歌唱。沙滩上，熙熙攘攘的人影，大多是成双结对。哈特穆特昨晚独自一人站在沙滩上，就是现在那位年轻父亲站的地方，恍惚之间，这位年轻父亲看起来仿佛老了很多，佝偻着后背，肚子微微凸起。时光流逝，如白驹过隙。十几个小孩子随着浪涛奔跑嬉戏，两名救生员高高坐在观望台上，戴着太阳镜观察着眼前发生的一切。朦胧的月光渐渐褪去，大海在慢慢往沙滩上靠近。陆续又有新的游客、家庭、情侣或独行者来到沙丘上。哈特穆特的肚子咕咕直叫，他这才想起，他还没有吃早饭。他站起身来,挥手将衬衣顶在头上,往酒店走去。

将近一点半的时候,两人又面对面坐到"海鸥餐厅"的餐桌旁。桌子上摆好了餐具,盘子里有鹅肝酱、蔬菜色拉,面包筐里放着新烤的法棍面包。白色的方形遮阳篷几乎遮住了整个露台。这是贝恩哈德最喜欢的一家餐厅,带有玻璃幕墙的独栋别墅,离米蜜灿几公里的距离,从露台上隔着玻璃可以看到海景。舒适的藤制家具,轻松的背景音乐,让人觉得仿佛身处加勒比海岸的沙龙之中。餐桌旁旋转的电扇吹走了些许正午的暑热。哈特穆特看了看菜单,开始享受闲适的慢节奏生活。这才叫度假呢!不过,他同时又忍不住想和贝恩哈德聊一聊。从昨天晚上开始,他就想着如何说服贝恩哈德相信他是经过了深思熟虑。

"当年我十七岁的时候,"他说,喝了一口水,任凭水杯里的冰块叮当作响。"我十七岁的时候就经常去马堡大学的大学生电影院看电影。每次我都感到很骄傲,因为没有人问我要学生证。我并不只是为了去看电影,我是想去看看,那些大学生到底如何穿衣打扮,言行举止究竟如何。那个时候,我甚至还不知道将来是否要上大学。我父亲通过他在长号乐队的熟人给我在市政厅找了一个实习培训的岗位。也就是说,我的前途已经被设计好了,不是上大学。"他抬眼看着贝恩哈德。每次他到法国来,总是希望自己的法语能够更好一些。"这个法语单词是什么意思?"

"生蚝。"贝恩哈德的衬衣领口敞开着,V型领的底部露出一点胸毛。一个小时之前,他的一天才刚刚开始。这里的服务生都认识他,直接跟他打招呼。此时,他坐在露台上,俨然就像个花花公子,无所事事,百无聊赖,只有那一双蓝色的眼睛保持着清醒。

"当时真正促成我做出决定的原因是——"哈特穆特接着说,

"今天看来应该称之为典型的自学者求知欲。我读《施蒂勒》①时，每隔一句我都画线做记号。后来我喜欢上了伯格曼的电影，他拍的《沉默》简直就是一个启示录，不仅仅是因为里面的爱情场景。再以后，我又迷上了爵士乐。对我而言，所有这些都是新鲜事物。每次我看到我的女儿，我总在想，她生活在一个应有尽有的世界里，只需等着新手机出来就更新换代，而这些对我而言却像是一次探索之旅。不过，对于思想性的问题，我却没有接收器，信号太不好了。我当年刚去柏林的时候，大概是1970年或1971年，我不得不和同学们一起做课堂报告。我记不清报告的具体内容，总之是跟马克思有关。当时都是这样。我们各自准备自己负责的部分，然后大家坐到一起讨论。我马上意识到，那位同学不知比我领先多少光年。在课堂上，我满头大汗地讲完我那一部分，然后他接着讲，他理所当然地一一指出：马克思在这里弄错了，这里也是，这里又错了。等他讲完之后，大家展开了激烈的讨论。我胆怯地躲在后面，而那个家伙则如猛狮一样越战越勇。真是令人叹为观止，他打动了课堂上所有的人。"他眼前又浮现出当年的画面：亨利·福特大楼的报告厅里人满为患，炎热的夏日，透过敞开的窗户能看见窗外飞往腾珀尔霍夫机场的飞机，就好像是从教室中穿过。汉斯-彼得站在讲台上，挽着衣袖，头发的中线梳得整齐分明，戴着角框眼镜，不是很酷，但是反应敏捷，尤如闪电般的机智回击，不慌不忙，镇定自若。

贝恩哈德看起来没有什么胃口，对哈特穆特讲的这些也没什么兴趣。"你想说服我什么？"他问。

"没什么。我觉得，我想吃生蚝。"哈特穆特在脑子里又切换到另一个画面：汉斯-彼得在他位于梅林大街的家里，坐在后院一尘

---

① 《施蒂勒》，瑞士作家马克斯·弗里施（1911—1991）的长篇小说，出版于1954年。

不染、井井有条的屋子里,手里举着一杯未冰镇的香槟,就在那一天,他收到了获得奖学金的通知。'女人呀,真是难养。'玛丽亚觉得他不可能有朋友,因为他总是喜欢和别人比较。典型的男人之间的较量,不是要像别人一样好,而是要超过别人。

"那我们就点生蚝吧。"贝恩哈德说。

"我当时的理解是:我并不反对做一个局外人,实际上我一直都是局外人,只是缺少一种形体让我能够彻底做到身在局外。在课堂上,我必须鼓足所有的勇气才敢开口说话。在别人眼里,我只不过是一个该死的自由党人,没有受过任何训练,一味地崇拜权威。以当时的尺度来看,的确如此。"

"你是怎么想到要去美国留学的?"

"刚才说到的那位同学比我早一年去了美国。他走之后,我在柏林成了世界上最孤独的人。我不知道,如果我拿不到奖学金,我将会成为怎样的人。我必须走了。"

"那又为什么选择哲学呢?"

哈特穆特耸耸肩:"出于兴趣吧。"

服务员过来收拾前餐的餐具,他们一时停了下来。邻桌一位较年长的先生带动大家举杯庆祝,仔细看去,他应该不比哈特穆特的年纪大多少。那一桌子一共有八个人,看起来是在庆祝订婚,因为大家都把目光集中到一对年轻情侣身上。在露台后面,热风吹拂过沙滩,水面上泛着一层金属般的光亮。他往伯克利给汉斯-彼得寄去了他新出版的书,到现在还没有收到任何回复,也许汉斯-彼得不好意思对朋友的著作展开猛烈抨击。

他们隔着桌子互视对方,贝恩哈德挥挥手,仿佛打算要跟进话题。他终于比刚进来时清醒了许多。

"你可能会嫌我絮叨,但是我一定要问,学哲学到底有什么用呢?"以前在波恩的时候,他也喜欢问这样一些根本就没有答案的原则性问题。"在我们这个时代还要这些做什么?没有人对此感兴趣,虽然很多人假装表现出有兴趣。哲学专业在做无谓的挣扎,拼命证明它的实用性,却只有它自己才相信。我们到底在做什么?我们又是为了谁而这么做?"

邻桌传来水晶酒杯碰杯的声响。哈特穆特还想接着说自己的事情,不过,他对面的谈话对象看起来对此毫无兴趣。在贝恩哈德看来,没完没了地纠缠不休是知识分子的美德。

"不做这个的话,那我们应该做些别的什么呢?"他问。

"喝酒,画画,爬山。或者步入仕途,改变现实。热拉尔蒂娜参加了各式各样的委员会,鼓励我也积极参与。弊端随处可见,而我们却致力于毫无学术可言的学科,貌似在寻求能够抓得住的知识。实际上,我们是在寻求原因,究竟是什么在禁止我们抓住知识,仿佛我们对什么都不敢相信。这究竟是为什么?"

"你来告诉我。"哈特穆特想起了他们曾经一起度过的夜晚:贝恩哈德总爱打破砂锅问到底,大声说话的声音和激动的手势引得邻桌投过来不满的眼神。"虽然我不喜欢学者们一派悲观失望的样子,但是我在做的,首先是当作一个职业,让我能够养家糊口,也就是养活三个互为关联的个体。"

"就为这些?"

"我跟我妹妹说起打算去出版社工作的事情,她的意见是:你一直都想当教授。这个没错。我从小生活在一个没有书籍的家庭,立志想当教授。因此,一有了机会,我就去美国留学。博导告诉我,我的博士论文可以研究什么。对我而言,重要的是,不能让我的导师失望。就这样,我走进了我的研究领域。不知从什么时候开始,我就进入其中做我该做的工作。回想起来,我也不清楚我是否有过理想,我的意思是远大抱负,而不只是我个人的职业规划。"

冰镇的生蚝端上来了,盛在一个大盘子里。贝恩哈德靠在椅背上,环抱着双臂。

"我坚信,"他一脸严肃地说,"我们所做的一切都具有不可替代的价值。这个价值就体现在我们所做的实际无用性上——思考,脱离任何实用性。古怪孤僻,毫不迁就,最主要的是拒绝满足一切关于实用性的功能。前不久,我在家里读斯宾诺莎的书,感到无比快乐。我丝毫没有想要写作以及将所读到的一切转化成实用的欲望,我只想理解他的意思。另外,我觉得海尔维格其实也是这么看的,他只是不愿意被人看穿而已。所以他才对传统和历史意识嗤之以鼻。对他来说,实际上此刻的现实才具有更重要的意义。"

"你辞职以后,他成了唯一反对改革的人,以他独有的别扭方式,简直不忍直视。"

"我应该能预料到这一点,我的朋友海尔维格。"

邻桌的人又重新坐了下来。空气又干又热。哈特穆特只需安静地坐着,就能感觉到海浪拍打在他身上,温柔的潮来潮去。

"没有人知道你是怎么想的,"他说,"你是否觉得走在时代前列,还是被时代碾过?这两者你更喜欢哪一种?那个时候我就怀疑过:如果人们不理解你,这对你的自我反而是一种恭维。"

"按照你的说法,我现在应该是被恭维得飘飘然?"贝恩哈德干巴巴地回应。

"你怎么可能没有继续做下去的愿望呢?不希望被别人读到、听到?"

"也许我有,只是不想轻易达成。"

"为什么?"

"因为一旦想要说服别人,就会使人堕落,总觉得自己是对的,并且坚持自己是对的。但是思考和期待掌声是相互矛盾的两个方面,两者互斥。"

"我总也搞不明白,你究竟有多相信你自己说的话。"

生蚝吃起来比哈特穆特料想的还要生腥咸腻,直到餐后喝咖啡时,他仍然觉得嗓子眼里好像被灌进了一大口带海藻的咸涩海水。贝恩哈德结完账,两人一起回到车上,沿着缓缓起伏的沙土小路开进省道。远方的天空白云朵朵,就像漂浮的冰山,虽然他们一直朝着冰山的方向行驶,却难以企及。道路两边的内陆深处,不再是成片的松林,取而代之的是橡树、桦树和大片大片的种植场。路边竖着警示牌,表明此处有野生动物出没。两人在车里都不说话,过了一会儿,贝恩哈德扭过头来,算是对他之前做出的评论予以回应:"然后呢?评上教授?到底哪种感觉更强烈一些:终于成功了?还是成功以后仍然没有归属感?"

哈特穆特不置可否地摇摇头。

"在波恩当助理教授时,同事中有赫尔曼·葛雷温布格以及海因茨-露特格·里曼这样的人,他们讲究精致的程度简直令人难以置信。中午他们外出两小时,他们会说,是去'用餐',当然不是去大学食堂,而是去莱茵河边,享用四道菜的大餐,外加一瓶红酒,只有这样才符合他们所认为的学术教养。他们在最后几年都不再发表论文,除了在他们所推崇的同事纪念专刊上写点东西。但是作为一个三级教授,不懂希腊古文,又毕业于美国的普通高校,而且还不是哈佛这样的名校,这简直就是欧洲的没落。我想说的是,其实两种感觉都一样强烈,只是我一点都不想属于他们那个世界。里曼总是把'明尼阿波利斯'读成'迷你-阿波利斯',还一边说一边眨眼睛,好像有什么东西进到眼睛里了。"哈特穆特换挡加速,超过了一群骑自行车的人。四个男人身穿白色紧身衣,戴着头盔,躬身紧握车把,好像在赛车一样。不一会儿工夫,这几个人就被远远抛在车后,变成了后视镜里路边的小白点。

"你还一直记在心上?当初被那些木乃伊一般的老朽嘲笑?"

"我当时恨死了他们那些人,简直是憎恨。"幸好三个学期之后,葛雷温布格就退休了,而他的同伴也因为身体原因很少来系里。一年后,里曼也退休了,过了几个月就去世了,死于心脏病,就在他的纪念专刊出版前不久。"比起其他的阴谋和敌意,他们俩算是小巫见大巫了。迪特玛·雅克布斯对我的算计,那才真是不愉快。"

"雅克布斯以前也在波恩?"

"一直在柏林。先是在理工大学当助教,我们是在那里认识的,后来他当上了讲师。两德统一之后,学校有一个空出来的教授职位,本来是我可以拿到的,但是他使了手段,直到今天我都不太清楚,他是如何得逞的。他应该是利用了我以前的女朋友,反正无所谓了。我和玛丽亚是他介绍认识的,这是他不灭的功劳,可是我依然……今天早上我躺在酒店的床上,思考着我们昨天的谈话。我本来应该当一名行政职员,可是最终却成了教授。我应该为此感到骄傲,而且我也确实觉得很骄傲。但是除此之外,我还想要满足感,而我并不满足。你明白吗?如果这只是一份工作,为什么我为了它而牺牲了一切?如果我为了这份工作投入了这么多,我现在还能退出吗?"他一边开车一边转过头去,贝恩哈德脸上流露出不知该说什么的表情。他也不知道他到底在寻求什么样的答案,不知他究竟想说服自己什么。他只是想发泄。"你呢?逃到法国南部来,开了一间酒吧。你到底在想什么?我们本可以共同在波恩做些事情,就算是你所说的爬山、喝酒也行,画画我不会。那样的话,我就不至于完全孤立一人,这可是很大的差别。"

贝恩哈德转过身去,肩膀靠在副座的车门上。他把太阳镜推到头上,目光愈加犀利。

"你到底有什么问题?"他问,"你得到了你想要的一切,你刚才也说了,你再别无他求。如果真是这样,你不会思前想后,而是即刻辞职。"

哈特穆特点了点头。快到他嘴边的话,就像是低俗歌曲里的歌词,也许听起来比讥讽的话还要显得愚蠢,但是他仍然想一吐为快:"如果我不再是教授,那我还是什么?"话语一出,随着车子行进的气流,又从开着的车窗飘进来。"我的上一本书是一大败笔。我本来不想写的,现在得到报应。但是难道这意味着我已经穷途末路了吗?我不反对转行,但是如果这意味着我必须离开原先的位置……"

"你必须让自己从中解脱出来!听见了吗?你不能这么想。"

"这就是重点。和你不同,我这一辈子都是局外人,而我一直都想进去。"

"你是不是忘了,至少你这半辈子一直都在里面。现在你可以轻松自信地说'不了,谢谢。'然后你就可以回到外面。为了让你能够轻松踏出这一步,我会建议德国铁路公司以你的名字命名一列高速火车。我妹夫在那里工作。"

"你什么时候变得这么混蛋?"哈特穆特说,并不生气。"你说实话,你抛弃一切是因为成果没有达到你的要求,对吧?如果别人对你的成果不只是摇头和不理解,你可能会甘心堕落。可你没这么做。你坐在太阳底下,舔舐你的伤口,并且认为这就是你要的轻松自主的生活方式。"

"我们还是谈点别的话题吧。"贝恩哈德的话语听起来变调了,但是他脸上的表情依旧。"我做我的决定,你拿你的主意。动脑筋仔细想想,然后做出你认为最好的决定。好吗?"

"真是一个好建议啊!"

他们越往内陆行驶,弯路越多。往后退去的路牌上标着地名,哈特穆特觉得像是巴斯克语的发音,后来他身旁坐着的那个人打破沉默,跟他解释说,那些都是卡司空语。贝恩哈德在米蜜灿有一位熟人,是个语言学家,喜欢喝酒。这个熟人偶尔会到酒吧来,大谈关于法国西南部的各种语言。哈特穆特顺着弯道拐进蒙特马颂,这时他才得知,热拉尔蒂娜在那里当老师,离过婚,有两个孩子。贝恩哈德还讲到,有一次他去斗牛场看斗牛,以至于他热爱动物的女朋友和他发生了前所未有的争吵。他们在一个静谧的山村停下来歇息,哈特穆特坐在车里,副座的人则下车去超市买东西。一个胖胖的小孩子骑着自行车,除此之外看不到任何人,也听不到任何动静。透过挡风玻璃,哈特穆特观察着眼前熟悉的布局:绿树环抱的中心广场上,裸露的地面没有铺柏油,正中间一定是一座灰色的教堂。法国乡下的村中心都是同样的布局。想象一下,如果生活在这里,既不诱人,也没有任何吸引人的地方,而只有……他打断思绪,就像中断一句话。十分钟过后,贝恩哈德双臂抱满东西从超市里出来。上车时,他递给哈特穆特一个装得满满的纸袋。

"热拉尔蒂娜明天来,她一来我们就得跟着吃素。我打算今天晚上咱俩借此机会吃烧烤。"

"她明天才来?"

"今天她去看她父母去了。就在前面左手边,还有十公里的路程。"

当地的风景并没有南部特有的丰饶,但是也不像埃什特雷拉山区那般贫瘠。混合林后面是开阔的平原和比利牛斯山脉模糊的轮廓。视野所及,一望无际。马路两边没有围栏,时而可见毛发蓬松的棕马在觅草。继续行驶十分钟之后,他们路过了一个标着圣耶岗的路牌。乡政府就位于破旧的教堂旁边,正面墙的门脸不大,仅够写上标语"自由、平等、博爱"这三个词。正午刚过,可是马路上见不着一个人影。在此地唯一的一家餐厅前面,贝恩哈德让他往左转,刚拐进去,他们这就算是离开了散落在此处的这个小村庄了。广袤的原野上,时而能看到破败的老屋,时而又是新建的住宅。汽车驶离干燥的草原又进入一片森林地带,经过最后一个弯道之后,哈特穆特发现前方貌似有一处建筑物的轮廓,驶近细看,才得以看出全貌。房屋的地基高出地面,窗户狭长,红瓦屋顶。四周果树环绕,没有篱笆围栏。一条田野小路通到这里,杂草丛生,就像是很久未曾使用的废弃铁路。

"这里以前属于一家大农庄。"贝恩哈德说,"可能只是一个附属建筑。新房主刚刚把屋子翻新完,他就破产了。我以实际价值的一半价格接手买下。"

刚一下车,就闻到空气中弥漫着薰衣草的香味。贝恩哈德在前面领路,一边走一边说着他的装修计划:把前面的露台围上木制围栏,种上野葡萄。他用肩膀顶开厚实的大门,让哈特穆特进屋。

"到了。除了热拉尔蒂娜之外,你是这里的第一个客人。欢迎!"

凝滞的空气中夹杂着一股淡淡的油漆味。刚开始,哈特穆特只觉得一片模糊。毛面的木地板打磨得发亮,木桌子四周的皮质家具仿佛沉睡的动物。贝恩哈德打开底层的两扇窗户,让阳光照进来。整个底层几乎就是一间宽大的客厅,结实的房梁支撑着屋顶。墙壁上没有装饰任何挂件,只在沙发上方挂了两个雕刻的面具。

"室内装饰还没弄完,"贝恩哈德说,"我打算慢慢添置家具。

热拉尔蒂娜认识一位很棒的古旧家具修复师傅。"

楼下只是厨房和卫生间,楼上有两间卧室,后面还有一间屋子,贝恩哈德把它当作自己的工作室。阳光透过屋顶的好几个天窗洒到过道上,空气中漂浮的尘埃一览无遗。贝恩哈德靠在楼梯的扶栏上,扬起下巴指了指第二间卧室敞开着的房门。

"床单在柜子里。你先休息一下,在屋子里或者露台上都行。事先跟你说一声:这个周末,狩猎季正式开始。这在法国可不是闹着玩的。只有猎人们才觉得乐趣无穷。如果你打算出去散步的话,一定要当心。"

"我不打算出去。"

"那就好。你随意吧,就跟在自己家里一样。"

哈特穆特的目光落在墙上挂着的一束薰衣草干花上,花就在楼梯间的拐角处随风摇晃。贝恩哈德以前在波恩的住处没有任何花草,除了书还是书,屋内的摆设很简单,甚至到了简陋的地步。

"关于你刚才的问题,我的答案是肯定的。"贝恩哈德跟随着他的目光,点点头。

"你还没讲完你们俩之间的事。她是来这里做客还是你们已经住到一起了?"

"我们正在考虑搬到一起住,只是还不确定搬到哪里、怎么搬。"

"跟你以前在坡佩尔斯多夫的住处不一样,这里更像一个家的样子。"

"也许吧。"贝恩哈德环顾四周,仿佛在找寻什么证据来证明哈特穆特的说法。然后他转身面向另一间卧室,对哈特穆特说,"咱们俩都先躺下休息一个小时吧。我们还有一整个周末的时间呢。"

傍晚时分,花园里,夏日繁花的清香气息中,夹杂着烤肉的香味。夕阳已经西下,天空依然一片蔚蓝,不时有飞机从空中轰鸣飞过。哈特穆特在露台上待了一个下午,喝了一杯橙汁,认真审读了查尔斯·林的博士论文。虽然明知不用工作,但是更让他感到惬意的还是投入到工作中的那种状态。从村子里传来些许声响,一群鸽子在圣耶岗的教堂钟楼上方盘旋。贝恩哈德午睡醒来之后,两人开始享用第一道开胃酒。他们躺在长椅上,看着光线逐渐变暗。麻雀围着一颗落在草丛中的果子蹦蹦跳跳,仿佛一个个小小的苦行僧。两人都感到有些饿,这才从屋旁的小棚子中搬出烧烤架。小棚子是装修时开辟出来的临时杂物间,四周已经杂草蔓生。斑驳的黏土墙之间,充斥着兔子粪便的味道,还有一股阴湿的霉味。用于收拾花园的工具已经生锈,散落在一堆汽车轮胎之中,如果徒手去取的话,恐怕会扎着手。贝恩哈德花了半个小时的时间清除蜘蛛网和油腻污渍。眼下,他正举着一把巨大的烧烤钳子在烤肉,只听见哈特穆特大声念着博士论文中的一长段话:

"……最终,儒家思想的道德实体将被提升到一个完美的综合学说的境界。在那里,它不再被欧洲中心论所左右,而是遵循道统和传统的最高宗旨。"他从文中抬起头,一脸迷茫。"类似这样的句子写了五百多页。每一个论断都是古代某个哲人曾经说过的话。所有的论断都积极向上,努力进取。最常用的形容词是'完美的'。如此乐观的文章我还从没读过。只是,我完全搞不懂,他到底要说什么。"

"给他一个最优。"贝恩哈德面无表情地说。他光脚站在烧烤架前,灯芯绒长裤搭配褪色的绿T恤衫。从他一贯的穿衣风格来看,这身打扮真是太过随便。

"我只给像样的论文评优。我已经不记得上一次评出最优是什么时候的事了。能够写出优秀博士论文的人,他们的导师一般都是知名的教授。"

"我对这些名词没有概念。你的这个博士生对黑格尔研究很深,这也说明不了任何问题。但是,也许这背后隐藏着有意思的想法,谁知道呢,很有可能,也可能没有。你反正也没有多少时间细看。要么你就让他通过,要么就直接毙掉。"

"这篇论文他写了六年。他的女儿还很小,每年他只能回中国一次去看望她。而且,他写作的时候不爱用标点符号,好像那些符号只有在黑市上才能搞得到。我真想把他偷偷转到布洛伊格曼的名下,让他也看看,别人整天在忙些什么。"

红葡萄酒刚刚倒进大肚子的酒具里,还需要在空气中缓一缓。于是他们趁机先喝一杯冰镇的科罗嫩堡啤酒。哈特穆特暗自希望:贝恩哈德会自告奋勇帮他写论文评语,但是他不想开口相求。他果断合上论文,放到旁边的地上。

"好了,不看了。"他说,"我在度假呢。"

花园里的光线渐渐变暗,只剩一抹微弱的暮光,越来越弱。哈特穆特手里提着啤酒瓶子,坐到躺椅上,感觉到酒瓶外的冷凝水滴顺着手指流下。他以为还会出现昨晚在酒吧里感受到的以前在拉帕度假时的闲适感,那种长夜散漫的慵懒。可惜,这种闲适感并未重现,他反而开始担心,不知玛丽亚和菲力帕此刻正在做什么。哥本哈根的第一场演出已经拉开帷幕。他何时才能告诉他妻子,他已身在国外?如果他要去看菲力帕,为何迟迟还不给她写邮件?他是应该继续前行还是调头返回?他真不想这么面临抉择,何必要逼着自己做出这么无谓的决定呢?什么都不要去想,随心所欲,漫无目标,悠闲淡定。

"前些时候,我碰上了一件奇怪的事。"贝恩哈德说,似乎想让哈特穆特停止唠叨他的工作,"我昨天就想跟你说。那还是去年冬天的时候,我和热拉尔蒂娜还不认识。"

"好吧,说来听听。"

贝恩哈德拉过一把椅子坐下,边烤肉边看着哈特穆特。

"去年,我还没买这栋房子,一直都住在酒吧楼上的屋子里。夏天当然很方便,可是入冬以后,米蜜灿就变得很荒凉。游客都走了,酒吧里只剩下一些年老的男人,他们坐在那里喝着茴香酒,发着牢骚抱怨自己的老伴。我在认识热拉尔蒂娜之前,养成了一个习惯,定期开车去波尔多,买买书,泡泡咖啡馆,看看别的面孔。偶尔我也需要周围有一些陌生人,这样我就可以观察他们,看看他们在日常生活中在做什么:聊天,吵架,吃饭。我常常想,他们的生活跟我的不一样。热拉尔蒂娜觉得,主要是因为我一个人独自生活太久了。如果只是专注自己,那么一段时间之后,在别人身上发生的任何日常小事,都会让人觉得意义重大。"

"她说得有道理。"

"那天晚上,在波尔多,我约了一个批发商谈事情。我喝了几杯葡萄酒,回酒店的路上觉得有些晕乎乎的。天气很糟,下着小雨。那是二月份,我一个人走在路上。在那样的夜晚,想想看,在下一个街角,有什么在等着你。不是什么东西,而是有个人等在那里。你往沿街的餐馆、酒吧里看进去,看到有个女人独自坐在桌边,眼神在问,介不介意进去和她坐坐。我经常会这么想,但是从未付诸行动。我不知道该如何行动。闲聊,我没有兴趣。我的问题太多,别人会觉得我像在审讯。"他打住话头,拿起装红酒的大肚酒壶,把两个杯子都斟满。"这可能就是我那天晚上尝过的好酒之一。我觉得味道还不错。干杯。"

"干杯。"

两人碰杯喝酒。村子里有一大群人准备出发,车门关上的声音,汽车发动的声音。各种嘈杂声在空中回荡了一会儿,之后又恢复了夜晚的沉寂。哈特穆特还没来得及开口赞美红酒的口感,贝恩哈德接着说:

"那是一个周四的晚上,将近十一点了。我沿路走过两家酒馆,随后进到下一家酒馆里面。只有几位客人。我靠吧台坐下,要了一杯威士忌,从酒柜的镜子里观察身后的那几张桌子。其实我不太喜欢喝威士忌,但是当时看起来应该还很适合。然后,门开了,就在我身后。我能感觉到我身后的动静,一股寒冷的夜风吹进来,一阵香水的味道。推门进来的是只身一人,一个披着湿大衣的女人。她坐到吧台,跟我隔着两个吧凳。我扭头看她,她也正看着我。一张可爱的脸。我们相视而笑,点头打招呼,你好。你明白吗:就这样发生了!我不知所措,不顾矜持。她叫薇薇安。迷人的女子配得上这么好听的名字。我们开始聊天。她开了一家乐器商店,她说,此外还教人学钢琴。她觉得一个大学教授跑去开酒吧也挺有意思。她甚至还提到,喜欢我的口音。我不想编什么童话,但她真的很有魅力。棕色的卷发,好奇的眼神。她太爱笑了,喜欢大笑,而且笑的声音太大,也许是因为有些紧张,虽然我没看出来她有任何的紧张感。她说,她刚听完音乐会,正准备回家。"贝恩哈德脸上带着微笑,停下不语。也许是烛光的缘故,他的表情看起来有所不同,显得脸很瘦,而且皱纹比平时显得更多。"这种经历在我的生活中从来没有发生过,从来没有哪个女人一进酒吧就直接坐到我的身边,然后开始和我聊天,对我施展魅力,夸赞我多有趣、多有思想。有一次朱莉娅生我的气,觉得和我一起吃晚饭就跟加班工作一样。我们曾经一起看了一场电影,她觉得好看,而我觉得不好看,并且为此和她争论不休。但是,在那个夜晚,一切都发生得那么自然而然。我心里一直都做好了准备,以为她会看表,然后说:我得走了,我丈夫在家等着我呢。她的手指上戴着婚戒。我心神荡漾,但是不露声色。也许是因为喝了酒的缘故,或者是我根本就没想到我和她之间能发生什么。我只管接着聊,逗她笑,总之我不会做什么错事。我自问,世界上到底有没有人能够经常碰到这样的事情。那该是多么美好的生活啊!"

天黑了,唯一的光亮就是烤肉架上红热的炭火以及桌子上的烛光。时不时能听到烤肉的油滴落到火上,发出嗞嗞的声响。远处的黑色树影矗立在繁星密布的天空下。哈特穆特又喝了一口葡萄酒,问:"我们的晚餐怎么样了?"

贝恩哈德立马从椅子上跳起来,挥舞着长长的烤肉钳子,嘴里不停地咒骂。他叉起一块烤肉,举到哈特穆特眼前,疑惑地问:"也许还能吃吧?真是抱歉!"

"吃吃看吧。"

"热拉尔蒂娜要是知道了一定会笑话我们:本来是想吃烤肉,谁知竟然谈到了肉欲,最终忘记了烤牛排。她明天下午到,很期待认识你。"

"我也是。"

"你得把烤焦的肉刮掉。"贝恩哈德放一块肉到他的盘子里。烛光摇曳,所有的物体都在桌子上投下舞动的影子。两人忙着吃牛排,过了一会儿,哈特穆特说:"别折磨我了。然后怎么样了?"

"就跟电影里一样。不知不觉之中,午夜已过。酒吧该打烊了。薇薇安还想找服务员再来一杯酒,但是他们要关门了。于是……她提出来,去她那里再喝一杯。我们从吧凳上起身时,我看到她还在笑,搞不清楚她在笑什么,也许她天生就爱笑。我们去她那里,做爱,喝酒,聊天。她赤身裸体坐在钢琴旁,为我弹奏了一曲肖邦。

那感觉,用你博士生的话说,真叫完美。"此刻,两人眼前浮现出同一画面。他们谁也不再说话,以免破坏这种美感。哈特穆特伸手想去拿酒杯,可是贝恩哈德摇摇头,"直到她丈夫回来。"

"她丈夫？"

"对,他本来应该在图卢兹的,突然回来了。"听起来,他好像在重复着一个蹩脚笑话的笑点。"之前我没有问,她也没有说。直到屋门突然打开,我才得知,他是出差去了。我们吓了一大跳,外面有人站在过道里,还往前走了两步。那个家伙肯定是看到了我的鞋子,马上就明白怎么回事了。我抓起内裤,抄起衬衣,根本就来不及反应,薇薇安一把将我推到阳台上。阳台上！那是盲目的冲动。最要紧的是赶紧逃走！我站在外面,紧张得感觉不到寒冷,只听见里面一片骚动。尖叫,咒骂,求饶。那个家伙简直就像杰克·拉莫塔,身材矮小,却壮硕如牛。隔着阳台门的玻璃,我能看到他,他也能看到我。一开始,我很害怕他会出来把我扔到楼下。真不明白,薇薇安这样的女人,怎么会嫁给这种莽汉。他已经眼神错乱,失去理智,冷酷报复。他并没有到阳台上来,而是从里面把阳台门锁上。一脸冷笑,近乎报复得逞的得意表情。然后……他按住薇薇安一顿痛揍。"贝恩哈德抓起酒杯,一仰而尽,然后用手背擦干嘴角,点点头,似乎要横下心来讲完事件的进展。"真的是毒打。她哭着躺在地上,而他则尽情地发泄,一边打一边骂。虽然是在骂她,可我觉得,他这是打给我看的,其实是在教训我,是在向我宣告他性欲变态的优势权利。直到今天我还在想：假设他通过别的方式得知此事,比如在我走了之后才发现,他肯定也会报复她,不过是以另外的方式。"

"那你呢？你做了什么？"这是哈特穆特唯一能想到的问题,虽然明知极不得当、令人尴尬,可他还是脱口而出。

"什么都没做。就那么穿着衬衣和内裤站在五楼的阳台上。我本来想高声呼救,或者踹开玻璃门进去,但是我什么都没做,只是眼睁睁地看着眼前发生的一切,不知接下来会有什么事。在那个漫长的时刻,我真正觉察到,我是多么无能为力。我一直等着,等那头猪在里面发泄完之后,是接着收拾我,还是让我离开。说老实话,我不想让任何人知道这件事。我也不知道我为什么会这么想,如果当时外面有警察经过,我恐怕会蹲在栏杆后面躲起来。毕竟不是什么好事。"

远处传来一声巨响,引得村子里狗吠声不断,夜空下阵阵回声。哈特穆特觉得奇怪,这是枪支走火了还是爱好狩猎的法国人在夜里也不休息?

"然后呢?"

"他终于停下来了,来到阳台边,打开门。很有礼貌,看起来心情很爽,典型的暴君形象。薇薇安躺在地上,鼻子流着血。他扔给她一条擦碗布,我赶紧穿好衣服,问她要不要报警。他在一旁觉得好笑,大声喊着,报警啊,先生,赶紧报警啊,他一脸狰狞。薇薇安没说话,只是摆手。后来我还是报警了,匿名报的,也许只是为了心安。我真正应该做的,其实是他对她所做的那样,将他痛打一顿。如果他冲过来攻击我的话,我可能真的会出手打他。但是他只是站在那里,抱着双臂,看着我穿上衣服。而我只想着赶紧离开!事后想起来,我觉得那个粗暴的家伙把我看透了,他知道我不会跟他对着干。我都羞愧到无地自容了,哪里还有火气。做错事的是我,我没有权利去想其他。某种程度上,我到今天还这么想。"他点点头,把面前的盘子推到一边。他没有吃任何东西。"唉!这就是我要说的事情。但愿不要影响我们今天的美好夜晚。"

"你之后再也没有见过她?"

"没有。那之后我再也没有去过波尔多。"

"理解。"哈特穆特望着花园深处的幽邃黑暗。虽然远处有几盏路灯和亮着灯光的窗户,但是他仍然觉得这处房子比白天更加显得偏僻。贝恩哈德往火上添加新的木炭。哈特穆特接着添酒,感觉到第一丝夜的凉意。

"热拉尔蒂娜知道这件事吗?"

"几个月前我跟她说过。你是第二个知道这件事的人。"贝恩哈德重又坐下。"我该狠狠地揍他一顿。或者让他揍我一顿,根据当时的情况他揍我也许比较现实。这样我会不会好受一些,我也不清楚。但是这样才是对的。"

"事情太突然,你措手不及。"

"刚开始确实如此。但是我在阳台上站了好几分钟,一直没有任何行动。也许是恐惧或者其他什么阻止了我,总之不想让自己牵扯进去,只想着快点了结。当薇薇安在屋里被打得躺在地上时,我那赤裸的渺小自我却在暗自希望;当初要是没有走进那家酒馆该多好!"

"热拉尔蒂娜说什么了?"

"她能说什么。这事可够恶心的。"

远处又传来一声巨响,这次哈特穆特听清楚了,是枪声。村子里的狗又开始狂吠。哈特穆特指着两个盘子,"牛排我们得扔了,硬得就像鞋底。"

"还有奶酪。红酒够我们喝一宿。"

"奶酪和酒。好吧。"

两人不再说话,各自还沉浸在刚才的故事中。一连串的画面和想法,从中应该得出一些什么——究竟是什么呢?犬吠声让哈特穆特想起了在拉帕的夜晚。他躺在玛丽亚身边,透过敞开的阳台门可以听见外面的声响。群山沉寂,蝉鸣不止。他感觉到她的鼻息轻柔地吹到他的脸颊上。与此同时,太阳在地球的另一边升起,照耀着那里的陌生人以及他们的烦忧。

1985 年

人们挤坐在狭长的木条凳上,视线全都集中到祭坛前面。十字架的左右两边高耸着两棵装饰华丽的圣诞树。由小学生扮演的牧羊人坐在树前围着假想的篝火,期待着天使宣告耶稣诞生。庄严的祈祷以及不耐烦的浮躁同时充斥着贝尔根城的教堂。小孩子在哭闹,赞美诗集掉落在地上。孩子们因为兴奋而两耳发热,父母不得不对着他们轻声低语。大家都很激动,而披着白色床单的天使却紧张得忘了台词。他无助地张着嘴,呆望着法衣室入口处蹲着的那两个提词人。

"……我向你们宣告一个大喜讯,"提词人虽然是在耳语,但是声音却大到连最后一排都能听得见,"因为,今天,你们的救世主诞生了。"

露特的脸上满是同情,哈特穆特重又靠回到椅背上,抬手看表。再等十分钟。他右边坐着一个半大小子,胳膊肘支在膝盖上,瞪着地砖,绿色的糖纸在他手里簌簌作响。今年圣诞节前的那几天和往年一样,哈特穆特一直工作到二十三号,直到中午才开车往家赶。露特负责为弗洛利安和菲利克斯准备礼物。他今年圣诞节之所以决定和露特一家去教堂做礼拜,而不是陪父母去阿尔瑙的教堂做晚祷，是应他外甥的请求。而且，这样安排能够节省路上的车程，也不用在边境焦急而漫长地等待——这是他搬到多特蒙德之后为数不多的两大好处。

"救世主到了。"天使庄严地宣告，却招来一阵阵笑声。

伴着竖笛的演奏声，牧羊人出发去往伯利恒。哈特穆特忍住没打哈欠，刚放松了两天，几个月以来积累的睡眠不足就开始显现出来。在家里，如果阿尔奈克大街那布置了一半的房子还可以称之为家的话，长条校样稿铺满了写字台。几乎每晚他都会醒来，为脚注中的某个选词绞尽脑汁，他的大脑好像总有一部分长在文章上了。前面的祭坛上，三位圣王跟随着星星的指引，手里捧着写了字的鞋盒子。弗洛利安扮演受人尊敬的梅尔基奥，他把献礼放在马槽前。菲利克斯则扮演巴尔塔扎，他的戏服上早就被化妆品弄得布满一道道黑印。哈特穆特能听到露特屏住呼吸，听她的儿子开口说台词。这次他说得很流利，他甚至还自己去查了"鞠躬"这个词的意思。如果扮演圣婴耶稣的不是玩偶，如果圣婴自己明白这个词的意思，那就可以说这是语后行为。即使菲利克斯有一个音节没有读准，就像今天中午在雷施泰格时一样，圣婴也会明白他想表达的意思而感觉受到尊敬。然而旁观者就会认为，他犯了个错误。或者用露特的话来说，宝贝儿，你得集中注意力。现在她终于松了一口气，一把抓住海纳尔的手。

小演员们一个接一个地退场回到法衣室，提台词的人发出解除警报的信号。辛苦付出是值得的。圣诞快乐！

最后，大灯熄灭，在庄严的昏暗中大家起立，高声合唱圣诞歌"哦，多么欢喜"。哈特穆特也低声跟着唱，露特在他身上靠了一会儿，像是想结束昨晚的争吵；或是想让他承认，事实上他是喜欢那些出于莫名原因觉得是负担而不愿去做的事。每年他都说，这几天他被打断的工作,会因为赶不上进度而耽误。难道他就真的更喜欢在平安夜伏案工作修改文章吗?

"喜悦,哦,基督!"

在最后的和弦之后,有一刻短暂的停顿,之后管风琴又重新演奏。人们向外走去,走进那温柔的平安夜。他们从雷施泰格出发时,气温是九度。露特和海纳尔跟熟人打招呼,祝愿他们圣诞快乐,哈特穆特则站到一边等他们。孩子们围在大人身边,使出各种招数想让闲聊的父母挪动脚步。弗洛利安和菲利克斯与朋友们告别,转身朝他飞奔而来。他们也许没有意识到,实际上是他们帮他转移了注意力,不再专注于内心的不平静。就连露特昨天也不愿相信,对他而言事关他的幸福、他的将来、他的一切。与此相比,教授资格论文根本无关紧要。

"我要让我的儿子们在这三天度过一年中最快乐的时光,成为他们一年中最美好的回忆。"昨晚他问妹妹,为圣诞节做这么多的准备是不是有点夸张,她就用这句话来回应他。十点半,这对双胞胎终于上床睡觉了。哈特穆特和露特站在厨房里,灶台上摆满食材,显得有些乱。奶油火锅的各色酱汁还需要搅拌。炉火已经关了,露台门上仍然蒙着乳白色的水汽。

哈特穆特从水槽里拿起一只盘子,放进橱柜。外面响起斧子劈柴的噼啪声,海纳尔在整理圣诞树的树干,便于放到底座上。

"你没发现你放的这些东西碍我的事儿了?"露特问。

"我不知道应该把它们放到哪儿。"

"问我呀,我总该知道吧。"

"盘子放到哪儿呢?"

"放那边。"她用下巴指了指吊橱。当哈特穆特打开吊橱门的时候,她又把头躲开。"你一定要现在来开这个柜子吗?"

"我要帮你啊。"

"你坐下,尝尝这个!"她不耐烦地递给他一个小碗,里面有淡黄色的浓稠酱汁。她脸上的疲惫看起来像是不满意,哈特穆特下午到的时候,她就是这副表情。

"这是什么?"

"火锅蘸酱,据说跟火锅涮肉很配。"

"味道确实不错。"

"蛋黄酱是不是放太多了?咖喱是不是太少?要多放点儿盐吗?"

他摇摇头,露特用保鲜膜盖上碗,将它推到一边。

"你觉不觉得?"哈特穆特接着问,"如果配火锅的蘸酱只有三种酱汁,你的儿子们对这个圣诞节的回忆会不会大打折扣?"

"这是一个哲学问题吗?"她把目光从菜谱上挪开,抬眼盯着她的哥哥,"海恩巴赫教授?"

"你看起来很累。据我对这两个孩子的了解,他们反正只爱吃番茄酱。"

"所以呢?我们大家明天晚上也都吃番茄酱?"

"我们开瓶红酒去客厅吧。我有事想跟你说。我们可以明天再准备食物。"自从他开始准备出版教授资格论文,每到午夜,他就要喝点儿酒,才能止住一直在转动的大脑。从两周前开始,晚上不工作的时候也有了喝酒的习惯。

"明天我还得装饰圣诞树,烤一个蛋糕,去肉铺把肉取回来,去面包房取法棍,我们的妈妈想去做头发,还有……"

"我们有三个人呢,露特。你不用把所有事都一个人做。"

他们互相看了对方一眼。这争论从很早就开始了,在他们的谈话中时不时出现,或明说或隐晦。海纳尔在外面狠狠地咒骂了一句。

"我知道你在想什么,"他说,"说的比唱的还好听。一个人,自由自在,没有家庭牵绊。"

"你以为你知道我在想什么吗?"

"地下室有酒吗?"

"海纳尔买了一些,是为明天晚上准备的。"

"我们明天早上也可以再买一瓶。另外,你看上去对我要跟你说的事并不好奇。"

露特叹了口气,没有回答。哈特穆特已经站在门口了。

"我们已经有半年没见了。"他说。

"因为你没有时间,虽然从多特蒙德到这里只需要两小时。"

"现在我回来了。我去拿酒上来,然后……怎么了?"他问,因为露特看上去不太同意。

"也许我不问,是因为我已经知道,你想跟我说什么。因为这并不难猜。当然,她的名字除外。但其实你要讲的新故事里,除了名字不同,也没什么新鲜的。"她又低头去研究菜谱。"问题不是你要讲什么,而是我愿不愿意听。"

"你可能误会了。"

"好啊。她叫什么?"

"不急。收拾好这里,我一会儿就回来。"他穿过清冷的过道,走下楼梯。白色粉刷的墙边,摆了一些架子,上面堆满了旧玩具。在储藏室他闻到了熏香肠的味道。晒干的李子摆在烤盘里。露特和海纳尔很少喝红酒,所以架子上只摆着两瓶。哈特穆特冻得直哆嗦,仍然坚持着研究红酒的标签,但是就像过去的那两周一样,当他尝试集中注意力时,又走神了。思绪飘回到上上周五,她来到他的住处,略带羞涩,又显坦然。之前她写信告诉他要来,因为她

221

在柏林没有电话。那之后的整整两天,他像上了发条似的在屋子里走来走去。当她进来时,他的目光一直在她身上,而她则打量着房间里简单的陈设,还趴着窗户看向阳台。她苗条的剪影定格在多特蒙德灰色的天幕中。她微笑着,不知是没有注意还是不介意,他只有一张床。她朝他转过身,问可不可以在外面吸烟。

哈特穆特拿着一瓶雷司令上来,厨房的灯已经灭了。露特站在客厅里准备放圣诞树的位置前面,这块地方是他们下午一起腾出来的。红色的纸张铺在木地板上,装着圣诞树饰品的纸盒子已经打开,放在壁炉台上。

"恐怕我们得把树尖砍掉。"她说。

"砍掉树尖?"他从桌上拿来开瓶器,旋转着插入软木塞。

"海纳尔说,这树有两米五高,再加上十厘米的底座。"

"删去多余的——这是我修改我的教授资格论文时的准则。"

"有树尖更好看。"

"也许海纳尔可以将它斜着插在底座上,然后……"他不敢往下说,因为露特转过身来瞪着他。她的髋部比以前更粗了,不再散发着年轻母亲时尚的光彩,而是穿着牛仔裤、毛衣和邋遢的家居鞋。

"为什么我总觉得你对我在这儿所做的事情有些嘲讽的意味?"

"我没有。"

"我不是只将我自己的幸福放在眼里,这有什么可笑的呢?"

"不是这样的,露特。这是你的生活,我没有瞧不起的意思,完全相反。"

"你马上就要当教授了,"她说,像是在循着另一个思路。"但你抱怨说那只是一个代理教授的职位,而且还必须搬去多特蒙德。

你好像没有意识到你的成就。"

"为什么我们不喝点儿酒放松一下呢？谢谢你的辛劳,这一定会是一个美好的圣诞节。我并没有嘲笑你所做的事。"他把酒杯递给她。"我当时抱怨只是因为,代理教授的期限一到,就很难争取到正式教授的职位。最佳的时期已经过去了,而我花了太长的时间写我的教授资格论文。"

"也许有其他事情让你分心了。"

"对,我确实分心了。所以我现在要发表论文,保住实力。这让我在你所说的'其他事情'上没有太多时间,因为那是你强加给我的,纯粹只是消磨时间。但这是我的生活。你到底要不要这杯酒？"

事实上,当西蒙教授聘请他并且明确表明对他的要求时,他差点儿就决定拒绝多特蒙德的教职。西蒙教授这次可是帮了他的大忙。如果哈特穆特放弃这次机会,从此以后他就只能自力更生了,而且在理工大学的教职合同也绝对不会再续签了。很显然,有人偷偷跑去告诉他的老板,说他并不情愿离开柏林。西蒙教授懒得浪费时间去推测具体原因,在过去的三年中,他的耐心已经到了极限。哈特穆特没有别的选择。自十月以来,他一直潜心伏案工作,顶多只能听听赛事转播,说是威斯特法伦体育馆里又没进球。除此之外,他两耳不闻窗外事,关于这个城市的一切,他能忽略的就一概忽略。

"干杯！"他说,"祝你过一个和谐的圣诞节。"

露特坐到炉边长凳,手里转着酒杯。书架子上摆着一台旧的黑白电视机。灰色的沙发套被磨损得发着亮光,有的地方露出了里面的内瓤。从家里的全部陈设就可以看出,他们每个月的还贷压力有多大。他曾经提出来在经济上给予援助,可是露特一直都不想接受。

"几个星期之前,"她说,"我和你通完电话之后,海纳尔提醒我注意一下。他觉得,我们每次打电话,我总是开口就问你过得怎么样。"

"我们通电话时,他也在听吗?"

"我们结婚了,我打电话时不会让他回避的。"

"当然。但如果是和我呢?"

"这就是问题的所在。海纳尔问我,你以后是不是也能关心一下我过得好不好,问问我最近有什么新鲜事。当时我很想说,是,他当然也会这么问我。"她从炉边长凳上站起来,似乎心思不在这件事上,伸手抚平红色包装纸上的皱褶。然后她又坐回去,喝酒。

"我没问候过你吗?"

"一般情况下,我更关心的是你的生活中发生了什么、你过得怎么样。大多数时候不太好,或者还可以更好。我这边很少有什么新鲜事,对吧?我没有什么可抱怨的,这是我自己的选择。想想看,小时候真的应该抱有远大的理想,比如说我到现在还对自己没有参加过高中毕业考试而耿耿于怀,最近我和朋友散步聊天时终于想通了。再比如多挣点儿钱,上半天班。我们确实需要钱,但是我怎么可能去医院倒夜班呢?我再想想其他的办法吧。我跟你说过吗?我是绿党党员。"她的脸上顿时由阴转晴,仿佛刚讲了一个好笑的笑话。"你不相信我,是吗?你以为,你妹妹只懂做火锅的酱汁?不,我是一名激进的绿党党员。"

"这就是你所说的上半天班——你是想从政吗?"

"什么叫从政?有人问我,愿不愿意参选市议会议员。试试看嘛,为什么不呢?"

"你为什么不为社民党参选呢?"

"你也许会觉得奇怪,但是我也在想,究竟有没有我最关心的事情。我最关心的事情就是：不能让我的孩子们在一个满是核导弹的世界上长大。"

为了不再让妹妹觉得他是在嘲笑她，哈特穆特对她的言行没有予以反驳。和平运动在雷施泰格已经开展很久了。当时，墙上贴着宣传海报，上面写着海因里希·伯尔和埃内斯托·卡德纳尔的话，听起来可没有他们平时写作时的平和：诗人的无辜和奥托·哈恩那种外表上的无辜形成鲜明的对比。不知海纳尔听了心情如何，没准儿明天吃火锅时大家主要谈论的也是核威胁问题。

"好了，"他说，"你觉得我对你关心不够，也许吧。我一直以为，你有自己的幸福生活。不是最近才这么觉得，一直以来我都是这么认为的。从小就觉得你很幸福。"

"不过我下定决心，以后不能像妈妈那样。人必须得有一个开始的时候，我对自己说，最好现在就开始。"露特满脸微笑，看着面前那块从明天起就要摆放圣诞树的空处，然后她又看向哈特穆特。"现在谈谈你和你不平静的生活吧。你恋爱了，你一进门时我就立马看出来了。现在总可以告诉我她叫什么了吧？"

哈特穆特选了一个沙发坐下，他发现长沙发下有一个棋子，可能是上次玩"说瞎话"时掉落的。也许他无法跟他妹妹解释清楚，为什么这次跟以往完全不一样。第一次见面还是在两年前，但他记得每一个细节。又是一个缓慢来临的冬天，下了最大的一场雪，和理工大学的同事一起参加了一场聚会。就他的酒量而言，他喝了不少酒，但依然感觉清醒。聚会结束时，有几个没玩够的人进了开往滕珀尔霍夫的地铁，到空中桥梁广场站下车。停车场上的汽车就像白色的雕塑，他们掷雪球、转酒瓶，简直是玩疯了。空气清新而寒冷，云在城市上空慢慢向东飘去。大家打算去克罗依茨贝格继续玩通宵雪橇。

特蕾莎喝了太多波列酒,两只胳膊拽着他,这种亲密举动令他心烦。在民族纪念碑旁边,站着几个裹得严实的人,看到附近有雪橇翻倒,他们就喝倒彩。黑暗中,到处都是香烟的红色光点,时而能看清吸烟人的脸,下一秒钟又消失不见。为了让她不再抱着自己,他抓着特蕾莎的肩膀说:"我们去滑雪橇吧。"

"太危险了,我从来没有玩过雪橇。"

"在这儿等着,我去找一个来。"他让她站着别动,沿着缓坡往下走了几步。迪特玛·雅克布斯和他的女友朝他走过来,身后拉着一个木制雪橇。雪很深,都没过哈特穆特的小腿了。

"把你的雪橇借我玩一会儿,怎么样?"

"海因巴赫,老朋友!"迪特玛带着一副小圆眼镜,留着半长的头发,一副约翰·列侬的打扮。他身边的女士和哈特穆特只是打过照面。"我以为你已经走了呢。"

"就玩儿两三次。滑道怎么样?"他们并不熟,但是迪特玛总是表现得好像他们是最好的朋友一样。

"拿去吧。滑道上没人。好好享受这个夜晚吧。"

"你应当更多地听从自己的内心。"迪特玛的女朋友说。之后的话哈特穆特没有听到,因为他们两个已经走远了,而他开始查看雪橇。他之前也有一个类似的,座椅比这个稳固,而且底板不会生锈。他拉着雪橇,在一群人中找到了特蕾莎。他在聚会上就注意到了这群人,因为他们没有跳舞,而是整晚都在厨房辩论。他又认出了那个红头发的人,他讲话时手势总是比较夸张。他旁边是一位深色头发的美人,抽着烟,眼神迷离。

"准备出发吧。"他拍拍特蕾莎的肩膀,四顾寻视,以为可以碰到那位女士的目光。稍顷,他坐在雪橇尾部,特蕾莎坐在他的两腿之间。她在胸前划着十字,说:"今晚聚会时,我有时候觉得你宁愿自己一个人去,根本就不想带着我。"

"瞎说什么!"

她把头靠回去,想扭头看着他。

"抱怨并不是我的风格,是吧?"

"抓紧点,最好抓着我的膝盖。注意,不要让绳子跑到滑板下面去了。"

"我肯定不会摔下去的。"

"把脚蹬在前面的横挡上。"随着有力的一蹬,雪橇开始滑动,他一手抱紧特蕾莎,另一只手抓着座椅。雪橇滑了两米就停下了。特蕾莎点头道:"也没有我想的那么危险。"

"再试一次。"他又是一蹬,雪橇向前滑行,在发出嚓嚓声后,又停了。直到第三次时山坡才足够陡,他们这才开始缓慢滑行,连小孩都能轻而易举地超过他们。

"真好玩!真痛快!"特蕾莎张开双臂,像是想抓住迎面而来的风。路上有小小的不平坦,他们颠簸着滑下了山坡。

"感觉就像飞一样,"她说,"可是比飞更美。"

"这个破雪橇,滑板都生锈了。"

"我太喜欢了!"

他们像电影里的慢镜头一样,乘着雪橇慢慢滑过两旁大雪覆盖的菩提树和枫树。无伤大雅的娱乐,就像他和特蕾莎保持了三年的恋爱关系一样。既无雄心,也无大志,他们自愿忽略常人对恋爱关系的普遍要求。每当他回想起来,总觉得惊讶,他们竟然在一起度过了那么长久的时光。草地又变得平缓,雪橇往前滑行了大概一米,又停下了。两人一起摔倒在雪地里。

特蕾莎抓了一把雪,抹在他的脸上。

"这是报复。"她满意地说。

"报复什么?"

"你一直都没有回答我,夏天要不要跟我一起回去。"

"夏天还早,特蕾莎。现在才刚一月份。"

"你越早答应,我高兴的时间就越长。"

"再说吧。"他说,并吻了她。"再滑一次?"

他们又从山坡上滑了两次,特蕾莎兴趣倍增,他只好让特蕾莎自己玩儿,而他则加入到纪念碑旁边的人群中。他的手表显示两点半。一个煤气炉上热着加了香料的葡萄酒。借着火苗淡蓝色的光,哈特穆特认出纪念碑上的铭文:"莱比锡,1813年10月18日"。有人在弹吉他。迪特玛递给他一杯冒着热气的红酒,哈特穆特告诉他,雪橇还在用着,而他则摆摆手。

"反正也不是我的。"

"你认识那边那帮人吗?"他又发现了那位红发男子,还有围着他的那几张仍然严肃的面孔,只是不像之前那样大声说话了。

"我认识那个红头发的人,他叫法尔克·梅尔林格,自诩为戏剧天才。意思是:他的作品从没出版或上演过,这就是证明。旁边那位是他的缪斯女神,周围那些都是他的追随者。"

"美丽的女子。"哈特穆特更像是在自言自语。

"我之前跟她说过一次话,但是想不起来她叫什么名字了。你的女朋友还不够多吗?"

"她是个怎么样的人?"

"跟你一样,难以接近。好吧,兄弟。看着啊,我现在做的都是为了你。"哈特穆特来不及阻止他,他就已经走向那群人,拍拍那位女士的肩膀。当他张开胳膊朝他这边指的时候,哈特穆特赶紧转过身去,假装在小口喝酒。洒满月光的草地上,他看到特蕾莎和她的两位朋友从雪橇上摔下来,兴奋得直拍手。

"就是他。"迪特玛的声音在他身后响起。"所有关于言语行为我解释不了的,你都可以从他那儿知道。他是这方面的专家。"

哈特穆特转过身,迎面碰上她友善而又认真的眼神。他点点头,她伸出戴着布手套的手,两人握手。

"你好。我对言语行为理论很感兴趣。"从她讲话的口音,他无法判断她是哪里人。她的声音沙哑,由于吸烟而受损,音调比德语要求的还要丰富。

他笑了笑,一半是缺乏自信,一半是自嘲。凌晨两点半结识一位美女,而她对他的唯一要求,竟然就是教授言语行为理论。

她没有笑,而是耐心地等着他平静下来。

"你具体想知道什么呢?"他问。

"跟戏剧相关的言语行为理论。如果将情节从剧本中剥离,剩下的就是言语行为了。"

他以为她接下来会说出几个教条,比如:"因为没有了主体,所以戏剧不再存在。"或者"大众戏剧已死"等等之类的话,然而她只是抽烟,看着他。她的编织帽下露出几绺深色的头发。

"你不想给我讲讲吗?"她问,转身准备要走。

"我可以讲。不过,对于言语行为和戏剧之间的关系我没什么可讲的。"

"那就讲讲言语行为吧!"

"这整个理论是从所谓的普通语言哲学中产生的。"既然她想知道,他就讲给她听,刚开始时尽量将这个学科的专业术语换成该理论实际研究的对象:普通语言。然后他注意到,他愈不保留,她就更加注意听,所以他就像平时上课一样继续滔滔不绝。中间有一次他竟然成功把她逗笑了。她问,除了奥斯汀和塞勒尔的作品外还应该读谁的。他不假思索地回答道:"哈特穆特·海因巴赫的博士论文。"

"每一家好的书店都可以买……都有得卖?"她立刻又变得严肃起来,将香烟放进唇间,眉毛上挑。随着烟头的红色亮光,他可以看到她深色的瞳孔外围。

"可惜只有英文版,印数也不多。"

"我把我的电话号码给你。"她从厚厚的毛外套口袋里拿出记事本和圆珠笔。

"你千万不要读我的博士论文,我只是开玩笑的。那篇论文真的非常枯燥。"

她摇摇头,写下电话号码,并把纸条递给他。

"电话是隔壁公寓的,不过你可以说要找我。"

"你是哪里人?"

"葡萄牙人。给我打电话,好吗?你的论文我要一本。我没钱买。"她再一次伸手跟他握手,又回到那群人中间去。迪特玛早在之前就走了。公园里人都走空了,哈特穆特看到有一小群人往梅林大街走去。在东边,电视塔顶端的圆球高耸在城市的上空,就像一个闪着光的宇宙飞船。直到现在他才意识到,当初汉斯-彼得住在这附近时,他经常来这里。汉斯-彼得是他的老朋友,已经在美国成就了一番事业。他偶尔会在书中和论文上看到他的名字。那时,他们一边讨论一边穿过维多利亚公园,但他还从未像现在这样看到公园的雪景。

月光下,一切都闪着蓝光。哈特穆特四处看了看,说不出是什么使他感到忧伤。特蕾莎在草坪那边冲他招手。为什么要骗自己呢,他想。他将手中的纸条撕得粉碎,一片片散落在雪地里。随后,他往山坡下走去。

平安夜的第二个环节也遵循着往年的传统。从教堂回来之后,哈特穆特领着双胞胎外甥去游戏室玩儿,好让露特和海纳尔准备分发礼物。他们安静地下了一会儿棋,最后半小时变得热闹起来。两个孩子冲向哈特穆特,撞他的头,又重新跑过来冲向他。他衬衫的一颗纽扣滚落到地毯上。最后,楼梯脚下终于响起了轻轻的铃声。两个孩子马上丢下他,向楼下飞奔而去。哈特穆特来到客厅,地板上到处散落着拆开的包装纸。玻璃窗上反射着烛光。那一刻,他有几秒钟想到了玛莎·胡尔维茨。她寄来的节日问候卡片估计已经被柏林邮政局当作查无此人而退回去了。露特望着他这边,仿佛仍然不相信,对于她昨天追究的问题,他的回答到底有多诚实。

拆完礼物之后,哈特穆特开车去阿尔瑙。他父母正坐在饭桌旁等着他。屋子中间,洗衣筐里装了满满一筐礼物。房间里很热,以至于他刚一进来就开始出汗。还是那些家具,还是那么低的天花板,他差点儿就撞到脑袋了。炉子上还是那熟悉的焦糊味,就像昔日看不见的痕迹。他母亲再三提醒他,记得在冰冻室停一下,带一些冰激凌给孩子们。

入夜,他觉得外面凉爽了一些。天空很明朗,木架房屋的周围一片寂静,只有电子的圣诞装饰灯兀自闪烁着。他叹息了一声,将洗衣筐端起来放进后备厢里。从房屋大门开始,缓慢的脚步跟随着他,还有手电筒那晃动的光线。

"都弄好了吧?"大家都上车系好安全带后,他问道。母亲将一只手搭在他肩膀上。

"先去冰冻室,别忘了!"

冰冻室是那个时代留下来的产物,当时家用冰箱还不多见。那是一个车库大小的建筑,厚厚的玻璃砖墙就是窗户。如今,只要是家里的冰箱装不下的东西，都往冰冻室放。他在里面感觉到一阵寒意，并听到轻微的嗡嗡声。拱形的顶，带编号的柜门，每个门里都有上下三层抽屉。白色天花板上的日光灯照亮了整个屋子，有些刺眼。他找到七号柜门，等到冰雾散去，认出了那熟悉的码放整齐的保鲜盒。保鲜盒上贴着彩色的便签条，有的写着"切碎的大黄，1984年6月"，有的写着"苹果泥，1985年10月"。

哈特穆特停下动作，仔细倾听。他感觉到心跳加快，他必须控制自己，不要将头挤进那狭窄的冰块缝隙中去。正如他所担心的，露特昨天果然没有理解他，或者说不想理解他。她面无表情地听着他越讲越激动：剧院走廊出乎意料的邂逅，在咖啡馆共享午后时光，去东柏林郊游，还有他担心自己会走出错误的一步。露特坐在壁炉台上，毫不掩饰她的不耐烦。当他讲完时，她一开始没有任何回应，而是看着他将瓶里的酒倒完。她手里还拿着最初倒的那杯酒，抿了一小口。旁边的浴室里海纳尔正在淋浴。

"你和特蕾莎还有联系吗？"她终于开口问，无论他接下来还要讲什么，仿佛她只关心这一件事。

"什么？为什么现在问这个？"

"几个星期前，我就想问你了，只是想不起来她叫什么名字。你看上去好像再也不想提她了。"

"你有没有认真听我讲，露特？你明不明白我想跟你说的是什么？"他感觉他把酒杯握得越来越紧。

"说实话，我也并不确定是否听明白了。几年前，你第一次见这位玛丽亚。之后尽管很长时间都没见过她，但事实上你一直都爱着她，对吗？你和特蕾莎在一起，夏天的时候还带她一起回来了……是吧？特蕾莎回她老家的时候，你又和那个带着小儿子的女人。"

"你到底想说什么呢？"

"你一直在爱着第三个人。这就是你想对我说的吗？"

"是的！"他咬牙切齿地说。去年带特蕾莎回了一趟贝尔根城，真是个错误。她和露特一见如故，就像姐妹一样。

"好，现在你又说，要改变你的生活。你是不是还想跟她生孩子。一个女人，跑到多特蒙德来找过你一次。就一次！"

"明年我们打算一起开车去葡萄牙。当然说服她也搬到多特蒙德去并不容易。这个职位来得太不是时候了。"

露特摇摇头，固执地像个孩子。

"特蕾莎爱你。"她说，"她曾想着嫁给你，而你肯定是对她不忠，现在你的做法就像她从来都不存在一样。因为你遇见了自己的此生真爱，她正好刚和男朋友分手，也许还没有？对不起，哈特穆特，我得去厨房了。"她站起身，而他必须控制自己，不要把酒杯摔到墙上。墙上贴着海报，上面有两个老男人隔着写字台胡说八道，似乎在那里就可以搞清楚世界上的一切。他心中的怒火忽然变成了一股怨气，恨她如此冷酷。他把酒杯放在桌上，看着他妹妹的眼睛，说："也许你并不愿意看到我幸福，也许这是你的问题。"

他马上就见到了他的话所产生的效果。露特停下手中的动作，而他屏气以待。要不是他在这个时候听见了浴室的门打开、海纳尔在过道上的脚步声，他会一头冲到屋外。

"这是你对我说过的最恶毒的话。"她小声说道，嘴唇哆嗦着。"我不想见到你幸福？我的问题根本不在于此。我最近一直问我自己：如果你不是我哥哥，我会怎么看你这个人。可是我竟然不知该如何回答。"

哈特穆特喘着粗气，手里拿着装有冰激凌蛋卷的盒子。他的手指在冰霜上留下痕迹。头顶上的日光灯管嗡嗡地响个不停，虽然他耳边一直都听到这个声音,但是直到现在他才意识到。他的父母肯定感到纳闷,这么半天他究竟在里面干什么。他手里拿着冰激凌,回到车上,加入到他们关于晚祷仪式的谈话中:谁去了,谁没去,谁和孩子们一起度过了平安夜,还有谁根本就不知道他们的孩子搬到哪里去住了;什么教堂唱诗班里女高音声部的人数太少啊,什么这个世界究竟怎么啦。都是自己的孩子啊!五分钟后,他们到达雷施泰格。他的父亲紧紧抓住安全带,说:"你咋停得这么靠边,叫俺怎么下车呢?"

他们开始庆祝圣诞节,所有人聚到一起。大家第二次互送礼物,同样是客套的拥抱和客气的致谢。他母亲抗议说,送给她的浴袍太贵了。他父亲则举着一本大开本的画册,远远放在眼前,宣称自己一直都对极地探险很感兴趣。烛光摇曳,海纳尔将礼物包装纸收进旧纸箱里,双胞胎儿子在鼓捣他们的遥控汽车。哈特穆特满是自责地走进厨房,看到露特正忙着将火锅酱汁盛到小碗里。盘子里堆满了切成块的牛肉和猪肉。排成金字塔形状的小肉丸是为家里戴假牙的老年人准备的。洗好的腌黄瓜、洋葱和红菜根都放在菜筐里沥水,旁边还有黄油、新鲜的法棍和青菜沙拉。酒精炉燃烧的味道弥漫在整个屋子里。哈特穆特站在推拉门旁边。一个小碗裂了个小口,得换一个。露特手里忙着干活,稍微抬了一下眼睛。

"最好什么都别说。"

"我可以帮忙吗?"

"这里不用你。"她用一只手把他拉进厨房,另一只手关上门。这个时候,她的脸上本应该挂着阴谋得意的微笑,但是很明显不太适合眼下两人之间的气氛。他马上为之前的失言道歉,而他的妹妹也接受了,其他的一切就交给时间吧。"试着让你的外甥们喜欢这个梅尔克林积木箱。我们的老爸总是送他们这个东西,根本不听劝。"

"因为这是很棒的玩具。"

"这是很棒的、高级的玩具,但是我的儿子们喜欢所有带电池、会发出声响的东西。我试着向爸爸解释这一点,但你是知道他的。"

"我不知道,他怎么了?"

"哈特穆特,"她说,"今天你可别这么讨厌!不出三天这玩具就会被放到储物间去,但是今晚,只要爸爸在这儿,我希望他们两个玩儿这个东西。只要他们亲爱的舅舅陪着一起玩儿,他们也会跟着玩儿。好吗?"

"让所有人都满意,是不是很难?我是说,同时满足所有人。"他想说的其实没有听上去那么讽刺。

"这取决于人们从中体验到的支持程度。"

他拿了一块儿黄瓜,在四种酱汁中随便蘸了一种,放进嘴里。客厅里传来两声欢呼声,弗洛利安和菲利克斯遥控他们的电动玩具汽车撞向所有能撞的障碍物。

"因为我们昨天聊过这个?"他边嚼边说,"你曾经责怪他没让你参加高中毕业考试?"

"没有,这么说还有什么用呢?"

"好让他知道。"

"然后他下次就可以改进吗?"她放下最后一个小碗,往后退一步,靠在水槽边。为了庆祝圣诞节,她化了妆,围裙里面穿了一件白衬衫。

"你的意思是,"他说,"你已经原谅他了。"

"我告诉自己,有些事情都是命中注定。他辛苦工作了五十多年,背都驼了。我的精力也有限,所以我宁愿用来教育我的孩子,而不是我的父母。"

"不知怎的,我很佩服你。"

"不知怎的,我也很佩服你。现在去和你的外甥玩儿去吧。二十分钟之后开饭。"

"我一直在努力,你知道吗?有时候,我相信我可以办到。有时候,我看着他,然后……你没有发现有进步吗?"

"我能看到你努力了。"当他想要再拿一块儿黄瓜时,她举起手吓唬他,但声音却是平静的。"有时我也注意到,你是如何看他的。"

"以前你总是视而不见,直到事情再次发生,你们总说我干了坏事。"

两个火锅里的热油发出一阵滋啦声。露特定睛看着他,他心里忽然感到欣慰,他们已经认识很久了。关系密切,包括所有的理解与误解。露特点点头,仿佛深有同感。

"你必须要现在说吗?"

"对,必须现在说。"

"有时我真想知道,你是不是这一辈子都想忍气吞声。然后我又觉得,我无权对此做出评判。我只是很难接受。"

"我也在问自己,为什么我会是那个……"

"因为那是唯一的可能性。"她打断他的话,慢慢解开围裙,将它挂回挂钩上。看看柜橱,看看自己的手指甲,又透过厨房门看看外面。"今天中午我想涂指甲油,却发现指甲油已经用完了。这说明什么呢?"

"说明你本来就很美。"

"你知道吗,有个问题,我一直想问他:为什么他对我不一样。但是我承认我太胆小了,根本就不敢问他。我不知道,我是害怕问这个问题还是害怕他给出的答案。"

"很简单,因为你是女孩。"

"就这么简单?"

"相信我。关于这件事我想了很长时间,就这么简单。"

露特耸耸肩。原来一切都可以这么美好,就像她上次说的那样。如果这一切都不会消逝,那就更好了。那一刻他想嘲笑她,现在他认为,她对愿望的坚持比大多数人需要更多的力量。一切都应该是美的。他妹妹有着一种少见的毅力,他想不出比毅力更好的词了。

"也就是说,你不想陪他们玩儿这些糟糕的积木?"她问。

"当然想。不过,你得答应我,你不再因为昨天的事生我的气。"

她叹了口气。每当孩子们连续三次的请求遭到她拒绝之后,他们还是不死心地第四次提出请求时,她也是这样叹口气。她转了转眼珠,肩膀也跟着转了一圈。很明显,露特不会说谎。

"过一会儿就不生气了。"她说,"够了吧?"

"因为是圣诞节。"他又拿了一块黄瓜,回到了客厅。

平安夜的最后一个钟头也和往年一样:吃饱饭后,大家围坐在客厅的桌子旁唱歌。弗洛利安吹奏长笛,菲利克斯抱着自己被火锅油烫伤而包着膏药的手。哈特穆特假装忘了歌词,露特瞪了他一眼。时不时的,露特抬眼看看书架和壁炉台之间摇摇欲坠的连接处,金属部件松散地搭在一起,就像一座桥搭在两边。哈特穆特感觉惬意而满足。树上的灯又亮了,他的思绪也飘向了远方。

两天前,她从公共电话亭给他打电话,祝他圣诞快乐。现在他听着自己和其他人的歌声,闭上眼睛,灯光呈现出浅蓝色,就像她来看他的那天一样。玛丽亚半睡半醒地躺在他身边,当他吻她时,她眯着眼睛。他很累,却并不想睡觉,听着外面垃圾车在院子里清理垃圾的声音。他整晚都在想一个问题,挥之不去,竟然让他的兴

237

趣倍增。他用一只手捂住她的眼睛,问她:她之后是如何把他搞到手的?她又扑哧笑了一声,似乎在摇头。他是不是根本就不了解她?自从在东柏林的那一吻之后,她就再也没有和法尔克睡过。

8

周日上午稍晚些的时候,他们三个人一同站在汽车旁。气温逐渐转暖,鸟儿唧唧喳喳地叫个不停。草地上,玉米地里,传来阵阵单调的沙沙声。热拉尔蒂娜站在一旁静静地看着两个男人拥抱、拍肩、互道再见。梧桐树之间,和风轻轻吹过。

"随时欢迎。"贝恩哈德用手势表示,他们刚刚从中走出来的那扇大门永远为哈特穆特敞开着。"你自己来或是同玛丽亚一道来都可以,时间紧的话提前打声招呼就行。"

他们扶着对方的肩膀,站了好一会儿。哈特穆特觉得,眼前这一切似乎更像是启程而不是道别。

"定好了日子请提前通知我。"他说。

热拉尔蒂娜放下抱着的双臂,向他靠近了一步。

"谢谢!"他听懂了她说的法语,意思是很高兴能与他认识,他的到访给他们带来了快乐,对贝恩哈德有着十分重要的意义。她微笑着亲吻他的双颊,一举一动都洋溢着青春的活力,这使他想起了玛丽亚。蓝色的夏装与她苗条的身材和直直的长发十分相配。她退回一步,把手搭在昨天才竖起的警告牌上:私人地产,禁止狩猎!然后大家所做的无非是提醒这个或那个,只是将离别往后延迟了几秒钟。

"你认识路的,在塔尔塔斯附近开车上快速路,然后朝着巴雍的方向一直开就行。"贝恩哈德指了指西南方向。"你到了以后,替我向你女儿问好,我们也非常欢迎她来做客。"

"再次感谢!谢谢你们为我所做的一切。"哈特穆特说。他打开车门,一股混杂着车内装饰材料的热气扑面而来。他一边捏着车钥匙,一边想着,是否忘了什么重要的东西。每次到最后的一刻他总会这么想。

"要不要我骑自行车在前面给你带路?"贝恩哈德问他,"把你带出这个村子,好吗?"

"你骑自行车?"

"我有一辆,去年买的。当时,我突然很担心,如果再不活动,会很快老去。"他耸了耸肩,望向他的女朋友。她能听懂一点德语,但此时却摇了摇头。

"不用了,我跟着导航仪走吧。"哈特穆特插上车钥匙发动了车,并把车两边的玻璃摇下来。手机,笔记本电脑,查尔斯·林的论文——他在脑子里回想了一下最后五分钟所做的事情,确定他已经收拾好所有的行李并放进了后备厢。一切就绪,准备出发。其实他早就该上路了。

"我们会再见的!"他用左手赶走了车内的一只小虫,然后伸手到车窗外道别。贝恩哈德和热拉尔蒂娜并肩站着,如同桑德丽娜和他在密苏里州的汉尼拔合拍的照片一样:靠得很近,却并不亲近。自从昨晚他听了那张唱片以后,脑子里一直盘旋着那两个声音,使他产生一种奇怪的感觉,仿佛隔了三十年之后又听见了自己的声音。不过,他马上又觉得很开心,今天一整天都可以在路上了。

"旅途愉快!"热拉尔蒂娜说。

"如果你见到布洛伊格曼,替我向他问好,并告诉他,我……"剩下的话淹没在汽车发动的嘈杂声中。不一会儿,两个细长的身影在哈特穆特的汽车后视镜中越变越小,这使他回想起上一次出发时的场景,虽然他已经记不清那是何时何地了。他在下一个十字路口转弯,路过一排看起来无人居住的空房子,驶出村外。通往西班牙的方向。

一小时之后,离边境只剩下几公里。途中他经过巴雍和比亚里茨,在一个加油站稍作休息。哈特穆特仔细研究了地图,检查了轮胎气压和油位,确信三角皮带虽偶尔发出怪声但还能继续用。他暂时还不需要导航仪,圣塞巴斯蒂安城已经隐约可见了。地貌变得起伏不平,远处的比利牛斯山脉如同用粉笔画出来的一样。他感到自己睡得很足,神清气爽,看着两旁不断后退的葡萄园山坡,心里热切期盼着跨越边境,虽然根本就看不出来边境线到底在哪里。他向法国政府缴纳完两点二欧元的高速通行费之后,公路上方亮起了一个指示牌:西班牙 十二分钟。仿佛西班牙是一辆有轨电车,十二分钟后他就可以上车似的。

一想到两天后就可以见到菲力帕,哈特穆特的心情就非常好。昨天上午他终于给她写了邮件。他坐在躺椅上,把笔记本电脑放在膝盖上,听着贝恩哈德在屋里拉小提琴的不和谐音,倒是跟他太阳穴上的疼痛很合拍。他没有过多地描述自己迄今为止的旅程,而是问他女儿,最近是否忙于语言学习以及是否有空带她老爸游一游圣地亚哥。他表示自己临时决定抽出几天时间去看望她,玛丽亚可能随后赶来。如果她觉得不合适,一定要告诉他,那么他就等她回波恩再见。在点击发送之前,他又浏览了一遍全文,检查了一下语气,字里行间既不能招人烦也不能太随便,要显示出耐心的慈祥老爸来自远方的关心和问候。近两年来,他每次都努力克制自己与菲力帕说话时的语气。自从女儿搬到汉堡以后,她就开始重新调整与父母的关系。她同妈妈的关系变得更亲密,但是主动往波恩家里打电话的次数却不多。每次他主动跟她联系时,不免觉得自己是在擅自干涉她的生活。有很多事情他想要问她,但是她想说的却越来越少。难道是他多心了吗？是女儿不需要他了？还是他正处于常见的父亲形象的幻灭时期,他的角色已经退回到原地待命的份上？

写完"爱你的爸爸",他立即点击了发送。

法兰西共和国向他收取了最后一次过路费,这才准许他进入南部邻国的领土。哈特穆特将硬币投进一个大塑料盒子里,然后栏杆抬起,牌子上写着:西班牙。就这么简单,没有穿警服的人,没有严厉的眼光,也没有伸着舌头的警犬和随时可用的突击步枪。他记起有一次在赫尔姆施泰特,他不得不接受全套的过境检查:把轮毂盖拆卸下来,所有的衣物一件件拿出来。而那个带着浓重的萨克森口音的官僚就站在一旁冷眼看着,用命令的语气对他呼来喝去。现在,他轻轻松松就驱车从法国到了西班牙,来到女儿所在的国家。自从复活节以后他就没见过女儿,复活节期间他们也只相处了两天。路边的标牌都是双语,"服务区"这几个字既用西班牙语也用巴斯克语标识。

他第一次和玛丽亚开车去葡萄牙时,圣塞巴斯蒂安就给他留下了极其深刻的印象。一座美丽的城市。市中心的上方挂着一轮明亮的半月,银色的月光洒在沙滩上。沙滩后面是一条繁华的海滨步道,突降大雨,游人纷纷四面逃窜。这一次,哈特穆特只看到了市郊灰色的简陋出租屋,然后便拐弯上了八号国道,向毕尔巴鄂港口方向开去。一只桥墩上被喷上了要求解放巴斯克地区的标语。他计划用两天时间完成此次行程,并打算中途在威尔达绿色海岸休息一下。玛丽亚和他当时也沿着相似的路线游玩，先是沿着大西洋海岸，然后横跨烈日灼热的卡斯蒂利亚高原前往葡萄牙。自那次以后，他已经几十年没有这样即兴外出旅行了，不去想下一站住在哪里。天空乌云密布，灰色浓雾笼罩着群山，好似喷发的火山。哈特穆特放上一盘新的唱片，回想着过去这两天所发生的一切，他非常开心自己结交了一位好朋友，也庆幸自己一直没有失去他。

　　昨天，他独自一人在露台待了近一个上午。他双手交叉枕在脑后，目光直直地望向天空。屋内，贝恩哈德将小提琴放到一边，到厨房里忙碌。热拉尔蒂娜原本打算下午到。平坦的原野上，空气潮湿闷热。除了一群孩子骑自行车路过贝恩哈德的房前，整个上午只听到鸟叫、虫鸣以及旁边玉米地里灌溉设备发出的滴嗒声。

　　其实慵懒闲散这种状态几乎就像禁忌一样诱人。如果菲力帕要等几天才回复他，那他就决定还是先按原计划出发，路上慢慢走着再说。他现在离波恩和里斯本差不多远，他也可以和玛丽亚约好到里斯本她弟弟家碰面。现在回头绝对不可能。这次旅行事关他的希望和期待，他还不打算说出来，因为还未实现。

　　中午稍晚些的时候，他们在乡村的小餐馆吃了午饭。服务员热情地招待了他们，一群老男人以猜疑的眼光打量着他们。饭后，他们在石松下沿着满是针叶的沙路散步。为了摆脱那群讨厌的、追着他们狂吠的狗，两人不得不绕远路。最后只能看到村子里灰色水塔的塔尖了。玉米地的上空挂着小小的彩虹，远处仍然是白云朵朵，似乎专门停下来等着他，就像他在空中的旅伴。

　　两人默默回到家里，全身都汗透了。成群的苍蝇嗡嗡地萦绕在他们头上。哈特穆特又坐到躺椅上，打开笔记本电脑。当他看到菲力帕的回信时，他简直不敢相信自己的眼睛。时间记录显示，她是在他发出邮件三小时后回复的。

这封邮件看起来有些奇怪,尽管他仔细搜寻了其中可能存在的隐含意义,但是却一无所获。他女儿在邮件中说,圣地亚哥的夏天简直棒极了。虽然她不敢保证他一定会喜欢那儿,但是她觉得无论如何都比独自闲坐在波恩的家中要好得多。她不知道他写邮件来只是随便问问,还是已经深思熟虑早已决定好了?他有时不太明白她是否在讥讽,就像她有时不能明白他一样,所以她在句末附了一个黄色的笑脸图案。称呼用的是西班牙语常见的"你好",最后一行则写到:代我问候莱茵河,收拾好行李,菲力帕。

"有好消息吗?"贝恩哈德站在敞开的露台门口,手里端着一杯水。他刚洗过澡,换上了一件干净的衬衫。热拉尔蒂娜随时都可能到来。"从你的表情可以看出来,有。"

"我女儿看起来早已做好了在圣地亚哥迎接我的准备。人们可能认为这是理所当然的事,但是如今还有什么事是理所当然的呢?"

"你来一下,我有事情想要问你。"

"你不能在这儿说吗?"

贝恩哈德没有说话,转过身来回到房子里,朝楼上走去。哈特穆特把笔记本电脑搁到一旁,然后跟了上去。

工作室敞开的门往外透着光亮。一进门,哈特穆特的目光落在又宽又沉的写字桌上。桌子两头摞放着纸张,直顶到天花板的书架上,按照作者姓氏顺序排列着很多书,跟他以前在波恩的办公室里一模一样。贝恩哈德坐在书桌前的椅子上,仿佛要在他的教授接待日欢迎哈特穆特来谈话。他把厚厚的一摞纸推到一旁,说:"我总是觉得很神奇,只是很普通的事情,为了表达准确,却要使用大量的词藻。"

因为房间里只有一把椅子,所以哈特穆特就站在门口。窗外的阳光透过云层,如同透过日式的纸窗一样。几只野兔在树木之间跳来跳去。

"你这几个月写的东西?"他问。

"还有更多。我正在改变我的习惯,需要一些时间。如果不用针对任何人,写出来的东西就完全不一样。"贝恩哈德拿过几页纸来,似乎想用手掂一掂,然后又放了回去。"有时我觉得,我得重新学习写作了。"

哈特穆特倚靠在门框上,感觉自己现在就像彼得·卡洛夫上周在出版社时一样。双臂交叉抱在胸前,打量着坐在椅子上的这个男人,不知他到底在想些什么。房间确实不错,收拾得井井有条,仿佛一切就绪,随时可以接待来客。但是从窗户望出去,只能看到石松树和空旷的田野,其他什么都看不见。只有在工作任务明确时,这才是个适合工作的好地方。写字台上方有张照片,照片上的中年女人冲着他微笑。她椭圆形的脸看起来很友善,两边是棕色的头发。阳光照进来,使得照片的镶边不太明显。她身后的背景是一片模糊的大海。

贝恩哈德顺着他的目光望去,点了点头。

"我们是在她到米蜜灿拜访朋友时认识的,她的朋友在米蜜灿有一栋房子。那天晚上,他们一行四人到我的酒吧来,想买酒喝。她的一个朋友,我有点熟。事后他说,这是他的安排,他想介绍我们认识。"

"你昨天说,她有两个孩子,已经读大学了。作为两个孩子的妈妈,她看起来非常年轻。"

"生第一个孩子的时候,她才二十岁。现在两个孩子都搬出去了。热拉尔蒂娜觉得自己还足够年轻,随时都能重新开始。几乎就跟你讲的那个笑话一样。她不想再当老师了。按照法语的说法,这个工作装饰不了她的生活。非常恰当的画面——问题总是，看你怎么装饰。"

"她辞去学校的工作，你卖掉酒吧。听起来都还不错。"

"然后怎么办？有时我们会突然异想天开，做一些疯狂的事情，比如买下一座葡萄园，搬到另一个城市，去做古董生意。这些都是她以前的梦想。或者先去旅游一年，看看我们到底合不合适。"他打了一个手势，意思是：自己去排列组合。"有一句话不是说得很好吗？世界等着我们去开启。"

"其实，你并不想离开这里。"

"看出来了？"贝恩哈德笑了，好像他也发现自己说的话前后有些矛盾。"我并不是过于依恋这栋房子而不想把它卖掉，而且我从来都不认为自己是它的主人。只是我花了很多时间，才在我的后学术时代把它布置成这个样子。我们都被薪资报酬腐化，凡是不能带来经济利益的事情，就不去认真对待。我不得不严格训练我自己，每次坐到写字桌旁，不能觉得只是摆摆样子。然后就发生了在波尔多的那件事，对我更没有帮助。"

"我还是一样的想法，你不应该离开波恩的。"

贝恩哈德勉强摇了摇头，否定了这种看法。

"你去训练年轻人适应就业市场吧，我是不行了。离开是明智之举。另外，在个人的解放上我已经取得了不错的进展。我重新开始工作，工作使我感到快乐。除了夏天的旺季，我一直在做我认为重要的事情。我读我感兴趣的东西，并不问，读了有什么用。基尔凯廓尔的书——看过吗？"

"记不得在什么时候读过几页。不是我的研究领域。"

"说的是。我读所有的书籍，就是不看二手资料。在波恩的时候，除了读书，我几乎没有时间做其他的事情，可是读的书百分之九十都是废话。"

"嗯。不过,你的女朋友想要打破你刚刚获得的平衡。你作为自由职业学者的平衡。"

"她已经围着孩子和工作转了二十多年,现在属于她的日子到了。我们就像在公交车站碰到了一样,只是我刚到达,而她想要出发。她说,她能设想到和我在一起的未来会是什么样子。但不是在这里,也不是现在这样。她当然知道我的痛处何在:因为条件不尽如人意,于是放弃了在大学的前程,这无可厚非。但是接下来呢,开一间酒吧吗?"他的脸上略过一丝自嘲和苦涩的微笑。"所以,要么一同前往,要么独自留在原地。经过深思熟虑之后,我清楚地意识到,我绝不会选择后一种。有第一种就足够了。其他的慢慢就会知道。"

这时,外面有辆车开过来,停在房子旁边,短促地按了一下喇叭。贝恩哈德站起身来。

"她到了。"

"你不是说,有事想要问我吗?"

"我们打算结婚,你愿意当我们的证婚人吗?"

哈特穆特站着没动,他们就这么站着,中间隔了一臂远的距离。他们互相打量着对方,哈特穆特觉得,照片上微笑着的那个女人好像正在注视着他们。

"这太突然了。其他的慢慢就会知道,你这是……"

"我不清楚你当初是怎样下定决心要结婚的。我认为,有时我们会本能地做出决定,而有时却需要绞尽脑汁考虑我们是否应该冒这个险。你如果不相信,就照镜子看看。你一个人开车来到法国南部,谁知道你还需要走多远才能做出决定,是待在波恩还是前往柏林。"

"听起来好像只需选个地点。"

"在我决定离开波恩之前,我有半年的时间好像瘫痪了一样。因为我无法下定决心。可惜了那半年时光!"

"然后再接着两年,你不断地问自己,你自己所做的这个决定是否正确。"

"但你得明白,这毕竟是个进步!"贝恩哈德以不太标准的姿势冲着他的胸口打了一拳。"有时,迈出错误的一步甚至好过呆在原地苦苦思索。"

"厨房哲学。这是因为在波尔多发生的事情吗?你害怕……"

"当我的证婚人吧!明年的某个时候,小范围的婚礼。其实在你来这之前,我就决定了请你当我们的证婚人。这可能是结束我们不相往来的一个契机吧。"

"是吗?"

"我们俩的朋友都不多,对吧?"

"好,我答应你。"他们彼此望着对方。有那么一瞬间,哈特穆特从他朋友的脸上看出,为什么他们两人之间的年龄差距并不影响他们来往:因为他们之间相隔的这些年,消逝得最快。他想象贝恩哈德六十岁的样子,要比认为他自己已经这么老了要容易得多。眼袋下垂,眼周的皱纹变得更深。变老真的是一转眼的事,他想。楼下的门被打开了,在楼上,工作室敞开的门旁,贝恩哈德和他拥抱在一起。

照片上的那个女人静静地微笑着,似乎她能读懂别人的心思。

高速公路沿着坎塔布里亚海岸线向前延伸。公路右侧海浪翻涌,左边耸立着绿色的峭壁,偶尔可见山岩的裂隙。虽然玛丽亚和他当年也游历过这个地区,但这里的一切对他来说都好像是第一次见到。在他的记忆中，西班牙的风景是干燥、多岩石，并且十分空旷。而现在这里呈现出爱尔兰式的清爽，灰蓝色的海，嫩绿的草地，空中乌云的阴影投射到草地上。路边，有一头奶牛突然躺在草地上打滚儿，似乎想起了什么好笑的事情。背部的疼痛提醒他，是时候休息一小会儿了。

哈特穆特不喜欢公路沿线的服务区，于是他索性离开高速公路，随兴所至进入内陆。村子里，房屋密集，都是用粗糙的方石和深色的木头建成。穿过一个又一个村庄，他在一家简朴的小餐馆前停下。店主双手合拢放在胸前，出来欢迎他，好像事先知道他要来一样。哈特穆特在一个极小的搪瓷盆里洗手，他已经忘记了这个地方叫什么。他选了屋前的一张桌子坐下，点了一份凉瓜汤和沙拉，呼吸着从海边吹过来的咸湿空气。从敞开的窗户里他听到了电视评论员低沉的声音。听得出来是体育赛事节目。

路上车很少，几只肥硕的褐色母鸡在路边觅食。哈特穆特吃了两个冰激凌球才结束用餐。店主与他击掌告别，他又重新开回到八号国道。一会儿工夫，山上笼罩的云层渐渐消散，山峰的轮廓变得清晰起来，直冲云霄。他突然觉得自己心情开始变差，整个周末他都没收到任何有关玛丽亚的消息。他一边按导航仪的指示开车绕过桑坦德，一边回忆起当年他们为了在引擎盖上摊开米其林地图不得不停车的场景。玛丽亚一只手指着地图上细细的黄色路线，头发轻轻拂过他的脸庞。一路上，她有时把手放在他的大腿上，对他微笑。她说，对你来说这是一次度假。但对她来说，这不仅仅意味着三年后重回故乡。后来他才在马克斯·弗里施的作品中找到了描述当时车内气氛的名词：共同无根的忧伤。尽管如此，途中某个时候他突然清楚地意识到，除了她，他不愿与其他任何人分享他的生活。

往前开了几公里,高速公路就到头了。下了高速,他来到一条狭长的海岸公路上。路边的大蓝牌子上写着:圣地亚哥之路。在兰斯的入口处,他已经看到了第一批朝圣者。一群年轻人,只有从他们挂在背包上的那些摇摇晃晃的扇贝才能把他们和埃菲尔国家公园的徒步者区分开来。哈特穆特以步行的速度开车缓慢经过那些坐满人的咖啡馆,欣赏着旧式旅馆的外墙,听着附近港口上空的海鸥时而嘎嘎笑鸣,时而悲切的叫声。

没做停留,他径直开出了这个地方。路两边的村庄变得越来越小,似乎是在寻求大地的庇荫。写有"海滩"二字的指示牌指向一丛绿色的灌木。他一时觉得自己在迷宫似的狭窄巷道里迷路了。紫色伞形花序的绣球花溢出斑驳的石墙外。为了寻找机会掉头,他拐过下一个拐角,看到了那家旅馆:三层楼高,样子很吸引人,但对这个小地方而言太大了。它就像一艘搁浅的巨型海轮,直接坐落在海滩边,阻挡了望向海湾的视线。

哈特穆特心想,终于找到了。他将车开进旅馆私有的停车场内。一块马蹄铁形、被长满植被的山岩环绕的水面延伸到他面前。两艘帆船在海湾与外海的连接处下了锚。哈特穆特在下车前换下了他汗湿的衬衫,然后他凭借只有一个词的句子和友好的微笑得到了三楼的一个房间。从阳台上望去,美景全貌尽收眼底。宽阔的沙滩和天际的云彩都是香草色的,两者之间海天一色,碧蓝如洗。潺潺水声和孩子们欣喜若狂的叫喊声不绝入耳。如果此时玛丽亚和他在一块儿的话,她一定会把双手搭在栏杆上,静静地欣赏美丽的景色。如果她喜欢什么,他一定能从她的脸上看出,无需任何言语。

他打算先去冲个凉,然后喝点烈酒来驱除孤独忧郁。

二十分钟后,他走下楼来。酒吧的设计是想唤醒顾客仿佛置身船上的感觉。假想的舷窗和木质的船舵装饰着墙面。海风从敞开的露台前端吹进室内,两位游客的笑声也随风飘了进来。在室内,一对老年夫妇共同读着一份报纸,一对年轻人各自低头玩着手机,顾不上说话。哈特穆特找了一个靠近吧台的位置坐下来,随心所欲地点了一杯莫吉托。他不太清楚,这到底是种什么酒。因为桌子上只有西班牙文报纸,让他这位独自旅行的老先生无所遁形,所以他只能尽力以不太显眼的方式打量其他客人。

有一次,他和汉斯-彼得还有罗莉一起吃饭,回来跟玛丽亚说,他觉得这对夫妇很奇怪,玛丽亚却反驳道,在外人眼里,每对夫妻都很怪诞。那还是两年前在波恩的时候,他和汉斯-彼得一起刚参加完一个紧张的研讨会,玛丽亚和罗莉也刚从亚琛旅游回来。他们四个人都十分疲惫地坐在王宫旅馆的露台上,无心交谈。当天晚上的聚会后来变成了一场争吵,事后哈特穆特才发觉,这场争吵最终导致玛丽亚打算搬到柏林去。他当时对玛丽亚这个计划一无所知,因为他妻子对他守口如瓶。他们俩在吵架,汉斯-彼得和罗莉则尴尬地望向莱茵河。后来,玛丽亚打出租车回到维纳斯山的家中,而他则是一个人开车回去。眼下,他观察着那个年轻女人,看她如何拿起手机开始打字。一头金色的短发,漂亮的脸蛋,让他想到了《假面》里的毕比·安德森,眼睛明亮,神情忧伤。她的丈夫或者男朋友看起来爱好运动,长得很帅气。他衬衣配长裤,脚上穿一双白色运动鞋。哈特穆特推测,他应该是爱好打网球,并且从事一份虽有升职机会却十分无聊的工作。他也许偶尔会和老板打一场球,故意让老板赢得够多,这样才不至于影响他的升迁。

具体是什么原因他想不起来了,只记得玛丽亚曾经对他说过,为什么他的评论有时会从讽刺转变为敌意:因为你自己不再像你认为的那样年轻了。她说这些话不是在责备他,而是想让他明白,在他们的婚姻生活中他不是唯一细心的观察者。两年前,他们俩一起看了《假面》以及伯格曼的另外一些电影光盘。《假面》是其中最打动玛丽亚的一部电影。看完这部片子之后,她依偎在他的怀中,似乎在寻求温暖的拥抱。她觉得,她对片中那两个女人感同身受。人生梦想毫无希望可言。他已经喝完了第一杯莫吉托,可能是因为酒里加了很多冰。哈特穆特将酒杯举到空中,呆着无聊的服务生马上就向他走过来。

他该如何回答?如果他曾经确实像他所以为的那样年轻过的话,那又是什么时候的事呢?他抽到的签是典型晚熟型。当同龄人的最好时光已经结束时,他的幸福生活才刚刚开始。他第一次惊天动地的恋爱是在将近三十岁的时候,结束这场恋爱时已经三十好几了。他和玛丽亚一起去葡萄牙的时候,他已经快四十岁了。在此期间,他一直不断地奋力弥补他之前错过而没能实现的事情。等到他初为人父的时候,其他家长已经在为孩子该什么时间出门而争执了。每次开家长会的时候,他都因为年纪大而成为名誉会长。直到过完五十岁生日,中年危机的症状才在他身上显现出来。如今,眼看就要六十了,实际年龄和自我感觉的年龄间差距越来越大。

喝第二杯莫吉托时,他发现:又是一个这样的夜晚,每喝一口酒,就更感到口渴。那两个年轻人手里端着空杯子,好像在商量他们是否应该再点一杯。他们之间的目光交流带着关切的问询。哈特穆特不知道他们商量的结果如何,但是很明显他们已经进入一个成熟的恋爱阶段。在这一时期,他们每做一个决定,都要经过详细的讨论才会感到满意。慢慢地,他们会疲于同对方交流。只有一方逼迫,才能使另一方把所有理由从头到尾和盘托出。因为交流势必会让人说更多的话。

不是这样,他会如此回答玛丽亚。之所以会发生这种事,是因为没有人转移我的注意力。

那个小伙子朝他这边看过来,哈特穆特这才发觉,他正在使劲儿地用吸管大声吸着第二杯里余下的饮料。之后,他感觉肚子饿。于是他决定去吃晚饭,但按照西班牙当地的惯例,这个时间吃晚饭太早了。他让服务员把酒钱记在他的房费上,起身时,他和那位年轻女士的目光相遇了,竟然和毕比·安德森如此相似,着实令他惊讶。她看起来既腼腆又倔强。她的男伴最后所说的话与她所希望的比起来似乎少了一些才智见解。吧台上方的屏幕上,画面中出现了一个穿宇航服的人,衣服上印着狒狒的红屁股图案。

他走进空无一人的餐厅时,才意识到自己做了错误的决定。服务员正在准备餐具,哈特穆特并没转身离开,而是找了个靠窗位置坐下,看着窗外的风景。太阳沿着球体的坠落轨迹,从突出于海岸线的岩岬沉入水中。已经八点了,沙滩上最后几家人也起身离开。他点了一杯口味较浓的红酒搭配前菜,配着牛排又喝了一杯,期间为打发时间又点了一杯。昨天这个时候,热拉尔蒂娜给他和贝恩哈德做饭,蘑菇和新鲜蔬菜是从她父母的园子里摘的。一个极其不显眼的人,热爱日常生活中的细小事物,富有感染力。仅仅相隔一天,他就独自一个人吃晚饭,挣扎着不要将昂贵的红酒当白开水一样往肚子里灌。

服务员用询问的目光看着那空空的酒杯,哈特穆特摇了摇头,请他把账单拿过来。他并没有顺着自己的需求重新返回酒吧,而是听从理智的呼唤上楼回到房间。他花了很长时间才读懂旅馆主页上的西班牙语说明,最终连上了网络。

收件箱里有三封邮件,但没有一封是玛丽亚发来的。卡塔琳娜·米勒-格拉芙发了很多关于停薪留职管理规定的PDF资料。

查尔斯·林在邮件里提了一个"充满敬意的问题"。第三封没有主题的邮件是一位女学生发来的,她因为迟交自己的研讨课论文而向他道歉:她生病了,必要的话她可以提交医生开具的诊断证明。致以衷心问候。安娜·某某某。哈特穆特必须紧闭眼睛思索一会儿,以便搞明白那个东欧国家的姓氏拼写,长得像个句子,他一时难以将名字和人脸对上号。

查尔斯·林斗胆"以非常尊敬的方式请问您,是否有时间审读我才疏学浅的论文,并对此提出批评意见。"如果有时间的话,他"热切地期盼着您"——这里应该不是"您",而是指"批评意见"。哈特穆特克制住自己想要立即给他回信的冲动,真想问问这个博士生,神志是否还正常。仅仅过了六天时间,就要求他对五百多页的论文做出评价,还用这种充满心机的中国方式!除此之外,他还记得,林先生预约了周四的面谈时间。他让赫德韦西夫人推迟此次面谈。

小小的书桌上方挂着一幅伪写意油画,画的是夕阳中的港口防波堤。哈特穆特注目细看,只见两艘模糊的独桅帆船,在波光粼粼的水面上投下红晕的影子。一个半小时之内,他已经喝了五杯烈酒。尽管如此,他也丝毫没有觉得应该停下来。

在读第三封邮件之前,他走到阳台上。太阳已经落山了,楼下停车场上的路灯也亮了起来。他的右手边有一条通向另一个港湾的小径。他认出来那个正沿着小径走的人就是酒吧里那位金发女郎。现在她独自一人,手机放在耳边。哈特穆特返身将自己的手机拿出来,发现手机几乎没电了。尽管如此,他还是拨了号,听到电话里双语的提示音响起,确信他妻子会非常高兴看到他的来电信息,并会以最快的速度回拨过来。他心里想着如何措辞,可是又骂骂咧咧地挂了线。

如果卡塔琳娜的邮件不是本身自带绿色的背景色，那么就是他的电脑屏幕出了问题。不管如何，她最终查询的结果是，经济上是可行的，如果几处小损失他觉得无所谓的话。他可以在网上找到相关页面，自己测算养老金金额，比如在杜塞尔多夫关于薪酬和养老的州政府网页上。关于获批的可能性，她不抱太大希望，建议他最好还是去303办公室找同事当面咨询一下，这个同事下周才能度完假回来。接着，她还写到，她的电脑旁有瓶红酒，还有她儿子周末要到他爸爸那边去。她本来想打电话亲自告诉他这些信息，但是他的秘书傲慢地跟她说，海因巴赫先生这一周都不来学校。"我能冒昧地问一下，你去哪儿了？"她已经把托尔斯泰的作品搁置一旁。太厚了。邮件最后，她致以亲切的问候，期待不久再次与他相见。"你的卡塔琳娜。"

哈特穆特合上笔记本电脑，回到阳台上。最后一抹夕阳照在地平线上。他相信自己看到了火光，就在下一个港湾处。被海风吹得不成调的音乐声以及随着节奏打拍子的声音从那边隐约传过来。

过了一会儿，他听见了那个声响，和上次一样，轻微的金属摩擦声，还是在左边。哈特穆特用手指按压耳朵，他也说不清，这种声音是从里面还是从外面传来的。难道是他喝醉了吗？他上网查过耳鸣患者们相互交流的经历，感到茫然无助。自那以后，他才知道，唯一的办法就是不要把耳鸣看成是来自外界的干扰，而是当作他自己内在的声音。他们提出建议，带着过来人的那种自豪，似乎真的在设想一种对话的方式：不要等着声响出现，而要勇于去面对它，学着去了解它，呼唤它！苏格拉底的命运之神也不过如此。

只要哈特穆特一闭上眼睛，这种声音就变得更大。他感到眩晕更加严重了。他一只手抓住栏杆，另一只手的手指按压耳周，就像按电话按键一样。以前一切都在掌控之中,现在突然变得不受控制了。他知道自己在摇晃,却什么也做不了。

"晚上好!请问我可以和哈特穆特·海因巴赫先生通话吗?"

他快速地瞟了一眼隔壁阳台,确定那边空无一人。他不想这样,但是他的意志此刻却不那么坚定了。他感到孤独,内心如真空一般空虚。他必须搞清楚这空虚究竟何来,并且夺走它的无形,以便他能听见和感受它,并将它同不存在的声响区分开。

"事情紧急。"他低声说,"请您转告他,这个电话是他自己打来的。"他的声音跟昏暗的港湾那里发出的嘈杂声相比显得十分虚弱。开个玩笑而已,他对自己说。他发现,和自己开玩笑并没什么意义。而且,他知道玛丽亚和菲力帕正以怀疑的眼光望着他,对他的所作所为进行评论。她们不是觉得烦,而是尴尬。

"好吧,但是不要激怒他。您不要再问他关于他妻子、女儿、工作或者其他任何跟他目前的生活相关的事情。"有一次,他问菲力帕,她的幽默和他的到底有什么不同,菲力帕没好气地回答他:我有,你没有。

"明白了。还有,是不是信号不太好?我这边听到了一些杂音。"

"真有意思。我们现在转接总机。如果您提到了某一本书名,线路就会中断。"

"您是说《沉默的语义》吗?我常常听人提起。这个题目实际上是故意讽刺吗?"

哈特穆特将手从耳边拿开,身体摇了摇,好像冷得发抖。不,他真的冻僵了。汹涌的海水不停地拍打着空无一人的沙滩。旁边的港湾里,闪耀的火光映衬得人影攒动,仿佛密集的人群都挤到火焰前。他在浴室里洗了脸,然后站在镜子前仔细考虑下一步要做什么。回到酒吧？还是去海边？首先还是应该躺到床上，等眩晕感慢慢消退。他又听到了耳朵里的声响，还有旅馆楼梯间里传来的声音。他不禁想起了昨晚在贝恩哈德家听到的另一种声响。甜蜜又亲近，但不是他应该听的。吃饭的时候，他们两个似乎更愿意单独在一起，无论怎么掩饰，依然能够从他们的举动看出他们的欲望。热拉尔蒂娜和玛丽亚一样，都处在最美好的年华，眼光温柔，别人都不放在眼里，除了她所在乎的那个人。结果就是，十一点刚过，他就宣布说，他有些累了，先回房间了。

事实上，他不想睡觉，而在等待。

房间里还留存着白天的暑气，有股花园和老木头的味道。外面响起收拾餐具的忙碌声。轻轻的、来回走动的声音。此时，他清楚地回忆起桑德丽娜和他一起在火车站看到的那个电话亭般大小的箱子，可能是出自电影《穷山恶水》中的一个场景。马丁·辛就是在这个箱子里录下自己的口头遗嘱，然后就和年轻的茜茜·斯派塞克一起私奔了。他曾经开枪杀死了她的父亲，放火烧毁了他们的房子。而令人吃惊的是，他的女友还是愿意跟着他一起逃走。这看起来并不是爱情，而是出于无聊而做出的无耻之举。门上写着"录下你的声音，很好玩的"。这究竟是电影中的画面还是现实中的场景，哈特穆特已经记不清了。这是他们俩在大学剧院里最早看过的电影之一。他手里拿着唱片坐在床上，凝神倾听。

十分钟后，突然传来急匆匆的上楼脚步声。过道里有人在低声私语，浴室的门一开一关响了两次，然后归于寂静。尽管如此，他又等了十分钟，才离开房间，踮着脚尖下了楼。热拉尔蒂娜的轻声呻吟，还有她的喘息声，挤进他的耳朵里，被他抛在身后。

屋子里还飘着饭香，因为没开灯，显得味道更大。哈特穆特试着平稳呼吸，在桌子上摸到蜡烛，点亮。他昨天就留意到了那台唱片机，老版的格伦蒂希牌子。按钮不多。他最后一次触摸黑胶唱片是多少年前的事了？那油质的亮黑以及精密的槽纹。他不知道，他会听到什么。伴随着一阵犹如细线崩断的嘈杂声，机器开始运转。红色的指针一下子跳开，然后又向左重新落下。哈特穆特的手指颤抖着。唱片不停地旋转，唱针意识到它的任务。过了一会儿，两个陌生又熟悉的声音响起，仿佛从噼里啪啦燃烧的火墙之后传来。

大家好。

我觉得你应该离麦克风远一点。

离……

不是，你看。这里写着，十八英寸，就像这样。

设备上出了点小问题。现在我们重新开始。你好，哈特穆特，来跟我们的朋友们打个招呼吧。

我觉得还是你来说吧，就像往常那样。

别客气。好的，朋友们，现在我们在密苏里州，距离汉尼拔市大约五十五英里。在这里，我们又被指控为共产党人……嗯，好吧，其实只是共产主义，你们知道的。他们这里常做这种事。

我应该对着他的脸给他一拳。这个混蛋！

我的朋友刚刚说了一些粗话，他其实是一个彬彬有礼的人，所以请不要单凭这一句话就对他横加指责。其实没发生什么事，只是一位南方绅士对尼克松很失望。他们一直觉得是我把他拖下水的。扯得有点远，我必须承认。

看到那盏指示灯了吗？还有五十秒。

朋友们，是不是觉得时光飞逝？好了，现在我们言归正传。你先来，叔本华。

我觉得那个警察正在盯着我们。

我觉得他更像是列车长。好吧,哈穆,你对宇宙有什么看法?一个同时在学习和度假的哲学家,我的朋友……

三十秒。

但他并不是像你那样,给他一个镍币,然后就出来一句从未听过的格言。他是个矜持的人,你知道的。读过很多书,也做了很多笔记。嘿,让我们来听听你最新的发现。

不要,别这样!

说出来听听嘛,伙计。我们想要向大家展示一下你的日常生活,你愿意分享一下吗?

大家都去读一读福克纳的书吧,他的书大概是我读过的最好的作品了。

这些宝贵的建议正是我们的粉丝所期待的。也许吧。我听见背景里有欢呼声。饥渴的年轻人终于知道要做什么了。(嘀的一声响)噢,不,太快了。我们不能再放一个硬币进去吗?再录一个B面。

我有怀疑,是不是真的会有个碟片从这个盒子里出来。

你不要说"有"这个字,你知道,因为那更像你被他们占据了思想。

别忘了你的钱包。

咔擦一声,唱针从唱片上弹了起来,顿时一片寂静。他觉得这种寂静和以前一样沉重,使人透不过气来,好似无声的严寒。哈特穆特坐在沙发前的地上,他确信,贝恩哈德和热拉尔蒂娜在卧室里一定全听见了。唱片里的声音深入他的骨髓。当时他们就这么坐在车里:桑德丽娜聪明、活泼又乐观,而他总是一副心事重重、闷闷不乐、拘谨的模样。虽然有时她会被他阴沉的情绪所传染,但她却从不责备他。自从他在桑德丽娜家看到那张照片,他那张板着的脸就一直浮现在他眼前,挥之不去。虽然他一点也不喜欢这个年轻人的表情,但却深受触动。一阵凉风从虚掩的露台门吹进来,哈特穆特觉得嗓子有些发干。他站起身,光着脚踩在地板上,发出咯吱咯吱的声响。

他走进厨房的时候就已经打定了主意,决定食言,明天不给桑德丽娜写邮件了。她不想再被卷进这些与她不相干的事情中去了,她能做的早就做过了,而且她已经接受了无法改变的事实。他自己无可救药的不快乐,不能再成为她的负担。

明白了,他想。

他从厨房碗橱里拿出一只玻璃杯,放到水槽上方灌满水。屋外,月光洒在草地上,仿佛一只看不见的手撒上去的一样。回到客厅,哈特穆特从转盘上拿下唱片,装回封套里,关上唱片机。又听了听楼上,已经没有声音了。

他站在露台敞开的门前,让眼泪尽情流淌。

9

第二天早上,哈特穆特站在冷飕飕的阳台上。海鸥绕着港湾里的岩石盘旋,大海静静地延伸到地平线尽头。他的手表刚过九点。阳光照射着眼前的这片景象,穿过云层,光线柔和,让他疲倦的眼睛倍感舒服。他右手拿着一杯水,两粒药片正咕噜噜地溶解在水里。外面有一辆拖拉机嘎哒嘎哒地推平沙滩上的沙子,将他从睡梦中吵醒。现在,沙滩看起来仿佛从未有人踩过。除了针扎似的头痛,哈特穆特感到右边小腿肚上一片灼热。他听着海鸥的叫声和远处的宁静。我这个白痴,他想。宿醉到如此严重的程度,就为了盼着今天去圣地亚哥。

他冲澡,收拾行李,喝了三杯咖啡代替早餐,退房,上车。他的胃咕噜咕噜直叫。木亭子前,两个年轻妇女等着向海滩游客收停车费,此时正在跟卖冰激凌的男人闲聊。个子较高的那个女人一直笑着,喊那个男人"我的宝贝儿",其他的话哈特穆特没听懂。他用遥控锁打开后备厢,把旅行包塞进去,弯着腰想了一会儿,路上是否需要随手从包里取什么东西。他可以出发了吗?背后的脚步声他一直没注意,直到离自己很近的距离才发觉。哈特穆特没有往后看,而是直起腰,盖上后备厢盖。他们跟我说了,住店客人不用交停车费。他用英语说的这句话也不知道对方听懂了没有,自他到这里以后基本上都是说英语,别人都不太听得懂。另外,他也拿不准,酒店前台告诉他的停车信息他是否理解对了。

"不好意思。您是从德国来的,对吗?"一个带着轻微口音的女人声音。

哈特穆特转过身,一颗汗珠滴落在镜片和遮阳镜夹片上,视线一时模糊,使得他貌似没有听见有人跟他打招呼。他又检查了一遍,确信他已经装上了写着菲力帕地址的纸条。还没出发,他的双肩就感到僵硬不堪。

"不好意思……"

他一连眨了好几次眼睛,这才看清站在对面的年轻女人就是他昨天在酒吧里观察过的那个人。听她的口音,像是荷兰人。她交叉双臂抱在胸前,站在车旁,似乎很冷的样子。他即刻换了一副友善的表情。

"有什么事吗?"他摘下眼镜,用衬衫的一角将镜片擦干。

"我猜,您是从德国来的。这个……"她指了指他的车牌,看样子是不知道车牌用德语怎么说。"这个代表波恩?"

"对,波恩。您需要帮忙吗?"

"玛丽卡。"她直接报上名字,伸出手朝他走近一步。"我们昨天见过一面。"

"哈特穆特·海因巴赫。"她握手很用力,几乎像个男人。哈特穆特重新戴上眼镜,感觉到后背有一颗汗珠顺着脊梁骨往下流,流到裤腰后就没有了。"我记得,在那边的酒吧里。"他扬起下巴指了指屋子的前廊,那里支着红色和白色的遮阳伞。

"后来又碰到一次,在下面的海边。"

敏感而无惧的微笑很适合她。她在齐膝短裤上穿一件红T恤,光脚穿着帆布凉鞋,菲力帕夏天也穿这种鞋。这个女人快速看了眼酒店入口,弯下腰来,他这才注意到她拿着包。黄色的人造革手包,装得满满的。

"您去哪里?"她问。

"去加利西亚。圣地亚哥·德·孔波斯特拉。"

"您现在马上出发吗?"她脸上有晒斑,一双大大的蓝眼睛。看样子可能是海豚驯养员,也可能是看护小孩的服务人员,类似于带小孩去泥滩健走、游戏玩耍等体力型活动。在酒吧的时候,他就觉得她的男伴对她来说太过平庸——但是昨晚已经感觉很遥远,而且对夜里的记忆宛如一场乱糟糟的梦。营火和温热的沙子。他跳舞了,后来不得不在齐胸深的水里跋涉,因为从港湾出来已经没有别的路了。她那时就在观察他吗?醒来的时候,皮肤上还有沙粒和海水蒸发后的盐分,小腿肚上的小伤口灼痛难忍。洗完澡后,他往伤处抹了碘酒,灼痛感才慢慢消退。可能是被水里边缘锋利的石头弄伤的。

"您要去哪里?"他反问,没有直接回答。

"随便,离开这里就行。"

"我还得再进去一下。您要愿意,就先上车吧。"哈特穆特做了个手势指了指副座的车门。意思是:您自己决定。然后他又回到有空调的接待大厅,刚刚给他结完账的那位女士站在前台后面冲他友善地微笑。从藏而不露的音箱里传来轻轻的钢琴音乐声,流过发亮的地板砖以及没有坐人的皮沙发套。

哈特穆特去男厕所洗了一把脸,把衬衣的扣子半敞开,用湿手抹了抹胸前和脖颈。一方面他喜欢独自驾车,并期待见到菲力帕;另一方面,他又想帮帮那个年轻女人,帮她逃离她的男伴。深具骑士风范又胆大冒失,很好的混搭。

等他返回时,她已经坐到副座上,系好安全带,仿佛等不及要出发了。车内一股女士香皂的味道。她紧张得直挢头上的湿发。

哈特穆特习惯性地扶了一把后视镜,并未调整它的位置。他问:"您是荷兰人?我听出来了吧?"

"荷兰恩舍德人。玛丽卡·莫依伦贝尔德。我不是通缉犯,至少现在还不是。我也早就是成年人了。所以您让我搭便车,不会犯法的。"

"好吧。"

"是莫依伦贝尔德,中间有个'依'字。"她补充道,因为她有口音,怕他听成了莫伦贝尔德。哈特穆特发动汽车,就在这时,她包里响起了彩铃声"当她离开,再也没有一点阳光"。她叹口气,弯腰拿出手机。

"您确定要这么做吗?"他问。

"不确定。"她把声音关掉。"这个铃声也不是我选的。"

"到高速入口之前,您还可以再考虑考虑。我可以调头送您回来。之后就不行了。"

"我说过谢谢了吗?没有。谢谢!"

哈特穆特慢慢将车开出停车场,转向村里的干道。在一个露营场地前面,有人在卖新鲜水果。除此之外,村里的马路上还比较冷清。几个孩子在草地上踢球玩耍,不过那里的草似乎有些疯长。到了高速入口处,哈特穆特往左进入高速,向东开回利亚内斯。

"我猜,您不着急赶时间。"他说,得到的回应是无所谓地点点头。昨天晚上很晚的时候,在他动身去港湾之前,他又研究了一遍地图,追溯了当年玛丽亚和他走过的路线。他们横越欧罗巴山,到了另一边之后接着去莱昂。沿途那些小地方的名字勾起他模糊的回忆。今天他要重走这些地方,即使绕道他也愿意。

"虽然我在波恩生活了很多年，"他打破车里的沉默，"却只去过一次荷兰。几年前去的鹿特丹。阿姆斯特丹什么的我一点都不了解。我女儿去过阿姆斯特丹，去年还是前年的事情。她觉得不错。"

"我也是两年前才搬回去的。"她回答。手机又响了，这次的铃声是轻轻的敲锣声，所以玛丽卡扫了一眼屏幕。她嘴里嘟囔着荷兰语，哈特穆特听不懂。

"那您之前住哪里？如果您不介意我问的话。"

"在柏林住过一阵，在伯明翰待过很短的时间。这里住住，那里待待。大部分时间我都是和一个乐队在一起巡演，居无定所。"

"您是做音乐的？"

"我负责策划、交通和住宿，还有财务，如果我们能拿到报酬的话。"

"也就是乐队经理。"

"差不多吧。贝斯手是我男朋友，乐队是半专业的，都是朋克。"

"朋克。也行。"仔细了解之后，他得知，她九十年代中期从大学辍学，就为了跟着乐队巡演。本来计划是玩个两三年，结果一晃就已经十年了。在快速路边，迎面碰到朝圣的人，三五成群，也有两人一起或独行者。景色这回换了边：左边是大海，右边是穿过浓雾突出的山峰。"当她离开，再也没有一点阳光"，玛丽卡的手机又响了，她按掉电话，扭脸转向哈特穆特，脑袋仍然靠在椅背上。他闻到了一股淡淡的牙膏味。

"您呢？您喜欢音乐，昨天我在沙滩上就这么觉得。"

"我喜欢爵士乐。我的生活相对比较稳定。哲学教授，在波恩工作，您已经知道了。"

"酷。"她冷静地说，"什么哲学？"

"主要是语言哲学。您刚才还没说完。您为什么这么多年之后又搬回荷兰?"

"当时,我没钱,也没工作。而且我也没兴趣再找工作。乐队已经解散一段时间了。然后我去看我哥哥,去庆祝他四十岁生日。正好他家里有地儿。我从来不规划我的生活,而是直接做我喜欢的事。这就是我的哲学。"

"您搬回去之后,突然就遇见他了?"

"您不太愿意谈您自己,对吗?"她仍然把脑袋靠在椅背上,抬眼望着斜上方,好像鼻子流血了一样。"而且您跳舞很疯狂。用德语这么说好像有点贬义,但其实是夸赞。您也喜欢朋克?"

"我根本就不知道朋克是什么。老实说,昨天晚上发生的事情,我记不太清楚。"关于昨天夜里的事情,他觉得一片模糊:昨晚蹲在沙滩边上的那个女人身影,应该就是坐在副座上的这个女孩子。因为黑暗中沙地上有岩石的影子,所以他不确定。

"有没有人提醒过您要小心荷兰女人?"她问,"像我这一代的女人?我们什么都不怵,我的意思是,与人说话的时候。别人认为过于私人或太亲密的话,不能跟陌生人说——而我们则不这么认为。此外,您也知道,我是在逃离我的男朋友,也可以说是未婚夫。不是开玩笑。"她猛地把戴着戒指的手很近地伸到他面前,吓得哈特穆特往一旁躲闪。"还没回到荷兰,就已经戴上手铐了。"

她的手机铃声响起,"当她离开,再也没有一点阳光",她使劲地按掉。

"顺便说一句,可以把彩铃关掉。"哈特穆特说,"反正以前的机型是可以的。新的我不太熟悉。"

她做给他看:按住手机侧面的一个按钮,然后把手机放进包里。可是,她看着自己空空如也的掌心,脱口说道:"我怎么忽然觉得这么别扭？您结婚了吗？"

"结了二十年了。"

"您后悔过吗？"

"没有。"

"但是您一个人出来旅行。"

"我妻子在哥本哈根有事，工作上的事。我去看我女儿。"

"好吧。听点音乐吧。这有 CD 播放机。"

"CD 在前面的抽屉里。"

快到一个名为乌鲁克拉的小地方时，他打开转向灯，驶离海岸线，进入内陆。公路马上变得狭窄，而且开始有坡度。吉他声响起，然后是西萨利亚·艾沃拉沙哑的声音。玛丽亚最喜欢的女歌手之一。哈特穆特送给副座一个赞许的眼神。

"选得不错。如果您不介意的话，我们开一段山路。不会绕很远。"

玛丽卡又是无所谓地点点头，没有回应他的眼神。她细长的脖子上戴了条项链，上面有很多坠子，不像首饰，更像是护身符。

"您未婚夫是干什么工作的？"他问。

"拜托，您还是说男朋友吧。他做代理，代理的都是小众业务。音乐会，小型演出，戏剧。最主要的是，都是边缘非主流的东西。您可能猜到了，我们是怎么认识的。像我们这种非主流的乐队，简直难以为继。再边缘一点的话，那就是万丈深渊了。"

他本来想说，昨天在酒吧他还以为她男朋友是坐办公室的，最终没说出口。他们仿佛通过一扇看不见的大门，踏入世界的另一个房间，景色大变。马路沿着低矮的石堤穿过草原和牧场，黑色的苍鹰在空中盘旋。云彩都不知跑到哪里去了，蔚蓝的天空晴朗明亮。一个又一个弯道。房屋的墙壁都涂上了绚丽的五彩颜色，很多屋子前面都带有西班牙阿斯图尔地区的盾徽。

"如果让您用三个词来描述您自己,"玛丽卡说,"不管是形容词还是名词,反正只有三个词。您选哪三个?"

"这个可不容易。"有几处马路过于狭窄,所以对面有来车时,哈特穆特不得不松开油门。"嗯,第一个是自由,鉴于我的政治观点。这个给我年轻的时候惹了不少麻烦。我上大学的时候最常听到的脏话就是:该死的自由党人!意思是,在当时关于'改革还是革命'的辩论中,我主张前者。您一定觉得很奇怪,就像'圆球还是圆盘'一样。当时比'自由'更糟糕的只剩下'反动'了。"

"另外两个呢?"

"哲学家。听起来有点自命不凡,但我就是。虽然我也可以想象,如果我研究的是文学或者心理学,也不无可能。第三个也许是性格方面的。我会说是'沉思的'。我妻子觉得这个词不太贴切。"

"自由、沉思的哲学家。"她摇摇头。"您是哲学家,当然时时在沉思。而'自由'这个词,我觉得太含糊。您怎么看同性婚姻?"

"您不看风景吗?您看!"又转了一个弯,视野变得开阔。他们眼前是嫩绿的原野以及近乎不真实的蓝色大海。他看着风景。玛丽卡的眼睛停留在他身上。

"您不赞成。您可以在前面靠边让我下车。"

"我并不反对。我虽然不觉得这个话题有多重要,但是关系到自由的基本原则。所有的人都享有相同的权利。"

"大麻呢?"

"我只尝过一次。我妻子偶尔会抽,对她似乎并无大碍。如果我女儿要抽,我肯定会反对。"

"核能呢?"

"这不是自由不自由的问题,而是使用和风险之间的博弈。我相信,更多的是后者。"

"好了。我们现在可以用'你'来彼此称呼了。"他的副座显得很满意,把座椅靠背往后放下一点。"我选的三个词是:独立、随性和同情心。最后一个包括对动物和植物。"

"但是不包括你男朋友,他此时正在担心,因为他找不到你。"

"你开得太快了,你想害死我们吗?"她说,因为他在一处直路上换到了四挡。

他们沿着德瓦河开过深灰色的峡谷,一些小村庄隐藏在山崖的暗影中。哈特穆特专门留意过,已经驶出了两个路标的距离,竟然只看到有三处房子。西萨利亚·艾沃拉唱着令人失望的爱情,玛丽卡解释什么是朋克音乐,《口红的痕迹》这本书为什么对她那么重要:因为她心里明白,书里写的不只是争吵和抗拒。时隔二十多年,哈特穆特试着再次认出眼前的风景。他们是沿着这条路走的吗?当时有这条路吗?他望着窗外,想象着将自己置于当时寂静的车中。但是,玛丽卡却在一旁喋喋不休地评论皮姆·弗图恩,她的乐队专门写了一首歌抨击这位荷兰政客,电台还播放过几次。

"左派教会,一听我就来气!"她上大学的时候还不太讨厌读这位荷兰政客的专栏,或者也曾被他唤起过责任感,但是后来一切变得不可收拾,特别是他遇刺之后,局面变得更糟。她曾经引以为自豪的荷兰,古老而又开放,如今只存在于她德国朋友们的想象中。在柏林的时候,只要她说德国是一个更加健康的国家,别人都觉得奇怪。她一脸忧愁地打住话题,耸耸肩,四顾观望。

"你肯定这条路通到圣地亚哥?"

"可以到。不信,我就把导航打开。"

"不用了。"她说,"在路上漫无目标的感觉真好。"

临近中午,哈特穆特开始后悔没吃早餐。另外,他现在更愿意欣赏美景,而不想随时关注路况。路上总有摩托车以令人窒息的速度风驰电掣地超过他们。两旁停着的汽车让道路变得狭窄又危险。到了下一个岔路口,路标指向勒贝纳的圣玛丽亚教堂。他顺着路标前行,两分钟后停在一个土褐色的教堂建筑前。教堂位于村子的后部,半遮在树丛中。除了路面有些崎岖和陡坡,其他都和拉帕别无两样。停车场上只有两辆车,下车时他们感觉到午时的静谧。

"没错,我对自然风光没什么感觉,更不用说在山区了。"玛丽卡眼光巡视着崖壁。天空透亮,高不可及,群山犹如剪影,山峰突兀,近在咫尺。"我总是想,这里怎么能住人呢?我还是喜欢我们国家的山水。"

停车场旁边有个改造成书报亭的小木屋,店主目不转睛地盯着电视机。手写的牌子上标着有三明治卖。哈特穆特要了份有火腿、奶酪和红色彩椒的三明治,坐到无花果树底下的长椅上。一只鹞鹰的叫声在空中回荡。前面的村巷中,小孩子们在玩耍。头不痛了,他现在才觉察到。

玛丽卡手里拿着一杯冒着热气的咖啡,在他旁边骑坐在长椅上。阳光透过叶缝落在她脸上,斑斑点点。他本想告诉她,她让他想起了谁,但是又不想让她误会。或许她根本就没听说过毕比·安德森的名字。

"你到圣地亚哥去干什么?"他转而问她。

"没什么特别的事。我常常跟我男朋友说,总有一天我要逃走,然后再回来。这种转换对我来说太突然,我不可能定居在某个地方不走了。"

"他接受吗?"

"马克是一个大方又体贴的人。比我成熟。"

"马克。你打算以后嫁给他,还是说一直要逃走?"

"嫁——给——他?"她说这几个字的时候仿佛在砸核桃壳,并把烂掉的核桃仁剔出来。"几年前我问过我自己:有多少男人会爱上我?当时我刚和那个贝斯手分手,不然怎么会问这样的问题。那个时候我就已经知道,我会变老。我父母从来都不拦着我,只是提醒我说,记住啊,狂欢迟早会结束。"她抿了一口咖啡,看着哈特穆特的眼睛。毫无戒备,根本就不像才认识两个小时。"所有听过我故事的朋友,都问我同一个问题:你到底爱不爱他?而你却没这么问我,为什么?"

"这跟我有什么关系。而且,人们是先选择生活,然后选择伴侣。反过来选择的情况不多见。虽然大多数人都不愿意承认——爱情都是这样的。"

"说话真像个哲学家。"她不是在讽刺。"你自己遵守这个原则了吗?按照这种顺序?"

"我遵守了。我妻子没有。"

"所以她现在住在哥本哈根。"

"住在柏林。他们剧团是去哥本哈根客座演出。你也在柏林住过,听说过法尔克·梅尔林格这个名字吗?"

"当然。"

"她在他那里工作。以前他们两人甚至好过。"

玛丽卡把一只胳膊伸到桌子上,右手撑着脸部。这也许是她个人的习惯,用这种姿势表明兴趣,可在旁人眼里还以为是感到无聊。她的额头边上有一个小小的弯钩状的疤痕,小时候她肯定是个野孩子。

"我不喜欢他的作品。"她说,"但是他的访谈还是挺有意思的。正在老去的叛逆也有其意义。我的梦想是:六十岁的时候还能像帕蒂·史密斯一样充满活力。即使这样只能单身,也是值得的。"

他忽然冒出一个念头,若是跟她睡一觉,会怎样?光天白日之下,在酒店的客房里做爱,然后再深入了解彼此,是不是正适合眼下的诗意浪漫?太阳光穿过露着线头的旧损窗帘,玛丽卡可以给他讲讲关于额头上伤疤的故事,而他则可以告诉她,既然和那些观众有着同样自以为是的世界观,那么,为他们服务,就算不上叛逆。其实,他想的根本不是性爱,只是想知道,和她睡过会是什么感觉。

"我觉得,"他说,因为她看着他,似乎看穿了他的想法,"你至少应该打个电话给你男朋友,告诉他,你在哪儿。这是最起码的。"

她条件反射般地想张口抗议,说他多管闲事。但她又闭上嘴巴,从包里拿出手机,走向停车场那边。哈特穆特从她身后打量着她,觉得这样也好,就这么经受住魅力的诱惑,好过往前跨一步而被拒绝。她开口说话之前,又转身看了他一眼,他笨拙地冲她摆摆手。也许她会告诉她男朋友,她上了一个老男人的车,而那个老男人到现在还没把手放到她膝盖上;只要他敢这么做,她就亲手打破他的鼻子。她在一棵树旁蹲下,背靠树干,说话时没有明显的情绪波动。

他吃完三明治,朝教堂走去。教堂很简朴,罗马式拱顶,四周石墙环绕、黑莓灌木密集丛生。教堂稍后的地方是方形的塔楼,几级台阶往下通往一个小小的墓园。简朴的墓地,新鲜的供花。躺在石质或铁质十字架下的逝者,有着长长的名字和寿命。最近入墓的逝者活了一百零三岁,而且他的名字长达两行。石碑上没有铭刻碑文,只有生卒年月以及立碑人的名字,通常是逝者的子孙。

哈特穆特背靠石墙,闭上眼睛,感觉到周围暖洋洋的空气中噼里啪啦、簌簌沙沙的各种声响。他重又睁开眼睛,仿佛看到玛丽亚从拐角处走来。她穿着长裙,脚尖踮地,轻轻飘过教堂和塔楼,双臂优雅地交握胸前,睁大眼睛在发亮的古旧建筑中探索。事后她总是不承认她看到了美好的事物,但是,一旦她觉得没人注意她的话,脸上总流露出一种特别的表情。自顾自地陶醉,竟然真有这样的事。应该就是在这里,他想,没错。她慢慢穿过前厅,在木门前停下。她读着门上标明的开放时间,而他注意到她边读边微微点头。每次她阅读西班牙文时,总是这样不易觉察地微微点头。当时的街道和教堂状况都不太好,既没有柏油的停车场,也没有书报亭。只有那一片宁静,还有四处高耸的崖壁。继续前行时,玛丽亚看着自己的双脚,因为她觉察到,他的目光正追随着她。所以她现在只能假装她是独自一人、为了自己而前行。在生锈的大铁门后面,靠他的左手边,有一条路通到下面的河畔。他们俩当时就躺在那里的草地上,倾听白杨婆娑。他向她微笑,她回以微笑。

我们接着走吗?她问。

小小的绿色蜥蜴迅速溜过石墙,消失在石缝里。如果她在河边吻他,他会问自己,她到底看上他什么。带有强烈感觉的那种欲求,他记得太清楚,太浓烈,难以找到正确的表情和语言来描述。一转眼,幻象消失,因为一个四口之家来到了教堂,由于情绪高昂,话音比较响亮。大家一起拍照,爸爸负责把妈妈和两个女儿逗笑。哈特穆特只得跟他们打个招呼,然后离开。

玛丽卡在车旁等着,递给他一个新鲜的无花果。

"刚刚摘的,你尝尝。"

哈特穆特按遥控打开车门,然后站在车旁,一边等车内的热气散去,一边吃香甜的果子。无花果在拉帕沿街都是,一直长到墓园。有时候,玛丽亚陪着她母亲四处走走,会顺便给他带一些回来。

"怎么样?"他还是开口问了,为了遣散胸口的窒闷。

"一个说需要自由的空间,另一个说痛苦难受。"她说,若有所思地嘟起下唇。"一个说是爱情,另一个觉得自由空间被剥夺。是这样吗?"

"显然,你已经达到了一个很高的思想境界。"他不顾兀自皱眉的她,先上车。

玛丽卡把剩下的果子扔到草地上,也随他上车。

"到圣地亚哥还要多久?"

"不好说。"哈特穆特发动引擎,挂挡时听到一声短促清脆的爆响。刚开始他以为是碾过了玻璃瓶,但是仪表盘上的红色警示灯表明问题出在发动机上。

"有什么不对吗?"玛丽卡还在舔手指头,扭过头来问。

"你也听到了?"

"嘭。"她学了一声,"严重吗?"

"警示灯一直亮着。运气不好的话,应该就是三角皮带断了。"

"我不懂那个是什么。但是车子还能走啊。"

"车子是能走,但是电池就没法蓄电。这样下去,车子就无法发动。我担心,会出现这种情况。"

他们到了来时拐弯驶出主干道的地方。路标显示,下一个地方是波特斯。除了右前方轻轻的摩擦声以外,车子的一切都很正常。开了几公里之后,山谷变得开阔,绿色的山坡缓缓伸向河边。旭日暖阳,山景尽收眼底。路边有许多旅馆,看来他们进入了一个度假区。只是,在这个钟点,步行的游客还得待一会儿才出来。一位老人戴着巴斯克帽子、手拄拐杖,哈特穆特开车从他旁边经过时,惊得他连忙停住。玛丽卡把头伸出窗外,礼貌地打招呼,问他哪里可以修车。她的西班牙语很流利。那位老人打招呼回应,向车内投来审视的目光,然后往前方用力一指。他回答了半天,夹杂着很多解释的手势。等他说完,玛丽卡点点头,一再表示感谢。

"我们还算走运。"她说,指挥着哈特穆特开过一个加油站,从主干道拐进一个偏僻的小巷。几分钟后,就到了修理厂。厂房的正面上方挂着一个长条牌子,上面有两个汽车图案,一看就知道是修汽车的地方。这里是小巷的尽头,再往前就到了河边,河流对岸山坡陡峭。

哈特穆特把车停下,一只牧羊犬从敞开的车库里冲过来,对着他们狂吠,幸亏有绳子拽着。随后出来一位肌肉结实的小伙子,穿着蓝色工作服。他摸了摸小狗,让它安静下来,然后才将眼光投向这两位陌生人。

"您好!"玛丽卡一边下车一边打招呼。

哈特穆特站到一边,很高兴能有这么一位会说当地语言的同行者。他听见她在模仿车子发出的故障声响,那位有着深色眼睛的修理工将目光投向他,他连忙点头表示确认。修理工留着络腮胡子,表情像是午睡刚醒。稍远处,可以看到城市的轮廓。烈日高空下,红色的屋顶闪烁一片。一朵朵厚厚的白云就像齐柏林飞船一样飘浮在小城上空。玛丽卡在手机上语音搜查,屏幕上闪出一个西班牙单词,估计是三角皮带的意思,修理工表示明白了。

"我觉得,你应该把引擎盖打开。"她说。

哈特穆特照做,修理工趴在上面看了一眼,说"是"。

"是三角皮带?"车间里有两个升降台,还有成套的修理工具和操作器械。绳子上挂着一个小半导体收音机,晃晃荡荡地放着音乐。"能修吗?"

"他要检查看看。我觉得,他不是这里的老板。"

修理工走进屋内,那里传来有规律的液压声。玛丽卡和小狗结成了朋友,哈特穆特看了一会儿她逗狗,然后顺着狭窄的入口下到河边。这边的河岸有河堤,一条小道通到堤上。河对岸,大树的枝丫伸到水里,仿佛要测量河水的温度。哈特穆特坐到石凳上,想着:幸好没有跟菲力帕说定抵达的日期。温暖的阳光照在脸上,很舒服。意料之外的中途停顿,他一点也不觉得麻烦,甚至几乎觉得再合适不过。这是多么美好的一天。他听到玛丽卡在上面的入口处说西班牙语,根据语气来看应该是在跟狗说话。过了几分钟,她也在他身边的石凳上坐下。

"一条好狗。"她说,一边在裤腿上擦手。

"真抱歉,我们现在只能呆在这里。我应该早点去修车的。"

"呆在这里或者别的什么地方,对我来说都一样。"她站起身,在水边弯下腰,两手伸进水里。"波特斯这个地名好耳熟。我听人说过,中世纪时期,这里有一位疯狂的圣者。"

"你经常来西班牙?"哈特穆特把一只手放在眼睛上方,抬头顺着远处的山坡往上一直看到山顶的白色十字架。如果他们当时在那个教堂停留过的话,那应该也来过这里。但是他的记忆里只留下断断续续的片段,波特斯这个地名也没给他留下任何印象。

"我经常旅行,也来过几次西班牙,只是这个地方从没来过。"

"你男朋友刚才没生气?"

"你提问的方式真好笑。看起来你其实对这个话题很感兴趣。"她笑着说,并且试图将水溅到他脸上。然后她直起身,又回到他身旁坐下。"他说,总有一天我必须要履行我的决定。还说他不会永远等下去。不会永远,意思是,当然现在还在等。"

"大多数男人的反应都不会像他这样体贴。"

"你知道我试着在做什么吗?试着去爱他,不管他是什么样的人。只爱他一个人。他不会跟我说,是时候想想将来了;也不会让我因害怕而六神无主。我觉得,这是我欠他的,他值得我爱。但是结果呢,这些都导致我只想从他身边逃走。多么疯狂!"

"同样疯狂的是,如果男人们说,我必须离开你,你太好了,我配不上你。而且,我不太明白,爱一个人,有什么好试的。根据我的经验,爱是自然而然的,否则就不会发生。"

她把两手支在凳面上,撑直后背,看着他。

"你很正常,哈特穆特。你很会聊天。尽管如此,我还是觉得,我们应该试一试,试着去发现一个人所有的可爱之处。这并不总是一眼就能看穿的。"

他还没来得及回答,只见修理工从屋子那边绕过来,后面跟着那条狗。他三言两语跟玛丽卡说明情况,她翻译给哈特穆特:他没有现货的三角皮带。如果他们急着赶路,那就告诉他具体路线,这样他才能知道,路上哪个地方可以找到备件。这么一直开到圣地亚哥,他认为太冒险。他也可以现在就订一个,今天傍晚或明天早上就可以换好。但是会产生快递费,要多花几个欧元。他一边等着他们答复,一边用抹布擦拭手指,可能同时还在想,这个漂亮的金发女孩和这个老男人之间到底什么关系。

"我想,我们还是找一家旅馆吧。"哈特穆特说。说这句话的时候,仿佛要掩饰真实的想法。"你觉得呢?"

玛丽卡没有回答,而是直接翻译他的话。他们交流了几句之后,她指着河岸。

"过了下一个桥之后,上台阶,那里有很多旅馆。修理厂明天九点开门。"

已近深夜,他们坐的地方就像梵高的"星夜咖啡馆"画作中的景象。在老城的边缘,露天的星空下。燕子和蝙蝠在昏黄路灯的光柱下盘旋低飞。从酒吧门上方的音箱里,音乐轻轻传来,与客人的交谈声混在一起。玛丽卡之所以来到这家酒吧,一定源于她对

277

同类气息的直觉。在市政广场吃过晚饭后,哈特穆特跟随着他的女伴去小巷里转了转,然后从桥下穿过,进入中世纪庄严的拱门。本以为拱门之后是寂静的修道院,而实际上却是这栋窄窄的两层砖房,上面爬满了野葡萄藤。这里的居住环境就和聚集在屋前的那些人一样。波特斯的波西米亚人。

他们并排坐在木凳上,喝着坎塔布里亚红酒,已经一个多小时过去了。在他们周围,男人们都穿着褪色的运动衫和百慕大短裤,女人们则穿着各色裙子,头上戴着很多首饰,抽着自己卷的香烟。几乎所有人都带着狗。哈特穆特处在叙述的亢奋中,讲完了旅程的每一站。而他的女伴似乎在等待,等待着秘密议题终被揭开,等待着不曾说过的行程目的地。他没有提打算转行的事,怕她觉得无聊。他问她还要不要什么吃的或喝的,她坚决摇头。

"来一杯意式白兰地怎么样?或者来一杯当地人所谓的餐后酒?"他不甘心地继续问。晚饭时,他吃了西班牙香肠,配上苹果酒调制的酱汁。地方特色菜,残留在嘴里的后味特别重,他到现在还在想办法消除。

"谢谢。我真的不要了。"玛丽卡把手掌垫到大腿下面,看着蓝色帆布凉鞋里的脚丫子。这模样让他越来越喜欢。

"今天一整天,"他说,"我都在期待着看见熟悉的东西。二十多年前,我和我妻子一起经过这里。那时,她还不是我妻子。我跟你说过,她是葡萄牙人吗?"

"没有。"

"我们是在去她家的途中。八六年夏天,我们第一次一起旅行,从海岸那边过来,打算接着去萨拉曼卡,然后从那里去埃什特雷拉。"

"那个夏天我交了第一个男朋友。他戴着牙套,我很同情他。

但是仅仅交往了一个月。"她摇摇头,似乎是一段不好的回忆。"也就是说,你是来找寻过去的痕迹?"

"不是。我只是认出了一些地方,比如今天中午的那个教堂,但是这个地区真的不如我想象中那么熟悉。老实说,我对我的记忆力感到失望。那次旅行是一次非常深刻的经历。我们的女儿就是我们在旅途中某个地方的结晶。"

这句话引起了他女伴的关注。

"你不知道具体在哪个地方?"

"我们当时正在热恋中。之后又有很多急需解决的问题。很多地方都有可能,有的地方我连名字都不知道。"

仿佛音箱里的音乐还不够似的,他们身边有人开始弹吉他。其他所有的客人看样子彼此都认识。狗也是。玛丽卡看了他一眼。

"在你们第一次一起旅行的途中……"

"是意外。"他尽量简单带过,"不是不想要。"

她引导话题的心理技巧很不错,这一点他在晚餐时已经留意到。通过点头和短短的评论,她以此表明她的兴致所在,而且根本就没让他觉出:除了他自己想说出来的这些事情之外,她还想知道更多。然后,她要么是追问不放,直到好奇心得到满足;或者就像现在这样,什么都不说,而是观察四周的环境,等他自己继续说下去。

"我和另一个女人在一起很久了。"他说,"一个拉美人。我妻子那时候有一个认真交往的男朋友,就是我提过的法尔克·梅尔林格。我们初次见面纯属偶然,等到第二次再见面已经是一年多过去了。那之后我们开始定期见面。梅尔林格那时还很失意,一个没什么成就的剧作家。他的家人住在东德,青少年时代他只身来到西柏林。很复杂的一个人。同情他比忍受他更容易。我妻子当时和他住在克罗依茨贝格的一个后院里,只有一个房间,太小了,装不下他的怨气。我和他只碰到过一次,在一次演出的中场休息时。他觉得那场戏很糟糕,在大厅里大骂其他的观众,然后就走了。玛丽亚和我继续把演出看完,我们就这样开始了。"

"玛丽亚,"她说,"她叫玛丽亚?"

"是的。她平时只靠咖啡、吐司面包和香烟活着。我请她吃饭,听她抱怨。有时,她让我握着她的手。我们就这样在一起交往了很长一段时间。为了不至于听起来像事后的谩骂。我必须补充,这样爱一个人,很不容易。我花了……"

"我知道。"他还没找到合适的词,玛丽卡就回答说,"但是你得到她了。圆满的结局。"

"当我们终于正式成为一对恋人,我却必须搬离柏林。我心想,一离开,就一切都完了。她还没有完成硕士论文。我们保持联系,见了几次面,第二年就做了这次旅行。"他笑着说,"别人可能会想,怀孕是我设计好了的,但那真的是一次幸运的避孕失败。"

服务员拿来一瓶打开了的酒。一位年轻的姑娘,戴着黑边眼镜,长发及腰。她给玛丽卡倒酒时,那股热情劲仿佛跟她很熟,以为她这次是带着叔叔一起来这里。这杯酒是送给你们的,她说,如果他没理解错的话。吉他手身边已经围了很多人,他们开始唱歌。二十年的时间,回忆起来,不免会弄混。当他听到怀孕的消息时,他不记得到底是像现在以为的这样开心,还是因为之后的幸福才这么觉得当时会开心?

"你从来没觉得受到束缚吗?"玛丽卡问,服务员已经转身离开,"我这么问,是因为我本人也有这样的疑惑。"

"虽然我的某些行为会让人有这种错觉,但是,真的没有,我从未觉得受到束缚。我女儿的出生是我生命中最大的财富和幸福。"

"马克想要孩子。"

哈特穆特喝了一口酒,感觉到后背有些僵直发凉。

"让我猜猜。马克想要孩子,而你却有些害怕。"

"你说了,你女儿曾经是你生命中最大的财富。"

"她二十岁了。我们每年见两次面。但是你看我,穿过半个欧洲,就是为了去和她一起呆几天。"他把目光转向右边,玛丽卡身体前倾坐在长凳上,眼睛盯着地面。"任何人都没法帮你消除恐惧,如果你有这样的期望。"

"我也不清楚我到底在期望什么。"

"我的朋友,就是我之前跟你提到的那位说过:到了某个时间节点,就应该采取行动。我就是这样的情况:快四十岁的时候,我不想再谈没有承诺的恋爱,因为我对这样的恋爱关系没有任何期待。这是菲力帕出生以后我才认识到的。"

"菲力帕这个名字真好听。"

"假设我妻子当时没怀孕的话,我也许永远不会承认现实。或许她也不会。之前的恐惧,并不会教你做出最好的选择,它只是嚷嚷得最引人注意。"

玛丽卡迅速看了他一眼,耸了耸肩。

"你知道我为什么从酒店逃走吗?在我毫无拘束的野性当中,让我觉得虚无空白的那个关键点还没有出现。我也不确定,再这么继续下去的话,是否能够找到那个点?"

"你已经同意要订婚了。"

"马克买好了香槟和戒指,全套程序都安排好了。他让我无可挑剔。但是就这么毫无防备地答应,我还是不敢。我知道,我绝对可以信任他。虽然这不是问题的核心,但是我妈妈总说,必须得有人逼着你找到幸福,这可是唯一的机会。这么说来,这不是强迫,而是偷袭。总之,我答应了。"

他们静静地看着眼前滔滔的流水。客人来了又走,狗在椅脚之间嗅来嗅去,任由客人抚摸。正如贝恩哈德所说,发生在别人身上的事,看起来都很容易。别想太多,简单生活。

"我发现,"玛丽卡说,"我还故意少吃了一片避孕药。但是,欺骗自己很难,或者说,筹划着意外怀孕也很难。通常的结果是,我们一个星期都没有做爱。"

"我刚才提到的那位朋友也许能给你出出主意。我不太确定。"他试探着说,避免以慈父关爱的方式触犯她的隐私。虽然他很想把她搂在怀里。"当时和我在一起的女人,叫特蕾莎。我们是在大学里认识的。她很聪明,善解人意。跟她在一起,总有很多开心的事。我们彼此了解,我不必问自己,我对她感觉如何。我喜欢她,那是一段美好的时光。我的错误是,我也没有问她,她对我感觉如何。反正在一起很多年,我都没有问过她。直到有一天,你猜到了吧,她怀孕了。"

"太棒了。"玛丽卡脱口而出。她自知失态,尝试以摇头来挽回。"我并不想这么说,对不起。"

"我知道,听起来,这种事好像老是发生在我身上。但是一共就两次。一次是避孕失败,再就是这次。特蕾莎偶尔会说想要孩子,只是顺带一提,所以我一般都能简单搪塞过去。当时我正忙着写我的教授资格论文,这是我生死攸关的大事。我们之间的关系似乎完全不用花工夫去经营。所有的一切都不需要认真严肃的讨论商量,直到特蕾莎说:我怀孕了。她非常高兴,我突然意识到,我虽然喜欢她、尊重她,但是却并不爱她。而且这之间的差别比我想象的还要大。她感觉犹如晴天霹雳。你觉得,我们这么多年在一起都干了些什么? 她问。我的回答是,我们在完美的误解中生活了四年。她想结婚。她是天主教徒。我慌了神,心里想着,这不是我想要的。我必须想尽一切办法,绝对不要这样的生活。多么恐怖的想象!"他这么专注于叙述往事,以至于玛丽卡问他话时,他猛然吓了一跳,"那你做什么了?"

"没错,我考虑的就是这个问题。我做什么了?他妈的,我到底想怎么样?"这么多年过去了,当时的情景第一次这么清楚地摆在面前。他在栗树大街的客厅和书房。沙发上方挂着裱框的海报,背景是基里科的蒙帕纳斯车站。旁边是录音机和一大摞自己录的磁带。特蕾莎坐在地板上,嘴里不断念叨着,她无法接受不理解的事情。我不懂你为什么不爱我,她说。那是我生命中最美好的时光。

"我没有跟任何人讲过这件事。"他说,"她哭着求我。我说,我付你生活费,但是绝对不会和你以及孩子生活在一起。她是绝对不会去打胎的,这个我很清楚。这段时间,正是我和玛丽亚逐渐亲密的时候。总有一天我必须告诉特蕾莎,我生命中有另一个女人。就这一点,她彻底崩溃了。刚开始她拒绝接受我说的事实,之后她像瘫痪了一样,木讷地只知道点头。几个星期过去了,我们没有任何联系。然后她打电话给我,说要见我,但不是到我家里。于是我们约好在咖啡馆见面。她告诉我,她约了医生,问我愿不愿意陪她去。我以为是去做孕检,直到进了医院我才知道,她要堕胎,所需的咨询和先行检查她都已经完成。为什么她一定要我陪在身边,我到今天也不清楚。也许她要我睁大眼睛,看我到底对她做了什么。或者她希望我会在最后一刻心软。也许让孩子的父亲也在场,更合乎常理。我一概不知。总之,我坐在候诊室里等着,觉得时间有三天那么长久。其他还有什么感觉,我记不清了。"他唯一还有些记忆的,是监护室的白墙和暗淡的灯光。她眼里无声的谴责。护士进来和她交代一些事情,特蕾莎的眼睛紧盯着他的脸,似乎想让他一辈子永远都记住这个时刻。

"理解。"玛丽卡说。

"我妻子和我妹妹都不知道这件事。可能你也认为,最好不要知道这些。那之后不久,我从柏林搬走。我们之间再也没有联系过。如今她住在哪里,我不知道。我不能排除,是我毁了她的生活。或者她遇到了真爱,生了五个孩子。我无从知晓。"

他们周围有人跟着音箱里的音乐一起唱歌,其他人的歌声则伴着吉他手的弹奏。旁边房子里的邻居透过破碎的窗户玻璃朝这边张望,二楼挂着"出售"的广告牌。玛丽卡看着手里的杯子,不说话。

"一方面,我感到羞耻,"他说,"另一方面,我不能后悔。如果我当初做了所谓正确的选择,那我的生活会是什么样子?我不知道,我也不想知道。总之,如果那样的话,我应该就不可能和玛丽亚结婚,也不会有我们的女儿。对我来说,这就够了。当我难以入眠,或者无人诉说的时候,其他的事情偶尔会涌上心头。说实话,这种情况并不常见。"玛丽卡递给他一张纸巾,他本来想拒绝,最终还是接了过来。他惊讶地发现,她也几乎要哭了。"你现在一定认为,我是一个没有良心的混蛋。没错,我那个时候的确就是这么不负责任。你没事吧?"

"没事。"她把纸巾揉成一团,塞进包里,默默点头。"有时候真的很奇怪,生命中的某些局势竟然如此相像。如果把你的故事和我的故事叠加在一起,——我的意思是故事里的人物,而不是故事本身——那你就是贝斯手,而我是特蕾莎,虽然没有怀孕。"

他愣了一下,这才明白她在说什么。她只是在下午稍微提了一下贝斯手,是她早期的男朋友之一。吃晚饭的时候,她又简短提过一次。现在她看着他,勇敢地微笑着。

"这个我可不知道。"他尴尬地说。

"为了他,我在外面流浪了那么久。第一年,我只能在学校放假的时候跟着乐队到处演出,那感觉就像度假一样。然后我就决定,跟着乐队去外面呆一整年。那以后我就再也没有回到大学。我特别理解,为什么有的人一起生活了很多年却从来不问结果——直到有一天我们忽然发现,根本不会有结果。后来他和乐队闹矛盾,想退出。好吧,我说,那我们就退出,去干点别的。但这不是他的计划。现在他在阿姆斯特丹开了一家唱片店,顺带经营咖啡馆,还有妻子和两个孩子。去年我见过他。他看起来比以前任何时候都幸福快乐。"她缩着脖子,喝完杯里的酒,扬起鼻子,摇摇头。"我累了。我们还是回旅馆吧。"

他坚决不让她付自己那份酒钱,进屋去结账。店主比刚才那位女服务员大不了几岁,也是一头长发,他接过钱,表示感谢,并祝他们过一个美好的夜晚。

月光洒在石径小路上。哈特穆特抬头往上看,看到空中有一个发光的白色十字架。他一时觉得自己喝醉了,比他想象的要严重得多。然后他才想起来,那一定是山顶的十字架,下午在河边时看到过。他很想说一些安慰的话,但是不知应该说什么。她虽然比他年轻,但是已经足够成熟,应该能够明白,生命中的很多事情只会发生一次。

窄窄的巷子一直延伸到他们旅馆促狭的楼梯口。夜间值班的前台简单点点头算是打过招呼,以打量的眼神目送他们上楼。二楼走廊的两边各有四扇门,就像牢房的门一样。他们住在尽头的最后两间。两人站在房门口,手里拿着钥匙,看着脚下的赭黄色地毯,犹豫了一小会儿。

"明天早上要我叫你吗?"他问。

"我自己会醒。"玛丽卡把钥匙插进锁眼里,再一次转身看他。

他微笑着。她快步走过来,环抱着他的脖子,亲吻他的脸颊。然后松开手,迅速进了房间,没说一句话。

"明天见。"对着正在合上的门,他轻轻说。

1991 年

第一天早上,天刚刚放亮,他早早就醒了。透过阳台门前的木制百叶窗,漏进来一丝蓝灰色的晨曦。玛丽亚像往常一样躺在旁边,被子一直盖到耳朵,以抵御夜晚的寒冷。菲力帕打着呼噜,翻身仰躺过来。波恩的家庭医生说,她鼻子里的息肉早晚是要切除的。她的胳膊朝一边弯着,仿佛马上就会伸直并睁开清醒的眼睛问:我们今天去干什么?哈特穆特小心翼翼地下了床,帮她们盖好被子,悄悄地下楼。厨房的钟显示五点半。在大窗户后面,天空似穹窿般笼罩着大地,没有一丝云彩,还未完全摆脱黑夜最后的影子。透过这影子还可以看到透明且苍白的月亮。外面很安静,仿佛这栋房子里的寂静延伸到了外面。

他们是昨天下午从里斯本开车到达这里的。经过五个小时的车程,大家都感觉很疲惫。因为露尔德斯要他们绕道经过梅阿利亚达,在那儿买一头烤乳猪好在晚上吃。他们每次来都会买,并且每次都不忘保证,下次绝不买了。他们开着一辆租来的雷诺行驶在烈日炎炎的公路上,车的后窗台板上放着那头烤乳猪,油脂慢慢渗透包装纸滴下来。距离拉帕越近,他期待的喜悦就越大。对于他来说,接下来的一周将是丰盛的大餐和大餐之间的慵懒时光。

他的岳父母很喜欢他,因为他从不说"不",并且觉得一切都是美味,包括绿色葡萄酒、当地的奶酪,甚至还有软面包——面包师把面包放在蒙满灰尘的福特汽车后备厢里,开着车到处售卖。与他相反,玛丽亚一天中的大部分时间都呆在厨房里,又要听她母亲的唠叨:方圆二十公里内谁去世了呀;若昂什么时候终于卖了他的摩托车并准备结婚;新来的神甫叫什么呀,他一周做两次弥撒;要是拉帕也有自己的神甫该多好,这样她可以每天都去忏悔。当玛丽亚停下来休息时,就去阳台找哈特穆特,叹着气坐到他怀里。他安慰她说:再等一周,我们就去海边。她顺从地点点头。他妻子知道,他更喜欢这第一周,并且为他感到高兴。因为她觉得,他在波恩工作得太辛苦了。

他手里拿着冒着热气的杯子,又悄悄地走回楼上。在菲力帕的空床上,长着大眼睛的乌龟鲁卡呆呆地望着他。打开的儿童行李箱里有衣服、图画书,还有一个用来装最美贝壳的绿色金属罐子。哈特穆特走到阳台上,喝着咖啡,顿觉清醒,就像睡了十二个小时似的。在村子的另一边,第一辆车启动了。目力所及之处是平缓的山峰和贫瘠的山谷。颜色变得越来越浅,直至天地以一种淡蓝色调交于一处。那辆车早已不见踪影,哈特穆特终于听不见发动机的声音,只剩下羊吃草的声响。真奇妙,他感叹着走了进来,玛丽亚则摇着头,她想知道,为什么他在这样一个无聊的地方却感觉如此愉快。

昨天到达之后他就像往常一样去了咖啡馆,喝了一杯冰镇的萨格勒斯啤酒,庆祝假期的开始。天花板上,两个吊扇缓慢地转着。隔了这么久,咖啡馆里依旧是夏天、烟草和浓咖啡的味道。菲力帕在旁边的店里敲着旧的收款机。外面,天空消失在逐渐变黑的山的那边。几分钟的时间,开车的劳累就消失不见。他已经穿上为接下来几天准备的衣物：凉鞋和短裤，半敞开的衬衫，头上戴着那顶磨旧的奥比杜斯草帽，玛丽亚称之为"哈克贝利·费恩帽"。上个学期很辛苦，但现在他终于从中解脱出来，恢复自由了。自菲力帕出生以来第一次，他打算在这个夏天读一部小说。这是他的假期计划。

"哈特穆特，为什么我面对自己的父母却感觉如此陌生？"

临近中午，他又坐在阳台上，手里拿着一杯水，杯子边上还插着一片柠檬。他说不出在之前的几个小时里自己最享受的是什么——是令人放松的小说？是这个地方的宁静还是知道玛丽亚不久就会需要他的安慰？现在她站在门那儿看着他，仿佛真的在等一个答案似的。她穿着浅色的短袖裙子，胸部那里显得有些紧。

"有这么严重吗？"他问。她是否知道这么凝视她给他带来的喜悦呢？

"我不是说现在才感觉，而是我的记忆里一直都这样。这两个可爱的人，我叫爸爸妈妈的人。"

"你的父亲也是这样吗？"

"一半是堂·吉诃德，一半是阿尔伯特·施韦策。"她叹息着说，"这得出什么呢？唐·卡米洛？万佳叔叔？我爱他，但有时我和他说话就像和菲力帕说话一样。"

他把书放在一边，招手让她过来。他时不时会意识到，在这里他没有任何非做不可的任务。每当想到这一点，他就很想大笑。太阳高照，外祖父领着菲力帕去亲戚家完成例行的拜访。玛丽亚点着头坐到他怀里，他的指尖滑过她的大腿。

"为什么是堂·吉诃德呢？"他问。

"你觉得这个养老院有可能被建起来吗？他写信给他在里斯本认识的一些熟人，并称他们为他的政治人脉。事实上，那只是早些时候餐馆的客人。现在他又找到一个在法国当了二十年厨师的人,他们一起起草文件并寄往……我也不知道寄到哪去。寄往欧共体吧。用法语或者他们以为的什么语。"

"你有没有发觉,你的德语变得完美极了?你现在说话根本不再犯任何错误。"

玛丽亚看着他并把手放在他的手上。在葡萄牙,她和平时不一样,更温柔、更依赖他。也许她不知道,他是多么喜欢这样。

"你的意思是,我应该谢谢你?"

他笑着握住她的手并吻她。

"我的意思是,不要低估你的父亲。他虽然话不多,但知道自己在做什么。像所有佩雷拉人一样,他有极明显的固执。"他从首都回来后就当选为拉帕地区的领导,并一直致力于家乡的全面现代化建设。

"我母亲说,他需要做一个心脏搭桥手术。她去教堂点燃了那么多蜡烛,整个塞拉地区的蜡烛很快就会被她用完了。但医生认为,最晚明年一定要动手术。"

"他自己怎么说?"

"像以往一样,什么都不说。"

天空中盘旋着几只老鹰,它们飞得如此之高,仿佛即将融化在闪耀的阳光里。村庄像被麻醉了一样躺在它们之下,再也没人在田地里耕种,所有的窗户都关着。偶尔有摩托车的哒哒声或狗叫声打破这宁静,除此之外只有蟋蟀的叫声——葡萄牙夏日里无休无止的唧唧声。他们两个为什么不干脆进屋睡一觉呢?

"他们变得这么老了,这真让我心碎。"玛丽亚说,"即使他们根本不老。但是这些琐事,持续的无谓的担心,还有固执的不理智。我妈妈想请所有亲戚来家里吃饭,这是她今天早上决定的。二十人。你看到厨房堆成山的土豆了吗?她的手指有关节炎,要花半小时才能削完一个土豆的皮。每当我想帮忙时,她就说:去看看你老公,他一个人在那儿很无聊。他不会无聊,我说。那就去看看你奥罗拉阿姨。我的意思是,亲戚们当然都可以来,但是饭恐怕要等到十月份才能做好。所有事都是这样。"

"我爱你。"

"什么?"

"我有很长时间没说这句话了。你也一样。"

有时说爱她会让她变得有点冷淡,之前有几次她跑开了。但是在拉帕,这也变得不一样。她张开嘴唇,让自己更靠近他。他惊讶地感觉到,她的舌尖是如何探向他的舌尖,她的气息是多么火热。上个学期紧张而劳累,很多事在短时间内接踵而至。然后玛丽亚双手捧着他的脸凝视着他,他们离得如此之近,以至于他必须不得不眨了一下眼睛。

"我知道你是谁吗?你知道我是谁吗?"

"我希望是知道的。为什么现在在说这个?"

"如果你不知道呢?"

"玛丽亚,你爸爸就像一匹马,就算做了心脏搭桥手术,他也能活到一百岁。不要被你妈妈传染。她只是有太多时间来忧虑了。"

"我在这里无法呼吸。"她用左手抓自己的领口,就像要把它扯下来一样。"我们离开这儿去别的地方吧,只去两天也行。去哪儿都行。"

"我们下周就去海边。瓦伦丁昨天给我看过照片。我们将……"

"等不到下周了,现在就去!我们就去两天,去有人的地方。从这里去科英布拉只需一小时。我们明天一早就出发,找个酒店然后……求你了!"她又一次要求他,手划过他的胸前,抓着他的衬衫。事实上他们在这座房子里还没有一起睡过。房子里有太多耶稣受难像,玛丽亚说,主要是有太多她哥哥的照片,他叫安东尼奥,在她出生前两年就去世了。夏日的爱情生活必须要等到第二周,这是和拉帕相比阿尔加维最大的好处。但是现在他的妻子依偎在他怀里,就像等不了那么久了似的。之前那些夜晚的回忆涌上心头。总的来说,性生活带来的愉悦并不比菲力帕出生前少,只是次数少了,最近这几周尤其少。

"我没意见,"他在两个吻之间插话,"只要你父母让我们走。反正我们也要去科英布拉的。"

"我们把菲力帕留在这里让他们帮忙照看好吗?"

"嘿!"

"为什么不呢?反正她只想摸绵羊。"

现在换他将她的脸捧在手中。让他感到满足和惊讶的是,在这样的时刻,"爱"这个词有着让人捉摸不透的意义:在共同度过的这些年中,越来越相信天长地久,相信在他或她身上的某种东西能躲避无常的变化。或者他只是感受到昔日惊喜的余力——她真的成为了自己的妻子?

"你知道的,她睡觉睡得太死了。"他用一只手抚摸她的胸部,然而太迟了。她眼里不再有迷蒙的情欲,而是清澈中带着一丝嘲讽。玛丽亚就这么看着他,她最近管这叫"小专横"。

"你说得对。"她看了看手表。"我必须马上下去了,否则午饭就吃不上了。烤沙丁鱼,两公斤,四个大人加一个小孩吃。"

"你不喜欢吃沙丁鱼。"

"这并不重要,我只是女儿。你昨天说喜欢吃。我也是昨天才知道。"

"因为我知道,你妈妈已经买了。怎么了,玛丽亚?你有什么心事?一定不是关于你爸爸。"

她心不在焉地点点头,从旁边的桌上拿起他的书。她长胖了一些,但她很少坐在他怀里。他不动声色地转移她的重量,将她拉得更近,把脸埋进她的脖子里。

"蒙陶克是什么?"她问。

"一个地名,位于纽约长岛最外部的尖端。至于这个名字的意思,我也不知道。好像在哪里看到过,这是印第安文。"

"这本书好看吗?"

"相当不错。我刚读了开头,一边读一边还在想,看书还是太累了。我应该只是坐在这里看外面的小山。"

玛丽亚浏览了一下翻开的那页就把书放了回去。他突然想到,要是桑德丽娜的话,现在也许会说:给我讲讲这本书。当上了教授真是来之不易的成功,有时他认为,那曾经的疲累也许总有一部分永远都不会真正离开自己。有些不可替代的东西用完了,换句话说,他不再年轻,再也不会年轻了。

"我在最近这几周里是不是非常令人讨厌?"她问,眼睛看向远方。他摇摇头。

"那是失望。但现在事情是这样发展的,有很多新职位,机会还不错。当时谁会想到,我申请到了波恩的教席呢?"

"现在你如愿以偿了。"

"对。不会再像之前那样了。不再是短期合同,账户上再也不会窘迫。我是教授了,这谁都无法夺走。"

"而我却不知感恩,不满足。"

"我们只需要有耐心。"他该不该对她说,他偶然研究过《综合报》上的不动产广告并得出结论,买一栋房子在经济能力范围内不是不可能的。作为教授他很容易贷款,此外阿图尔在和其他男人的一次谈话中说过,卖餐馆的钱还剩下一些。自从联邦议院决定搬家,房价就在波动。现在是最好的时机。

"我们不该给自己太大压力。"他说,"整个春天的等待只给我们增添了多余的压力。我们其实不必依赖这个。"

"要有耐心,"她小声说,就像在一篇文章中划出重点词一样,"就中期来看。"

"我们自己做决定,比如一个我们推迟了好久的决定。"她想反驳,但他竖起一根手指放在她的唇边并抱紧她。"我知道!我们说过,我们等,直到有能力实现心中所想,但是……究竟为什么?为什么现在又变了呢?菲力帕四岁了。"

"没有什么比等待更煎熬的了。我是说,要有耐心。"

"要是房子太小,我们照样搬进去。"

"这是突发奇想吗?"

"最近她自己觉得,一个人玩记忆游戏实在是太无聊了。她想要有人陪着她玩,并且可以赢了对方。"他笑着,吻他妻子的脖子。他发现,她的声音原来可以如此轻快。"你没发觉,她有多么羡慕卡拉和路易莎吗?她究竟在哪儿呢?"

玛丽亚用下巴指向村子的那一边。新村那里立着几栋还未完工的房子,比老村的房子更加宽敞明亮。人们从里斯本或国外回来,建造他们养老的寓所。每年都会新增几家。阿图尔的房子是他父母的,他在原有基础上扩建了这栋房子,使它成为桥这边最大的建筑。对于两个人来说过于大了。这背后有家族敌对的陈年旧事,玛丽亚对此并不想说。此外他不敢肯定,他妻子是否像她说的那样,真的不理解阿图尔和露尔德斯与他们的老家之间有何联系。有时他想,她有些夸张了。在很多事上都是这样。

"给我些时间。"她说。

"当然。我只想确定,我们自己才是决定我们生活的人,而不是现实环境。"

玛丽亚点头微笑。

"自己决定。知道了。"

"跟你妈妈解释一下,然后我们明天就去科英布拉。"

"也许是因为天太热或者昨天在路上用了太长时间。我的头发到现在还有猪油味。"

"你闻起来很香。"他说。她激起了他的渴望,这种渴望在他内心燃烧着。"尤其是自从你不再吸烟之后。"

"你想过一会儿和瓦伦丁去散步吗?"

"这正是我的计划。如果我应该在厨房帮忙的话,我也可以留在这儿。"

"去散步吧。我从没说过,但是我们都已经感觉到:在拉帕的这两天最美好的就是,你很享受这里。"当他再一次准备让她靠近自己时,她站起来消失在房子里。他听到她的脚踏在木制楼梯上的声音。从教堂前的广场上传来菲力帕的笑声,然后钟声响起。每半小时响起一次《圣母颂》,只有在平安夜才会奏起《铃儿响叮当》。这在葡萄牙是一首宗教歌曲。

在接受波恩的教职后,如此短的时间内再一次申请职位,的确是有些冒险。他自己当然也清楚。在波恩还不到一年,他就将自己的申请材料寄到了自由大学,并希望莱茵河畔的同事们不会提前知道。对于他这样一个以语言分析哲学为研究重点的教授,波恩的大学无法提供水平相当的研究环境。从事语言分析哲学学科研究的人被看作是缺乏基础的哲学训练、没有能力研究真正的哲学。至少学院里的两个巨头,自负而守旧的正教授葛雷温布格和里曼,就是这么认为的。哈特穆特私下里叫他们"老雕",有一次他当着他们的面将教席说成是创新研究的障碍,他们看向他的目光就像是他在为一夫多妻制辩护一样。

他们刚到波恩的时候,波恩正处在即将迁都的恐慌之中。"首都留在波恩",想留住首都的标语贴满了汽车后车盖及商店门上。在柏林,柏林熊欢欣鼓舞。而莱茵河这边早就该放弃本来就不属于自己的东西。不知道为什么,这个地方很奇怪,玛丽亚说。当时,他们在波恩塔尔路的屋子里还有很多未拆开的纸箱子。早在他们搬去多特蒙德时,他就向她保证过,只要柏林一有空位,他马上就申请。从那时到现在已经四年了,而他却没有机会遵守诺言。现在终于可以了,他对自己说。这一步太早踏出去,他觉得有些急躁,并且对不住波恩这边的大学。但是条件和他的水平是如此相当,以至于恩斯特·西蒙都打电话来问他要不要试试。此外,作为四级教授,他每个月还能多挣将近一千马克,并且可以称为正教授,就像"老雕"们一样。就差最后一步了。

他做梦都不敢想,面试后他们居然把他列为第一候选人。难道是他过于低估了自己的能力吗?他像进入了思维定式,认为自己只会是排名靠后并且会在竞争中被淘汰。葛雷温布格和里曼认为,他所研究的东西,正赶上"流行",因此能平步青云去新的首都。当时,夏季学期刚刚开始。在一个美好的晚上,玛丽亚和他一起坐在阳台上,回忆他们第一次一起去东柏林,幻想着能有二百平米、带有石膏花饰天花板的大房子。他的妻子甚至都当真了。

然后,什么都没发生。任职看来只是时间问题,然而却一直耽搁着。手续只需要通过相关部门办理,然而这很繁琐。哈特穆特从施普雷河畔的同事口中得知,这会延迟一段时间;后来又听说这事很复杂;最后又说有人暗中反对。他们得到的消息越少,在夜晚的谈话中,"耐心"这个词出现得越来越频繁。来自柏林的传闻说,也许在程序上有个错误。每次打电话过去询问,总是被告知继续等待。负责单位一会儿是这边,一会儿又是那边,似乎不曾在某个单位真正停留过。家里不止一次的争吵,都要怪罪在那个莫名事物的头上,仿佛是有人把沙子撒在他任职的驱动器里。夏季学期快结束了。那是一个周五的晚上,玛丽亚正带菲力帕去睡觉,而哈特穆特则坐在写字桌旁,这时,电话铃声响起。

是迪特玛·雅克布斯。

"哇,"哈特穆特说,"好久没联系了。"

"老兄。"迪特玛的声音仍旧是那样,听起来像是经过训练似的,就像对着麦克风讲话。当时在理工大学,他们和其他人一起去哈登贝格咖啡馆,或者周日在国会大厦前打排球,他留给哈特穆特的印象是一个有野心的人,假装高高在上,跟他们只想一起玩玩。

"你从哪儿打来的电话?"哈特穆特问。

"从风暴之眼:柏林,威尔默斯多夫。"

"对哈,你还在柏林。"他去面试演讲时,从一份学院的通告中得知,迪特玛·雅克布斯在那里做编外讲师,但他们当时并没有碰见。

"自从柏林墙倒塌后,从这里就更难出去了。"

"因为对面车流量太大?"

"太对了,我的朋友。你说得太对了。"

接下来的十分钟,哈特穆特一边听玛丽亚给女儿读故事"阿妮塔",一边听迪特玛介绍他的学术生涯。他说,他签的不是长期合同,一直在另寻工作。明年他将出版一本特别厚的书,在那之后他再继续努力。谈话中出现了间歇,这表示他要转换话题了。

"你来这里做报告,我本来是一定要去的。"迪特玛说,"但是我当时有课。抱歉。"

"没关系。我应该提前告诉你的。但是我只在那里待了一个下午。因为这里的工作都要堆成山了。"

"听说你有孩子了。"

"对。我女儿四岁了。"关于时光飞逝的陈词滥调就在嘴边,然而他却没说出来。旁边玛丽亚和女儿正相互亲吻,互道晚安。当哈特穆特听见关灯的声音时,他知道了迪特玛打来电话是要告诉他关于应聘的新消息。也许不是好消息。

"我们的孩子将在秋天出生。有时候我会想,柏林究竟是不是适合孩子的地方?"

"威尔默斯多夫,"哈特穆特说,"你的意思是说,你的孩子可能会觉得无聊?"

迪特玛停了一会儿,之后用一声冷笑来回答。玛丽亚把头伸进来,示意他到女儿床前道声晚安。哈特穆特用没拿话筒的那只手示意"我马上来",但是她却抱着双臂站在门口。听到"威尔默斯多夫"这个关键词后,她还想多听一些。她对他来波恩任职的喜悦已迅速消失殆尽,比他的兴奋沉入潜意识里还要快。

"我到底有什么荣幸让你给我打电话来?"他问。

"我想,我应该先给你一点风声。你知道是哪件事。没人委托我告诉你,我这么做完全是因为我们是老朋友。"

"好。谢谢你。"

"阻力来自院里,"迪特玛直入主题,"当然不是明确的反对。更多的是不必要的询问,形式上的吹毛求疵之类。你知道,排在第二位的是一位女士。在这个专业领域女性所占比例并不高,可以说是闻所未闻的低。这是事实。"

"就算不是,那我……"

"等等,等等。乌特·克拉默并不是问题。你在院里有支持你的人。你的报告让大家印象深刻。我还想加上一句我的赞叹,做得好!但是,我该怎么说呢——他们并不是无条件地支持你。如果让步对他们有利,他们又会从现实角度考虑。所有人都有心理准备,这里不久会发生一些变化。合并,削减职位。在这样的情况下积存一点人情并不会损失什么。同事们做事就像秋天的松鼠一样。"

"和院里妥协……'院里'到底指什么?院长先生吗?"

"院长女士。"

"我明白了,她想要一位女士任职。"他很想去书架上看看,但是玛丽亚的目光一直在他身上,无声地询问着。她已经有了不好的预感。难道他自己不是早就预料到什么了吗?在申请四级教授的表上排第一名,而这个位置大家都趋之若鹜。这对他来说不奇怪吗?来自阿尔瑙的哈特穆特·海恩巴赫。他不想有这样的想法,然而这个想法就在那儿,不请自来。

"主要是她不想要你。"迪特玛说。

"哦,真是这样吗?我有什么地方得罪她了吗?"

"不知道。你没有打听过这里的情况吗?"

"打听情况?我在波恩工作不久就申请那个职位。我看到了招聘启事,接到了西蒙教授打来的电话,寄出了我的材料。说实话,并没抱太大希望。到底是什么情况呢?"

"院长是安娜·萨尔巴赫教授。"他停顿了一下。"你不知道吗?"

"我不知道。"哈特穆特试着挤出笑容,但笑不出来。玛丽亚一定在看着他,发现他一直努力想假装没事。安娜·萨尔巴赫。他敢发誓,这么多年了,这个名字还是第一次重新出现在脑海中。他脸上的肌肉僵直了好一会儿,最终才恢复原位做出一个表情。那段感情结束之后,他们每周有好几次在走廊里远远看见都刻意避免遇见。直到安娜换了地方,离开了电报大楼。

"你还在听吗?"迪特玛问。

"你是不是以为,我从窗户跳下去了?那现在究竟是什么情况?我是说,有一个委员会,有一个候选人名单,有一个规范的程序,还是没有?难道柏林突然变成君主专制了?"他的声音听起来很愤怒,以至于他自己都有些惊讶。他明明想笑,但又憋着不让笑出声来。安娜·萨尔巴赫。对你来说有比我的不幸更重要的事。难道除了将他的事业搅黄,她就没有更重要的事了吗?

"你是教授,哈特穆特。你还需要我向你解释,大学里是怎样运作的吗?安娜知道,要想直接让排在第二位的人任职,她的权利还不够。但是某个程序上的错误却一直都很好找,这就为她赢得了时间,而你……好了。你必须思考,什么对你来说是最好的。当然这里有很多猫腻,究竟发生了什么?背后又隐藏着什么?安娜不是一直都致力于提高女性的比例吗?现在她想方设法为明斯特的某位女士争取职位。如果你又要申请新的职位……"

"等一下——这个职位将重新招聘,这确定了吗?"他可以看到,玛丽亚的表情是如何变僵的。菲力帕在旁边的屋子里喊他们。

"我最近在食堂碰见她,我问:安娜,这是出于政治原因、专业原因还是个人原因?是出于事实,她说。典型的安娜式回答。抱歉,朋友。我感觉,她对自己所做的并不高兴,然而她不得不这样做。她不想让你来这里任职。"

玛丽亚听够了,就回到她女儿身边。

"我是否还有机会?"哈特穆特问。

"就像我说的,这取决于你有多大的心理准备。或许我该换个说法,你想要什么?"

"是安娜叫你给我打电话的吗?"

"不是。所有人都想明哲保身。我相信,大家都觉得尴尬。但是我想,你也许想在假期前知道,好静下心来想自己该怎么办。"

"好。"

"嘿,你正走在成功的路上,这一点大家都注意到。一点点弯路不会让你脱离正轨的。"

"我得挂电话了,迪特玛。我女儿叫我呢。谢谢你打来电话。"

"如果你需要更多消息就联系我。"

"我希望你不久也会得到一个教授职位。"

"尽力而为吧。"

"多保重。"如此温柔缓慢,仿佛要挑衅他自己,哈特穆特放下听筒,倾听着旁边屋子里的动静和街上的声音。在城南,周末开始了。玛丽亚用激动的声音命令女儿,终于又恢复了平静。菲力帕不知从哪儿听说,有一个孩子在夜里死去了。从那以后她就用一切办法抗拒入睡。可怜的孩子,他一开始想。现在他又不太确定:一个四岁的孩子真的理解死亡的含义吗?或者是一种本能在向她发出信号,就她的理解而言这件事是不好的?尽管如此他还是想今晚陪她一起睡,握着她的手小声说些安慰的话,直到她睡着。

直到他想好了,该如何向玛丽亚交代。

在拉帕,夏天的晚上又长又热闹。所有人都坐在长凳上,围着一个大桌子,这个桌子由不同的花园桌、厨房桌等拼凑而成。只有老人才坐在椅子上。每当有人从厨房拿来一碗新的菜肴时,桌上的盘子就会被推到一边,为下一道菜腾地儿。盛着薯片和白色豆子的小碗,盛着沙拉和土豆的大碗,盛着烤肉的大盘子。瓦伦丁犹如车库大小的烤肉架下,剩余的炭噼啪作响。将近十一点了。哈特穆特的皮肤上还有白天日晒的余温,双腿在体力劳动之后感到累得舒坦。他一边竖着耳朵听着桌旁的谈话,一边看着飞蛾像喝醉了一样朝着白色灯罩下的灯光飞去。就他听懂的内容而言,他们在辩论是支持还是反对风车,风车不久将建在塞拉绵延的丘陵上,为这个地区提供清洁能源。桌上人们你来我往交换意见,大家彼此友爱,也爱争吵辩论。不是南部人的装腔作势,只是有些啰嗦。

花园的那边,夜晚像一个黑色的枕头悬在山谷之上。透过柠檬树他可以看到村子另一边的灯光。

"你是怎么说服你妈妈,让我们在这里吃饭,而不是在你们家?"他对着玛丽亚的耳朵轻声细语。用意不在问题本身,而是想和她耳鬓厮磨。他们坐在阿图尔姐姐的花园里,瓦伦丁是她的长子,克里斯蒂娜是他的妻子,他们的女儿叫卡拉和路易莎。其余的十个人也算是亲戚——在葡萄牙人看来,隔了三代的堂表亲仍然属于一家人。

"削了五个土豆之后,她自己说服自己的。"玛丽亚说。"但是明天,明天大家就都来我们家了!你等着吧!"

"我们不去科英布拉了吗?"

"去呀。后天去,吃完早饭马上出发。"

"我们带着女儿去,对吧?"在儿童桌那边,菲力帕瞪着敏锐的眼睛观察着卡拉和路易莎的每个手势。她们一个比她大两岁,一个大三岁,是她在这个长假里模仿的对象。

玛丽亚笑了,就像有时她提醒哈特穆特说他和瓦伦丁长得很像,而他却不愿承认一样。去年夏天,他们在大西洋边上度过了一个"男人的周末":三天都在一起钓鱼、烧烤、喝啤酒和聊女人,大都是聊自己的女人。受一个国际石油集团的委托,玛丽亚的这位表哥横穿整个西班牙,负责监督建造他几年前自己设计的一种加油站。通过这个项目,他的经济来源有了保障,从那时起他就将自己大部分精力都放在家里,关心他美丽的妻子以及两个在家里等着他的、有着天使般脸蛋的女儿身上。在偏僻的高速公路服务区,他抓起电话,就想确保家里是否一切正常。有时哈特穆特会对此开一些无伤大雅的玩笑,就像玛丽亚嘲讽他对菲力帕深深的爱。

"他认为,我应该更经常给你写诗。"他说,喝了一口红酒。

"什么?"玛丽亚正在听桌上的谈话,她转过头来疑惑地看着他。

"他说,时常将自己的感情用话语表达出来,这样很好。"

"谁说的?谁的感情?"

"噢。我……不好意思。是瓦伦丁说的。去年我们一起度过那传奇式的男人周末时,他这么说的。"

她讽刺地挑起眉毛,看向他的杯子。"你是不是有些喝多了?"

"根本没有。如果我为你写诗,你会喜欢吗?"在桌子下面,他的手在找她的手。

"我觉得,在回答这个问题之前,我得先看看那些诗。你们一会儿还去咖啡馆吗?"

"我们?"

"你和其他男人。"

"我不记得,我当时有没有告诉过你,不过那个周末其实……不无聊。我只是想,我更愿意和你们一起度假。反正我和家人在一起的时间太少了。"现在他摸到了她的手。她手指冰凉,还有些潮湿。玛丽亚下午就来了,好让孩子们一起玩。而瓦伦丁和他则在老地方散步。陡峭的上坡路,然后是沿着山脊,能看到蒙德古河谷,河流就像一条绿色的带子穿过这片风景。河对岸是瓜尔达,远处的高地上是一片房子的白色外墙。瓦伦丁教他说黑莓、荆树等植物的名字,哈特穆特一边跟着他念,一边想,他应该如何理解玛丽亚今天早上的那种回避态度。她真的不想再要一个孩子吗？在他们脚下，拉帕已经笼罩在山谷的阴影之下。风轻轻地吹过山坡。他第一次来这儿时，新村这边还是尘土飞扬的道路和未建成的房子。而如今他看到的是阿图尔的姐姐那草木茂盛的花园，从这里可以辨认出儿童戏水池的小蓝点，还有旁边跳跃着的更小的点。他还能看到屋子的前檐，玛丽亚就躺在那下面，不知她是否已经从和她母亲的谈话中平复下来？或是火气更大了？为什么会这样？她最近问他。为什么男人能够保持并追寻他们的雄心壮志，而女人却成为家庭主妇，读读小报？她总喜欢拿克里斯蒂娜的小妹妹来举例。

半个小时后，他们起身告别。菲力帕想在她的好朋友家过夜，阿图尔和露尔德斯已经走了，男性亲戚试图说服哈特穆特去咖啡馆再喝一杯，但他拒绝了。之后就是连篇的废话、大笑和相互开玩笑，亲吻脸颊和拍肩膀。又过了二十分钟他们才真的离开，沿着有些陡的小巷往下走，走向河边。在夏天，这条河不过是含点盐分的涓涓细流。桥上，石砖铺路从这里开始通往旧村。蝙蝠围着少数几个路灯打转，蟋蟀唧唧地叫个不停。在他们面前是一栋一栋紧挨着的房子。顺着山坡往上，夜空下，繁星密布。

"我还想再……"他刚开始说，但是玛丽亚打断了他。

"我知道。我也是。"

在他们后面是一尊小小的玛丽亚圣母像，旁边有一个插着鲜花的花瓶。每次菲力帕和她外婆经过这里时，她就开始划十字，并以此告诉她父母，该去海边了。反正他们是这样彼此交流的。

玛丽亚停住脚步，搂着他的腰，耳语道："道理很简单。我害怕一切会重新来一次。"

"我不知道我该怎样做，才能让你不害怕。"把她紧紧搂在怀里，亲吻她，这些都不够。"所有的情况都不太好，但是这次就不一样了。我们找一个大一点的住处，或者直接买一栋房子。我们计划好。如果孩子在假期之初出生，我就有时间。我不必再到波鸿或乌珀塔尔去兼课。"从上面的村子里传来了几声狗叫，其他狗马上也应和着。有时哈特穆特觉得，他这个来自北方的陌生人刚到这里的头几个晚上，拉帕的狗叫得比往常声音大。"你知道吗？我不只是想再要一个孩子，而是想在更好的条件下将整个经历重来一遍，让我们两个都能享受这一经历，或者更确切地说，是我们三个。"

"我妈妈之前说过，玛丽亚，你并不是一个顾家的女人。你做不到。"

"你是一个伟大的母亲。你比你母亲做得更好。"

"她更爱你，我是说菲力帕。我不能怪她。"

"这只是一个阶段。我不经常在家，所以不必像你那样经常拒绝她。我扮演的是一个比较轻松的角色。我们会改变这一切的。"

玛丽亚无力地笑了笑。

"你竟成了这样一个乐天派，或者你只是装给我看的？"

"告诉我，玛丽亚，我要怎么做？"

"我从没觉得自己如此陌生过。"他们走在一起的影子投在地上，延伸到桥的中间。哈特穆特知道接下来要发生什么，他经常听到这话。"只要一看到她的小手，人人都会觉得陶醉欣喜。还有那微笑，那眼睛！而我呢？你试想一下，当有人把全部的温暖从你身上抽走，你会怎么样？你无法对任何事情做出喜欢和爱的回应，甚至对自己的孩子也没有。如果这还算是比较缓和的形式，那么……"

"这不是你的错。此外我也没看出来这对菲力帕有丝毫影响。

如果你确定,下一次会不同——你还是不想要吗?"

"在波恩吗?"她问。

哈特穆特紧闭双唇,努力不让哽在喉咙的那声叹息迸发出来。今天上午在阳台上她说自己不知感恩,当时他还没觉得其实他内心里正是这么指责她的。他在结束多特蒙德的代课任期之后,他们搬到了郊外乡下,住进一个带有花园的小房子里,就像房屋贷款广告中的年轻家庭那样,有白墙和绿草。但是为了日益增加的支出,他不得不接受方圆两百公里内的每一次代课任务。玛丽亚不认识外面的任何人,也听不懂那些妈妈们在游戏场喊孩子时用的奇怪德语。直到邻居中有一个失业的教师开始骚扰她,终于她忍无可忍。那个邻居是一个有眼疾的猥琐鬼,还有一个跟菲力帕差不多大的孩子。就算是因为他,去波恩任职也算是一个解脱。终于,他们脱离了经济的窘境和职业的不稳定。菲力帕上了幼儿园,而玛丽亚也可稍作休整,可是她却随即开始阅读所有能找到的关于新首都的文章。他甚至还不敢相信自己真的能去波恩任教,以至于在早晨起床后要对着镜子掐自己,可是他妻子却已经盼着他某一天能回到家中对她说:宝贝,我们收拾东西,我得到了柏林的教席。

如果这不是不知感恩的话,也差不多。

"在波恩生活就真的这么不好吗?"此时,他问。"我的意思是,这在于我们自己,懂得享受我们已经拥有的。目前我们生活在我们自己拥有的条件下。到底为什么不满足呢?"

"是啊。"

"是啊——这是对什么的回答呢?"

"这看上去就像我从你身上要求更多并且越来越多。我并不想这样。钱多钱少对于我来说根本不重要。我上大学期间曾经一分钱都没有。所以这并不是重点。"

"真的吗?每分钱都掰成两半儿花,每天早上都将床折叠起来放进柜子里。这不是我梦想的生活。"

"那你梦想的生活是什么样呢?"她仰起头,看着他。显然她哭过,但并不想让他知道。

"我梦想的生活就是你,"他说,"就是你和我,还有菲力帕。也许还有我们的第二个孩子,在夜里爬到我们的床上挤我们的位置。这就是我梦想的生活。"

她轻轻踮起脚尖亲了他一下。

"我今天中午跟你说过我爱你吗?"

"我不想表现得这么小气,但是你没说过。"

"但我的确是爱你的。"

"你并没说,而是问:你是否知道我是谁,我是否知道你是谁。问的时候还直瞪着我,就像发生了什么严重的事一样。"

"你娶了一个很麻烦的女人。"

"还会有很多其他的教席,玛丽亚。整个东部都需要教授,包括柏林的东部。我会去应聘的。我将遵守诺言。只是我既不会预言,也不会魔法。行吗?"

"行吧。"

他们没有再说什么,而是往上朝老村方向走去。几小时前街上就没人了,就连教堂的钟也要在早上七点才会再次响起。他们牵着手漫步,却都盯着自己脚下看。为什么他感觉对不起她呢?当他去柏林做应聘讲座时,感觉怪怪的。自从那次离开以后,这还是他第一次再到柏林,而且将全部精力都放在工作上。他从动物园火车站直接乘车去达勒姆,在学院里做了报告,结束了聘任委员会的面谈。他之所以能给人留下好印象,是因为有什么东西在拽着他,让他并不拼命争取。当他去买回程路上要读的报纸时,看到《齐啼》杂志的封面上德国剧坛的那个新秀"冒失鬼"正瞪着自己。他留着红色的短胡子,穿着一件纪念布莱希特的皮夹克。几个月以来,《言(说)语(吧)/行(档)为(案)/东部》演出场场爆满。这么多年了,剧本就那么搁在克罗依茨贝格的某个抽屉里,如今终于重见天日。这些诉说着的、歌唱着的、舞动着的东德秘密警察的档案,它们将毒液喷向那些记录档案的人、还有档案里所记录的那些人以及所有从西边袖手旁观的人。一部愤怒、睿智、恶毒的戏剧。因为它羞辱了所有人,因此也受到所有人的喜爱。当然,这部戏也引起了一些人的反感。基民盟的一个政客批判这部剧讽刺和平革命,两天后这句话便出现在宣传海报上。法尔克·梅尔林格在接受访谈时,双臂交叉坐在他的位置上,他所说的意思大概是——其间甚至有一次当场说出口了——所有的人都去他妈的!在波恩,玛丽亚说,她为他感到高兴。但可惜的是人们从他身上看出的是长年失意带来的折磨。他摆酷的姿势是多么费力,那件夹克衫穿在他身上是多么地不合适。此外,他们就没有再谈论过这件事,倒是晚上两人把各自对柏林的各种想象变成了一场较量:谁更渴望去柏林?谁的愿望更迫切?然后迪特玛·雅克布斯的电话就打来了,可以说他们的这些问题马上就会变得多余。但是,其实正好相反,这些问题只是不再被说出来而已。也许他并没有意识到,但是到了晚上,当他无法面对妻子的时候,当他在女儿身边躺下并听到玛丽亚在厨房洗碗收拾、然后离家直至两个小时以后才回来时,他仰面躺在床上,不知自己有何感觉。是愤怒、失望还是如释重负?他听到她在浴室里洗澡的声音,然后还有走廊里的脚步声,闻见了烟味,然后他妻子钻进被窝,背对着他。他想道歉但是没有,因为他不知为何道歉,而只是有道歉的意愿。此外他还想知道,接下来是否一切正常。但愿他不会因为对特蕾莎的恶劣行径而突然遭到报应!

"你还记得你今天早上说了什么吗?"他们到了他岳父母的房子门口,玛丽亚在她的手提包里找钥匙。

"我说什么了?"他问。

"你说:当时谁又能想到,我能申请到波恩的教席。什么叫当时!时间已经过去一年半了。你知道吗,这也让我害怕。时间这是突然怎么了?我不明白。"

"我们在生活。"他说。"这就是发生的事。不再只是在梦里、书中和头脑中,而是实实在在地生活着,和我们的孩子一起。生活就是这样。平平淡淡。"

"为什么这会让我感到害怕?"

"害怕也是生活的一部分,至少有时候会这样。你能够认识它并慢慢从中解放出来。"

她找到了钥匙并打开门。"很奇怪,每当我们谈论这件事,我总觉得你更能理解问题的所在,甚至是我的问题所在。"她并没有进去,而是在门前转过身看着他。"尽管如此,你说过的话没有一句能真正说服我。你只不过是说得有道理,仅此而已。"

10

哈特穆特刚一睁开眼睛,立刻就清醒过来了。阳光透过拉上的窗帘挤进房间,他还以为自己睡过头了。光秃秃的墙壁上只挂着一个铜十字,闪着淡淡的棕色光泽。他连忙伸手在床头柜摸索,摸到眼镜后,坐起身。九点差一刻,还不至于太晚。他又躺倒在枕头上,回味着混乱梦境中的片段,模糊的情色,曲折的情节,就跟昨天的遭遇一样起伏多变。玛丽卡肯定还在睡觉。他大概算了算,前面还有六七个小时的车程,也许更久。昨天在计划之外的停留很是惬意,不过今天他想尽早出发。绿色窗帘后面,美好的一天在等着他。不知何处传来鹅的嘎嘎声。

站在莲蓬头下,他试着回忆他对孔波斯特拉的圣地亚哥仅有的认识。当地人说加利西亚语,跟葡萄牙语几乎没有区别。为什么菲力帕一定要到这个地方来提高她的西班牙语,对他来讲就是个谜。昨天夜里,他跟她Skype视频通话,约好今天下午见面。为了节约时间,哈特穆特省去了早晨刮胡子的程序,决定趁同伴吃早餐的时间先去取车。

他从浴室出来才发现房门底下有一张折好的纸条。他立即想起了玛丽卡昨晚的拥抱,当时他还觉得,道个晚安也用不着这么做。现在看到旅馆信纸的台头底下写着两行字,证实了他的担忧:我确信,你会理解。和你在一起,真是美好的时光。非常感谢!一切顺利。玛

除此之外什么都没写。

他失望地坐到床上,压抑着自己想冲到窗边去寻找她的冲动。也许纸条早就放在那里了。她往右斜着写的笔迹跟他的很相似。不潦草,但很有力。她既没有给他留邮件地址,也没有写手机号码,更没有说她要去哪里。他又浏览了几遍,不再觉得唐突,反而认为恰当。无声无息地离开,这就是她的风格。况且她也不欠他的,她应该知道自己在做什么。

也祝你一切顺利,他想,揉掉纸条,开始收拾东西。昨天在修理厂,他把一宿需要的用品都塞进了一个黑色背包里。现在他可以潇洒地把背包甩上肩,下楼去结账。他也省去了早晨喝咖啡的程序,九点二十分就来到街上。

这个时间,老城的街上只有送货的人,推着桶,拉着箱子。哈特穆特穿过空荡的市政广场,下台阶往河边走去。燕子在清晨的凉风中唰唰飞过,还有教堂钟楼的金属钟响,昨天夜里他也听到过。从酒吧回去后,他翻来覆去无法入睡,辗转挣扎了半个多小时,最终决定投降。他起床打开电脑,进入谷歌页面,输入她的名字特蕾莎·欧特斯。出现了无数的搜索结果,但是他看完前二十条之后,没有找到任何与前女友相关的提示信息,哈特穆特放弃继续搜索。他对自己说,她早就找到了自己的幸福,已经改随夫姓了。安抚自己的良心,这是人类通过网络还无法实现的事情之一。他又输入玛丽卡的名字,找到了她为网络杂志《鲁钝》写的专栏。他点开一篇,刚读到一半就失去兴趣,手指点在键盘上,稍作迟疑。他该重新穿上衣服出去走走?还是回到酒吧?就在这时,屏幕上方跳出

一条通知提醒"菲力帕上线了"。这是电脑的新装置,只要Skype联系人双方的任何一方上线,电脑就会发出提醒。现在他无法抵制诱惑。他点击了两下,然后就听到似乎是从远方传来的拨号声。午夜刚过,铃声响得越久,他越觉得自己在打扰别人。他正要按掉红色的听筒按钮,电脑屏幕突然变换了画面。菲力帕坐在一间昏暗的房间里,身穿汉堡大学的蓝色校服帽衫,抬起右手打招呼:"你好,爸爸。"

他自己的脸挤在一个框框里缩在屏幕的一角。他有些不习惯地对着相机镜头挥挥手。"你好。打扰你了吗?"

他女儿摇摇头。她最近新剪的短发很适合她,突显出她漂亮的脸部。她遗传了玛丽亚的绿色眼睛,还遗传了他自己的、已变得阴柔的五官:大鼻子,还有相对厚实的下巴,说明她有坚强的意志。他没有马上进入正题,而是带着父亲的骄傲微笑着看了她几秒。菲力帕狐疑地靠近屏幕。

"你不在波恩?"

"早就不在了,我在西班牙。确切地说,是在欧罗巴山。"

"你突然跑到西班牙来做什么?"

"本来我想现在就到圣地亚哥,可惜车子出了一个小故障。所以我们得在这里住一宿。你小心点儿,明天我就到你那里了。"

"我们?"

隔壁房间的窗户开了又关上。也许玛丽卡正在想,她如何能够为了她的未婚夫只爱他一个人,而忘掉那个贝斯手。他真想咬自己的舌头。

"我。"

"你刚才明明说了'我们'。"

"是我们这里一种可亲、落后的惯用称呼。那你们说说吧,孔波斯特拉的菲力帕,你们还好吗?"

"转一下你的电脑!"

"菲力帕……"他叹口气,顺着她,视线跟着小框框里的镜头旋转。浴室的窄门,老旧的小窗户。因为玛丽卡坚持自己掏住宿费,而他不知道她的经济能力,所以他选了这个简陋的房间,很久没住得这么简陋了。值得庆幸的是,网络竟然能用,尽管眼下对他不利。

"另一边。"他女儿命令道。

他在窄窄的单人床边停留了片刻,然后把电脑放到桌子上,故意板着脸。实际上,他很认同她这种对父母婚姻忠诚度的关注——如果菲力帕的侦探行为是这个目的的话。

"满意了吗?今天早上有一个女的在停车场跟我说,要搭我的便车。一个年轻的荷兰人,马上就要结婚了,没兴趣和老男人乱搞。"

"哦,你在度假。"她说,似乎他一直都在跑题。

"是的。我要从大学里解放一下,也终于去拜访了贝恩哈德·陶施纳。他向你问好。然后我就想,我也可以继续开到圣地亚哥。你乐意让我去吗?"

菲力帕没有回答他,而是转着鼻环,看起来好像是和电脑后面站着的某个人交换了一下眼神。

"这是你的房间吗?"他问。

"是啊。"房间不大,但是天花板很高,如果他没看错的话。一张床,一个窗台,其他也看不出什么。微弱的光从一扇开着的门透进来。

"看起来很漂亮。"

"很便宜。你看了浴室就知道了。"她忍不住笑得前仰后合。

"我知道,时候不早了。但是我还是想告诉你一声。如果修理工不出错的话,我明天下午晚一点就能到。明天下午。"

"我正好只有明天下课较晚。"

"要不然,我就先自己呆几个小时。你爸爸我又不是没自己一个人待过。"隔壁的玛丽卡应该在打电话,他隐约听见。

"好吧,听你的。"菲力帕说。"就我对你的了解,你应该已经订好了酒店。"

"你好像说过,你住的附近有一家。"

"不是在我这附近,是在老城。你无论如何应该住在老城。我住的地方离老城有几公里的距离,在北校区。"

"哪里都可以,方便就好。"

"你等一下。"菲力帕站起身,她屋里的物品一览无遗。房间确实有些简陋,只适合暂时居住,而且——他脑中闪过一个词——有密谋。他刚才以为是床沿的地方,结果却是搬家用的纸箱子,旁边的地上还有一个床垫。床垫边上立着一大摞书。这幅景象让他想起了玛丽亚在柏林潘柯夫的住处。

电脑的喇叭里一阵嗡嗡声。有人直接靠近摄像头,太近了,以至于哈特穆特无法认出到底是菲力帕还是别的什么人。他坐在屏幕前等着,望着自己闷闷不乐的脸,隐约听到电脑里有对话的声音。女儿上大学的第一个学期,他还能够给她一些关于学习规划的建议,而且她也没觉得他干涉太多。但是,现在从她那方面来看,已经没有必要让身在波恩的老父亲过多参与她的生活,不想让他过多了解她在做什么。尽管玛丽亚曾若无其事地说,女儿长大了,脐带剪断了,但他仍然感觉到越来越强烈的漂离。他甚至怀疑,是玛丽亚跟女儿讲了他们两人之间的激烈争吵,才使得女儿要和他这个骨子里充满愤怒的暴君保持距离,可能是出于恐惧、气愤或者女人之间的默契,也可能是下意识的行为。

"我又回来了。"她说,重新在电脑前坐下。"你手边有笔吗?你记一下酒店的名字,还有我们碰头的咖啡馆名称。"她在上一封邮件里还说感到很兴奋又可以见面了,现在则变成了冷静谨慎地为他安排住宿及接待。

"谢谢。我去看你让你很不方便吗?"

"没有。我不是在邮件里写了吗?我只是要去上课,一天四节课。其他时候我大部分都有时间。我还给你找好了停车库,你不能直接把车开到酒店那里,那边不能通行。"

"谁在你那儿?"他问,因为又有一个人影掠过墙面。

菲力帕转过头去,好像她也必须先看看是谁。

"是我的室友啦。我们是三个人一起住。"

"好了,我有笔了。"

菲力帕念了两个名字和地址,该说的就都说完了。哥本哈根那边她也有好几天没有收到任何信息了,这是女儿对他问题的答复,还说,那边估计已经闹翻天了。

"明天见。"她像一位充满智慧的印第安首领一样举手示意。

"晚安。"

和女儿通完话,他觉得房间更显狭小。教堂的钟响了一下。哈特穆特预订了圣·米格尔酒店的房间,读了读关于圣地亚哥历史的信息,然后关上电脑。玛丽卡的屋里听不到任何动静。每次有人与他保持距离,他都感觉很别扭,到底该接近还是疏远,都让他左右为难。特蕾莎的脸又一次浮现在他眼前。很明显,他根本就不知道他在找寻什么,这是她分手时说的话。就在医院观察室门口,他站在那里。他还记得,当时他好像回答说,等我找到了,自然就会知晓。那是他们最后一次见面,而事情果然如他所言。为什么他今天还有这样的恐惧,害怕又失去这一切?

加利西亚的雨在中世纪的游记中就被提及,他昨天夜里刚在网络上读到过。毛毛细雨,那个时候淋湿的是朝圣者的行囊,眼下则轻轻落在车前的风挡玻璃上。547号公路沿线都是一些名不见经传的小地方,行走在路边的朝圣者不计其数。真正的民族大迁移,他想。他们背着鼓鼓囊囊的背包,外面穿着五颜六色的雨衣,看起来就像两条腿、拄着拐棍的驼背候鸟。他们在咖啡馆或商店前的人行道上停歇,还要走两三天的路程才能到达前方的城市,而哈特穆特开车只要一个小时就能抵达。他沿着路标往市中心开,找到老城东边带有蓝色停车标识P的萨勒停车库。下车时,他感到全身都是长途旅行的疲惫。早上,他开过一个云雾袅绕的山口到了卡斯提利亚,连绵的山脉逐渐消失在后视镜中,直到加利西亚又是群山环绕的景象。中午路过莱昂的时候,气温高达三十度,现在已经是下午四点钟,凉风拂面。沿着圣地亚哥的小巷,越走越显狭窄、拥挤。

到处都是大块的花岗岩。头顶上萦绕着忙碌、欢闹和充满期待的嗡嗡嘈杂声。哈特穆特惊讶地发现,他竟然循着热闹往市中心走去,似乎还处在无休止的开车状态。如果不是背着沉重的背包,估计他从酒店门口走过也不会进去。

二十分钟之后,他拿着圣·米格尔酒店前台给他的地图,已经站在了酒店前的广场上。他决定先不去理会口渴难忍。刚才从五楼的房间窗户望出去,他看到了大教堂的棕色双塔,还有城市上方一片红色的屋顶当中的两个塔尖。又下起了小雨。身边是来来往往的游客和朝圣者。咖啡馆用"免费网络"来吸引顾客,橱窗里摆满了人物玩偶。圣雅克布之路的两边,售卖的T恤衫、帽子、杯子还有罗圈腿的卡通人物上都印着"圣雅克布之路"几个字。哈特穆特时而沿着建筑物的正立面抬头仰望,时而沿着小巷低头俯视,任何一个角度都值得拍照,仿佛行色匆匆的游客,任何一个动作都是摆好了拍照的姿势。到处都是路灯和台阶,装饰华丽的老虎天窗,还有出奇宁静的后院。他信步走到大教堂的侧面,只有走到跟前才能领略到其雄伟。虽然他对教堂有着复杂的感情,但他还是穿过那些售卖拐杖、雨伞和其他朝圣用品的小摊,走进城市中心地带的这个石质建筑。

昏暗的光线迎面而来,还有叽叽喳喳的细语声。左边是闪着暗金色光泽的辉煌祭坛,往右边则是高高的中殿。里面人头攒动,照相机的闪光灯就像远方的闪电此起彼伏。每个教堂里的气味都不一样,但无非还是教堂的气味。以前在阿尔瑙的时候,他曾以为那些气味来自破损的坐垫。根据诺特博姆的说法,那是教堂式的空气。但是严格来说,哈特穆特什么都没闻到,既没有燃香的气味,也没有蜡烛味,更没有长椅的老木头味。他之所以一进教堂就感受到庄严肃穆的气氛,源自他从小被灌输、至今仍无法摆脱的另一种观念。这种气氛又唤回他孩童时的感觉,认为自己处于某个人的观察下,那个人具有如此强大的权利,以至于人们无法相信他是一个友善者。犹如小时候测试自己的胆量一样,他感觉到胸口一阵紧闷,迫使他思考自己究竟为何缺乏勇气。他的眼睛慢慢适应了室内昏暗的光亮。里面的柱子看起来就像永恒的双腿。旁边有人用正常的音量在说话,他仍然觉得吵得慌。

在后面的几排座椅中,他找到一个空位坐下。从正门上面的窗户投进来模糊的光线,令哈特穆特想起了科英布拉的古老大教堂。他的目光沿着一排忏悔室看过去,那是一排带尖顶的小木屋子。门上的红色小灯表明里面是否有人在忏悔。在天主教堂里他感觉比在基督教堂里轻松,不会觉得不够谦卑,反而充满了好奇心。燃香、金色小天使、玫瑰花环——在他眼里这些陌生的东西,却一直伴随着玛丽亚长大,正如他在阿尔瑙的教堂里习惯了素朴简单一样。他想起了上次去科英布拉的时候,菲力帕还很小,走路时得用手领着,总让她爸爸讲墙上的大幅油画里的故事,当然他讲的都是他正好知道并认为适合讲给孩子听的故事。几年来,她所受到的宗教教育就像父母蒙着眼睛在跳大公蛋舞一样,他们自己对是否信教也抱着怀疑的态度。因为菲力帕的祖父母都是虔诚的新教徒,而她在葡萄牙的外婆笃信天主教(至于阿图尔信仰什么,只有他自己知道),所以关于她的信仰问题既无法避免又难以理智地处理。她小时候受过天主教的洗礼,稍大些以后她可以自己决定,在学校上哪一种宗教课程。她为了她最好的朋友而决定去上基督教的课程,这事一直没让拉帕那边的人知道。露尔德斯每次来都试图给菲力帕灌输天主教的观念,而阿尔瑙那边每年圣诞节都会有新教的手撕挂历,上面每天都有一条上帝箴言。菲力帕专门将这些箴言整整齐齐地放在一个小盒子里,如今已经蒙上了灰尘。关于她小时候提出的童稚问题,上帝住在哪里,他们给出的答案恐怕连高中毕业生都难以理解。后来,露特送给她一本《儿童圣经》,她对天堂的想象就是在诺亚方舟里过暑假。至于她到底信什么或者现在信什么,——他一无所知。有意思的是,对于他和玛丽亚来说,宗教这个话题就犹如上一辈人谈性一样难以启齿。无法从世界上排除的事物,那就只好闭上眼睛不去看它。

那天下午,他和菲力帕两个人去了大教堂。玛丽亚说她需要有自己的时间,她想不受打扰地喝咖啡、看看四周。家乡对她来说越来越陌生,这让她感到难以名状的失落。我要坐下来好好看一看,她简单说。所以他就自己带着女儿在广场走了走,然后进了教堂。在教堂里,他尽量不让女儿去注意耶稣受难的十字架以及其他残忍的画面。他隐约还记得当时有一幅关于圣塞巴斯蒂安的暗色油画,圣人被捆绑着,即将殉道而亡。他们继续往前走,他试图给她找一些较温和的画面,正好看到中殿的另一头有一个漂亮女人从忏悔室出来。那个女人紧张地摸着衣服扣子,似乎在胸前画了一个十字,现在又想让一切动作和举止重新回到世俗世界。他就像条件反射一样想象着这个女人需要忏悔的罪过,然后他惊讶地发现那套衣服他认识,接着又认出了她的发型和端正的姿态。一时之间,他分不清现实和想象。他难以置信地看着玛丽亚消失在门外,门在她身后又重新合上。菲力帕什么都没看到,依然牵着他的手。后来,如果他没记错的话,他给女儿买了一个冰激凌,之后就按照约定到一个小咖啡馆与玛丽亚会合。他既没感到惊讶也未觉得警惕,但是白天的画面在他眼前挥之不去。她低垂的眼神,少女般的羞涩,和前一晚上在酒店的时候大不一样。他从未问过她为何忏悔。

一阵锣声将他敲回现实,广播里用西班牙语说了一些什么。一群亚洲人从他身边经过,大人都满脸严肃,而小孩子们则明显觉得无聊。他们在中间过道的另一头坐下,似乎随着一声令下双手合掌。只有导游小姐仍然站着,默默地蠕动嘴唇清点人数。看情形,下一场弥撒即将开始。

哈特穆特从教堂出来的时候,雨已经停了,天空更加明朗。他从包里拿出地图,找到那个做了记号的咖啡馆。咖啡馆离他住的酒店很近,在一栋房子的底层,以前应该属于毗邻的圣马提诺教堂。咖啡馆前的缓坡广场上,有人在踢足球,一处外墙当作球门。踢球的这些年轻人彼此用加西利亚语大声呼叫,哈特穆特能听懂大部分内容。咖啡馆门口摆了很多桌子等候客人光临,他径直走到里面。棕色地板砖,土黄色墙壁,一系列世界英雄人物的图片:

约翰·贝鲁奇,彼得·法尔克,李·凡·克里夫等等。这组肖像上方的标题写着:"你最喜欢的亡者"。吧台后面的女服务员顶着浓密蓬松的头发,足够有别人两个头那么多——真像个大枕头,哈特穆特想。他礼貌地打招呼,选了角落里的桌子,从那里可以看到外面的教堂广场。在菲力帕来之前,他还有一个小时的时间。

他的胸口不再觉得紧闷,换一个气氛对他大有好处。除了他之外,咖啡馆里只有三位客人:一位年轻的男士神情专注地坐在苹果笔记本电脑前,两位跟菲力帕差不多大的女孩慵懒地坐在深深的皮沙发上聊天。哈特穆特用葡萄牙语要了菜单,尽量不去注意服务员黑色拖把一样的头发。她每次点头的时候,头发就随着来回晃动,炸开的发卷从花头巾里露出来,垂在两侧。她的脸色有些苍白,长相一般,虽然眼妆化得很浓。他还未打开菜单,就先点了一大杯牛奶咖啡。

因为没有热食,所以他点了店里自制的巧克力蛋糕,克制住了想喝酒精饮料的欲望,往后靠到椅子背上。背景音乐是约翰·柯川的萨克斯风。那两个女孩中有一个抽着漏斗形的香烟,让他想起了玛丽亚曾经说过的话:如果他时不时抽点大麻,对他会有好处。至于她多久抽一次,她不肯透露,说什么搞戏剧的人抽点大麻算不了什么。有时候他问自己:两个人在一起生活了这么多年,应该自然而然地,甚至是强制性地会有一些共同的兴趣和习惯,可是在她这里怎么就不起作用呢?难道是因为他们来自不同的文化吗?他跟妻子提过这个问题,然后就马上察觉到,这个问题其实隐含着对妻子的不满。她没有回答他的问题,反而用一连串的问题逼问他:他对婚姻的认识是否和小市民一样?他是不是更愿意像露特和海纳尔那样生活?很难回答,他想,然后很坚决地摇头。他们在一起生活了二十年,他仿佛听见脚下的冰层开始裂开的声音。

巧克力蛋糕端上来了。

他之所以还记得这段讨论，是因为他当时又想到了在科英布拉的事，想到自己还蒙在鼓里的那种难耐。过了几年之后，玛丽亚自己主动说，她去忏悔过，当时只有她和菲力帕在拉帕过复活节，他没去。至于是什么促成她去忏悔的，她说连她自己都不清楚，甚至觉得自己罕见的动念有些可笑。她就这么去忏悔了，没有理由，并总是被罚念两遍玫瑰经，要么是因为她所犯的过错不多，要么是因为她没有交代全部罪过。

哈特穆特望向窗外，看到菲力帕骑着自行车正穿过教堂广场。出乎意料，竟然比约定的时间早了一个小时。她穿着绿色外套，书包斜背在身上。和以前在波恩时一样，她踩在踏板上骑，喜欢急刹车，经过咖啡馆，然后就不见了。隔着窗户，他听见自行车锁的金属碰撞声。没过一会儿，门开了。哈特穆特高兴地半起身子，但是又马上待在原处，背对着女儿，不让她看见。菲力帕快步走到吧台，像老熟人一样跟服务员打招呼。哈特穆特兀自微笑。

他听得懂"你好"和"怎么样"。两个人笑着互吻脸颊，互相抚摸一下手臂。菲力帕的一番话让她那位头顶着大拖把的朋友笑得前仰后合。他知道，她能够把日常生活中的小事当作笑话讲，但是眼前的景象仍然让他觉得心痛。菲力帕的右手像滑雪一样前后划过空中，左手紧紧握在胸前。她说的应该是刚才路上差一点发生的意外事件，但结果看来还好，总之两人互相击掌，重又笑出声来。约翰·柯川已经在演奏下一首曲子。菲力帕边说边脱下外套，放在吧凳上。哈特穆特再次见到她的兴奋随着音乐停在空中，让他只能抓住这个时刻的部分意义。一个小角，不是全部。

然后菲力帕才看了一下四周。

"你好。"哈特穆特说，觉得咖啡馆里的所有目光好像都看着他。他一紧张,就会提高声音。

"爸爸……"两人一时都惊呆了。她笑得不太自然,朝他走过来,吻他的脸颊,问了他什么问题,而他没听清只得让她再说一遍。他一下子就认出了她身上的香味以及拥抱时的轻松温馨。

"你怎么这么早就来了?"他觉得她的绿色眼睛每次都显得更大。"我们说好是六点,对吗?最早六点。"

"你知道我办事很谨慎。"他说,"我想先查看一下地点。为了我们的再次相见,我得调整好我自己。"这些话令她轻轻地摇头,他只想要看到她这个反应。菲力帕又跳回到吧台,拿了外套,并和她的朋友说了几句话。接下来,她就坐到他对面,两肘支在桌子上,开始吃他的巧克力蛋糕。

"我没想到你来得这么早,否则我就点两块蛋糕了。"

"嗯,嗯。"她嘴里塞满了蛋糕往下咽。"我特地为你逃了两节课。"

我们坐在这里,他想。坐在圣地亚哥的一家咖啡馆里,菲力帕一边开玩笑、吹牛皮,一边囫囵吃他的蛋糕。此时此刻,他别无所求,只是感觉到满满的幸福。她穿着运动鞋、牛仔裤,除了鼻环之外,她只戴了葡萄牙外婆送的一条小项链,再没有戴其他任何首饰。以前她总觉得从他的盘子里拿过来的东西最好吃。

"你已经看过什么了?"她想知道。

"只去过大教堂,那里大概有上万名朝圣者。我还真不知道,竟然有这么多人在走圣雅克布之路。"

"大众旅游业的扩张。"她轻蔑地说。或者是嘲讽?他现在感觉就像刚到达后第一次走过小巷,各种各样的画面如潮水般涌来,大脑都来不及加工处理。每一个小小的情感触动,他都难以一一整理。他只想坐在那里,看着外面,听女儿说话,和她聊天。

"你真的是一路开车过来的?"菲力帕问,"妈妈在上一封邮件里还说,你们正在考虑是否一起飞过来,到这里或者去里斯本。一般来说,你们考虑的时间都比较长。"

"这一次真是我常说的随心所欲,来一次说走就走的旅行。你想想,周一晚上做出的决定,周二中午我就在路上了。对我这个年纪的人来说,真是不错,是吧?"

菲力帕看着他,仿佛是在考虑,对他的话里所隐瞒的事,她是否有足够的兴趣去追问不舍。

"好玩吗?"她只是简单问。

"非同一般。我有很多年没有这么独自开车经过这些地方。确切地说,是自从我和你妈妈第一次去葡萄牙之后,就再也没有来我这里。那还是当时的政治运动刚结束不久之后的事。我跟你说过,贝恩哈德让我代问你好吗?"

她点点头,把吃剩下的半块蛋糕推到他面前,靠回椅背。她的身材依然瘦长,如同仍在发育的青少年,但是她的动作自信、果断,也许是因为她在汉堡就开始练习巴西柔术,也许根本就没有什么具体的原因。他有上千个问题想问她,可眼下他还不能着急,得慢慢来。假设他此次来访让她感到不方便的话,那么菲力帕确实隐藏得不错,没有让他觉察出来。但这不是她的风格,所以他估计,女儿确实很高兴见到他,也许她在汉堡时也曾盼着他去看她。

"阿乌尔身体不好。"她突然说。她说到她的葡萄牙外公外婆时,总是用葡萄牙语称呼,即使是用德语交谈时也这样。阿乌尔指的是阿图尔,阿乌尔露则是指露尔德斯。

"怎么不好?心脏吗?"

"若昂昨天给我发了信息。他们想把他送到瓜尔达。"

"这么回事。如果若昂插手了,那……"那就严重了,他本来想

323

这么说。"

菲力帕忧心忡忡地耸耸肩,转头看那两个抽烟的女孩。毫无疑问,从那边飘过来的气味绝对是大麻。窗外,太阳已经晒干了教堂前的石铺马路。再往前看去,成群的游客和朝圣者涌向刑法大门之路。

"是心脏的问题吗?"哈特穆特问。

"几天以前他突然抱怨说胸口疼,下午就躺在床上休息了。从那以后,他大部分时间都待在阳台上,一只手捂着胸口,表情很痛苦。要是阿乌尔露问他,他总是说,不会很久了。"

"自从我认识他以来,他总是这么说。他说这句话的意思就像别人说,明天要下雨了。"

"有时真的会下雨。"她女儿一般不会这么说话。她不太喜欢说关于疾病和死亡的一些悲观暗示,所有病态的说法都会引起她的鄙视。外面有客人坐在窗前的桌子旁,当然都是戴着贝壳的游客。自从游客变得这么多以后,他就感到怀疑:这真是全球化娱乐社会的一个分支。菲力帕的眼睛泛着泪光。

"你很担心是不是?"他问。

她笑着吸溜了一下鼻子,跟玛丽亚年轻的时候一模一样。她其实更愿意像妈妈一样坚强,不会轻易哭鼻子。

"也许只是假的信号。"

"肯定是假的。你别担心。"

她的牛奶咖啡来了,菲力帕借此机会介绍父亲和服务员认识。她叫玛尔塔,是菲力帕的室友之一。她问蛋糕的味道好不好,还说了一些什么,哈特穆特没听懂。然后她又去忙自己的了。

那两个女孩坐在角落里不断嘻嘻窃笑。

"你是不是偶尔也抽这个?"哈特穆特问,"大麻?"

"我不喜欢烟草。"

"从来没试过?"

"试过。但是我觉得不好。"

"你妈妈有时候抽。我是说混在香烟里的大麻。"

"剧院里所有人都抽。妈妈还算是抽得最少的。"

"梅尔林格呢?"

"不知道。那个人是个怪物。也许在用更强烈的东西。"菲力帕一脸鄙夷地摆摆手,转着自己的鼻环。就算她跟她母亲多么亲近,她也毫不掩饰对这个柏林怪物的反感。玛丽亚说,这两人要是见了面,绝对会互掐。按照玛丽亚的说法,菲力帕更像从前黏着爸爸的乖乖女,而不是眼前这个与他保持距离的年轻姑娘。现在她虽然就在他面前看着他,但是心思仿佛还在拉帕。她对外祖父母以及对住在里斯本的舅舅的爱,应该是源自天生的血缘关系,这一点跟她母亲也很像。与玛丽亚不同的是,她不会刻意掩饰自己的真实想法。

"如果真的很严重的话,我们就开车过去看看。"他说,为了让她高兴起来。"去拉帕或者瓜尔达。几个小时就到了。"

"那妈妈呢?"

"我最近这几天没有跟她联系上。我的电话没电了,充电器忘在家里了。不管怎样,她肯定随后赶来。"

"她知道你在这里吗?"

"到现在还不知道。"

"你们俩到底怎么了?"她不解地摇着头,这个动作他太熟悉了。"你从什么时候开始驾车穿过欧洲,而不告诉她?每次跟我通话的时候,总是问我跟她联系了没有、她最近有没有什么新情况?"

"和你说话的机会还是挺多的啊!"

"你们两个究竟还说话吗?"

"大多是打电话。经常会中断或信号不好。你知道,你妈妈正在哥本哈根。"

"是吗?如果我问她,你在哪里?她肯定会说,你就坐在波恩的写字桌旁,就跟平常一样。"

菲力帕激动地大声说,惹得服务员往这边看过来。也许她对海因巴赫和佩雷拉两家的严峻局势已经有所了解。确切地说,其实是三家。

"我想走就走了,是没告诉你妈妈,因为我必须做一个决定。"哈特穆特故意停下来,把杯子里的咖啡喝完。来的时候为了赶时间,他没怎么喝水,现在他才感觉到嗓子有些干。"这个决定就是:我是不是应该卖掉我们的房子、辞掉大学里的教职、去彼得·卡洛夫的出版社工作?去还是不去?这可不是一个简单就能做出的决定,你说对吧?所以我需要冷静下来好好考虑考虑。"

菲力帕鼓起双颊,屏住气,然后噗一声把气吐出来。"为什么?"

"我不想把事情搞得很戏剧化,但是我越来越无法忍受一个人生活,我太老了。这是主要原因。"

"也就是说你这么做是因为她,"菲力帕说,"因为妈妈。"

"反正不是因为喜欢彼得·卡洛夫。你知道我是什么意思。你认识他吗?"

"匆匆一面。首演那天他也在。"

"我要是这么决定了,那也是为了她和我。只是首先我得明确知道她的意思。从职业发展来看,这是降职。经济上反正不用提了。"

"你还不确定？"

这个问题搁到他面前，其实正好也适用于他目前的婚姻状况，他都不能确切地回答说：确定！外面那些戴着贝壳的朝圣者用蹩脚的英语在聊天，有明显的南部欧洲口音。哈特穆特大概能听出来他们是在互相炫耀各自走了多少公里。原来朝圣者的路线还分难易等级。

"我到现在还是不明白，她为什么要搬到柏林去？"他说。

"为了去工作。"

"这个我知道。但是难道方圆五百公里的范围内这才是唯一的工作机会吗？她跟我解释过，我们也谈过。但是我仍然无法理解，只能忍受，但是忍受并没有使生活变得更容易。"

菲力帕环抱着上臂，看向吧台。也许她已经意识到，他是来寻求她的鼓励，而她无法强迫自己说出她想说的话：拜托，你们自己的事自己搞定。她突然看起来好像当时青春期刚刚开始的时候，曾让玛丽亚气得快发疯。他倒没怎么生气，因为他很少成为她攻击的对象，而且他也很熟悉那种怒气。

"最好的办法就是，你们两个不要再这么神神秘秘的了。"

"我们之间没有秘密。"

"把你手机给我。我帮你充电。明天你就给她打电话。"

"行。"他欣慰地说，"我不想把你牵扯进来，只是这件事终究也是和你有关系。比如卖掉房子。我一个人住，确实太大了。"

"我无所谓。反正我也不住那儿了。"

"你是在那栋房子里长大的。"他转身去找服务员，而她正在换CD。角落里的那两个女孩抽完了加大麻的香烟，正在悄声细语地聊天，中间停下来的时候就微笑着握住对方的手。也许玛丽亚真的该给他带点这种东西，可以帮他维持平衡。眼下他最需要的是水。急需!他的嗓子干得要命。

"也许你应该开往另一个方向。"菲力帕淡淡地说,"去哥本哈根。在一个中立的地方相见,对你们都有好处。"

"我想见你。"

"为了找我打听妈妈的事情?"

"为了见你。为了看看你在这里的生活,看看你过得好不好。也为了给你讲讲我的计划。我还以为,你会很感兴趣。但是,首先……"他用手做了一个很无助的动作,几乎要脱口说出戏剧性的台词:你是我的唯一,你是我的所有。为什么你又跟我这么保持距离!她难道看不出来,他不仅要承受与玛丽亚相隔遥远,还要承受与她之间的距离?

"我也想跟你说一件事。"她说,"早就想跟你说。"

"好的,太好了。"他使劲点头,看得出来充满了好奇,他自己都感觉得出来。"在你开始说之前,我们要不要再点些东西?我渴得厉害。"他真希望那位服务员不要只顾着换CD,而是多关注一下客人。换CD哪有那么难!不成的话,就再放一遍柯川。

"我不要了。"

"而且我肚子又饿了。什么叫'又饿了',我今天就没怎么吃东西。吃得很少,几乎没喝什么。"他笑着说,感觉到长途开车的疲劳忽然找上他了,像是头晕发作。或者是桑德丽娜以前在课堂上发生的事现在轮到他了?急匆匆地开过半个西班牙跑到这里,真是个错误,好像是有魔鬼坐在他的肩头逼着他似的。沿着空空的马路,穿过沉睡的村庄,在中午困顿的时间。从莱昂开始,他就上了被热气烤得几乎看不清的高速公路,没有音乐相伴,而且开得太快。菲力帕仿佛突然之间离他很远。他必须控制住自己才不至于朝吧台那边大喊:渴死了!

"好吧。"他搓着手说,"有什么新鲜事?"

"你不舒服吗?"

"我很好。我觉得我已经知道你要说什么了。"他还记得,她谈第一个男朋友时,是多么难以启齿。每次她晚上要出门的时候,她总说她是去找她的女朋友,然后就在外面的街上等她男朋友来接她。米夏尔,那个幽灵,玛丽亚从她女儿嘴里套出名字后就这么叫他。哈特穆特觉得胸口发紧。我现在可不能倒下去,他想。最后一段路程,也就是刚出高速不久,他从中间车道超过了一辆大卡车。那条车道原本就是超车道,可是等他超到一半的时候,忽然发现这条车道的左侧边线直接并到了右边。右边!也就是说,他当时已经进入了对方车向的超车道,而前方是看不见来车的弯道。他赶紧急刹车,车子都快要翻了。事后回想起来,他后怕得直哆嗦。如果当时对方有车开过来,那么……

"我是同性恋。"菲力帕说。

音乐声响起。他的手指似乎是自动地跟着音乐的节奏在桌子上敲击。低沉的鼓声,似在耳边轻敲的铙钹。他看着女儿。这个熟悉的图像,如今图像的边框正在解体溃散。

"你听懂了我在说什么吗?"她问。

"当然。"他感觉到脸上的微笑,知道他此刻看起来肯定像个痴呆。他的手指无法停止敲击。在菲力帕的脑袋后面,墙上还挂着"你最喜欢的亡者"系列的其他肖像。名字和面孔他都不认识。文森特·普莱斯是谁啊?

菲力帕深吸一口气,他抢在她之前问:

"你妈妈知道吗?"

"知道。"

"好吧,那就好。我的意思是……好吧。"

329

他能听到菲力帕吸鼻子的声音,她的眼睛仍然盯着他。在有些原则上,他家里的这两个女人远远在他之上。只是他目前不知道应该针对哪个原则。

"刚才,"她说,"在来这里的路上,我还在想,无论你如何反应,我都要说出来。说出来,我会感觉好一些。不管怎样,轻松多了。但这并不意味着,你的想法对我不重要。"

"你本来就比你的老父亲所认为的还要成熟、聪明。"

"等这么久才告诉你,真是一个错误。现在我可以向你保证,很多事情我会考虑你的接受程度。"

"我知道,"他说,"我很高兴我们不用捉迷藏了。"

"你早就知道,对吗?你暗地里很早就知道了吧?"

"不知道。"他努力克制自己不要从椅子上滑下去。"但是,我现在知道了这件事,很好。相信我,我会努力的。"

"好。我不是很确定,是不是努力就够了。"

"不要小瞧了你老爸。"他尽可能果断坚定地说,"但是,现在抱歉我得离开一会儿。我马上就回来。"

他站起身,朝着他认为是洗手间的方向走去。在咖啡馆后面下几个台阶的地方。木桌上放了一个旧电脑,估计是用来装饰的,而不是真正要使用,因为根本就没有看到连线。哈特穆特在身后关上门,打开水龙头,贪婪地喝水。虽然有一股金属的味道,但是他依然觉得犹如久旱之甘霖。他用两手捧着水,吸进嘴里,感觉到一阵清凉流进胃里。然后,他直起身来,看着镜子。的确感觉到自己坚定了某种决心,虽然不知道下决心干什么。也许是为了伪装。为了重复他在生活中经常有过的经验——人可以一直伪装下去,直到觉不出是伪装,最后只剩下所希望的姿态。这基本就是一般所说的习惯,爱钻牛角尖的法国人一定要称之为"不诚恳",还要把它变成关乎生存的戏剧性。很久以前,桑德丽娜跟他解释过这个词的意思:有一种和诚实差不多的不诚恳,因为这种不诚恳将诚实的目标当做自己的目标。如果德语里没有这个词,她说,那你们真是更厉害。

他对着镜子里的自己点点头。什么事都没发生,他感觉自己已经好多了。他又喝了一口水,然后回去。最主要的是,抹掉一切痕迹。

11

哈特穆特小心翼翼地打开车门,仿佛他停在了一个万丈深渊旁边。下面的山谷里有汽车驶过的声响,远处还有露天泳池里的打闹声,教堂里响亮的钟声。城堡山的绿色塔尖高耸在夏日的空中。此时,他的唯一准则就是,尽管憋着尿,也不能一路小跑,这关乎到维持他的人格。其他的所有一切对他来说就像一场噩梦。他宁可大哭或者大笑、大声呼喊他妻子,或者把车门关上扬长而去,但是他只能下车。这一天剩下的时间和玛丽亚一起去参加婚礼,简直是最荒谬的选择。他失态的吼叫就如同他耳朵里疼痛的压力。这件事真的就发生了吗?他问自己。他怎么能这样失控呢?

眼前唯一能安慰他的是盛开的黑莓树丛,上百只蜜蜂嗡嗡萦绕其间。哈特穆特左右环顾,看看有没有散步的人路过。他猜想玛丽亚在上面的小木屋里,但愿她是一个人待在那里,那些清理昨晚闹婚场地的人最好不要好奇地围聚过来。他们必须谈一谈,但是他还没想好谈什么。这次争吵让他的行为超出常态,连他自己也觉得反常。他看着自己的手指,希望能找到一些提示,仿佛他已经迷失了自己。脑子里一个轻轻的声音在坚持,他们必须去参加这个婚礼。一起去,马上去。

他沿着林中小路慢慢往前走,顺着坡路往上就能到达小木屋,尽头就是上面的停车场。草地上被踩得一片狼藉,边上有一堵墙被漆成绿色,算是练习射门的球门。旁边停着一辆冷藏车,上面写着"博斯啤酒"。昨天晚上,这里聚集了一百五十位客人,现在却是一片空荡荡被遗弃的景象。玛丽亚坐在由树干劈成两半而成的厚重木凳上,没有靠背。她听到了他迟疑的脚步声,回头看了一眼,没做任何反应。她身体前倾,望着底下的山谷,抽着烟。

他本来想打招呼,但是没说出口。

小木屋前的空地上洒满了泛着蓝色的碎片,刚被清理过。一眼泉水四周立着护栏,泉水滴答滴答落在地上。他得努力打破沉默,克服障碍才能坐到她旁边。他闻到了烟草的味道,还有他自己的汗味。假期本来才刚刚开始,现在看来将会是另一番景象:两人去拉帕的路上将是互不理睬,矛盾没法解决。夜里,从拉帕的露台上往远处看,依稀能看到连绵的深色丘陵之间有少量的灯光。如同现在这样,光线渺茫。他们不禁自问,两人是否已经走到了尽头?如果不是,那接下来将往何处去?

他最终还是深吸一口气,但是玛丽亚却已经先开口了。

"我先说。"她用鞋底踩灭烟头,吐出蓝色的烟雾。

"行。"

"再也不要这样对着我大吼大叫。我是认真的。如果再发生一次这样的事,我将永远不再回来。"她迅速从烟盒里抽出一根烟。他从余光里看到,她按了好几次打火机才点着火。他们面前的视野很开阔,可以看到远处的村庄。那些村庄的名字他早就忘了。

"玛丽亚,很抱歉。"

"没那么容易。"她做了一个手势,似乎要捂着耳朵,不想听他说这个学期如何辛苦、改革如何忙乱、暑期班如何耗费精力。她使劲摇着头说:这都是另一回事。她当时之所以离开了梅尔林格,就是因为忍受不了他的火爆脾气。哈特穆特这才惊讶地意识到,他根本就不记得他在车里跟她劈头盖脸地说了些什么。刚刚过去不到一刻钟的时间,如果不是玛丽亚给他的一记耳光让他觉得脸上火辣辣的灼痛,他还以为,两人之间的争吵已经过去了好几年。

"我不知道,我该说什么。"

"那就闭嘴,什么都不要说。"

"而且我也不知道,我们要怎么度过这一整天。"

她没有接话,只是鼻子里讥讽地哼了一声,似乎在说"还用你说吗?!"尽管如此,这也算是一个表示同感的小信号,他只得继续寻求希望。仿佛现实被炸成了无数的碎片,而他才刚刚又找到其中的两块,重新拼凑在一起。

"你是不是后悔嫁给我?"他问,"是现在还是早就后悔了?"

"我知道,你想听我说什么。事情虽不至于那么严重,但是……"

"我知道,我的举止简直就像个傻瓜一样。"

"每个人都会犯傻。你刚才就像个失控的疯子。这辈子我是第一次对你感到恐惧。开到了对方的车道!你他妈的到底怎么了?你有病吧?"她气得发抖,紧咬嘴唇。

他又张嘴,还未开口,她又插话说:

"现在说这些都是废话,没什么好说的。算了吧。别说了。"

"我从来没有后悔过,一分钟也没有,一秒钟也没有,从来都不后悔。"

"那又怎么样——我现在应该感觉好多了?你要是受不了,就到车里等我吧。"

每隔两秒钟,他不得不活动一下紧张的四肢,就好像飞机刚起飞时腿脚紧张。玛丽亚嘴角叼着烟,在包里翻找着什么。一种奇怪的动作,她看起来一点都不像玛丽亚。山谷的另一边是一条盘山公路,仔细听的话,能听到各种汽车的声音。周六午间,山村里的静谧时光。新郎新娘正在为今晚的盛典精心打扮,最后再紧张地整理一下发型、调整一下领带。哈特穆特试着想回忆他和玛丽亚在他们自己的婚礼之前的那几分钟到底在做什么,竟然想不起来。当时他是一个人吗?还是有谁陪着他?婚礼是在塞洛利科一家榨橄榄油厂改建的酒店里举行的。眼下,他看着已无余烬的灰堆,旁边还有几段砍成一米来长的榉木块,一看就是昨晚闹婚的场地。他最后一次是在什么时候,这么盼着从时间的流逝中消失?这一整天,他将如何面对露特的容光焕发以及他妻子的满脸冰霜,而且还不能丧失理智?也许他们应该返回波恩,以后再跟露特解释到底发生了什么。

"你还记得我们几周之前的那次谈话吗?"玛丽亚忽然变了另一种腔调。沉着镇定,近乎阴森的冷静。"圣灵降临节的时候,菲力帕和她的朋友们一起去了阿姆斯特丹?"

"我记得,她是去了阿姆斯特丹。哪次谈话?"

"关于她是否吸毒或者曾经吸过毒。"

"哦。"

"在这个方面,我们对她的了解太少了。也许就跟我们的父母对我们了解太少了一样。你还记得吗?"她说,仿佛刚才什么都没发生。无论好坏,没有前因,总之什么都没发生过。尽管她正在谈论这件事。

"你当时说,她吸过又怎么样?我们谁没吸过?是这么说的吧?"

"然后你说,你就没吸过。"

"我没有。没这么说过。你怎么会提起这个话题?"

"接着我还说,如果考虑到你的年龄,考虑到你所处的时代,连一根混了大麻的烟都没抽过?我觉得很奇怪。你尽可以辩解,但是不管怎样,你毕竟是六八学运那一代的人。"

"在六八人的眼里我不是。在我眼里也不是。我……"

玛丽亚抬手打断他的话。深吸了一口香烟,然后掐掉,虽然她只抽了一半。哈特穆特忽然觉得,如果玛丽亚再也不会给他任何笑脸,也不再温柔地抚摸她,而只是以公事公办的形式继续他们的婚姻,那将会无法想象。比如说,两人躺在床上,无趣的草草五分钟,完事之后卷起被子睡觉——荒诞无比,可是他真的以为将来会变成现实。一想到这些,他害怕得几乎要吐出来。

"本来我想我们明天在波恩好好庆祝庆祝。"玛丽亚说。"坐到露台上,庆祝假期开始。庆祝你迟来的……怎么说来着?加入仪式。"

"加入什么?"他问,佯装不解。

她从手包里翻出一个金属的薄荷糖小盒子,递给他一只自己卷的香烟。她没有刻意抬起手,哈特穆特明白,在这个时候尽量不要跟她对着干。

"你从哪里搞到的?"

"你要么就跟着一起抽,要么就别碰。随你便。"

"我们得去参加婚礼。不管我们愿不愿意。"

她已经把细长香烟的尖头塞进嘴里,伸手点火。她的手还在哆嗦。

"没有什么愿意不愿意的。这是唯一的可能性,至少对我来说。你是不是打算,待会儿要喝个痛快?"

他们俩终于四目相对,他一脸疑惑,她则满脸严肃。她的新裙子很合身,表情凝重,脸上的泪痕已干。她一反常态,出奇的镇定。她抬起手来,仿佛要抓住他的领子使劲摇晃,而他则希望她真的这么做,对着他大喊大叫,甚至再给他一记耳光。但是她只是用一只手笼住了火苗,点着了小纸卷,深吸了第一口。她半张着嘴,等了几秒钟才呼出一口气来。接着她把烟卷递给他。

他还没有进入陶醉的状态,只是有一点飘飘然,感觉到林子里的风吹得比之前还要响。天空中飘着一朵一朵的云彩,影子投在地上就像大鹏展翅滑过,沉入拉恩山谷,又浮上城堡山顶。玛丽亚把脸上的一绺头发挑开,他已经感觉到她的手拂过他的脸颊。大部分感觉都很美好。两人的身体慢慢在靠近,不易察觉,就像为了证明他们自己。

"好吧。"他说,为了检验一下他是否还可以毫不费力地说出自己的想法。他知道他们还有一段路要走,知道哪些是他思考的空间条件:他们需要有距离。昨天晚上的新娘子多么美丽啊,可惜他想不起来她叫什么名字。好像是以字母 K 开头。菲力帕本来应该借此机会穿得更漂亮。脑子里的想法一个接着一个,就像一条链子的每个环节紧密连在一起。他专门在两周前把西服送去洗了,还买了一条新领带。上次穿西服还是三年前在斯坦·胡尔维茨的葬礼上。在他们的头顶上空,一只鹞鹰在盘旋。他第一次喝醉酒的时候,止不住放声大笑。他并不清楚,是确实有什么事情让他大声发笑,还是说他觉得喝醉了就应该是这样。有的时候自己到底感觉如何,确实很难搞清楚。人的感觉很难把握,无法到达,只是经过。

"现在我们感觉都很飘飘然。"他本来以为只是以平常的嗓音说话,可是听起来却极有穿透力,就像在宣誓一样。

"嘘……"玛丽亚伸出一只手,轻轻放在他的唇上。他亲吻她的指尖,甚至想把她整只手都塞进嘴里。

玛丽亚把烟头踩灭在地上,靠近他,把脸埋在他的上臂弯里。空中不断有云彩飘过,哈特穆特强迫自己睁开眼睛。他也不知道,刚才经历的那个瞬间算不算美好的一刻。此时此刻,多么美好,不需要任何理由。脑海深处,一直藏着一个念头,要追寻生活的意义。

"你觉得我们生活迷惘吗?"玛丽亚抬起头来问他。哈特穆特想起来当时他们坐在开往东柏林的轻轨城铁里,她问他是否觉得《欲望街车》是一部好的戏剧作品。一九八五年,就在他们的初吻之前的几个小时。和当时一样,她不是随便问问。

"你和我吗?"

"我们大家。以我们的方式生活。"

"也许吧。"

"我不想这样生活。"和他一样,她也没有一丝具体的打算,只是脑子里始终有这样的想法。"必须换一种活法。"

"说老实话,"他说,"我只知道,对于你、我来说,还不算太晚。希望菲力帕将来能够幸福,希望我老了不要得癌症或类似的重病。除此之外,我觉得我不介意生活在迷惘之中。但是我们一定要在一起,就像现在这样。"

"就像现在这样。逐渐走下坡。"

"我感觉不错。"他骑坐到木凳上,与她面对面。小木屋下方,两个慢跑的人正沿着林间小路锻炼。哈特穆特看到他们的脑袋在树枝间一上一下地跳动。玛丽亚双手捧着他的脸亲吻。她曾经开玩笑说,每一桩婚姻里都藏着一个斯德哥尔摩综合征的人质情结。而现在她真的这么以为。他把她往自己身边拉近一点,直到她坐在他怀里,他感觉到自己已经勃起了。和风吹过林间,哈特穆特意识到,他们必须动身出发了。玛丽亚跟以前一样,身上有烟草的味道,还有香甜的咖啡味和其他无法形容的气味,有点刺鼻。多么熟悉又陌生的味道!她又有多久没有吻过他了呢?!他忽然感觉到如此轻松,这一刻失去了它的轮廓,四处弥漫。不知何处传来的声音,听起来不是来自小路那边,说的是外语。他的手滑过玛丽亚的后背,滑过她的乳罩背带,他甚至觉得这一切就像在梦里。他究竟是觉得轻松还是遗憾?声音越来越大,脚步越来越近,他们周围的亮光越来越强。我们得走了,他想说。但是还未开口,就有一个可怕的声音插进来。响起又消失,再响起再消失。不是哨声,而是像他很久以前在一个电影里所看到过的一样。世上所有尖锐穿透的声响都跑到了他的耳朵里⋯⋯

⋯⋯哈特穆特仰躺在床上,睁开双眼。屋子里四壁白墙,木质的斜顶天花板。在他近视的眼里看来,除了模糊的平面外什么都没有。屋顶的天窗开了一条小缝,所以外面街上的声音和脚步声都能传进来。圣·米格尔教堂前面的花岗岩底座。他在圣地亚哥孔波特斯德拉,电话响了。他懒懒地把手伸向双人床另一边的床头柜上。这一天就像缺了几块的拼图一样开始了。难道是前台在叫早,因为他睡过头了?他昨天到底订没订叫早?

"喂?"他说,随后支起身体,把话筒放到耳旁。然后就听见英语和西班牙语的问好,外面有一个导游在大声地解释着什么。他的眼镜在哪里呢?

话筒里传来短短几句话的交流,然后就听到菲力帕小时候经常说的那句话:"主人,您得起床了,今天我们还有很多大事要做。"听起来搞得这么复杂。

"早上好。"他躺着把电话拽到床的这一边。每天早上,只要他还没找到眼镜,眼前的一切仿佛都是隔着乳白色的玻璃,对他来说,那就没有任何意义。他摸索着找到眼镜,房间里的一切终于有了清晰的样子。"几点了?今天我们有什么大事要做?"

"九点半。第一件大事是吃早餐。"

"好的。你在哪里打电话?"

"酒店前台。我们约好的九点半,你还记得吧?看样子你睡得很不错。"

"我也觉得是。"梦境还在眼前,他不太确定,他更喜欢呆在哪个世界。又开始了新的一天,接着延续这难以对付的日子。菲力帕似乎是在强调这日子的难以对付,接着说,"如果你不介意的话,我们三个人一起吃早餐吧。"

"行,没问题。"他毫不犹豫地回答。他腾地一下在床上坐起身来。脑子里乱糟糟的,与房间里的秩序井然形成鲜明的反差:他的鞋子整齐并排放在门边,衣服挂在椅子背上。"给我一刻钟时间。"

"我们就在用早餐的大厅里等你。你订的是欧式早餐还是自助餐?"

"我订什么?"

"嘿。"她笑着说,"你还没睡醒吧?还是有些紧张?"

"有些紧张。"他还没想到别的就马上回答说。

"我也是。只要我们两个都一起努力,一切将会很顺利。加布莉艾拉反正就像一个天使一样。"

天使。他只是偶尔这么形容玛丽亚,不过从未当着她的面这么说过。根据刚才菲力帕说话的语气,他能听出来,那个加布莉艾拉应该就站在她旁边。昨天,菲力帕提到她时,两人半天都没再接着说这件事。直到菲力帕问他,难道他就一点都不想知道她女友的事吗?她们两人学的是同一个专业,营养学,只是加布莉艾拉已经开始写博士论文了。她是加利西亚人,所以听得懂葡萄牙语。和菲力帕一样也是个独生女。以上这些是她的个人信息。

"我觉得,应该是自助餐。"他停顿了一会儿说。"你们喜欢什么就点什么吧。我马上下来。"放下话筒之前他觉得听到了她女友的声音,好像是在说"行吧"等等之类的话。外面传来海鸥一阵一阵的尖叫声。他到达这里的时候还觉得奇怪,圣地亚哥又不在海边,怎么会有这种白色的海鸥呢?从这里到嘉宝菲尼斯特拉还有将近一百公里的距离,据说那里就是克尔特人所谓的世界尽头。这是菲力帕昨天告诉他的。谁要是到了那个地方,都会首先在晚上烧掉一样代表自己的东西,然后在第二天早上去海里洗个澡,意味着重生。也许他正需要这么做。来一次克尔特人的彻底重生。

他站在打开的天窗窗口往外看,可以一直看到城市后面的丘陵,在最高的山丘上耸立着两个电视塔。他对当天的梦幻景象记得比弗洛利安的婚礼还要清楚。但是,自那以后,他们俩就再也没有一起抽过大麻了。这是不是说明他那天的梦境是一个美好的心路历程?他们究竟是不是接吻了?在下面的小巷里,哈特穆特看到了一个旅行团,女导游正在用英语讲解。

他并没有像刚才答应的那样马上就下楼,而是站在那里呼吸着早晨清凉的空气,随意倾听着外面的声音。他觉得恍惚有些错乱,因为导游把"真理"说成了"整理"。其实他此刻更想喝杯咖啡,坐在窗边消磨晨间时光,享受眼前佛罗伦萨风格的红色屋顶所散发出来的魅力。离他不到五米的地方,圣·米格尔教堂的尖顶是绿苔和鸽子的领地。哈特穆特不舍地离开窗前,走进浴室。

他昨天从洗手间又回到咖啡厅的时候,没有再胡言乱语,而是跟他女儿解释说,长途驾驶之后他突然感到有些虚弱,请菲力帕不要对他的第一反应太介意。他很高兴,终于知道了实情。听起来也许有些勉强,但是菲力帕还是接受了。比起之前假装的若无其事,她更喜欢他这种正式的表露。之后他们一起去吃饭,菲力帕一再重复说,真是傻啊,竟然过了这么久才告诉他。要不然早就没事了。现在他必须下楼去,认识一下那个加布莉艾拉,然后给自己一些时间好好调整。——原则上的一些调整,尽管他这么多年来一直遵循着这些原则,并且已经养成了习惯,形成了一定的套路。他既不觉得震惊也未受到惊吓。实际上他根本就不觉得有什么,只是感到有些意外而已。玛丽亚肯定觉得很别扭,她对此事的反应肯定比他好不到哪里去。如果这顿早餐他不会搞砸的话,也许还有机会再补救,从而得到一些较好的结果。每次学校有口试的时候,他看到学生刚开始紧张得直结巴,他总是先微笑着让他们不要紧张,然后才说,从现在开始,好吗?

好吧,他对着镜子里的自己说。因为他昨天早上没有刮胡子,所以脸颊周围有一些深色的胡子茬,但他还是决定以后再处理。说好的一刻钟时间已经过去了。

哈特穆特坐电梯下楼,走进用餐的大厅。除了一桌四口之家和一对小两口之外,并没有其他人。他正要转身返回过道,这时他注意到餐厅尽头的落地玻璃窗旁有一扇开着的门。一条小道穿过内院,径直通到露台。露台稍高,绿意盎然,四周被浅色围墙围着。菲力帕从那里高举起双手,越过另一个人的肩头冲他招手,就像在已经起锚的船上倚着栏杆挥手一样。他也冲她挥挥手,走向露台。

外面的空气清新怡人。直到那个穿着白色 T 恤衫的女士站起身来的时候,他才发现,自己竟然对她的外表没有一丁点儿想象。

"早上好。"他说,脸上带着礼貌的表情,眼光有些严肃。她留着一头短发,早上起来应该很好打理。肤色较深,漂亮的棕色眼睛,嘴唇较薄,笑起来几乎难以察觉。哈特穆特觉得,从她握手时的用力程度可以看出来,她应该是个果断坚定的人。估计她还不到三十岁的样子,肯定要比菲力帕大一些。

"早上好。"加布莉艾拉说,并且继续说了一些哈特穆特没有听懂的句子。四张大阳伞,还有一株枫树的树荫,尽管太阳还没升到多高,但是已经有了足够的遮挡。他眼角的余光看到旁边有一些小的橘子树,稀疏的树枝上挂着网球大小的果实,并且听到一些轻轻的溅水声。

"我们为什么要站着说话呢?"菲力帕用德语问。她穿着和昨天一样的衣服,哈特穆特观察了一会儿,才发现她身上的变化:她没有戴鼻环。他女儿看起来整齐利落,充满活力,哎,其实一点也不像同性恋。

他们还未落座,一个年轻的服务员就走过来问他们需要喝什么。哈特穆特感觉到菲力帕的目光无声地在他身上审视,让他难以继续绷着一张严肃的面孔。他最近看过的小说当中,其中有一本讲的是一位老年男士如何对待他同性恋女儿的女友。那位父亲对女儿的女友横竖看不顺眼,最终闹得非常不愉快。当时哈特穆特还觉得自己绝对不会受到这样的窘境威胁。三个人都点了咖啡和橙汁。海鸥飞得很低,几乎掠过屋顶,所以每当它们低空啼叫时,能看到它们张得大大的嘴喙。

"我们讲哪种语言?"菲力帕问,因为大家一时都无语,各自在摆弄餐具和纸巾。

"我的德语不是很好。"加布莉艾拉做了一个抱歉的手势,虽然应该是针对哈特穆特,但是却没有对着他说。他喜欢这样。同时,他也觉察到,这将是一次漫长的早餐。其实,他并不饿。

"您会说德语?"他问,迅疾感受到菲力帕责备的眼神。

"别这样'您''您'的。太见外了!"

"好吧。不用'您'了。你会说德语?"

"是,但是说得很不好。"

确实是有很重的口音。几番询问之后,他了解到她在德国留学了一个学期,当然是在汉堡了,在那里学的德语。那还是去年夏天的事情。菲力帕满脸微笑,哈特穆特必须强忍着,才不至于抬手去制止她摆弄刀叉的手指。

"明白了。"他说。"我的葡萄牙语在过去的二十年里也没有变得更好。每年夏天,我都要复习一遍,然后就又有足够的时间重新忘掉。就是这样无限循环。"

饮料端上来了。酒店的背面从二楼开始就是玻璃幕墙和白色的木条包边,这种风格在圣地亚哥很普遍。餐厅里面人影攒动,主要是在自助餐台周围,用餐的人越来越多。

"您还……你还喜欢汉堡吧?"他努力用"你"来称呼她。

"非常喜欢。"

"不管你相不相信,我只去过一次汉堡。四年前的事。我女儿到现在也没给我发放到访许可。"最后这个词"到访许可"加布莉艾拉不认识,而菲力帕却假装没听见一样。哈特穆特的话没人回应,只好低头喝咖啡,感觉到一股热流流入他的胸腔。城市似乎不见了,他听不到汽车的声音或任何脚步声,听不到教堂的钟声,也听不到无处不在的导游讲解的声音。

"难道不是这么回事吗?"

"我听到了。"菲力帕说,"我们还是以后再谈这件事吧。"

为了掩饰又一次的冷场,他们起身去自助餐台。哈特穆特挑了一些看起来比较油腻的西班牙马铃薯蛋饼,还拿了几片红色的香肠,端着盘子回到露台。后面的围墙正好形成了一道自然的隔墙,旁边掩映着细长的竹子,与相邻的房子隔开。邻桌有两个男人落座,听他们打招呼的声音应该是美国人,让他想起了昨天晚上坐在他和菲力帕旁边的那群年轻人:他们都戴着童子军头巾,谈论着关于耶稣的话题。听起来好像最近刚从耶稣那里借了一张CD,熟悉了解程度非同一般。菲力帕后来跟他说,他也许是听错了,但是他发誓真的听到其中一人用英语说,上帝正在做一件大好事。昨晚那群年轻人就在他住的酒店和教堂之间的小巷里,大家一起有节奏地拍手,高声同唱战歌,一股欢乐的节日气氛。菲力帕一边吃着沙拉和奶酪,一边说,当年那个所谓的米歇尔根本就不是什么幽灵,只不过是她为了抑制某种不合情理的欲望而做的最后尝试。哈特穆特认真听着,点点头,但是实际上他根本就跟不上她的思路。邻桌的那五个美国人还在谈论远东地区的基督教教区。他身后是一个演技并不太娴熟的萨克斯风演奏者。而菲力帕则坐在他对面,讲述着一段艰辛的生命历程,号称是她自己的经历。大理石的外墙残忍地弹回一切声响。他一定是不自觉地露出了痛苦的表情,总之菲力帕把餐具推到一边,说:"我们另找个地方吧。"她推着自行车走在他旁边,穿过寂静的小巷,出了老城,踏入了静谧舒适的林荫步道。

眼下,她咧嘴笑着在他旁边坐下,指着他的盘子说:"要不要做一次小小的营养价值分析?"

"吃你的水果!看起来很不错的样子。"

"身体和心理的健康跟正确的营养直接相关,大多数人还没有充分认识到这一点。"

"没错。还有,你不戴鼻环更好看。"

"我知道。加布莉艾拉也这么说。你的电话我充好电了。"她把手伸进包里,想把电话拿出来搁到桌子上,想了想还是没这么做。她嗤嗤笑着拍了几张他的早餐食物的照片,开始在手机上按键打字。"既然你们没在一起共进早餐,那至少也应该秀一下你偷偷在吃什么油腻的东西。"

"拉帕那边有什么新的消息吗?"哈特穆特透过开着的门往早餐大厅里看去,加布莉艾拉站在烤面包机前等着烤面包片。

菲力帕脸上得意的表情瞬间不见。

"我给若昂打电话了。塞洛利科的医生说,是轻微的心肌梗塞。很有可能就是这个原因。阿乌尔说,他已经感觉好多了,但是他们今天还是打算把他送到瓜尔达,让他到那里彻底检查一下。希望我们之后能知道更确切的情况。"

"'他们'是谁?"

"村子里的人。若昂在周末之前无法从里斯本脱开身。"她叹口气看着他。"为什么我们总也不知道老年人是否说了他们要说的话,也不知道他们说的究竟是不是真的如此?或者他们只是不想被打扰?"

"他们只是不想被打扰。"他伸出胳膊放到她肩上安慰她,心想,她有没有跟玛丽亚的哥哥说起昨晚的事情。就两人之间的亲密程度来看,他确信若昂早就知道菲力帕直到昨天一直都瞒着他的事。"我们开车过去看看吧。今天是周三。我们可以周五出发。你周末应该没课吧?"

"我们不用再假装我到圣地亚哥来是为了学习西班牙语。"她在手机上打完字,把电话递给他。此刻,手机上正由某颗卫星的波束从圣地亚哥传送已经咬过的蛋饼照片到哥本哈根。这就是人们所说的通讯,拉丁语叫沟通:一起参与、分享、告知、评论。乐观主义者认为这是人际间的沟通,却根本不考虑人际间这个巨大的间隔里到底有什么。

"好吧。"他说,"你究竟还上不上课?"

"大部分情况下都去。不去也行。我们可以明天就出发。周五的那两节课……"她用手指弹了一个声响,表明那堂课本来就是多余。

"这么说,你们早就在一起了?自从她到汉堡留学的时候,对吗?"

"她叫加布莉艾拉。"

"加布莉艾拉。"有些人还称她为天使呢。总之,她现在正以天使的耐心站在那里等着烤面包片,也许她本身就是一个安静稳重的人。与菲力帕的大大咧咧正好互补。她小心翼翼地用夹面包的专用钳子把面包片从机子里夹出来,放到盘子里。

"那就明天出发?"菲力帕问。

"什么?好吧,你来定时间。"他们互相对视了一眼,然后她女儿转身面向她的女友。此时,她已回到露台上,在他们身边坐下。

"那个烤面包片的机器。"加布莉艾拉说,"等了快一年那么久。"

哈特穆特嘴里嘟囔着一些科技的缺陷,继续吃自己的东西。昨天在咖啡馆的时候,他还以为吧台后面的那个玛尔塔就是菲力帕的女友。也许是因为她们两人交流的方式给他一种错觉,认为她们之间是以一种秘密的方式在沟通。现在他宁可相信:昨天的错觉是对的。

"我也不知道,我怎么会想到这件事。"他说,为了不再沉溺于自己的想象。"也可能是因为后面靠墙的那些竹子,总之我突然想起了我的博士生在课堂上给我讲的一个故事。很抱歉,这个故事我只会用德语说。"他微笑着,加布莉艾拉也微笑着,菲力帕正专心啃她的苹果。"故事讲的是中国古代的一个贤人隐士,他隐居在山上。有时,他的弟子会到他那里请教一些问题。这并不容易,因为他什么都不说,只是一味保持沉默。有一天,跟往常一样,一群弟

347

子到了他住的洞穴,他交代给他们一个任务,让他们画月亮。也就是说,他准备好了画笔、墨汁,在桌子上铺好了几张纸,然后指了指天上的月亮。弟子们都明白了师傅的意思,纷纷开始动笔。等大家都画完了之后,他还是一言不发地让弟子们都离开。弟子们都走了,准备第二天再到师傅这里来接受教导。可是,他们却再也没有见到过师傅,他一夜之间就不见了。他留下的唯一一件东西是一张纸。上面几乎涂满了墨迹,只是在正中间留了一小块儿形似月亮的空白处。"哈特穆特耸耸肩,感觉到后背在流汗。"故事就是这样,名字叫做:画月亮的另一种方式。"

"讲完了?"看起来菲力帕不觉得这个故事能让人印象深刻。

"如果我没记错的话,应该是讲完了。最后结尾的那句话是:弟子们于是恍然大悟。你妈妈很喜欢这个故事。"

"大家都知道,我妈妈有她独特的欣赏趣味。这算是譬喻吗?"她刁钻地看着他。"维纳斯山的贤人要教给我们什么呢?"

"我的博士生想从中得出结论说:在中国古代就有了辩证的思考方式。我觉得他这样解释太牵强。但是这个故事确实也告诉了我们什么,对吧?不清楚到底什么意思。总是有两种观察或表达的方法。直接的表达和另一种表达。"

菲力帕不再跟他斗嘴,而是用葡萄牙语又把故事讲了一遍,并且斜眼看了他一下。

"我爸爸的工作就是每天搞这些东西。"她补充了一句。加布莉艾拉看起来对这个故事很感兴趣,只是不知道如何用德语来表达。哈特穆特把最后的蛋饼吃完,然后靠到椅背上。假设将来有一天菲力帕带着她的女友一起回去看望他,他会不会特别高兴呢?这个问题本身让他感到自己和女儿之间存在的距离,顿觉沮丧。这样的问题,此刻的安静,接着他的电话响起,屏幕上显示是玛丽亚的名字,他松了一口气。

哈特穆特抓起手机,站起身。

"现在接电话不太礼貌,但这是你自己造成的,谁让你乱发照片呢!"

"替我问声好。"菲力帕不过简单地回答说。

他走到露台后部,坐到齐膝高的围墙上,按下绿色的接听键。

"你好。"他尽量表现得轻松平稳,"早上好。"

"早上好。"玛丽亚的声音介乎担心和责备之间。"我不是很明白,你到底什么意思。你先是给我发了一条信息,基本上都是诅咒的话。然后你就整整两天都不接电话。现在终于从你那里听到,其实是看到了你的消息。那是什么?一块蛋糕吗?你不想解释一下吗?我觉得我……"

"照片是菲力帕发给你的。是一块西班牙马铃薯蛋饼。"

"但是信息是从你的手机传过来的。"

"是的。她用我的手机发的。我在圣地亚哥。"他一下子就把玛丽亚完全搞糊涂了,趁机得到一点喘息的时间。矮墙上很凉爽。透过遮阳伞的伞布,哈特穆特望向太阳闪烁的火眼。"我没电了,我是说我的手机没电了。唉,其实我也没电了。所以我这两天没法打电话。我发了什么诅咒的信息?"他在想,在威尔达绿色海岸的海滩酒店里,他应该是一句话也没说就挂断了电话。

"你是什么时候到圣地亚哥的?我爸爸怎么样了?若昂给我发了一条消息,说是要住院。之后就再也联系不上他。拉帕那边没有任何人接电话。到底发生什么事了?"

"你别急,玛丽亚。你爸爸的心脏有些问题。医生说,有可能是轻微的心肌梗塞。阿图尔自己说,他已经感觉好多了。今天他应该是在瓜尔达做检查。其他的我也不太清楚。听起来应该不是什么特别严重。"

"你是什么时候到圣地亚哥的?"她还是很担心、很疑惑,连声音都变了。

"昨天到的。我在波恩的家里呆着实在是难受。所以我就开车出门了。"

"开车? 你一路上都是自己开车的?"

"我去了趟巴黎,然后又到法国南部去看了贝恩哈德·陶施纳。现在我在这里了。对,自己开车来的。"

玛丽亚点着一根香烟,使劲吸了两口。他还记得昨晚做的梦,跟那天下午在贝尔根城所发生的几乎一样。两人一起抽了大麻,事后看来像是两人和解的一幕,但实际上他们不抽大麻也没有更好的解决办法。不是着急说出想说的话,而是要找到可以回避冲突的办法。几天以后,他们一起去度假,一切还得继续下去:渗透到脚趾尖上的和谐,紧张的相爱,他们俩都不想抗拒。一切几乎就像最开始的日子。过了一些时候,再要回头去谈吵架的事,就显得多余。吵架的代价有多大,他们是稍后才发现,每个人都为此付出了代价。因此,从那以后,他们就尽量找其他的话题来打岔。

"上次我们打电话的时候你在哪里?"玛丽亚问。

"在高速公路旁的一个服务区,大概是在图尔或者坡依提附近。当时正在去找贝恩哈德的路上。"

"那现在呢? 你在圣地亚哥,你们一起吃早餐。你们都还好,对吧? 我一点都不明白。你为什么不告诉我一声?"她强忍着眼泪说话,他能听出来。甚至连菲力帕也听出来了,总之她向他投来询问的目光,他没理她。那两个美国人吃完饭,进屋去了。

"我们是三个人一起吃早餐。"

"三个人?"

"是的。我正式被知情的团体接收为知情的一员。"这句话让他觉得悲伤,但是他还是宁愿这么说,今天早上他一直都在假装毫不在意,他不想再装了。菲力帕和加布莉艾拉两人在她们的遮阳伞底下,头挨着头在聊天,安详,认真,也许是在谈不饱和脂肪酸。

"难道这就是对我们最大的讽刺吗?"他问,"有时我就是这么觉得的。"

"我不明白你在说什么。"玛丽亚擤着鼻涕,接着又抽烟。一般情况下,她不会这么早就抽烟。

"她是什么时候告诉你的?"

"将近一年前。我多次请求她,让她也告诉你,但是我不能代替她做这件事。这是她自己的决定,她自己的生活。"

"你认为,她为什么会先跟你说?"

"哈特穆特,我害怕你把一切都搞砸。千万别这么做。"

"你说。你告诉我,为什么?"

"也许她觉得,这对我来说,不是什么大不了的事情。也许这么说能让你好受些,但是我也不确定,到底是不是这样。我希望,事情不是这样的,但是接受这件事情我也有困难。我这样做确实很卑劣,我觉得很羞耻,但是我真的不能接受。我的第一个想法是:你为什么要这么对我?然后第二个想法是:千万不要告诉你姥姥姥爷。这第二个想法我甚至直接说了出来。"

"对,这就是对我们最大的讽刺。"

"千万别这样,哈特穆特。我求你了。她跟你很像,比你认为的还要像。如果你把她逼到了墙角,她会疯的。你只能完全接受现实,此外没有更好的办法。"

菲力帕似乎已经觉察到了他们是在谈论她,又朝他这边看过来。然后她和加布莉艾拉站起身,手里拿着盘子。

"你刚才说你们是三个人在一起。"玛丽亚说,"是和加布莉艾拉吗?"

"你认识她?"

"她们俩一起来过柏林。她人还挺好的,对吧?"

"不清楚,也许吧。"哈特穆特看着她们的背影,耸耸肩,仿佛玛丽亚能够看到他似的。"我跟你说,我昨天夜里做梦了,梦见我们俩在一起。"

"接下来准备干什么?你就呆在圣地亚哥?那我们的旅行怎么办?"

"菲力帕和我明天开车去里斯本。可能还会接着去拉帕。如果你爸爸的病好多了,我们就可以去度假;否则就留下来照顾你爸,多一个人总比没有人强。你最好也赶紧过来。我们去你父母那里待几天,然后开车从西班牙、法国回德国。就跟上次一样。你还要在哥本哈根待多久?"

"如果一切顺利的话,还要待两天。到现在为止,一切都不太顺利。"

"第一场演出怎么样?"

"礼节性的掌声。"她说,"待在这里简直太让人难受了,我不想再待下去了。"

"那就跟我一样,说走就走。"

"你知道,这样不行的。这是一个剧团。"

"这里也是,一样的。我们连自己正在演的剧本都不知道。"他终于把玛丽亚逗笑了。菲力帕和加布莉艾拉又拿了一盘维生素回到露台上。"找一趟合适的航班,然后告诉我。不管你到伊比里斯半岛的哪个机场,我都去接你。"

"你一定及时告诉我关于我爸爸的情况。我把我的手机一直放在兜里。你自己对菲力帕说话要注意点儿。她没有什么过分的要求,但只要是她该得到的,就要不打折扣地给她。"从玛丽亚的声音可以听出来,她有工作要做。

"我觉得她们并不是特别地相爱。"他说,"菲力帕就像个小妹妹,而加布莉艾拉则像个成熟的大姐姐。她们最关注的就是健康的饮食。我觉得有点无聊。"也许不无聊的那个部分位于红线之后,他尽量不去想这些。

"我提醒过你,多的我也做不了。你要是不听的话,以后最痛苦的人就是你。"

两人就此结束通话,他并没有把电话放进兜里而返回桌旁,只是继续坐在矮墙上,仍然把手机握在耳边,自顾自地点头。海鸥在露台上空优雅地滑过。不知何时,他和玛丽亚站起身,默默地走回汽车。他们刚刚好掐着时间到达教堂,他还是第一次看到不是圣诞装饰的教堂。长椅上坐满了亲戚、朋友、严肃微笑着的韩国人。管风琴奏出很响的声音。露特不停擦拭眼睛,他在第二排坐在菲力帕和玛丽亚中间。半是清醒半是迷离,既充满希望又感到失望。起身、坐下、唱诗、祈祷。无论日子好坏。直至死亡将你们分开。整个的一套流程。

"不管怎么说,"他对着已经挂断的电话轻声低语,"那天最终还是美好的一天。"

1998 年

　　一个长长的信封重又把他带回到过去。邮票旁边标着航空邮件，上面的图案是一个年轻男子戴着皮帽和飞行眼镜，很乐观的神情，虽然根据他的生卒年月只活了三十八岁。信封的背面是大学路的熟悉地址，那是胡尔维茨用力在纸上手写的笨拙字体。第二封信来自里斯本，里面好像是一张折叠的卡片。还有一封信是葡萄酒销售商的广告册，哈特穆特没拆封就随手扔进了废纸桶。然后他站在信箱前犹豫不决，透过斜开的厨房窗户，听得到屋里意式咖啡机哧哧喷气的声音。他把手里的两封信捏来捏去。这是九月末的一个周五早上。在罗伯特-科赫大街上离医院较近的地方，将会停满各种车辆。哈特穆特的脑海中又浮现出那个蓝紫色的房子，他已经二十多年没有再进去过了。还有那熟悉的玛芬蛋糕的香味和蜡烛的气味。他应该进屋去看信吗？用不用进去把另一封信交给玛丽亚？菲力帕已经上学去了，而在大学里除了赫德韦西夫人询问的眼神，再也没有其他的什么事了。

　　三十分钟过后，他请秘书端一杯咖啡到他的办公室，在身后把门关上。他把汽车钥匙和钱包都放在窗台上。西装挂在门旁边的衣帽架上。虽然他请了一个星期的假，但是从周二开始他每天早上都到办公室来。在外人看来,还以为这是敬业,或者是自律,但真相却是:安静地以书为伴,才是他感觉最舒服的乐事。在这里,他可以做他自己,并任思绪自由飞扬。

他从包里抽出信件,坐下来读信。一开头,胡尔维茨就致歉说,他用手写字不能写得太久。经受了几次疾病的打击之后,他的笔迹几乎无法辨认。而且他本来就不相信,现在又再次得以证实:老年生活绝不是平静悠闲或者心平气和的日子。老年人不只是经历了一生的奋斗和困顿,到现在依然还有更多的美好想法。所以,他觉得眼前还有一件事情没有做完,这也是他写这封信的原因。典型的胡尔维茨风格,直入主题。哈特穆特看完这三页信后,解开鞋带,转动椅子朝向窗户,看着窗外的第一拨秋叶开始掉落。直到此刻他才意识到,其实他一直都害怕会听到玛莎的死讯。

赫德韦西夫人端来咖啡,他转过身来把三张信纸推到一旁,看着他的秘书,似乎想说:您看,我没忙什么,我只是坐在这里。一周以来,他就如同在高速公路上往右边减速并线,慢悠悠地行驶在大货车和大客车之间,一点也不着急赶时间。要改的学期作业越堆越多,邮箱里未回复的邮件他也只是一笑了之。

"布洛依格曼先生刚来过。"她放下杯子说,"想看看您在不在。"

"看看我在不在?"

"对,他是这么说的。他还说,他就在楼里,您可以随时找他。"她把装牛奶的小壶放在一旁,让他自己添加。这些都是需要默契的仪式,镇定从容,一成不变的日常生活。属于这个日常的,还有赫德韦西夫人身上紫罗兰气味的香水,跟她所煮的咖啡一样,总是过于浓烈。

"找他?有什么事?"

"这个他可没说。"她看着他像往常一样把牛奶倒进咖啡里,一边点着头,仿佛在努力记住他具体倒了多少量的牛奶。"其实,这位同事看起来很滑稽,每当他试图去关心别人的时候。就好像他明明知道有一个按钮,只是忘了在哪里。他以为他知道您的感受。"

"如果他这次没搞错的话。"

"那我待会儿是应该把电话转过来还是推掉?"

"推掉吧,谢谢。是我女儿打过来的,就请接进来。"

"这个可爱的孩子。她一定会打来的。"赫德韦西夫人手里拿着牛奶壶往外走,可是眼光却还盯着打开的信纸。直觉告诉她,他在等她询问信的事情。除了菲力帕的电话,和他秘书之间小小的对话也成为这个星期中最为舒心的时刻。她那仿佛是嫁接在浅色衬衣领子上的结实下巴缓缓地点了一下。

"是我在美国的博士导师。"他说,"不是喧电,是他想来看我。也就是说,他要我陪他一起去他弟弟战死的地方,一九四四年十一月。你知道的。艾菲尔山你熟悉吗?"

"我有个小姑子就住在蒙绍,不过她已经离婚了。天气好的时候,我去那里远足过。"

"他在信里说,这可能是他最后的机会,能够亲眼去看看那个地方,尽管他自己好像并不是很清楚为什么非要这么做。"

"胡尔特根瓦尔特?"

哈特穆特点点头。"你知道吗?美国人对这个地名印象深刻。在他们的耳朵里,这个词听起来就像是加了德语词尾的'伤害'的意思。当时我们花了很多时间,试图还原他弟弟死亡时的情景,但是没有什么收获。"他又快速浏览了几行,看到有'个别死亡案例'几个字眼。玛莎向他问好,希望还能像以前一样有机会在美国招待他。她确知无法和她丈夫一起来。即使是斯坦,医生也不同意他的这个想法——可是这个老先生根本就听不进去。"我早就知道，这件事总有一天会落到我头上。巧就巧在，偏偏是现在这个时候。"

"您不能往后推推吗？"

"他已经说了这是最后的机会！这种话老先生可不是随便说说的。当初我还是他学生的时候，他就说过要来。他选了十一月来，因为是他弟弟的忌日。不，我不能往后推，我也不想推。我欠他的比这还要多。"

"需要我帮忙，您就告诉我。"

"谢谢！我们需要订酒店。还有，如果乌尔里希夫人来了，请告诉她，让她帮我在学校图书馆……不，算了吧，我还是今天下午自己去吧。整整两个多小时我什么都没干，这件事情我来搞定。怎么样？是不是觉得我变了？"

赫德韦西夫人深吸了一口气，正要回答，但是旁边屋子里的电话这个时候突然响了。

"我再去煮点咖啡。"她只说了这么一句，就迅速离开了他的办公室。

哈特穆特端起咖啡，又把椅子转向窗户。树叶日渐稀疏，一眼能望到城堡教堂以及弗朗西斯康纳沿街的大楼侧面；还能看到更多的办公室，在那里面的长管日光灯下，人们正忙着汲取知识，并筛选、归类和管理这些知识。在这个推崇实用主义的时代，理论越来越不受到重视。所谓的理解，就是表示能够正确地使用。社会民主党的总理候选人叫施罗德，在最近的几次民意调查中他只领先了一点点。如果大家相信了他的话，结果就是，这边刚要做点事，那边就会有人风言风语。这个世界没有激情。上个周末，参加完葬礼之后，哈特穆特的外甥菲利克斯给他解释：为什么现在是放弃无用的政治学专业而去改行做网络的最佳时间点。他想一夜致富,并不是因为着迷于钱财本身,而是因为等到有朝一日坐在躺椅上讲过去的往事,不会觉得错过了什么。"就像你们当时的伍德斯托克或者六十年代的学生运动。"他和朋友们一起商议着在网上开一个面向有钱人的宠物用品店,卖一些没人用得着的、宠物更用不着的东西,但是行销策略得当的话,就能成功。没有什么理由可说,事情就是这样。统治世界的规律不是人定的,因此也无法改变。历史比黑格尔所认为的大概晚了一百八十年才真正终结。

哈特姆特慢慢喝着咖啡。那他自己呢?最近他刚刚听说,人从五十岁开始进入衰老的无人地带,可是在到达这片空旷、略陡的无人地带之前,还有一个陷阱,一旦掉进去,肯定会摔成残废。迄今为止,他的身体还只是限于背部疼痛,偶尔他也会问,是不是就只有这些病痛。医生常常鼓励地对他点点头,建议他到户外多运动。玛丽亚和他做爱时,他一直都在思考关于性这件事情。他女儿现在已经十一岁了,几周前就开始关上浴室门洗澡了。而且她几乎再也不会坐到他怀里,就算过来坐了,也会觉得很别扭。时间过得可真快啊!他感觉到这些明显的变化,惊讶于自己对此变化的态度竟然是那么沉痛,而少一些轻松。甚至有一次在梅尔普游泳池前,有人问他是不是在等着接孙子。

而现在是这个斯坦·胡尔维茨。

中午刚过,他就去学校图书馆,查找了半天关键词"万灵节战役",竟然收获甚微。对于这个话题,德语的文献非常少。当初在美国也是同样的情况,甚至也是众多原因之一,使得他在胡尔维茨的项目中一直都插不上话。相关的英语文献也不是很多,他选了一本以前似乎在明尼阿波利斯看过的书:查尔斯·麦克唐纳写的《胡特尔根瓦尔特战役》。另外两册他得预借,因为已经被人借走了,而他也没兴趣到历史研究所那边去找找。他手里拿着书沿着莱茵河往前走。天气很暖和,适合跑步和遛狗,适合年轻的父母带孩子出来玩。莱茵河游船的甲板上满是游客,正逆流而行。

回到办公室,他翻看了一遍绪言以及书中所附的地图材料,听到隔壁的赫德韦西夫人在打电话。一些地名过了二十年又重新记起,很多地区与河谷的名称光从读音上听起来就跟战争相关:公牛头、死亡谷,还有一大片地雷区,名字就叫野猪。他一边看书,一边又想起胡尔维茨弯腰在公路图上观察,那上面标着各个部队的位置,他徒劳地尝试从中还原当时的前线战况。太多狭窄的山谷,过于频繁的往返,常常是一个村子的一半在德国人手里,而另一半却在美国人手里。沃森纳克是整个战役的中心。过了好一会儿,哈特穆特才意识到,他忘了这是从图书馆借的书,竟然在上面画了很多细线,就像是他自己的书一样。战况最惨烈的是第二十八军,其中第一一二旅的乔伊·胡尔维茨就是在这里度过了他生命中的最后三天。通过另一位阵亡的美军家属,斯坦得到了一张可供查寻遗体位置的概略图。至于他什么时候搞到这张图的,他在信里没说。在信中最关键的几处地方,他显得异乎寻常的谨慎,几乎到了胆怯的地步,好像他原本不想来这一趟,只不过因为所有拖延的借口已经用尽而不得不成行。

两点半刚过,他听到隔壁赫德韦西夫人很开心的声音,哈特穆特明白,她是在跟菲力帕通话。过了一分钟,他办公桌上的电话响起。他把书放到一边,拿起话筒。

"这里是懒虫教授博士。请问可以为您做些什么?"

他女儿一下子呆住了。

"你不可能知道我是谁。"她严肃地说,"万一是校长打来的呢?"

"我就知道是你!"

"怎么知道的?"

"通过所谓的直觉。也就是说,……"

"我知道,直觉是什么。我不是为了这个打电话的。"一段时间以来,菲力帕喜欢给人一种印象,仿佛她很忙,所以只能简单聊几句。玛丽亚说,她也搞不明白这个孩子是从谁那里学来的这一套。

哈特穆特往后推了推椅子,抬脚放到桌子上。书的封面上是一辆美式谢尔曼坦克车正辗过泥泞的林中小路。他把书翻过来放在桌上,同时听见女儿在电话里说,她如何在思考以最好的方法来表达自己的愿望。直到今天,这个星期她每天都往他办公室打电话,想了解他的状况,以她半是孩童、半是成人的方式。如何得体地跟她以这种方式沟通,还真不太容易。她的年龄每天都在七岁和十四岁之间移动,犹如钟摆,只是没有固定的节拍。

"我在想,你应该做一些对你有益的事。"她接着说。

"我正在做啊。我在和我闺女打电话。"

"我说的是一个行动。事先你得有个计划,然后付诸实践。"

"你为我想得真周到啊。但是,很遗憾,这个周末不行。明天我要去阿尔瑙,你知道的。你妈妈没有跟你说你们两个要不要一起去?"

"我自己可以跟你说,我要一起去。菲利克斯也去吗?"

"肯定去。你妈妈呢?"

"她现在还躺在床上。"

"明白了。"他看了看手表:两点四十分。

"那么,你可以去看看电影。"菲力帕说,他还没来得及问她妈妈的身体状况。"你今天就可以去看。"

"嗯。我很久没去过电影院了。你觉得我应该看什么片子?"

"就看那种能够让你放松的……我也不清楚,反正就是比较积极向上的那种。"

"我得先了解一下,最近在上映什么电影。我一点儿也不知道。我还是去问问赫德韦西夫人吧。"

"你最好还是问我吧。现在正在上演《马语者》。"

"从没听说过。关于什么的?"

"当然是关于马的。"

"就这些?根据片名,应该至少还有一个男人出现。"

"是一个爱情故事,行了吧?"他不看也能想象得出来:在某些词的语调上,菲力帕咧着嘴做出讽刺的表情。"另外,还讲了一个人应该如何克服精神创伤。你知道,什么是精神创伤吗?"

"我想我应该知道吧。"

"这部片子绝对会对你有好处。"

"让我猜猜。你妈妈估计是不想看这样的电影,对吧?"

"你又不是不了解她。"菲力帕小心回答道,"她不喜欢美国电影。而且一会儿她还要去上课。"

"对啊,我差点忘了这事。"

"你要想看的话,我就陪你去吧。我可以安排在傍晚之前去。"

这也许是他女儿最后一次让他带着去看一部爱情片,所以他一口答应了。春天的时候,她第一次没要家长陪着,而是和两个小伙伴一起去看了《泰坦尼克》。从她贴在床头的电影海报就可以看出她的兴趣有所转移,除了喜欢动物之外,她开始发现其他天地。今天她把一切都安排好了,建议他六点一刻在红星影院门口碰头。电影六点半开始,票也订好了,是以海因巴赫的名义订的。

"我坐公交去,你可以走着去。红星影院在市场街八号。"

"宝贝儿,我知道。我在波恩生活的时间跟你一样长。"

"但是你对波恩的了解没有我这么多。"她的回答充满智慧,不再神神秘秘,并祝他下午过得开心。

六点二十分的时候,她手里拿着电影票,头戴彩色鸭舌帽,站在电影院门口等他。去年一年,她就长高了七厘米。有时候她会摆动双臂,仿佛还不太习惯这就是自己的胳膊。帽檐下露出一绺头发,看起来不像是刘海,更像是扎起来的辫梢。她夸张地伸出手臂拥抱欢迎他,嘴里喊着:"真的是你啊!"她在不停地学习一些他不认识的很多开场套话。她女儿的这种性格源于多方面的影响,有时候她就像一只变色龙,颜色通红地坐在绿草地上,向周围宣告:我也可以是另一种样子。他们拥抱打招呼时,他闻到她身上有一股口香糖味和玛丽亚的香水味。她说:"我已经取好票了。你负责买爆米花。"

"你哪里来的钱买票?"

"我的零花钱。还有五分钟就要开演了。"

他按照女儿的指令买了爆米花,在第四排的中间位置找到她。以他的习惯来看,他觉得位置离银幕太近了。这个时间点,院厅里只坐了一半的人,大部分是年轻的情侣。他还未落座,灯光就已经熄灭了。哈特穆特往后靠到椅背上,他更愿意看着菲力帕,而不愿看大银幕。他觉得从侧面看她要显得成熟一些。过不了多久,等她来了月经,她就会变得情绪化。电影从一开始就如他所料,画面唯美,演技精湛,故事深入人心,情节生动曲折,编剧手法让观众唏嘘一片。他忽然想起来,蒙大拿是卡尔松·贝克的故乡。菲力帕坐在座位上就像被催眠了一样,既不想吃咸咸的爆米花,也完全忘了她旁边还坐着另外一个人。电影讲的是一匹受伤的马和一个小女孩的故事,那个小女孩的年龄跟菲力帕差不多大。人到了五十多岁还能保持好的身材,罗伯特·雷德福已经证明了这一点。尽管他的屁股在镜头前出现得过于频繁,但是这并不妨碍哈特穆特观看。

他上次去美国,已经是六年前的事了。那次他是去西雅图开会,还碰到了斯坦,他明显衰老了很多,不过身材依旧魁梧。他自己下一次将什么时候飞过大西洋到欧洲来呢?再也不会去了?哈特穆特惊讶地发现:电影中那匹马和它的女主人最终又和好如初。他并不是没有感觉,甚至被音乐所带来的感伤所传染,一切都会好起来的,就跟以前一样。灯光一亮,菲力帕就耸起双肩,带着一丝失望说:"我还以为,会有很多接吻的镜头。"

"这部电影是针对六岁以上的观众,所以不要期待太多哟。"

旁边的观众都伸直胳膊,拿起外套。哈特穆特的目光落在一个独自坐在座位上的小伙子身上,他戴着眼镜,正冲着这边点头,虽然哈特穆特并不觉得他眼熟。也许是上一次在讲维特根斯坦的研讨课时,坐在最后一排的学生。

"你觉得,接吻是怎么发明出来的?"菲力帕缩回膝盖蹲坐在椅子上,两眼呆呆地看着空空的银幕。"是在一场严重的事故中?"

"是因为妈妈亲吻了自己的孩子。"他说,"以前还没有专门的婴儿食物,所以妈妈得先把食物嚼烂,然后嘴对嘴喂给婴儿吃。我觉得,接吻就是这么来的。"

"哦……"他女儿皱着脸,坐回到座位上。"以前是指什么时候?是你小时候吗?"

"还要早些时候。男人在一旁看见了,很是嫉妒。后来就有人想出了一个主意,不是喂饭的时候也嘴对嘴碰到一起。"

"实际上就跟在岸上学游泳一样。我的意思是嘴里没有饭的时候。不过,嘴对嘴喂饭,好恶心哪。"

"你会改变你的看法的,相信我吧。尤其是嘴里没有饭的时候。还要不要爆米花?"

"不要了,谢谢。我已经吃不下去了。"

他们从电影院出来,溜达着回到学校。白天明显地变短了,夜晚越来越凉。所有的路灯柱子上都贴着竞选海报。后天,现任总理的任期便结束了。还记得这届总理的任期开始时,波恩正在召开参议会,而他那时正在柏林写他的教授资格论文。他还清楚地记得施密特在举行议会信任投票那天,他竟然暂时离开了办公桌,坐到电视机前观看现场投票情况。他对自民党的表现很生气,也对他自己、对他的工作和生活都感到很不满。当时,他和特蕾莎的关系越来越复杂。一段时间以来,他总是会碰到一些时期或阶段,某件事开始了并能有什么样的结果或没有结果,每一次都让他感到略为遗憾,但是这份遗憾又是那么的毫不显眼,近乎不易察觉,就像现在这样:一天快过去了,他才刚刚回想起来,无论如何,他还是享受着这一天。剩下的是内疚感和希望,希望玛丽亚能够和他一起举杯分享他的快乐。他一定得记着,要问问玛丽亚的课上得怎么样。他和菲力帕两人默默地穿过拱门,进到地下车库。

北边的地下通道还没建好,所以他决定从阿登纳大街回家,并建议菲力帕在路上先吃点东西。他和玛丽亚都很担心,他们的女儿太瘦了,最近又非常认真地研究食品的组成成分和营养标识。这是厌食症的红灯警示。现在她不想吃东西,只想回家。

在路口等红灯时,他感觉到她审视的眼神,仿佛她忽然又想起来,这次看电影是为了让他的情绪能够好起来,看样子他也忘了这一点。这一整天,甚至这一整个星期,他都觉得那个消息如影相随,怎么样都挥之不去。一会儿出现,一会儿又隐藏不见,不紧不慢,却又咄咄逼人。他不习惯思念父亲,所以偶尔会忘记父亲已经过世了。

"你很伤心,对吗?"菲力帕转动着她的手镯说。

红灯变绿了,哈特穆特挂上一挡。德国西部广播电台的发射塔在黑暗中闪着亮光。他们住在山上,他觉得很不错,每天下班后可以开车往坡上行驶回家。对于她的这个问题,他实在想不出来既适合孩子而又诚实的回答。

"感觉上好像是吧,仿佛我在去那里的途中。我总觉得悲伤就是目的地,可是却难以企及。总之我现在还没有到达。"

"你在葬礼上没有哭。"

他扭过头来,但是女儿却看着正前方。虽然她还不到十二岁,但是最近她开始坐副驾的位置。哈特穆特必须努力习惯,不从后视镜里看她,而是就在他身边。

"你知道吗?被不可避免的事惊吓到是很奇异的感觉,并不仅仅是因为没有一点预先的征兆。我是说,一点都没有先兆。我从未想过会有这种可能性。也许是因为我是第一次失去亲人。"

"露特当时哭了。"

"露特本来就……露特。人与人之间有很大的不同,就算是兄弟姐妹之间也是如此。你妈妈和若昂之间简直就是天壤之别。跟他们相比……"

"是的。"她强调说,"跟他们相比,你们俩就像双胞胎一样。"

"说实话,我都记不起来,我上次哭是什么时候,而且也不知道是为什么哭。"

菲力帕没再说什么,只是低下头在自己的衣服兜里找什么东西。

四天前,他站在还未封土的墓坑前,试图接受现实:从现在开始一切都将涂上新的底色。"我们的寿命会是七十年。"神甫睁着疲惫的眼睛说,"如果再久一点,就是八十年。如果活过的生命是美好的,那是因为努力工作过。"这是任何一个禁欲苦修的基督教教义核心,怀着这种信仰的威廉·海因巴赫活了七十七岁,并将这一点永远铭记在他的墓碑上。对于生命的终结,家人们比他自己还要觉得意外。甚至是葬礼上唱的曲目,都是他自己早就亲手挑选好了,并提前纳入到重要的文件之中,这其中包括《耶稣浴血》以及其他一些纪念三十年战争的歌曲。后来在本霍夫之家念悼词时,"荣耀的死去"这个字眼过于频繁地出现,以至于露特已经听不下去了。

"这种感觉你无法体会到。"对于女儿不解的沉默,他回应说,"我想哭,却哭不出来。"

"我所了解的感觉正好相反。"

"也许这两者都不是什么好的感觉。"他嘴里这么说着,一边往左拐,以步行的速度慢慢朝着家的方向驶去。忽然之间,他感到外面满是秋意瑟瑟。他停车熄火,坚定地点点头,解开安全带,看着女儿说:"嘿,今天这真的是一次不错的活动。以后要多多安排哟。"

菲力帕也解开安全带,在副座上显得非常娇小。

"这个时候可不太适合讲什么笑话,你说是吧?"

"什么笑话?"

"我又有一个新的笑话。露特听了以后觉得非常有意思。"

"你什么时候跟她讲过话?"

"今天下午。"

"是她打电话过来的?"

"不,是我打给她的。我想告诉她,我和妈妈都要一起去。"这个周日要在教堂里给他父亲做祷告,露特认为全家人最好都来参加。不过,因为他不能以寄信的方式完成选举投票,所以他们在葬礼之后又必须临时回来一趟,希望露特能够理解。对于她所在的绿党来说,这将是具有历史性意义的一天。

"你妈妈也一起去?"

"她当然要一起去啊。"

他已经打开了驾驶座一侧的车门,现在重新关上后,仍然能够嗅到从卡瑟斯鲁尔那边掠过大地吹来的秋天的气息。玛丽亚的身影在亮着灯的过道窗户后面一闪而过。傍晚时分,她刚上完第三节课,是葡萄牙语入门课。来听课的学生都是五十多岁的妇女,她们都是因为读过《惶然录》或者看过葡萄牙怨曲的演出,所以就疯狂地喜欢上了葡萄牙语,就像去年对土耳其的热情一样。他是否能够拿这个开玩笑,得好好考虑一下。他们俩又一次处于试用阶段。尽管他再过一年就能达到正式的聘任期限,但是出于他越来越强烈的自虐式努力,还是在今年春天申请了去别的学校。首先是柏林自由大学、洪堡大学、波茨坦大学,然后就是离首都越来越远的其他学校。直到有一天,布洛伊格曼到他的办公室来,跟他说:我的同事先生,您的傲气何在?最不济也应该在北莱茵-威斯特法伦州谋一个职位吧?但是您却连乌珀塔尔这样的大学也申请?确实,他们夫妻俩已经决定放弃不切实际的远大目标,踏踏实实过日子,还花了三万马克翻修房子。厨房、卧室,还有楼上的浴室,都贴了白色和蓝色的瓷砖,全都是摩尔人的风格。虽说教葡萄牙语不是玛丽亚的梦想,没准儿她会慢慢习惯的。他本人也很难割舍阖家团圆的家庭气氛。眼下,他正暗自庆幸。我们三个在一起,他对她说。最近,他和罗曼语系的同事联系过,没准那边会需要人讲授葡萄牙语的培训课程。

"当然,我觉得,我需要笑话来调剂一下。"他说。他们暂时没有重新粉刷外墙,尽管他觉得已经风化的灰色墙面令人压抑。他又想起了胡尔维茨的来信。陪着这么一位年迈的老人在十一月份去艾菲尔山,只是为了看看他弟弟阵亡的地方。因为人有时候只知道自己亏欠别人,却不知道为何亏欠。

"为什么赫尔穆特·科尔上不了天堂?"菲力帕双肩往前倾,仿佛在躲避着什么。她手里还拿着撕过的电影票,待会儿她要把它钉在记事板上。

"不清楚。"他说,"因为捐款丑闻?不是吧。"

她摇摇头,小小年纪便有着令人难以捉摸的眼神。在她开始长大成人之前,他一直都把她当个小孩子看待。

"他太胖,臭氧洞他穿不过去。"她说。

他听到他自己都笑出了声,有些勉强,同时也松了一口气,因为他觉得这个笑话确实不错。她想逗他开心,因为他的父亲去世了,但她不明白,其实他宁愿悲伤。应该怎么跟小孩子解释这些呢?也许应该让她自己试着想象一下,如果她自己的父亲去世了,她会是什么感受。他还想笑得更久、更使劲、更大声,但是脸上的肌肉却不配合。

"我知道,没有这么好笑。"菲力帕灰心地说。

"不会啊,我觉得挺好笑的。比之前那个圣伯纳犬的笑话还好笑。"

"那个笑话你笑得比这厉害。"

"这么说吧,今天这个更有智慧。"

"我还会讲关于若昂的笑话,但是只会用葡萄牙语讲。"

"下回再讲吧,好吗?"因为在车里他无法搂抱她,所以他只是拍了拍她瘦削的肩膀。"进屋去吧。告诉你妈妈,我马上来。"

他看着她的背影绕过汽车,跑进屋里。客厅里亮着灯。在他身后,有人沿着罗伯特·科赫大街走过来,一边遛狗一边跟狗说话。已经过去将近一个星期了。周六的早晨,酷暑慢慢消散。他们当时正在一起吃早餐,然后他就上楼去准备写几封邮件。这时电话铃响了,刚开始他想置之不理,希望楼下有人替他接,最终还是拿起了话筒。

是露特。虽然他马上就觉得她的声音不太对劲,但还是过了几秒钟才把注意力从电脑屏幕的邮件上面转移过来。

"就你自己一个人吗?"她问。她一般不会在周六早晨打电话过来。

"我在书房。什么事?"

某些消息就是有这种特性,你还未说出来,对方就已经明白了。在那短短的停顿间隙,突然间只容得下一个结论。事后回想起来,他甚至觉得,他曾经思考过那个奇异的现象,就在那短短的一秒钟之内。越是令人难以置信的消息,就越有可能不言而喻。

是我父亲去世了,他想。

"爸爸昨天夜里过世了。"露特说。

他慢慢往身后靠到椅背上。菲力帕的房间里传来广播剧激动的声音。他首先感觉到的是惊吓而引起的麻木。他一直很喜欢书房窗外的风景,越过树顶和医院的建筑,一直可以望到单调空旷的莱茵河河谷,直至更远的地方。

"经过怎么样?"他问。

"心脏骤停。早晨快六点的时候,妈妈刚睡醒,然后就……"这时他才发现,他妹妹正在极力克制自己。"一切都跟往常一样。然后她才意识到,她听不到他的呼吸声。"

一切都跟往常一样。他机械性地伸出手来,点击关闭刚才读过的邮件。多可怕呀,少了一件微不足道的事,就变成了异常。死亡就是少了一种声音。

"妈妈呢?"他问,"妈妈怎么样?"

"她很镇定,你知道她的。她问,你什么时候回来。"

"你还好吧?"他觉得玛丽亚似乎就站在他旁边,可是他同时又听到她在楼下过道里的声响。最近他们还谈到他们父母这一代人，身处在战争和独裁统治下，物资普遍匮乏，就像现在的孩子们对幸福的要求普遍都理所当然一样。玛丽亚认为，很难解释清楚，为什么我们不觉得他们有多伟大。

露特没有回答他的问题，而是直接问他："你能马上就回来吗？"

"能。"

他之所以还坐在车里，是因为想起了上周六开车过去的情形，而且回想能让他好受一点。

正值夏末秋初，天空多云，他开车回家，去接受考验，充当一个很不习惯的角色。绍尔兰沿线车辆很少。菲力帕当时一听到这个消息马上就哭了起来，所以他和玛丽亚商量好，还是先让他一个人开车回去。沿着高速一直开到迪伦堡，然后就是那些熟悉的村庄。在阿尔瑙的厨房里，坐着一些老人，他们经历过无数人的死亡。在他们身边，他觉得自己一无所知。没有人守灵，因为尸体已经被拉走了。哈特穆特给各位表兄弟姐妹们打电话报信，他们很多人都没听出他是谁，他只得报上全名以介绍自己。总是同样的客套话：人终有一死，节哀顺变之类。他这是得其所哉。他发现，这些话语其实都很无助，反而是那些无声的动作才真正有用。过道里的拥抱，显示出他母亲的镇定。露特在一旁露出安静的、不自觉的微笑。

突然，门口那边的动静将他带回到现实中。他抬眼看去，玛丽亚靠着门框，环抱双臂看着他。从她脸上有点得意的表情可以看出，她已经站在那里观察他一会儿了。

他把车窗摇下来，伸出胳膊肘架在车窗上。维纳斯山上的空气里一股树叶和熟李子的味道。

"晚上好。"

"晚上好。"她说,"你是自己从车里出来还是我叫消防人员来帮忙?"

"我马上就来。只是想在这里再静一静。"

"不急。"她犹豫着从门里往外走了一步,朝街上看了看。她穿了一件他从未见过的黑色翻领毛衣,跟她最近刚理的短发很相配。

"天气越来越凉了。"他说,同时想着,其实他父亲去世并没有改变什么。他只是必须习惯。

"是的。"玛丽亚点点头,"虽然我们是生活在德国。"

"你的课上得怎么样?那些女学员都跟我一样没有语言天赋吗?"

"班上还真有几个学得好的。"她穿着家居鞋,朝车子这边快跑几步,弯下腰从开着的车窗里亲吻他。为了不让他闻到烟味,她专门刷过牙。还没等他做出回应,她又转身回屋了。屋门开着,看得到门厅里一如既往的零乱。鞋子,外套,温暖的灯光。哈特穆特抓起他放在后座上的包,确定那封信还在包里。明天早上他就给斯坦回信。然后他从车上下来,锁好门,察觉到原本深锁在保险箱里的恐惧又在逼近他。这近乎是一种诱惑,仿佛是在驱使他有朝一日坐到车里绝尘而去。远离单调无聊的生活。

从隔壁邻居的房子里传来轻轻的音乐声。路灯照在马路上,铺石路面闪着亮光,仿佛刚刚下过雨。

12

沿着大西洋高速公路往南开了一个半小时,中间只见到过一次大海。到了蓬特维德拉,他们越过一座大桥时,左边有帆船停靠在港口,右边是一望无际的海面。跨过大桥以后,沿途的风景很一般,再也不足以成为让他们打破车内沉默的理由。越是靠近边境,天气越炎热。菲力帕往后调了调座椅,把靠背往下放,双脚脱掉鞋子支在座位前的小抽屉上。她不想替他开车。两人在一起呆了三天,再次见面的兴奋喜悦已经褪去。哈特穆特不知道兴奋过后将会出现什么。他觉得也许什么都没有。

一架长桥横跨米纽河两岸。桥的另一头竖着一块牌子,上面写着热烈欢迎。每次到达葡萄牙,感觉就像回到了家一样。艳阳高照,哈特穆特觉得上臂被晒得灼痛。他的目光扫过路边的小小树木,这些树木比较稀疏,还不能称之为树林。眼前的一切都笼罩在葡萄牙地中海式的蓝色天空之下。他毅然向右转过头去。

"嘿!欢迎来到葡萄牙!"他在里斯本、拉帕以及其他沿海度假地待的时间加起来得有整整两年,在这些地方晒的太阳比任何地方都要多。他女儿对此只是微微点点头。

"请你随便说出三个词,"他仍不死心地接着说,"只要是你能想起来的跟葡萄牙相关的东西。名词或形容词都行,但是不能想得太久。"

"你先说。"

"夏日,拉帕,绿葡萄酒。"

"阿乌尔,阿乌尔露,若昂。"菲力帕望着窗外,把手机握在手里。根据最新的心电图检查结果,虽然还不能确诊阿图尔是否是心肌梗塞,但是他的血压太高,不容忽视。哈特穆特在出发前给玛丽亚写了邮件,大意就是目前的检查排除了紧急情况,但还不能解除警报。老先生还得在医院呆几天。露尔德斯这段时间自己一个人在拉帕,她在教堂待的时间比在家里还要多。所以她只有晚上才能在家接电话。

"你真是的!"他佯装责备地看着他女儿,"我说的是三样东西。"

"我要上厕所。"

"遵命。你要上厕所,忠心的司机就得赶紧加速。为了你,我连超速都不怕。"

仪表盘上显示现在刚过四点钟,但是葡萄牙当地时间要早一个小时。马路上车辆很少。哈特穆特从后视镜里看到自己陌生的面孔。今天早上在浴室的时候,他刚拿起剃须刀,旋即又放下;忽然想起上次暑期班有一位来自图灵的同事,他做了一场讲座,说着一口流利的、贵族式的英语,还有那刻意三天没刮胡子的不羁造型。相比而言,这些外部特征比他的报告内容更加让哈特穆特印象深刻。菲力帕肯定会嘲笑他打扮得这么精神到底给谁看。他喜欢自己这样的变化。

吃完了丰盛的早餐之后,他就离开了酒店,在老城里呆了一上午。他打算随意步行到处走走,也许去参观一家博物馆。谁知,刚一出发，他的双脚就不由自主地往两天前去过的方向迈进。早晨，阳光和煦，空气清新，非常适合户外活动。菲力帕打算两点钟来接他。圣地亚哥的小巷依然沉浸在一片静寂中，正在慢慢苏醒过来。

就跟两天前一样，他从同一个侧门进入大教堂。阳光从上面的窗户照进来，将一切都笼罩在银白色的亮光里。祭坛后面，人影攒动，大家都在那里拥抱圣使的塑像。他慢慢穿过主厅，在长椅上坐下，观察着忏悔室里的动静。有一个年轻男子并没有对着旁边的隔栏忏悔陈述，而是面对着神甫的方向跪在那里，双肩颤抖，仿佛在痉挛一般。另外还有一个人微笑着站起身子，伸手牵着站在一旁等候的女伴。教堂里满满的都是人，大部分是欧洲面孔，还有一些亚洲人，男女老少，或虔诚笃信，或冷静旁观，还有一些说笑打闹、不够庄重的青少年。游客们无视禁止拍照的提示到处照相，信徒们则双手合掌一脸严肃。偶尔有身着蓝袍的天主教精英学生走过，他们一旦觉得四周声音太吵，就会严肃地四下警示，并发出嘘声提醒。

他对教堂的感觉可以说是以熟悉的方式感到陌生。有一点几乎可以肯定：他脑子里有幻象一直在困扰着他。自从玛丽亚搬走以后，他曾经有两次在夜里睡觉时把卧室门反锁上，因为害怕出现不愿意见到的东西。他曾经在波恩的市场广场上看到过一个秃顶男人，穿着破旧的防风外套在那里分发小册子，大声斥骂这个世界道德败坏。周围忙碌的人们匆匆走过，忽略、耻笑或者讥讽这个人的言行。他可不想落得这般下场。哈特穆特坐在教堂长椅上，眼神无法从五号忏悔室挪开。里面的神甫比别的神甫都要年轻，他既没有念念有词，也没有眯着眼打瞌睡，而是把双手放在狭小的窗框上，似乎想要开始聊一聊。在忏悔室门的上方，木头上刻着一行字"给亲爱的德国和匈牙利"。哈特穆特站起身，感觉到额头开始出汗。他总觉得在别人眼里他很容易被看穿,可是自己却无法看穿自己。桑德丽娜不是也说过类似的话吗?如果真是这样,而且不只是在教堂里才是如此,那么捉迷藏的游戏还有什么可玩的?

"非常感谢。"菲力帕嘲讽道,"谢谢我忠心的司机师傅。"

哈特穆特看向前面,右边的高速出口却已消失在视野中。路标显示,到下一个服务区还有四十公里的距离。

"真对不起,我刚才没注意开过了。你怎么不早半分钟说呢?"

"你知道吗?你思考的时候,嘴唇有时候会动,好像在轻轻地自言自语。所以我不想打扰你。"

"可是你就得憋着了。"他沉着地说,尽管他自己也急着上厕所,并且他不喜欢她挖苦的语调。"现在还要再忍二十分钟。"

"小时候,我曾经观察过你在写字桌旁工作的样子。只要你的房门是开着的,我就可以从我屋里透过锁眼看到你。你总是把胳膊肘支在桌子上,用手背托着下巴。那个时候,你也偶尔会自言自语,不过,我不懂你在说什么。"

"嗯。"

"当时我还不太明白你到底是干什么工作的。我比较希望你是兽医。"

"这就是你小时候对我最清楚的记忆:我在书桌旁自言自语?"

"一看到你坐在我旁边喃喃自语,我最先想到的就是这个。桑德丽娜·鲍比翁是谁?"

"什么?"

菲力帕没有转头看他,只是指着中间格子里一张叠起来的小纸条。上面写着桑德丽娜的名字、地址和门牌号。他一贯都是这样缜密认真,详细写下应该记住的信息给自己看。菲力帕可能是在上一次停车加油的时候打开纸条看了。

"以前的一个老朋友。"他说,"准确说来,她应该是我生命中的第一个真爱。当初在美国的时候。一周前,我去看过她,就在去找贝恩哈德·陶施纳的途中。"

"妈妈知道吗?"

"不知道。但是,她知道了也没关系。桑德丽娜和我偶尔会有联系。而我也正想见见她。估计你也会喜欢她的。她也是个相当有主见的人。我们在一起聊天、吃晚饭,然后我就回酒店了。"

菲力帕挠了挠小腿肚子。她穿着圣地亚哥大学的校服T恤衫,下面是百慕大短裤,看样子像男裤。哈特穆特并线到左道,超过了一辆大货车。外面的温度已经爬升到了二十九度。阳光下,大地或绿意盎然,或棕色一片,丘陵起伏。白色的村庄沉睡在盆地中。

"在你出生之前,我的生活是什么样子,你还不太了解,对吧?"

"反正我是昨天才稍微知道一些你吸食大麻的事情。"

"我吸食大麻,这可是一个很大的话题。我记得我是说过,那是我第一次抽大麻。快到六十岁的时候了。"

"我想知道,我们为什么要了解这些事情?你先是讲了一个中国譬喻的故事,跟着又是在树林里抽大麻。你的意思是要让加布莉艾拉从中得出结论,认为你对其他的事情也一样抱着自由开放的态度吗?这是六八年代的风格吗?还是什么别的?你们看哪,我是多么地自由开放!"

"不要把这些你并不理解的概念强加在我头上。我不是为了顾自炫耀。你们两个人的话真的不多,所以我才……"

"你还说过,在弗洛利安的婚礼上,你们两个坐在教堂里感觉晕晕忽忽飘飘然。听起来你并没有感到羞耻?"

"我是不是伤害了你对宗教的虔诚感情？对不起,我不知道你有这样的感受。你外婆要是知道了肯定会感到高兴。"哈特穆特转而想平息女儿的怒气,但是菲力帕却抢在他前面开口了。

"第一,我不喜欢你称她为外婆,听起来就像她马上要被凶恶的狼吃掉一样。第二,加布莉艾拉会觉得很惊讶。你是怎么想的？居然在弗洛利安的婚礼之前抽食你人生中的第一根大麻呢？"

"我不想让任何人惊讶或受伤。况且加布莉艾拉听了这些之后不是也笑了吗？看起来感到惊讶的人应该是你。你的女友信教吗？从什么时候开始……"在最后的一秒钟他止住了话题,尽管已经太迟了。她自找的,谁让她惹他生气的。

"你说什么？从什么时候开始女同性恋也有信仰了？你是想说这个吗？"

"你要知道,现在的父母多不容易。我们决不能太保守,不能随意发表不合时宜的看法。但是一旦我们表现得自由开放,你们又认为是在巴结讨好,或者是在装模作样,甚至觉得根本就不可信。"

他女儿对此未作回应。

"老实说,我对你们这一代人根本就理解不了。你们到底在想什么呢？政治你们不感兴趣,但是却觉得海豹宝宝好可爱哟。你们绝对不会为了世界上还有人在挨饿而捐款,但是如果某个留了法塔里脏辫的记者被抓了,你们会为他专门开一个脸书账号。你们不会陷入到理想抱负里,因为你们太会算计。但是新的手机一上市,你们又陷入宗教般的狂热里。没有网络对于你们来说,一定就像缺氧一样非常难受。"

"你的话说得有点过了。"菲力帕冷冷地说。

"你是否也有这种网页,上面记录着你前天从网上偷偷下载了哪部电影？这到底有什么好？有什么意义？"

"你知道信箱有什么意义,对吧?我的问题是,为什么你一定要挑弗洛利安大婚的日子抽你人生当中的第一支大麻?"

他的确是越来越激动,难以马上平复下来。这种情绪就跟当初与玛丽亚发生严重争吵时一样,明明知道自己有理,但是却无从说起。一种不顾旁人、豁出去了的糟糕状况。

"可不可以请你坐直了?"他说,"我好知道我在跟谁说话。"

"跟我说呢,我是菲力帕。你跟我说的一切我都会替你保密。"

"你妈妈从未跟你说过吗?关于我们吵架的事。"

"没有。"

"我们——吵架了。准确地说,我就像疯子一样,把所有的过错都推到了她的头上。之后我们不得不抽大麻,才能平息下来并挺过那一整天。那是我抽的第一支大麻,也是迄今为止唯一的一支。作为你以前的管教人,我认为自己太不像话了,并对自己的行为感到非常后悔。请你将这些话转告给加布莉艾拉。"

"难以想象,你就像疯子一样?"

"很难堪。我不确定该不该告诉你细节。"

"到底是因为什么?"

"因为所有的事情。因为你妈妈搬到了柏林,而我自己一个人在波恩。因为我不喜欢她在法尔克·梅尔林格手下工作。这些都很难理解吗?而她却指责我没有努力去理解她这么做的原因,说我不把她的工作当回事等等诸如此类的抱怨。回想起来,那场面简直就是一部烂片子。"

菲力帕终于改变了坐姿,抬高的脚又放了下来,把座椅靠背调直,说:"你的强项本来就不是透过别人的眼睛去理解事情。"

"是这样吗?"路标上显示,离下一个服务区还有十公里路程,上面还标有卫生间、餐饮以及加油站的图例。哈特穆特一看到这些标识,马上就觉得有强烈的愿望想要下车。"也许你应该举一个例子让我信服。"

"拉帕养老院的落成典礼你还记得吧?阿乌尔还是村长的时候就花了很多心血,经过了多年的努力,养老院终于建成了。那一天是他的大好日子。新任村长发表讲话,充满自豪地历数近几十年里村子实现了哪些现代化进程,包括电话、电气、公路等等历史。他说,有了养老院,拉帕才终于属于第一世界。而你呢?当时不知站在人群中的哪个地方,自言自语道:离第一世界还差一点点。"她看着他,但是这一次他却回避了她的目光。"也许你没注意到。但是其他人都听见了。妈妈和我当时恨不得把你掐死。"

"我不知道,我是不是真的说了这样的话。但是……"

"可是我知道!我就站在你旁边,听见你说了。"

"好吧。那就当我是在开玩笑。别人故作正经地致辞时,为什么我就不能说点玩笑话呢?我在德国也一样会这么做。我觉得在养老院的落成典礼上说什么第一世界之类的话,简直是太夸张了。"

"可是,你说你缴的税反正都用在这上面了,难道这还不算过分吗?不用说了!我们大家都知道,你认为这种支持是对的、好的。葡萄牙人虽然不像德国人那样工作勤奋,但他们都是好人。只要他们继续努力,总有一天能够把差的那一点点给赶上来。你说呢?"

"菲力帕,我很尊重你。但是,你这样冤枉我也太可笑了吧。"

"你觉得这是对的、好的,尤其是你必须不断告诉你周围的人,你觉得这是对的、好的,甚至是不客气地在别人面前指指点点,却没有意识到自己是多么地高高在上。要意识到这一点,必须要换一个角度思考。尤其是在度假的时候。"

女儿的思辨才能浪费在营养学的食物分析上,简直是太可惜了。她其实应该根据这个强项认认真真地做点事情。他甚至觉得她可以做绿党的发言人,她具备足够的自负,而且还有足够的笑话可讲,所以不会惹怒听众。听她说话,短时间内不会觉得无聊,但是慢慢地就会发现,其实她观察事物的角度非常片面。

"麻烦你关注一下另一个事实。"他说,"我女儿竟然想要把我和我家庭当中的葡萄牙姻缘割裂开来。特别是我们在拉帕的时候,我既听不懂当地的语言,也不了解当地的民风。我提出的问题很幼稚,而我无伤大雅的玩笑证明了德国人的优越感。无论我怎么积极参与,你给我的信号都是,我是在白费力气。你似乎是不想把我纳入到那个圈子里。"

"为了让我们能够彼此正确理解,我们先要搞明白什么叫做积极参与。你自己一个人坐在阳台上看书,直到别人喊你吃饭,这是积极参与吗?别人把酒瓶标签上写的东西都大声念了一遍,而你却大手一挥让别人把酒瓶打开,说的还是很蹩脚的葡萄牙语。"

"谢谢!我只是不想在佩雷拉家族的所有辩论中都插一杠子。就算没有我的参与,他们也已经很不理智了。"

"阿乌尔露有几个兄弟姐妹?"

"什么?"

"这么简单的问题。"

这下他的火气再也忍不住了。成何体统?没有人会对这个南欧的大家族分散在世界各地的关系网络了如指掌。他们的名字多次重复使用,称呼时只是在名字前面加上不同的称谓,比如某某叔叔、舅舅、姑姑、表兄、堂妹等等等等。家族当中有一个分支在马萨诸塞州南部经营连锁餐厅,估计是露尔德斯的兄弟一系,或者他们同出于上一代人。重要的是,大家都是这个大家族的一员。不管是白天或者夜晚,一天当中的任何时段,他都可以敲开任意一栋房子的大门,没有人会盘根问底地审问他。不像她女儿这样,只要他有回答不上来的问题,她就总是在那里幸灾乐祸。

"一共有几个呀?"他问,为了让审讯快点结束。

"一个都没有。她是家里唯一的孩子,两岁的时候,父母就都去世了。"

菲力帕这么一说,他忽然都想起来了。露尔德斯来自埃什特雷拉山区,但是却在南部地区由修女们带大。她和阿图尔相识,是因为有一次她回到家乡参加一个家族庆典活动。

"这下你满意了吧?"他问,没有继续说出更多临时想起来的信息,其实他还知道,她回到家乡是参加一个葬礼。谁会关心这些事呢。

"如果你连这个都不知道,那你觉得积极参与应该是指什么?"

"亲爱的菲力帕,我觉得,我人生当中最美好的回忆几乎都和葡萄牙有关。每次去拉帕看望他们,大家在露台上共同度过的美好夜晚,去海边度假,还有和我女儿在一起的童年时光。当时,在她的眼里,我还不是一个傲慢的、得罪所有人的大恶人。你完全可以为你刚才精辟的评论而沾沾自喜,你也可以为你毫不费力地在两种语言和两个国家之中切换而感到自豪,随你的便。像你这么聪明的人,总有一天会看到,这只是你的先天条件,并不是你通过自己的努力而得到的。"

汽车里一时之间又恢复了沉默,就像暴风雨来临之前的平静。菲力帕看了他一眼,把目光转向正前方。哈特穆特不清楚,他是否让她觉得羞辱、感到生气?还是说服了她,让她以为和自己的父亲之间没有什么话可说,总之两个人都不再说话。菲力帕从副座车门的储物格里把查尔斯·林的博士论文拿了出来,不经意地翻阅着,并不给他任何继续之前对话的机会。那本论文是他今天中午放在那里的,竟然完全把它给忘了。他的目光转向下一个蓝色的地名标牌:波尔特,阿韦罗,科英布拉。到首都还有将近三小时的路程。若昂会把钥匙交给萨尔丹哈大厦的门卫,晚上带他们出去吃饭。在此期间,他的房子应该足够大,可以让这两个互相回避的人都有自己足够的空间。

哈特穆特的思绪又一次回到上午。神甫的目光与他短暂相视,他立即匆忙离开教堂。到了教堂外面,他的心跳才慢慢平稳下来。清冷的空气和浅色的花岗石,这些无生命的物质让人觉得安宁。他径直走进一家酒吧,喝了一杯葡萄酒。类似这样的事,他会讲给菲力帕听。问问她:是否了解这种一时兴起的心情,以及她怎么看待宗教;告诉她:无论你怎么努力,有些东西你永远也摆脱不掉。离服务区还有一公里。他用右手握住方向盘,左手去挠发痒的下巴。

"有件事我一直都想问你,"他说,"你为什么把一箱子旧光盘藏在地下室里?"

菲力帕摇摇头。

"我不知道你在说什么。"

"地下室的箱子。我去找割草机的配件时,看到了那个箱子。都是一些美国的系列片和电影、葡萄牙的电视剧等等之类的东西。大部分都是烂片。"他耸耸肩,"你不觉得你以前的品位很庸俗低下吗?"

前面就是通到服务区的出口,哈特穆特慢慢松开油门。

"我一共只有三张光盘。"菲力帕平静地说,"一张是《日出之前》,因为我以前觉得伊顿·霍克很棒。还有一张是《日落之前》,因为我终于明白了,其实我喜欢的是朱丽·德尔佩。最后一张是《里斯本故事》,是我爸爸送给我的礼物,因为他觉得维姆·文德斯很棒,觉得像我这么聪明的人总有一天会懂得欣赏。"

哈特穆特打开转向灯,很高兴她终于不再像之前那样气得只蹦单个的词。

"也就是说,这是一个谜。"

"如果我是一名侦探的话,我会去查出来这箱老电影的主人是谁。那么我的出发点就是:锁定一个年纪比较大的人,因为可能他不太懂得如何利用网络。或者是寻找一个对知识产权的看法还比较保守的人。"虽然菲力帕在装模作样故作镇静,但还是忍不住咯咯笑起来。"我说话你别不爱听,首先我要怀疑的就是你。"

"太可笑了。"

他们缓缓经过红白相间的加油站,往前靠左手边有一家餐厅。因为餐厅前面已经没有停车位了,哈特穆特继续往右行驶。烈日把地上的草灼烤得发蔫,草地上放着几条木头长椅。车内的温度计显示气温已经达到了三十一度。

"你看看哪里有阴凉地方?"他问。停车场上只停了一辆车,是一辆挂着不来梅车牌的箱式房车。房车的主人将他们的露营椅摆在几棵细长的意大利五针松树下。如果他从远处没有看错的话,他们应该是一对老年夫妻。

"就停在这儿吧。"菲力帕说。停车位并没有划线,哈特穆特从左边开进车位,感觉到不来梅的那位野营车主从他的报纸边缘抬眼瞪着他。他把车开到一棵小小的梧桐树的树荫下,停车熄火。引擎盖底下发动机还在突突作响。

"好吧,我们再好好分析一下。"他说,"那个箱子肯定不是自己跑到那里去的。"

"那就是妈妈的光盘。否则还会是谁的？"

"你妈妈不看这些东西。她的品位非常高，几乎相当于精英水准。虽然我无法解释她为什么能够接受得了法尔克·梅尔林格的作品，但是……"

"如果不是你的，那就肯定是她的。"

"箱子就放在地下室的楼梯底下，跟其他的杂物堆在一起。有人还在箱子上盖了一个盖子，那上面还放了一些其他的东西。我能发现这个箱子，纯属是意外。"虽然他们的车停在树荫底下，但是关掉空调以后，外面的热气慢慢渗到了车里。不到几秒钟的工夫，他的衬衣已经汗湿贴到了身上。

菲力帕耸耸肩说："二加二等于几？"

"你说什么？"

"换句话说，一个哲学家到底需要多长时间才能算出结果？"

"这又是什么意思？菲力帕，如果我惹你生气了，你就说出来。我既不想伤害拉帕居民的自豪感，也无意伤害你女朋友的宗教感情。如果我的行为违背了我的初衷，那我真的感到非常抱歉。你还要让我赔罪到什么时候？"

"你自以为你积极参与了很多事。也许还自以为很有移情能力——从阳台上。你肯定是把阳台当作贵宾休息室了。"

"你能不能不要用这种嘲笑的语气说话？"

"他妈的，你能不能给我把眼睛睁开！"菲力帕猛地提高嗓音怒吼起来。"那些都是妈妈的光盘，行了吗？是她告诉我的。为什么她不跟你说，而每次都告诉我呢？她在波恩觉得太无聊，以至于她根本就读不进任何有思想性的书。她说，那种感觉就像脑死亡一样。所以，每天下午你去学校的时候，而且我也不在家，她就呆在家里看这些垃圾片子。然后把箱子藏到地下室，以免被你发现。

384

很狡猾,对吧?"

"我一点也不明白。"他说,"你完全可以好好跟我说,不必大喊大叫。"

"不要跟我扯你那套什么客观性!她在客厅的茶几上放着易卜生,卧室里放着布莱希特,这绝不是什么巧合。她甚至想着挪动书签,假装每天读了几页书。唉,太狡猾了。她已经无法面对镜子里的自己。而你却根本就没注意到这些,因为你每天下午都要跟很多学生谈话。或者是因为会议延迟了半小时才结束。我也没有注意到这些,我当时已经交男朋友了,可我却一点儿都不想跟他亲热。也许我那个时候根本就不在乎。"

"好了。"他说,想制止她接着说下去。

"一点都不好。你直到今天都不明白,她为什么要搬到柏林去。因为一切都只能围着你转。她很害怕踏出这一步,她到今天还在害怕,但是她必须踏出去。你听进去了吗?这他妈的算什么事嘛!为什么非要让我来跟你说这些?关我屁事。"她解开安全带,手掌使劲拍在座位前的置物抽屉上,以至于哈特穆特担心副座上的安全气囊会弹出来。汗珠顺着他的两鬓往下流淌。她把博士论文朝他一扔,打开车门。

"你等等!"他说。

"你自己等等吧!你好好坐着那里等吧!"

他解开安全带,从车里冲出来,仿佛车子着火了一样。实际上外面才是着火般的炎热。他走出树荫,试图拦住女儿的去路,顿时一股干燥的热浪冲进他的肺里。

"她为什么没告诉我这些?"

"别问我!"她咆哮着,"他妈的,不要总是问我!"

不来梅的露营车主把报纸放到一旁,睁大眼睛看着这场闹剧,

385

丝毫不掩饰他的好奇。他和他太太隔着几米的距离坐在椅子上,呆望着这边,每一句话都听见了。哈特穆特抓住菲力帕的上臂,不让她接着往前走。

"你不能只开了个头而不把话说完。"

"那是你们的问题。"她愤怒地挣脱开胳膊。他又试图抓住她,她极力地抽身出来,往卫生间的方向跑去。

哈特穆特觉得自己被热气憋得好半天都快喘不上气来。他站在两张长椅之间直喘粗气,这时才发觉自己手里还拿着博士论文。红色封面,上角有些磨损,因为菲力帕刚才把论文当作攻击的工具扔向他。《世界思想在中国的回归》。指导教师写的是一个叫做海因巴赫的教授。他看到他自己的名字简直哭笑不得。松树下的那两个人好像在比画着什么。尽管烈日当空,哈特穆特还是坐在了一张长椅上,把论文放在面前的桌子上。他的车门还没关,就那么停在路边。

现在该怎么办?

他慢慢把口袋掏空,拿出手机、钱包和汽车钥匙,把这些东西一一摆在面前,就像在做盘点一样。生命中能够被改变的部分到底是哪些?从哪里开始?这不是一个计划,而是他的想象力受到诱惑,让他终于拿起电话拨号。刚开始没拨通,因为他忘了先拨国家代码。他又拨了几次,终于听到了电话接通的声音。也许他只是想借此打发眼下的时间,一时之间他还难以接受菲力帕刚刚所说的事情。怎么可能呢?玛丽亚怎么会坐在客厅里,手拿遥控器,无聊地盯着电视屏幕看那些烂片?光盘播放机是他买的,当时他为了写那本书需要看一些伯格曼拍的老电影。玛丽亚还跟着他一起看过。多么美好的夜晚啊,他想。他妻子真的是悄悄挪动书签以给他阅读的假象吗?

电话铃响了一会儿,声音比平时更显空洞,就像一个回声探测仪。玛丽亚确实跟他说过不止一次,说她受不了这种空荡荡的下午,她得做点什么。要是谁能陪我说说话,那该多好。可惜大家都很忙……

"魏因里希。"对方接电话的方式跟赫德韦西夫人一样,只是报出自己的名字,俨然是她自己的办公室一样。

"您好!魏因里希夫人。"他说,"我是海因巴赫。现在虽然是假期,但是我想问一下,布洛依格曼先生今天来学校了吗?"

"您了解他的。他几乎是以校为家。"魏因里希夫人从夏天开始就是布洛依格曼先生的新秘书。她办事很利落,口齿伶俐,喜欢穿低胸服装,长长的指甲涂着红红的指甲油。谁要是因为她的穿着打扮而看错她,那可就倒霉了。你尊重她多少,她就回敬你多少。拿不准的情况下,敬意就会打折扣。

"他昨天刚过生日。"她补充说道,"六十四岁了。别人夸他显年轻,他想用拉丁文表示回复。我在谷歌上搜索,可惜没有找到相应的拉丁文表达方法。"

"我们对自然有什么好抱怨的呢?它对我们已经足够仁慈。我觉得可能是塞内加说过的这句话。"布洛依格曼每年过生日都会引用这样的格言。

"下一次我就知道了。现在我给您转接过去。"

"谢谢。"

在餐厅后面,哈特穆特发现那里有一个简陋的儿童游乐场,只有一个小孩子坐在那里荡秋千。他估计,菲力帕此时一定是气得大哭,所以不会马上回来。不来梅的那两个露营者似乎在商量,是否由一个人斗胆靠近长椅边,从这位愤怒的人身边经过,去房车里取点东西。电话里传来话筒被拿起的咔咔声。

"您好,布洛依格曼。"接电话时只报出自己的名字,浑身上下透着一股权威。这些人是怎么做到的?

"您好,布洛依格曼先生。我是海因巴赫。"

"海因巴赫先生,很高兴您打电话来。"

假话连篇,哈特穆特心想。酷热就像一个看不见的罩子捂在他身上,汗珠顺着皮肤滴落。他觉得可以让自己冒一些风险。情绪降落到零点,一切都有可能发生。或者完全无所谓了。

"我能耽误您几分钟时间吗?"他问。

"您打电话来,我随时都有时间。"他们两人共事了十五年多,期间从未有过任何私人的接触,除了一些见面的寒暄。

"那我就长话短说吧。是关于一个博士生的事,我想请您给照顾一下。"哈特穆特觉得自己说话就像跟人聊家常一样。"是一个中国人,研究黑格尔的。您知道这不是我的专业领域。他写的是关于历史哲学和形而上学。我觉得这是您的专长。"

"这个,呃……"很明显,这位同事已经听出来了,这个电话并非如他所料想的生日祝福。"这个人是不是刚刚到波恩来读博?"

"他已经念了六年了。"哈特穆特听见布洛依格曼在话筒里呼吸的声音。

"那他是从什么时候由谁来指导的论文呢?"

"准确地说,没有人指导他。他上过几次我的博士生专题研讨课,来我办公室谈过几次。但是您知道的,语言的障碍,还有隔行的困难。请允许我插点别的话,我怕我待会儿会忘了:贝恩哈德·陶施纳让我代他向您问好。"

"真的?"

"他很认真地请我一定把话带到。"

"太意外了。这么说,您是见过他了?他还好吧?"布洛依格曼果然又恢复一贯的那副模样。哈特穆特从内心里觉得对他说的话愈加反感。像布洛依格曼这样的人,只有从后面跳上他的背,才能让他屈膝。他眼前浮现出布洛依格曼坐在宽大书桌后面的样子。那张书桌是他家的祖传古董,实木做的,足有半吨重。

"他过得非常好。明年就要结婚了。"

"我真为他感到高兴。"布洛依格曼一点也不激动。"您刚才说的那个博士生……"

"一位姓林的先生。布洛依格曼先生,我就跟您说实话吧。我之所以找您帮忙带他,是因为我正在考虑放弃我的教授职位。换一句话说,就是我要交接工作。希望这件事情尽量不要给大家带来更多的麻烦。"说完这句话,哈特穆特觉得自己又领先了一小步。果然如他所料。

"我不太明白,您的教授职位?"

"我们就不要自己欺骗自己了。有一些东西,如果把它们划分成模块,根本就无法运作。或者它们也许从未发生过作用,之所以仍然会存在,是因为很久以来一直都是这个样子。但是今天呢?对真理的探索,我的意思是,我们到底想欺骗谁?"他禁不住脱口而出,这么说话真是痛快。仿佛他说的是那些把钱放在枕头底下攒积蓄的人,或者是那些尝试完全无电生活的人;对这样的人,不用多费口舌,干脆称他们为疯子。

"这些年我越来越觉得您开始醒悟了。"

"您还没醒悟吗?"

"我?当然早就醒悟了。"布洛依格曼说话带着激昂的情绪。"但是您知道大家是如何谈论泰坦尼克号上的乐团吗?像我这么老土的人,还是喜欢面对面地谈话。您在楼里吗?"

"我在葡萄牙。"

"那就有点难办了。您可不可以告诉我,您对辞职是怎么想的?"

"我希望尽可能无声无息地办理相关手续。"

布洛依格曼清了清嗓子。认识他的人都知道,接下来将有一场较长的、考虑周全的训示。

"既然您刚才正好也提到了陶施纳先生,说明我们院里已经出现过这种情况。他辞职的时候还只是一名助理教授,而且他到波恩才工作了两年时间。我的意思是,不只是因为我们学校的相关管理规定,您这种情况本身就比他要复杂得多。您刚才说有一个博士生,但是这样的学生有很多,不是吗?而且身为国家公务员,您要是提出辞职的话,必须要有足够的理由。如果仅仅是因为哲学已经走到了尽头,是远远不够的。总之,我感觉您还没有想清楚,而且,请原谅我这么说,还有一点蛮横。海因巴赫先生,您毕竟是我们学院不可或缺的中坚力量。"

您是我院最好的老师之一,海因巴赫,赶紧给我夹紧屁股!别翘尾巴啦!

"除了在院里的工作之外,我还有一些其他的责任义务。"哈特穆特扼要地说,"先不说具体的细节,这主要还是我个人的决定。"

菲力帕出现在洗手间的入口处。

"我理解。尽管如此。"

"我会让赫德韦西夫人给您送一份论文过去。"

"一份论文?他已经写完了?"

"是的,几乎不知所云。您是我们院里唯一能让这样的论文提交学位委员会审查的教授。这个人勤奋努力了六年,如果用他自己的母语写,也许他真有能力写出好文章。我甚至确定他一定可以。"

"我怎么觉得像被要挟？"

"为什么这么说？我现在坐在葡萄牙的一个高速公路服务区里,拿什么来要挟您？"

菲力帕朝他走过来,有点迟疑,以为他在跟玛丽亚打电话。"我请您帮忙没有别的意思,只是为了他好。林先生将妻子和孩子都留在家里,只身一人到波恩来读博。而且,谁知道呢？这个中国人。也许他有一天会成为北莱茵 - 威斯特法伦州的副州长,感激涕零地跑来谢谢您。"

"海因巴赫先生,我一直很看重您。我可以想象在某些事情上与您展开更紧密的合作。您的幽默我却难以理解。到目前为止,我对您的印象是,您并不喜欢伤害别人。"

"这种说法,最近我经常听到。"

"总而言之,我答应帮您这个忙,也不会追究您是否违规——但是有一个前提:这必须是一份自我要求非常严格的论文,这一点当然不用多说。至于您要辞职的事,我们还没说完。恕我直言,我怎么觉得您是要弃械逃跑呢。也许我们这个专业真的要走上炼金和占卜之路。但是后果与我们无关,也不能成为我们逃离的借口。我们只能被裹挟着前行。"布洛伊格曼对所遭到的突袭给予了骄傲的回应。他现在肯定是坐在办公室里,埋头在上千册的书海之中,不清楚自己是否被戏弄了。活该。如果把这件事告诉贝恩哈德,他一定会大笑。

"非常感谢。"哈特穆特说,"论文一定马上送到您手里。哦,顺祝您生日快乐！六十四岁。正如塞内加在某篇文章中所说:我们并不是拥有的时间太少,只是浪费的太多。大概就这个意思吧。"

"假期愉快！"布洛伊格曼酸溜溜地回应,然后挂断电话。

菲力帕在他对面坐下。太阳亮得晃眼,以至于他们俩只能眯着眼看对方,就像在雪地里一样。她是否真的哭过,他看不出来。不过,很明显她洗过脸了。他愿意付出一切,只要能像以前一样把她搂在怀里。但是,他只是把电话放在裤腿上蹭了蹭,然后合上盖子。

"你在给谁打电话?"她问。

"布洛伊格曼,我那尊敬的波恩同事。他不喜欢在他自己的领域内被攻击。"

"是他打给你的?"

"是我打给他的。"

"为了谈一篇博士论文?"

松树下有人在收拾碗盘。哈特穆特非常熟悉那个女人所做的动作,盖上保鲜盒的盖子并按压紧密,同时掀开一边好让空气跑出来。菲力帕默默地打量着他。

"不管你妈妈怎么想,"他说,"我都要这么做。"

"也不和她商量一下?"

"对。"他拿起那篇博士论文,把它卷起来,虽然五百页很不好卷,然后塞进旁边的垃圾桶里。只听到噗通的一声,落在空空的桶底。"你没想到我竟然会这么做,对吧?"

"她后天到,刚刚发来的信息。但是她只订到去波尔图的航班。我们现在怎么办?"

"按照原定计划,我们先去里斯本。后天我去机场接她。你可以跟我一起去接,或者跟若昂回拉帕。我们在那里会合,跟往年一样。"

菲力帕站起身,似乎再也无法忍受残酷的日晒。的确,肩膀已经感受到了太阳光的厉害。

"我也得去趟厕所。"哈特穆特将桌上剩下的东西收好,站起来。厕所里一股刺鼻的尿臊味。褪色的把手架以及白色瓷砖上的裂痕。把自己的计划告诉布洛伊格曼,并且一开始就激怒他,这样做虽然不太明智,但他还是抑制不住油然升起的胜利感。如果他没有看错这位同事的话,估计这位同事会飞快地看一遍论文,短短叹口气,然后叫查尔斯·林过来让他汇报论文,以破纪录的时间帮他通过审查过程,也许还会得高分。所有这一切就是为了向哈特穆特炫耀:人在其位,就是可以这样办事。这么做至少会对一个人有好处。查尔斯·林太孤傲,他根本就不会怀疑:除了他自己优越的成熟思想,还有什么其他的因素能够让他高分毕业。哈特穆特两腿分开站在小便器前面,尽量保持平稳呼吸。他感到脸部发热,应该已经晒伤了。他又想起了那个装着光盘的箱子。当初玛丽亚教那些百无聊赖的外交官夫人们学葡萄牙语时,曾经收到过千奇百怪的礼物。为什么就不能是葡萄牙语的电视剧呢?厕所墙上有个小窗户,传来高速公路上的行车声,稀稀疏疏,跟往常八月份的时候没什么两样。两天以后,他们就能重新回合了。

哈特穆特一边洗手,一边看着镜中的自己。黑白混杂的这一堆乱须比以前的光溜下巴更适合他。他再一次拧开水龙头,然后就听见菲力帕在外面气得发抖的声音:"把你们自己家的事管好吧!"

接下来的对话哈特穆特没有听到,因为他即刻就夺门而出。松树下的三个人站成一个奇怪的三角形状:那个女人用双手把保鲜盒紧紧抱在胸前,似乎怕被抢走。她丈夫穿着一件敞开的短袖衬衣,里面是白色的汗衫,显得比哈特穆特第一眼所认为的要年轻一些。大概五十岁上下,体格很健壮。菲力帕站在离他们两米远的地方,手臂举得高高的,仿佛要撕扯自己的头发,又像是想冲上去和那个男人拼命。他们之间的露营桌上散放着塑料瓶装的果汁和水,还有用过的刀叉和碗盘。报纸掉到了地上,一定是那个男的跳起来时带落的。

"发生什么事了?"哈特穆特冷静地问,并没有马上爆发出来。

"什么事?好好管管这个没教养的小泼妇。"那个家伙吼起来。他的老花镜用一根链子挂在粗短的脖子上,"居然敢在这里对我们大喊大叫!"

哈特穆特点点头。他的心都快要跳到嗓子眼了,但同时又有另一种难以言喻的、几近惬意的感觉。那个人说菲力帕是小泼妇。

"您说话能不能客气点儿!"他说。菲力帕在他旁边一声不吭,紧紧咬住下唇。

"要我说话客气点儿?我还可以更不客气呢。"那个男的伸着胳膊,似乎面前有一辆很重的平板车需要往前推。他工作了一辈子,终于可以买一辆房车,带着他的黄脸婆出来纵游欧洲。哈特穆特站在太阳底下,气温肯定超过五十度了。那个家伙还站在树荫下。

"没事吧?"哈特穆特一只手放在菲力帕的肩上。女孩子瘦削、骨感的肩膀。她泪流满面,一句话也说不出来。

他抬眼直接看着那个人的眼睛。并不像他以为的那样粗笨,也没有北德口音。这让他愣了一下,虽然这些都无关紧要。

"请给我女儿道歉。"他说。

"什么?"那个人一脸自信地摇摇头,"养这么一个女儿,也是太可悲了。或者就是女不教,父之过。现在……"他又威胁着朝菲力帕跨一步,但是哈特穆特冲过去抢在他前面。阳光透过叶缝撒落下来,照在桌上的刀叉上,反光亮得刺眼。别冲动,他想,似乎他已经从心里开始助跑。他一脚踢到桌子边上,桌子翻了半圈倒在地上。那个女的大声尖叫,盖过了桌子倒在干草地上的声音。半满的饮料瓶子滚落一地。

哈特穆特本来想说，算了算了，别跟小孩子一般见识。可惜他低估了对手。那个家伙毫不迟疑地跳到他面前，抡起拳头，直接朝他的耳朵抡过来，差一点打中。同时，一只小而有力的手紧紧抓住他的衬衫。他的理智试图分析到底发生了什么事。但是，激烈的攻击令他不得不还手。当哈特穆特跟跟跄跄地往后退时，他感觉到地面仿佛在晃动。

他伸手去抓对方的衣服和结实的肌肉。在打斗中，他抓住所有能够维持平衡的东西，同时尽力避开对方的攻击。成年之后，他还从来没有用拳头打过谁。以前在学校里曾经跟别人打过架，动物般的愤怒、发狂以及恐惧，他早就忘了当时的那种狂热。流汗，流涎，有时还流血，现在他必须得再经历一次不可。手指的关节突然像被刺了一样的疼痛，他知道，这是被打中了。硬碰硬。对手在呻吟。哈特穆特其实并不知道刚刚做了什么，但是，不管怎样，再来一下子。这次，他打中了对方的脖子。

"不要！"菲力帕大叫一声。

虽然一片混乱，但他还是意识到现场的荒谬。也许对方就是在等着某个人找上门来。一旦开始了，根本就不再考虑究竟是为了什么。最要紧的是，他绝对不能倒下，眼镜不能被碰掉。这个家伙很结实，但是个子比他矮一头，身上一股廉价剃须水的味道。哈特穆特叉开双腿稳稳站住，两手牢牢抓住对方，一扭身，再使劲一推，然后松开手。那个家伙失去平衡，摔倒在地，四仰八叉地躺在草地上，再也爬不起来。

周围忽然一阵沉寂。哈特穆特听见前面加油站那边有一辆卡车发动引擎。菲力帕和那个女人呆呆地站在那里，看着他们打斗。现在，那个女人如大梦初醒一般缓过神来。

"打人啦！打人啦！"她大声尖叫，不停地跺脚，两手仍然把塑料保鲜盒紧紧抱在胸前。虽然天气炎热,她却穿着针织外套。显然,她完全不知道该怎么办。哈特穆特看了看她,又看了看躺在地上的那个家伙,他好像没有任何迹象要爬起来继续打。他脸上泛着不自然的红光。旁边的游乐场上,那个荡秋千的孩子已经被父母领走了。

"我们走吧。"菲力帕说。

"竟敢偷袭我们!"那个家伙就像被打倒的拳击手一样撑起身子,"真是不知羞耻!"

"活该!"菲力帕狠狠地回了一句,但更像是对她自己说。她仍然紧咬下唇,小时候她就有这样的习惯动作。以前,她也曾有一次这么站在他面前,气得几乎失去理智,是因为有个小男孩在沙滩上想抢走她的小铲子,结果却被小铲子打了脸。那个铲子是她在阿尔瑙的爷爷送给她的,一把金属铲。想想都觉得太可怕。

"走,我们走吧!"那天在沙滩上他还跟女儿解释什么是相称行为,看来今天也应该用到自己身上。他感到左眼下面有些灼痛,而且越来越严重,因为汗水顺着脸一直往下流。"我们走吧。"他朝那个男人的方向说,似乎因为他们刚才近距离地接触过,应该按常理好好道个别。

菲力帕犹如受到一场交通事故的惊吓,让他领着走向汽车。车门依然大开着。

"打了人就这么跑了?"那个女人在他们身后愤怒又无助地喊着。

"到底怎么回事?"他问。

"待会儿再说。"

车里的热度让人喘不过气来。哈特穆特把钥匙插进去,伸手找他的包。当他在后视镜里审视流血的伤口时,菲力帕使劲催他。

"我们赶紧走吧!"

"我眼镜上夹的防晒镜片碎了。"哈特穆特把镜片摘下来,发动汽车。他们沿着松树边的环岛绕了一圈,看到那对夫妇依然在失神地张望。野营用的餐具散落在四周的地上。那个女人终于放下保鲜盒,俯身去摸她丈夫的脸。那个男的威胁着挥舞拳头,似乎在寻找什么东西能够冲着他们扔过来。当他从地上捡起一只瓶子准备扔的时候,哈特穆特早就已经从后视镜里观察到这一切,赶紧拐进一条小道,加速往高速公路的方向开去。胜利感和羞耻感,两者兼有。菲力帕扬起鼻子,系上安全带。

"你应该很久没打过架了吧?"她爆发出一阵紧张的笑声,一边摇摇头。他再次打开转向灯,又驶回一号国道。这里有三条车道,两旁的景色非常漂亮。离波尔图只有几公里的路程。他的心就像一只困兽依然跳得厉害,握着方向盘的手还在不停地颤抖。

"讲讲吧,怎么回事儿?"他说。

"是他先开始的。"菲力帕说,"他从我身边经过,嘴里嘟囔着:这里虽然是葡萄牙,但也不是说想在哪停车就在哪停车。为什么德国人总是喜欢对别人指手画脚呢?而且是以这种可恶的语气。"

"所以你就冲他大喊大叫了?"

"我说,我们把车停在哪里关他屁事。接着他就说,小丫头片子,欠揍呢!当时我就跑过去,想把他们的桌子给掀了。但是我没敢这么做。我在汉堡的时候,只学过如何自我防卫,攻击要比防御更难一些。"她看着自己的手,点点头。"你做得挺好。正中靶心。"她使劲忍着因惊吓而卡在喉部的哽咽,估计会一下子哭出来或者笑出来。车里的热气慢慢消散。

"你包里有创可贴吗?找一个给我。"哈特穆特说。

"我有纱布。我帮你在头上缠一圈吧?就像以前那样。"

"只要你不拍照发给你妈妈看。"

"不会的。反正你留着这样的胡子,她也认不出来。"她的目光在他脸上停了一会儿,然后扭身去后座翻找。其实他内心真正的感受既不是胜利,也不是羞耻,而是一种难以用言语表达出来的感觉。他只是做了他必须做的事情。如果有人说你闺女没教养,你一定要用力反击。为了女儿,也为了不再被这句骂人的话困扰。话语伤人,他知道,因为他有这样的经验。这一次他把危险都解决了,其他的都不重要。

13

若昂把这个房间称为工作室,尽管他作为牙医从不在家里工作,所以这件小屋子更像一个储物间。角落里摞着纸箱子,写字桌上也是堆得满满的,没有一丁点空地方,以至于哈特穆特花了好几分钟的时间才能腾出一块地儿,把他的笔记本电脑放到桌上。透过敞开的阳台门,他听到隔壁的购物中心的屋顶上忙碌的声响。他找到一个计算器,打开电脑准备工作。但是,首先他得喝杯咖啡,悠闲地看一看靠墙的书架上有什么藏书。一些科幻类小说,摇滚乐队的照片集,很多弯刀和匕首,还有按照实物比例所做的摩托车模型,加上一些文件夹和牙科医学的专业书籍。最上层是一个相框,照片里是一对年轻人的婚纱照。美丽,端庄,满脸洋溢着幸福。相框的玻璃上蒙了一层薄薄的灰尘,使得玛丽亚和他看起来出奇的眉飞色舞。

时间已经是早上九点半,哈特穆特懒懒散散地转过头去,看着萨尔达尼亚地区熟悉的街景。购物中心后面立着一座不起眼的办公楼,玻璃幕墙上贴了防晒膜。大楼旁边是美国钻石酒店的发光字招牌。丰特佩雷拉德梅洛大道两旁的棕榈树顶上,隔一段时间就有飞机从头顶飞过,从深蓝的天空中慢慢降低高度,消失在北边里斯本机场的方向。天气预报说今天将有三十五度,这样的高温转眼即到。

"你敢?"若昂在客厅里喊道。菲力帕胜利地大叫,快速地回答着什么,哈特穆特来不及听懂。早餐的时候,他们两人就仔细地研究过,决定玩"武术决斗"这样的电脑游戏。半个小时下来,两人不停地斗嘴吵闹。对菲力帕来说,玛丽亚的弟弟仍然是她在里斯本的大玩伴,他从来不会问她有关学校的无聊话题,而是和她在同一个时间点、以同样的热情读《哈利·波特》。除了在牙科诊所里工作的时候,若昂不愿像一个成年人那样生活。从昨天晚上开始,两人在路上就已经互相取笑,开心地拌嘴打闹,就像以前贝尔根城那两个双胞胎一样。哈特穆特在邮箱的收件夹中点击打开卡塔琳娜发来的邮件,两肘撑在桌子上,开始看邮件里的内容。

她在邮件里强调说,最重要的是两件事:第一件,因为是提前辞职,所以他的退休金会根据个人情况有所降低,具体要看他究竟何时离职,然后从他的工作年限中减去四至五年,再由日后可能就职的单位补上相应的退休金。因为不知道他新就职的实际收入是多少,所以她无法进一步说明。另外,他究竟已经工作了多少年,她也不是很清楚,所以她只是参考了他在学校的人事档案,粗略地计算出大约二十八年这个数字,其中包括他早期作为代课教师的时期。第二件事,就是自2001年相关法令实施以来公务员养老金标准普遍下降,虽然附加的条款里提到养老金有所提高,但是请他不要被这样的字眼迷惑住。因为相关的因素在小数点之前几乎为零,所以最后会比想象的还要少。简单地说,除去减少的五年在职时间之后,他的退休金大约会减少百分之十,二十八年年薪的意思是二十八乘以他在波恩税前工资的1.80391%,再加上家庭津贴。哈特穆特算了一遍,又检查了两遍计算结果,得出的数字简直是少得惊人。尽管他绞尽脑汁地想出了二十九年的工作年限,这个数字并没有让最终结果有任何好转。剩下的就是迈耶先生看好的那栋房子以及并不高的市场估价。另外就是辞职究竟能不能被批准的问题。他到底可以编出什么样的理由提出辞职呢?

哈特穆特关掉电脑屏幕上的计算列表,给赫德韦西夫人简单写了一封邮件,请她将一份查尔斯·林的博士论文送到同事布洛依格曼那里,然后他合上电脑,走到阳台上。四周房子的窗户卷帘都是放下来的,看起来就像没有窗户的白色粮仓。购物中心安装了新的通风设备,厚厚的铝制管道在阳光下闪闪发光。所有的东西都闪着光彩,当地专门有一个词是用来表达这个意思:发光度。天空下,到处都充满了光,就像一个气球的内部。玛丽亚只订到了经停日内瓦的航班,明天晚上九点二十分抵达波尔图,他该跟她说什么呢?客厅里又传来若昂的呻吟声,还有菲力帕的笑声。他从阳台的另一个门进入客厅。客厅很宽敞,有一股烟草的味道。窗帘都拉上了,室内显得舒适阴凉。

"你女儿快要累死我啦。"小舅子冲着他大喊。桌子已经被搬到一边,两人肩并肩地坐在巨大的平面电视机屏幕前,主要的任务就是干扰对方操作遥控器。比赛结果显示"菲力帕"对"大舅"是五比二。虽然对打的是电视屏幕里的两个人物,但是若昂穿着无袖T恤却已经大汗淋漓。以前他经常锻炼,现在快五十岁了,腰间也多了一些赘肉。他用肩膀去干扰菲力帕,但是她的游戏人物蹲得很低,然后高高跃起,一连串快速的踢腿将对手击倒。一段宣告胜利的音乐响起,意味着游戏结束。若昂学他在游戏里的人物,笨重地滚落到地板上。

"你这个小泼妇!"他喘息着用英文咒骂,手臂向前伸着。

菲力帕坐着向他的对手鞠躬,跟她在屏幕上的人物出奇地相似。穿着短裤和白色汗衫。哈特穆特记得上次度假时她还没有这么瘦。因为没穿胸罩,所以能够看到她小小的乳头顶着汗衫。

"你打得就像一只玩具熊。"她站起来喝了一口水,假装完全不在乎此时爸爸也在场。以前在拉帕的时候,若昂和她一整个下午都在打乒乓球。她舅舅不仅从来没让她赢过,而且连一分都不肯让给她。菲力帕沮丧得都快哭了,气得跑回楼上。而若昂却坐在露台上抽烟。他认为,在真实生活中,她也是一切都得靠自己努力。玛丽亚非常恨他这一点,但是十分钟后,菲力帕又下楼去找他报仇。直到今天,她打乒乓球还没有赢过她舅舅。她预测说,第一场胜利将会在 2010 年到来。

"我得去诊所上班了。"若昂躺在地上,伸手擦掉额头上的汗珠。

"你这个懦夫!"

"有本事你把你爸也痛揍一顿,别让他跟昨天晚上一样打完就跑。"昨晚他们三人在码头上吃烤鱼,若昂知道了发生在高速公路服务区的事情后笑个不停。两个老男人打架,其中一个还是大学教授!这就是人们所说的应用哲学吗?哈特穆特带着自卫的动作坐到沙发上。昨天夜里,他半宿都没睡着,白天发生的一幕在脑中回放,他还是找不到任何字词来形容自己的这种行为。那个女的是如何去抚摸她丈夫的脸,还有她无助的愤怒。而他呢,右手握拳,好像身体内部肿胀得疼痛。但是,说实话,他感到奇怪的不是为何这么做,而是居然这么做了之后他还感到满足。

菲力帕光着一只脚踩在舅舅的胸口上,表情严肃。

"我赢了。你输了。因为你太肥了。"

若昂点点头。

"你什么时候才能长出真正的乳头?"

她踢了他一下,不太重,也不太轻,然后坐到旁边的沙发上。屏幕上的两个游戏人物静止不动。外面的工人互相大喊着下一步该做什么。太阳升得更高了,空气越来越热。哈特穆特希望他们两个不是因为他的闯入而结束游戏。

"我在你最喜欢的餐厅里订了位子。"若昂慢慢地说。每次跟他姐夫说葡萄牙语时,总是如此,有时他们俩也说英语。

"墙上有瓷砖的那一家吗?"

"墙上有瓷砖的那一家,名字你老是记不住。订的是八点半。这种记性,到底是怎么当上大学教授的?"

"只需有好的……"哈特穆特想说"同事"这个词,但是一时之间竟然找不到相应的葡萄牙语表达。"……支援。"

"估计就是。"若昂扔给菲力帕一个眼神儿,但是她没有回应,反而拿一个靠枕砸到他身上,说:"赶紧洗澡去!臭死了!"

"我这是男人的味道。"若昂边说边站起来,"男人味儿和臭味儿可大有区别。"

"对我来说都一样。"

她舅舅在过道那边的回答似乎很粗野,菲力帕愣了一下,然后才翻着白眼笑了出来。浴室的门被重重地关上。菲力帕观察着自己的手,哈特穆特则浏览着若昂其他的古刀收藏。他把这些刀挂在一个镶金边的框里,放在客厅里的壁炉上方。除此之外,墙上没有任何其他装饰。这样的空间让人觉得家居舒适——酒红色的窗帘,日式的纸灯。这些都是那位热爱生活的心理咨询师提出的建议,她和若昂已经同居很多年,没想过要结婚。露尔德斯就算再念多少遍《玫瑰经》也没有用。

"为什么他要收藏这样丑陋的东西?"哈特穆特问。玛丽亚和他弟弟并没有很多共同点,除了姓氏相同以及对两人的血缘关系

403

如此紧密感到诧异之外。当年他们住在父母经营的餐厅楼上时，虽然只隔着一道墙，但是两人之间就已经是这个样子了。餐厅在山下的毛拉利亚，现在那些破损不堪的房子里住的是澳门来的中国人。

"我也不清楚。"菲力帕没有抬头看他，"你刚才想说的可能是'助手'这个词，而'支援'的意思是援助或者帮助。葡萄牙语里面有很多类似的表达，比如医疗支援、宗教支援等等。"

"对。虽然谁都不能确定我未来需要的是哪一种支援。刚刚我计算了一下可能会领到的退休金，感到有些灰心。我本来以为会多一些。"

他小舅子在莲蓬头底下边洗澡边唱歌。哈特穆特摸了一下自己的脸，若昂夸他的新胡子很酷。可想而知，这么不同的两个人，玛丽亚恐怕不会有好的反应。他感到有些紧张。只要他一坐下来，总觉得有什么事情必须马上去做。

"那个家伙先开始的，对不对？"菲力帕说，没有顺着他之前的话题，"昨天在服务区的时候。"

"他先开始的，而我们也没有给他机会，让他停止，至少我没有。"

"我也没有。"她叹息了一声，躺倒在沙发上，用左手支着脑袋。"我一整夜都在想这件事情。有时候我会一下子愤怒起来。自从我认识加布莉艾拉以后，稍微有所好转，但是……"

"你遗传了我的脾气。"

"问题在这里。"她用两个指头指着她胸口横膈膜的位置，"肯定不是你遗传给我的。你总是说一切都可以冷静地谈开，万一不成还可以隔着门谈。"

他的目光停留在装着橡胶骨头和球的小筐上。拥有这个筐的狗被斐尔南达带走了。她要离开三天去看望她的父亲。那只狗的牙齿像老鼠,爱紧张,爱吠叫。每次电话铃声响起,它就狂奔过去。他曾经跟他的女儿隔着一道关上的门谈话。在女儿的青春期,他们经常这样沟通。

"你对阿尔瑙的爷爷奶奶还有印象吗?"他问。

"当然有了。为什么问这个?"

"什么样的印象?"

"很多种不同的。比如楼下车间里的味道。我还记得你跟我说过,爷爷其实和男孩比较合得来,他希望将来有人当修理工人。而我喜欢做的事情,估计他都无法接受。我倒是常常想念阿尔瑙的奶奶,想念她煮的那个甜茶。她真的很可爱。"菲力帕微笑着,显然是对她脑海中的某个画面有感而发。她的腋下有汗渍,也可能是走珠除汗露留下的发亮痕迹。他经常想象着,找时间能够告诉她。他想知道,在她心目中,他的形象有何改变?当女儿的,是否想知道这些呢?

"我父亲从来没有对我们吼叫过。"他说,"哪怕只是大着嗓门说话也没有过。如果真的很严重,他就说,一定得惩罚一下。就这些。"哈特穆特耸耸肩,似乎他的话无关紧要。浴室里只听见若昂唱歌的声音,莲蓬头淋浴的水声已经停止了。电视屏幕上仍然是那两个穿着白衣的武功高手,一动不动。谈起这个话题,他并没有觉得不舒服,只是有点悲伤。

"为什么要惩罚呢?"菲力帕问。

"他十三四岁的时候,就没了父亲。人是有罪的,他从小就被这么教导。所以人要严惩。惩罚是为了他们好,这样他们才能走上正路。正在长大的男孩子和他们脑袋里的坏主意,尤其需要严惩。"不知不觉中,哈特穆特陷到柔软的沙发里,下巴垂在胸口。菲力帕看着书架上的音乐光碟和电影光盘。她爷爷去世之前,应该也是不怎么表露自己的感情。已经没机会说出来了,但是又有什么别的办法呢?"时间就是这样。"他说。

"好吧。"菲力帕也不知道该说什么好。

"你妈妈觉得,这说明了很多事情。她深信,她自己的那种负疚感与她未出生就夭折的兄弟有关。听起来不可思议,却有可能是真的——人怎么能在事后才做出判断呢?我们大家都想知道我们是谁,我们是怎么样的人。但是我们又觉得大部分的解释太过于断章取义,尤其是别人的解释。例如有人对你说,你觉得被女人吸引,是因为……"

"我没觉得被女人吸引,我是同性恋。"

"我就是这个意思。"

"但是你不说出来。总有一天,你会对露特说,说我很任性,或者还没调整好我自己,甚至说我难以捉摸。"

"你本来就是。以前不这样,现在变了。不过你倒是一直很任性。"

"你这么说,只是不想把'同性恋'这个字眼挂在嘴边。"

"我想说的重点是,别人的任何解释都会冒犯到你。无论别人怎么猜测,说你孩童时期跟母亲太亲近或者是跟父亲太亲近,或者看了太多朱迪·福斯特的电影。你可以总是回答:这有什么好解释的,我就是这样。"他其实是想逗她笑的,可惜没有成功。

"本来就是这样。"菲力帕简单回答道。

"我的情形也是如此。有可能这样或者那样解释,但是我不想定义五十年前发生的事,更不愿意由别人来判定,就连你妈妈也不行。虽然是好意,却有辱我的尊严。"

每当女儿流露出正在思考的样子,他总是很喜欢。看她斟酌再三,以她清晰的判断力反复思考。仿佛她自己也对思考的结果充满期待。但是此时她却沉默不语,于是他便继续说下去,而且感到很开心,因为她一直都在专注地听他说话。

"如果不能够理解的话,确实很难接受。但是,有时候必须如此。寻求解释的结果,得到的往往只是可能和事情不相干的一点东西。没完没了。昨天夜里,我又想起了白天的事情。跟你一样,我也没睡着,弄不明白在服务区究竟发生了什么事。怎么可能呢?我竟然和一个完全陌生的人厮打在一起?我现在当然可以追溯到四十年前所下的决心,绝不再任人欺负。但是老实说,伸手去揍那个家伙,感觉真爽。我不该这么做的,但是我当时就想着要揍他。这是最有说服力的解释了。昨天在服务区所发生的事,是我自己愿意的。"

"我也是。我当时特别想把桌子掀翻。就那么嘭的一下。"菲力帕躺在沙发上,对着空中用力踢了一下。也许她踢的根本不是那张野营的桌子,而是他父亲少年时被人欺负的画面。"我当时真崇拜你啊,就跟以前一样,当你修好我的自行车,或者空手抓住一只蜘蛛。我爸爸好伟大!"

"可能这也是原因吧。"他说,"想让你再崇拜我一次,这样的机会不是很多了。不过,三天前,我在咖啡馆就已经告诉过你,别低估你的老爸。"

"我没有。"她马上又严肃起来,"我只是想让你明白,你现在的烦恼并没有减少。"

"搁在以前,我可能会说,等着,等你自己有了孩子就明白了。"

"那现在呢?现在我该等什么?必要的话,你每天站在镜子前面,说十遍。我用了多久你知道吗?"

"多久?"

"很多年。"

"好吧,那你也给我一点时间。"

他的话未说完,若昂已经从浴室里出来了,而且闻起来就像掉进了剃须水的瓶子里一样。衬衫的三个扣子都是敞着的,骑摩托车用的皮手套夹在他的指间。他看了一眼电视屏幕,鄙视地摇摇头。

"你怕你女儿吗?"他问,"不用责备自己,我理解。她就是复仇女神。"

"我送你到门口吧。"哈特穆特从沙发上站起来。

"谢谢。我知道门在哪里,我也住在这里。"他试着引起菲力帕的注意,但是她完全不看他。"我做错什么事啦?救命啊!今晚我还能回来吗?"

哈特穆特推着他的肩膀,走到过道。用这种酷且糙的方式和小舅子说话,他还没有成功过,于是也就不再尝试了。若昂是嘲笑还是尊重他,他并不清楚。反正他们很合得来。小舅子一直待他如同家人,而他觉得小舅子代表着葡萄牙的夏天。这就够了。

"菲力帕和我今天下午要出去走一走。我们几点在哪里碰面?"

"就在这里。除非你自己找得到那家餐厅,你女儿应该找得到。"

"那我们就回到这里来。最晚八点。"

他们并排站在过道里,哈特穆特下意识地拉上客厅的玻璃门。他小舅子缓缓地摇了摇头。

"哈特穆特,这样已经多少年了?"

"八点一刻。"

"我问你几年了?"

"八点半,好吧?那我们就有足够的时间,从容地迟到。"最后那句话,他说的是英语,为了能够流利而不中断地说完整句。

"我的先生。"他小舅子拍拍他的肩膀。一条长长的过道通到后面的各个房间。这个公寓很大,若昂之所以能够负担得起这么大的房子,是因为他的父母卖掉了餐厅,遗产已经给了他。他当牙医赚的钱也不少,但是他给太多的病人以半价优惠。哈特穆特也是最近才从斐尔南达口中得知此事。若昂在乎的是维护他的好名声,这比公开他的善行更重要。

"还有一件事,"哈特穆特尾随他的小舅子出了公寓的大门,"我可以问你一个奇怪的问题吗?"

"只要这个问题确实很奇怪。"

"你曾经给玛丽亚寄过一箱电影光盘,对吗?就是你喜欢看的那些电影,然后认为玛丽亚可能也喜欢看?"

"果真是一个奇怪的问题。"若昂说,脸上没有任何表情。

"我只是这么想的。"

他们两人对视了一会儿。电梯间传来不明的声响。走廊里装修很高雅,地上铺的是白色大理石。一共有四扇白色大门,标着不同的大写字母,还有一扇小门通往逃生楼梯。若昂手里拿着安全头盔,就像抱着一颗保龄球一样。

"跟往常一样,"他说,转身准备走了,"好好享受这一天吧!"

"晚上见。"

"你们这些喜欢到处乱逛的德国人,要是迟到了,就试试看!"

哈特穆特关上大门,回到客厅。菲力帕已经把桌子归位到客厅中间,一脸疑问地看着他。她身后的电视屏幕闪着黑白的雪花儿。

"你们找到大门了吗?"

哈特穆特吞了好几次口水,才有把握开口,以免听起来了无生趣。

"我想着今天下午咱们一起去摩尔城墙,或者去坐二十八路有轨电车,像以前一样。或者,你看你自己想干什么。"

"我想呆在这里。"菲力帕说,一边将电话线绕在手指上,"我想给阿乌尔露打电话。"

"你明天就能见到她了。"

"她一个人在拉帕,整天提心吊胆的。"

"好吧。"

"你去你的摩尔城墙吧,对你有好处。"

他站在客厅里,点点头。在菲力帕的脸上,他能认出宛如玛丽亚的温柔眼神,还有与他自己相似的坚毅果敢。昨天在停车场上,他觉得仿佛是他自己的镜像在对着他咆哮。

"你那时说你不在乎我卖不卖波恩的房子?你是认真的还是随便说说?"

"也许不公平,但是也无法改变了。我觉得我在波恩找不到我自己了。你想卖房子就卖吧。"

"好吧。我知道你喜欢汉堡。"

"或者圣地亚哥。那边的大学在扩建。营养学,生物学,食品化学,所有的院系都在一个校区。我的申请还在走流程,但是,被录取的希望很大。"

"像这样的事你不跟我们先商量一下吗?"

听到这个问题,她停止继续收拾东西。

"你们总是说,总有一天你们要搬到葡萄牙。既然如此,我们大家干脆都生活在伊比利亚半岛吧。"

"那只能算是邻居。"如果他五六个小时站在原地不动,估计她就得过来拥抱他了。慢慢地,他已经习惯了,她不再要他修自行车,也不再要他去床后面逮蜘蛛。衣柜里也不再有妖怪,即使有的话,那也是由加布莉艾拉来替她赶走。虽然如此,他还是想最后再试一试:"整个下午都待在屋里吗?这么好的天气。"

菲力帕站在他面前,虽然没有拥抱他,却伸出一只手放在他肩上,对他鼓励地点点头,如同她小时候在学校里有考试,他也是这么鼓励她去上学。这也是变老的一个体验,与孩子之间逐渐进行角色互换。此外,她没想要考验他什么,也无意让他理解什么。就这样了,该来的就让它来吧。正常得很。

"替我问候摩尔人。"她说,"出门以前记得擦防晒霜哦。"

"那你也替我问候你的阿乌尔露。你打算要告诉她吗?"

"不。他们俩这么老了,不会理解的。但是我只对他们俩妥协,其他的人要么就接受,要么就……"她没有把话说完,只是看着他。

"明白了。"他说,转身走向大门,"我们晚上见。"

尽管如此,他想,里斯本还是一个如梦之境。以往坐有轨电车,对菲力帕来说还是很新鲜的事情。他们经常两个人一起出门去坐有轨电车,而玛丽亚则去买一些日用品或者去看看老朋友。眼前咣咣当当地开过来一辆有轨电车,里面人满为患。哈特穆特以前从没见过这么拥挤的有轨电车。车上的人纷纷把手伸出窗外,拿着相机拍照。乘客或坐或站,挤得水泄不通。他坐地铁去罗西奥广场,在步行区买了新的遮阳镜夹片,然后,他沿着熟悉的路线信步前行。右边,下面就是塔霍河,像大海一样宽广,闪着蓝色的光芒。他爬得越高,风就越冷。尽管太阳高照,天空里没有一片云彩。街边有很多咖啡馆,里面坐满了人,还有一些昏暗的小酒馆。在佩德拉斯内格拉斯大街的那栋黄色房子前,他短暂停留,抬眼往上看房子的正立面。高高的长条窗户仍然紧闭。他想象着,四层的公寓还没有人住,正等着他往里边搬呢。

这些年来,他已经习惯在这里观察一些细节,发现很多房子上都有方形的徽章,证明某处房子是城市的财产;或者证明挖掘罗马剧场的缓慢进度。从对面博物馆的露台看出去,可以看到眼前的一切正在以越来越快的节奏进行:开往巴雷罗的游轮正在启航,阿尔吉布的黑暗围墙里关押着反对萨拉查政权的犯人。他已经满头大汗。一辆黄色的有轨电车费力地爬上陡坡,哈特穆特尾随其后。人行道上的铺路石经过无数行人的踩踏,磨成了亮亮的古铜色。拐过下一个街角,就是他此行的目的地。

摩尔城墙的前面有一个小广场,每年在广场上摆出的桌子越来越多。在一个绿色的小报亭里,可以买到小吃和饮料。哈特穆特买了一大杯啤酒,小心端着满满的塑料杯找到空位坐下。每次到这个城市,他至少要来这里一次。古城墙就在他背后。当时西哥特人和摩尔人为了争夺这块地盘,用深色的石头垒成了这堵墙。葡萄牙语叫做"靠近摩尔"。此时,有五个黑人歌手正在墙边组装乐器。

他放下啤酒杯,坐在那里,仿佛就坐在能够俯瞰整个城市的高台之上。在最近的一处丘陵上,圣·维森特的白色立面晃着亮光;往下的河谷边,阿尔法玛的红色屋顶也格外耀眼。哈特穆特抬起双脚放在铁栅栏上,观察着在旁边桌子上跳来跳去的鸽子。餐巾纸和空杯子扔了一地,四处的游客都在拍照、调情、抽烟或发呆。人们喝着咖啡,或者翻阅手中的旅游手册。有一次,他坐在这里的时候,有一个年轻的女士拜托他拍照。她独自一人,只想拍单人照。他当时五十出头,而且和玛丽亚约好了一会儿在里斯本上城老区见面。他无奈地笑了笑,照她的吩咐做,拍了一张,又拍一张,接着是一张半身照。直到她说,你拍够了没? 一把从他手中夺过相机,消失在人群中。她也许是他见过的最漂亮的女人。

下面的河边,海鸥在看不见的空气旋流中翻飞。离开公寓之前,他本来还要打电话给玛丽亚,问她明晚想在波尔图住一宿,还是直接去拉帕。但是他消除不了心理障碍,一想到地下室的那一箱物品,他就觉得羞耻。竟然这么长时间都没有察觉到他的妻子多么百无聊赖,而他却拼命赚钱,用于资助她的无聊。他感到最痛心的是:玛丽亚摆脱空虚的方法竟然是这样惩罚她自己,竟然看那些烂片子!她怀孕期间的最后两个月必须躺在床上,于是在身边堆了一摞书,莱辛、彼得·魏斯、海尔内尔·米勒。谁能想到,如此好学的玛丽亚却在大白天猫在家里看什么《绝望的主妇》系列,这样的画面他无法接受。而且他觉得被欺骗,被她欺骗。她居然还想挪动书签……

音乐声响起,加勒比海式的律动节拍。站在周围的人开始扭动腰肢,哈特穆特则想起,很早以前,他有时候会假装手里拿着萨克斯风,双手在空气中按键,专心演奏。在这个世界上,只有他自己,唯一能够听见自己技巧精准的刺耳音乐。现在他用脚打着节拍。风吹乱女人们的长发,把她们身上的香水味吹散在广场上,然后带走她们的笑声。哈特穆特喝了一口啤酒,把电话从兜里掏出来。前面的墙头边,有非法移民在兜售太阳镜、T恤衫以及便宜首饰。一个年轻的父亲将他的孩子扛在肩上,为了让小孩能够看得见人群中间的乐队。

大部分情况下,他往贝尔根城打电话的时候,只短促地响几声,他妹妹就会接起电话。

"布鲁纳尔。"

"是我,你好。"

"是你呀。"露特高兴地说,"我已经给你留言两次了,你这么忙吗？"他不明白为什么，但是妹妹只给他家里座机打电话。通常一个星期一次，三十年来，几乎没有变过。总是在周日傍晚的时候打过来。今天是周几，哈特穆特想不起来。

"我在里斯本，一时兴起就来这边了。"

"里斯本？你一个人去的吗？"

"还有菲力帕。"他不知该从何说起，所以就先说说阿图尔的心脏病情吧。露特的声音是他生活中最大的恒定常数，有时候，这样也就足矣。他说完事情经过之后，对她的回答感到非常惊讶："不知道为什么，听起来这次好像很严重啊。"

阿图尔的心脏病多年来都是一个大的话题，他以为他这次讲的也跟往常一样。

"可能是吧，他的年纪也大了，得了两次心肌梗塞，做了一次心脏搭桥手术。大家都应该有心理准备。"

"你老婆呢？"

"她明天到，直接从哥本哈根过来。"

老人生病，女婿和外甥女赶来，女儿搭最近的一班飞机过来。听起来像是家庭大聚会。电话里一阵沉默，哈特穆特观察着乐队的歌手：他已经离开了原来演唱的位置，手里拿着一摞光盘，匆忙地从一桌走到另一桌。他头上戴了一顶帽子，一双明亮的眼睛来回转动，就像他扭动的肢体一样灵活。也不知道他是怎么做到的，可以一边跟女人调情，一边让女人身边的男人买一张光盘。

"现在，我不知道要拿我的好消息怎么办？"露特忧心地说。

"你就说吧！"哈特穆特很感兴趣地看着那个歌手。有些人做的事虽然没什么了不起，但你自己就是做不到，因为你个人的天性就是和那种事相冲突。露特所谓的好消息，他已经等了将近一年了。弗洛利安在婚礼时就已经说过，他们只不过在等新娘子博士毕业。她的论文分析了死海古卷中的两篇经文,弗洛利安是天体物理学家,在研究一种距离太阳后面以光年计的射线——两人的专业领域相差悬殊,但是却不会给他们之间带来任何问题。

"我要当奶奶啦!"露特说。

"太棒啦,恭喜!恭喜!"

"其实我现在还不应该告诉你,现在才第十周。但是我一直在弗洛利安耳旁唠叨,他才让我告诉你。"

"我不会说出去的。"

"你不用特意保密,我们都是一家人。"

"所以你在我电话里留言了?"

"对,就是这件事儿,还有就是想问问你过得好不好?想知道你做决定了没有?上次你来这里的时候,看起来压力很大。"

那位歌手跟听众们开着玩笑,拿出一支长长的乐器,一边敲打男人的肩膀,一边快速转动眼睛,所有的人都在给他加油。

"我记得很清楚,"哈特穆特说,"妈妈当时给我往美国写信,说你怀孕了。我永远也不会忘记她在信里写的那句话:一个受上帝祝福的好消息。你在信纸边上还补了几个字:让人难以置信,对吧?又小又笨的露特……读完信之后,我心想,确实令人难以置信。我在美国努力长大成人,而你却像没事人一样已经有了下一代。"哈特穆特转向一边,看着远方一艘白色的帆船在塔霍河上移动。他听见露特在笑,笑着笑着却变了声调。也许是辽阔的视野才让他察觉到,那已经是多么久远以前的事了。他感到手臂上一阵颤栗。

"你在哭吗?"他问。

"没有。只是……"她必须先吸吸鼻子,才能继续说下去。"有些不好意思。上个星期我打电话告诉菲利克斯,也是忍不住激动得差点哭出来。其实他比我先知道这件事,看到我掉眼泪,竟然还取笑我。没关系啦。我要当奶奶喽。"她又笑了。

"你盼着当奶奶对吧?"

"那当然。"

"好,很好。"

将近两周以前,他们一起去阿尔瑙扫墓。露特在墓前放上了新的花束,对他说:你一直都想当教授。他站在旁边看着墓碑,心里想着,墓碑上的墓志铭其实不错,尤其是最后一行:时光飞逝,犹如我们离开。当时真是美好的一刻。扫完墓之后,他们专门去看了看老房子。三年前,母亲去世之后,他们把老房子卖掉了。母亲最后几年都住在雷施泰格,和露特以及海纳尔生活在一起。平静、无怨,她一辈子都是这样。

"一代又一代。"哈特穆特说。

"什么?"

"马上就要当祖母了,感觉怎么样?"

"是奶奶。"她确切地说道。祖母是形容厨房窗户后面的黑寡妇,一直是露特和他两人在童年时期的阴影。

"而且绝对是一个很棒的奶奶。我刚才说的那些话你明白吧?"

"我知道你的意思,但是对于变老这件事情,我内心没有任何障碍。你就瞧好吧。"

当时他们坐在车里,看着深灰色的房子立面。有那么一刹那,他似乎看见厨房窗户的帘子后面有一道暗影。对于错过了的一生表示无声的愤慨。祖母那时候应该是跟他现在差不多大的年纪,只是已经孀居了三十五年。全村的人都知道,她一直不太喜欢小孩子。于是孩子们就编一些顺口溜来报复她,一边大声唱着顺口溜,一边从她的屋前跑过。每当这个时候,露特就会跑回自己的房间,用枕头紧紧捂住耳朵。小笨蛋露特。

"我为你感到高兴。"他说,"真的。"

"那你也得加油!"

新的住户是从别处搬来的,一家四口,夫妇俩带着两个孩子。男主人是修理屋顶的能工巧匠,他们在院子旁边的菜园里做了最大的改动。以前一垄一垄种菜的地方,现在变成了秋千架和木制的攀援墙。醋栗灌木丛还在,哈特穆特觉得舌尖泛起一股很久都不怎么喜欢的那种味道,酸酸甜甜,嗓子眼就像卡了一层薄薄的毛发。露特坐在他身边,想让他先开口说点什么。

"你经常到这里来吗?"他问。

"不是。"她的脚边立着小桶,里面装着整理花园的工具。但是那双绿色的塑胶手套,她用手指夹在手里。

"只愿意跟我一起来这儿吗?"

"要不然跟谁呢?"

那是周六的下午,电视里正在播放体育新闻。汽车都洗干净了,也打了车蜡,都停在院前小路的入口处。哈特穆特四下环视,忽然想起了乡邻的房子以前都叫什么名字:施雷瑟施家的、容克曼家的、林纳博恩家的。经历了几代人,这些房子一直都沿用最初的主人姓氏。要知道,以前只有称呼教师和牧师的时候才会用到姓氏。

"他们会不会仍然沿用我家房子的名字?"他用下巴指指那块地,"我是说刚搬来的那家人。"他把手放在方向盘上。十二万五千欧元,在阿尔璐就可以买到带粮仓和花园的两层楼房。卖房子的钱他分得了一份,先是买了一辆车,剩下的都存起来了。但是根据报纸上的最新报导,他很怀疑这样做是否明智。

417

"不知道。"露特说。

他家老房子的名字叫做"特欧弗",按照阿尔瑙地区的方言,听起来还以为是"她呕吐",所以小孩子们就把这个名字编进了取笑他祖母的顺口溜中。哈特穆特顺着窄窄的街道往上看去,旁边是施雷瑟施家的。这户人家的男主人阿尔弗莱德总在院子里做木工活,木头、胶水和油漆的气味就从邻居家飘进他的房间。自从玛丽亚不再住在波恩以后,晚上他坐在书桌前,偶尔会想起这股熟悉的气味。

"我可以再问你一点事吗?"从露特的声音似乎能听出来,她为了这个问题已经思考了很久。

"问什么?"他真想把车钥匙一转,驾车离开。但是他妹妹跟他一样执拗,非问清楚不可。如果不是这样,他们早就返程回家了,而不会到现在仍然停在这条凑巧也叫做海因巴赫的街上。这条街道的名字当中所指的巴赫(注:巴赫,在德语中还有小溪的意思),早就被人工改道流入地下了,过了阿尔瑙之后,才重新露出地面,沿着森林的边缘流经草地。以前,这个地方曾是农田,他顿时想起了秋假时收获马铃薯的季节,想起了累僵的手指头,还有因为长时间弯腰而导致的背痛。如果马铃薯太小,只能拿去喂猪,这种马铃薯就叫猪薯。

"最近我做了一个梦,但其实不是梦,至少我这么觉得。"露特从侧面看着他,而他则看着老房子。"我们曾经在那边的地里。你和我,我们俩回来的时候,没有走大路,而是从森林里穿过。虽然你有自行车,但是我觉得,你宁可推着自行车走,也不愿意骑车带着我。你很讨厌带着我是吗?"

"你想问的就是这个?"

"他们就埋伏在那边的某个地方,也许他们只是刚好也在那里,我记不清了。是三个还是四个?跟在学校里欺负你的是同一拨人,有时候我甚至想得起来他们叫什么名字,但是现在记不起来了。"

他没有回答,只是看着握住方向盘的手,仿佛两只胆小的小动物,一不留神就会消失在仪表盘后面。如果他仔细回忆的话,应该也能想起来,至少能知道是谁家的孩子。

"从一开始我就知道要发生什么,"露特说,"我竭尽全力控制自己,不要因为害怕而尿裤子。也许是因为太紧张,我还没弄明白到底发生了什么事,他们就抢走了你的自行车,一把推到斜坡下面。他们没有理睬我,然后就扬长而去。"

"就这些?"

"你爬下坡去,想把自行车捡回来。我想帮你,但是你对我大叫,说你自己一个人能搞定。我知道你在生我的气,你总是这样对我生气,而且是因为我,你才没有骑车走大路回家。自行车轮子被灌木卡住了,你拽了很久才把车子给弄出来。当然,你的裤子也弄脏了,而我知道,父亲会因此而责骂你。"露特叹了一口气,马上又接着说,"之后我们就到家了。一切都正如所料。我不明白,为什么你不告诉他发生了什么事。为什么你不告诉他,是那些男孩子把你的自行车推到坡下,因此才弄脏了你的裤子。"

他从露特的声音里听出来,她已经无法平静地讲下去了。但他却可以。"我最近并没有梦到这件事,但是我记得,裤子确实是破了,得缝上。"在厨房窗户的正下方,直接开了一扇门。以前这道门通向洗衣间,从那里还可以直接去后面的仓库。一个结实的年轻女人从里面走出来,腋下挎着洗衣篮。她好像马上就意识到,院子外面有人在看着她。

"没过多久,就有人报警了。"他说。

"我到现在还是觉得奇怪,为什么?其实说出来就可以解释一切了。"

"就算说出来,他还是会打我,而我就也因此更恨他。"他越是长久地观察着这栋老房子,就越觉得房子和花园的变化并不大。绝对不会认错,这是同一栋房子。哈特穆特的童年就是在这座名为"她呕吐"的房子里度过的。那个女人走到粮仓前的晾衣绳旁,开始晾晒小孩子的衣物。露特点点头。

"当时我就觉得,其实你想让我来说清楚到底发生了什么。"

"可是你没说。"

"与我的梦境一模一样。我确实想说,但却无法开口。"

"显然,并不只是在梦里才这样。"他转过头去,惊讶地发现露特正看着他,似乎他刚才所说的这句评论既贴切又幽默。

"不是的,不是这样。"她说,"有时候很想做某件事情,但却做不出来。有时候已经做完了,却不愿意承认。这两者都有可能,你不觉得吗?"她为自己的这番话感到颇为得意,似乎已经忘了他之前说了什么。这样也好,他不用尖刻地回复她了。

"你的意思是,我早就原谅他了?"

"我的意思是,根本没必要重提这件往事。对不起,我们走吧。"

"你怎么这么肯定?"

"开车吧,哈特姆特!我了解你。你是第一个抱怨吃个晚饭要吃这么久的人。"

"小笨蛋露特,"他说,他妹妹在他胳膊上抢了一拳。那个女人还站在晾衣绳前,看来已经晾完了小孩的T恤衫和裤子。露特冲她友善地挥挥手,她没有回应。

这大概是不到两个星期前的事。

那个歌手重新归队回到其他乐手身边,乐队开始演奏《乐士浮生录》中的一首曲子。哈特穆特喝了一口啤酒,享受着开始微醺的感觉。他问:"知道是男孩还是女孩吗?"

"才第十周怎么知道是男孩还是女孩呢?他们还是想等到生的时候再来个惊喜吧。最重要的是,美善能好好的,孩子也能健健康康地出生就好。"

原来她叫美善,是她的韩国名字。

"替我问候他们两位,也问候菲利克斯。他可能不会这么快就当爸爸。"

"反正没那个意愿。"露特叹了口气,听起来不像那么操心的样子。这几年来,她每次提到菲利克斯多少有点胡闹的行为时,都是这种语气。雷施泰格储物间的一堆箱子里,装满了各种宠物商品。当初,菲利克斯和朋友一起创办网店,很快就赚到了一大笔钱,但是最终泡沫破裂,钱很快又都赔光了。菲利克斯只好去打工还债。等他再度复学返校,老师当中已经有当初与他一起入学的同窗了。如果他手头比较紧张,就在贝尔根城挑几件剩下的货物塞进行李箱,上拍卖网站去卖掉。要不然就是去找他舅舅哈特穆特寻求支持,舅舅会告诉他说,以前很多大学生都在大学里呆到像他这样的年纪,也像他一样有很多奇特的爱好。

"也许他还在考虑。"哈特穆特说。

他外甥会做风筝,会吹号角,而且还会倒立用手行走二十米远的距离。即使毫无希望,至少可以允许个别人不愿跟上整个大环境的快速运转。义务教育的时间越缩越短,大学越来越追求效率,自由空间越来越少。后果暂时还只是隐约可见。不过已经有越来越多的迹象显示:银行行长上班时表现出来的态度,难道不是在弥补他们失落的青春期?

"不久你就知道是什么滋味儿了。"露特打趣他,"哈特穆特姥爷。"

"也许吧,谁知道呢?"虽然心中掠过一丝痛楚,他还是忍不住笑了,"我女儿是一个固执孤傲的女孩,看不透她。"这是对菲力帕的报复,谁让她不陪他一起来摩尔城墙呢?为什么她就不能满足他这个小小的请求呢?尤其是在他们这几天的经历之后。

"在她这个年龄很正常的。而且你不也同样如此吗?你笑什么?"

"我也不知道。这一切都……你不觉得吗?我们所说的、所做的、所想的以及所期待的。我们以为我们必须如此,但是实际上不过是很多种可能性之一罢了。实际上,我们根本没有任何概念,我们不过是在试探着往前走。"

"真不愧为哲学家。"露特没有一丝讽刺的意思。

"我跟你说过我上次去明尼阿波利斯的事了吗?"他问,"三年前,去参加斯坦·胡尔维茨的葬礼。"

"我知道,你去过那里。"

"我那时也像现在这样,突然决定要动身。也许正是因为如此,我才印象深刻。"因为斯坦的大女儿算错了时差,所以她打来电话的时候,是凌晨五点。当时他的第一个念头是,电话莫非是露特因为母亲的坏消息而打来的。

克莱尔说,他的名字在她父亲所列的紧急通知名单上。几年前,老先生第一次中风之后,只能一直坐轮椅。这次又中风了,没能挺过去。离葬礼还有两天时间。那是四月份,刚开学没多久。尽管如此,哈特穆特还没起床就穿着睡衣订好了机票。等到他坐上飞机跨越大西洋上空的时候,他才来得及仔细思考:如此奔波劳顿,难道仅仅只是为了胡尔维茨吗?

"葬礼上我几乎累得无法感觉悲伤。"他说,"很多人都来了,其中不乏熟识的面孔,但是我完全没有兴趣与他们攀谈。只和他女儿简短聊了聊斯坦当时来德国的事情。很显然,他从德国回去之后就不再对乔伊之死进行调查了。他说:'我这辈子过得很好,'从此不再提以前的事情。克莱尔想知道,我是否了解个中缘由。我不知该如何回答。在艾菲尔山上的时候,他就说过,他这一辈子都以为无法原谅自己,让乔伊代替他上了前线。事实上,这却是对弟弟的忌妒。直到他自己来到了胡尔特根瓦尔特,他才清楚地意识到,其实他是无法原谅弟弟。也许那之后他又原谅他了,谁知道呢?我对他女儿说,我也不太清楚。我觉得我没有权利替他说什么,后来我没有继续留在那里,而是坐车去了大学。在校园里,沿着以前走过的路,到处转转。"从西岸到校园里,再从校园到斯坦家。早春伊始,虽然番红花已经开花了,空气里却还有下雪的味道。哈特穆特沿着大学路往前走,华斯缇剧院还在,只是不再是电影院了,而是改成了音乐俱乐部。继续往西走,跨过大桥,这段路比他记忆中的还要长。"他家的房子现在改成了旅馆,提供住宿和早餐。但是外观上并没有很大的改变,仍旧是蓝灰色的木瓦屋顶,三级台阶通到前廊。我站在房子前面,然后直接就去按门铃。房主是一位女士,人很和善。得知我认识胡尔维茨家的人,她觉得很有意思。她是从房地产经纪人手上买的这栋房子,包括房子里的大部分陈设。一楼和当初简直一模一样,钢琴,老式家具,以及玛莎当初控制不住而买回来的很多小摆设。还有整套的咖啡餐具,底部印着'德国威尔滕堡'。这一切又重新出现在眼前,感觉真是奇妙。这些我都没有跟你说过吧?"

"你在说什么呢?哈特穆特。你怎么不讲重点?从葡萄牙打电话过来说这么半天,不是很贵吗?你是用手机打的,对吧?"

"没关系的。听我接着说吧。我们坐在餐桌边,我以前都是坐在那里吃玛芬蛋糕。我没带照片回来,真是遗憾。那位女士并不

423

知道当天就是斯坦的葬礼。自从玛莎过世以后,斯坦就一直住在小女儿家里。"

那位歌手又回到观众群里,一边开玩笑一边兜售音乐光盘。哈特穆特把电话换到另一边的耳旁。他坐在这里,坐在里斯本的摩尔古城墙边,回想着大学路的那栋房子。另外,他和那位女士闲聊时,她顺便纠正了他以前的看法:那栋房子不是维多利亚式的,而是安妮女王时期流行的英式巴洛克建筑风格。

"我本来订好了酒店,"他说,"打算在市内住两晚。但是和那位女士聊了半个小时以后,我随即决定晚上就住在她的简易宾馆里。刚好一楼还有一间空房。"

"好吧。"露特好像在努力忍住她的不耐烦。"为什么?"

"我就是想住在那里。在美国的很多年里,那曾经是我的第二个家,甚至比华特宿舍楼里的房间还要显得亲切。不知道为什么,反正我就是想住在那里。"

"然后呢?"

"楼上的变化很大,原先的两个书房都改成了客房。本来还有一个书房,但是当初用来做什么,我已经忘了。房间里的装饰也跟以前不一样,架子上没书了,但是仍然散发着当初的味道。在我眼里,一切都还是原来的模样。我关上门,坐到床上——在他以前称作牢房的房间里。斯坦总是说,这是我赎罪的地方。我坐在那里,突然间控制不住地哭了起来,哭得没完没了。这辈子我从来没有这么哭过,前所未有,之后也没有这么哭过。我用枕头捂住脸,以免被人听到哭声。我以前就知道,墙壁非常薄。"

"你的行李呢?"只有露特才会在这个时候问这种问题。

"还在另一家酒店里,我后来才去拿的。"

一阵沉默过后,哈特穆特以为当初的那种情绪还会再次涌现,但是结果并未如他所料。他觉得自己像三年前一样又恢复了平静。那天,他大哭一场之后,终于能够平静下来环顾一下屋内的陈设。床位于窗户前面,原先这里是一张书桌。壁纸是新的,地毯是新的。房间本身却仍然有很多与旧时相似之处,人也同样如此。

"我明白了。"露特说。

"我本来以为我在葬礼上是因为太疲倦了,那之后我才悲从中来。事后想想,很难确定是否……"他一下子惊跳起来,因为有什么东西打在他的肩膀上,不是很重,但是太突然了,以至于他的膝盖撞到了桌子边上,啤酒洒了一地。他一转身,看到那个歌手的脸。他将光盘举到哈特穆特的鼻子前面,脸上的表情似乎在说,买下吧,我的朋友,所有的忧愁便会离你而去。

"你那边发生什么事了吗?"露特问。

"没事,音乐声而已。"他示意那个歌手他有事在忙,歌手继续用木头做的乐器敲了几下他的肩膀,这才转身跳到别的桌子旁。其他客人的注意力跟随着那个歌手。"我得回去了。露特,今天晚上我们要和若昂一起出去吃饭。"

"你根本就没说,你到底做了决定没有?"

"我决定了,先和玛丽亚商量这件事。"

"你在我们这里的时候说过,你必须自己先搞清楚你要做什么。"

"我试过了,没有成功。这样根本行不通。"

"我明白了。"她又说了一遍,"我也该出发了。"

"有什么新的消息,我再告诉你啊。"

"好的,多多保重,替我给大家带个好。"他妹妹听起来似乎若有所思,仿佛也在想,他跟她讲述了这么多事,究竟要告诉她什么?此刻,他自己其实也不太明白。够了,他想。他喝光啤酒,暑气渐渐散去,到摩尔古城墙来的人越来越多。在那五个乐手周围,人们围了一层又一层,水泄不通。这里依然是里斯本最美丽的地方。只要太阳照常升起,只要他还走得动,他还会再回来。乐曲终了,掌声雷鸣般地响起。哈特穆特没有再说什么,直接关掉了手机。

14

当他终于抵达波尔图市的城南近郊时,太阳已经下山了。高速公路有多条车道,横跨多罗河。他上次到这个城市来的时候,新的火龙族球场还在兴建当中。现在,哈特穆特驶过已经完工的球场场馆,沿着路标向机场开去。他没有使用卫星导航。拐了一个大弯之后,马路沿着城市边缘一直通往马托西纽什。屋顶上方,可以看到低空飞行的飞机在起降。哈特穆特两手握住方向盘,舒展了一下肩膀,左右扭动了一下脖子。他感到颈部的肌肉僵硬,已经升级到麻木的地步,从上臂一直延伸到手肘处。幸好他错开了下班的晚高峰车流。再拐几个弯,最后一个路标上写着"机场",然后驶过货运仓库,迎面就是机场候机楼。再往后面,陆地到此结束。地平线显得红黄一片。仪表盘上的时钟显示八点半刚过。

在地下车库的入口处,他拽出一张停车票,找到一个空车位。中午的时候他拿好了盥洗包,另外还带了一件干净衬衣放在后座。现在他抓起这些东西,拿起副驾驶座上的手机,看了一眼手机屏幕。菲力帕没有发来任何消息。后视镜里,他的脸显得有点发红。胡子已经都长出来了,让他看起来完全是另一种风格,就像一个抽着小雪茄、满身现代艺术范儿的人。今天早上,在若昂的浴室里,他用指甲刀修了一下胡子，心想，深色镜框的眼镜也许比无框眼镜更适合他。现在这副无框眼镜戴得太久了。从里斯本出发后，一路上他都想着，希望玛丽亚会喜欢他的新造型，仿佛这就是决定未来的唯一要素。

弗朗西斯科·萨·卡内罗机场不大，一览无遗。哈特穆特走了几米就上了扶梯，眨眼工夫就站在了长长的到达大厅。大厅中间，旅客取完行李走出来的地方，接机的人围了一层又一层。出口两边一般都是咖啡厅以及租车服务处。大屏幕上显示，从日内瓦飞来的 TP937 次航班比预计的提前二十分钟抵达。哈特穆特一手拿着干净的衬衣，另一手拿着盥洗包，匆匆走进洗手间。很庆幸，里面除了自己没有其他人。日光灯的灯光反射在地砖上。他急忙脱光上身，洗了洗胳肢窝，用纸巾擦干，然后换上干净的衬衣。隔着厚厚的墙壁，他觉得听到了涡轮转动的声音，肯定是他听错了。

菲力帕和若昂接近中午时才动身前往拉帕。瓜达尔那边打过电话来说，阿图尔的血象改善了很多，明天应该可以出院了。若昂认为，既然警报解除，就想带他的外甥女一起骑摩托车去埃什特雷拉山，让她也高兴一下。尽管斐尔南达的摩托车服宛如一个大口袋裹在假小子一样的菲力帕身上，尽管哈特穆特默默地没有表示赞同，但是他们俩根本就不管不顾。他冲着摩托车车尾挥手道别后，一个人回到客厅里坐着，从开着门的厨房里传来时钟的滴答声。他喝完剩下的咖啡，打开手提电脑，开始在网上查找关于卡塔琳娜·米勒-格拉夫在括弧里标注的那些问题。他了解到，停薪留职是可以被批准的，只要理由充分，并且跟本职工作不相矛盾。哈特穆特一边浏览着枯燥的公务员管理条例，一边在脑子里设想着今晚会是何种情形，假想出各种可能性。在此期间，他又点开另一个网页，记下机场附近有哪些酒店可以住宿，之后又跳回到原先的条文:六个月以上的长假,需要工作单位最高领导的批准;国家公务员休两年以上的长假,则需要内政部和财政部的批准。他对这些步骤了解得越详细,越觉得以前的想法过于荒唐,简直是一时头脑发热。按照公务员管理条例第十二条的规定,挽救婚姻恐怕不能称其为理由充分。而且布洛伊格曼肯定会提出一连串的工作因素,反对同事海因巴赫中途离岗,这一点他在上次的电话中已经说得清清楚楚。哈特穆特抱着双臂,盯着屏幕。透过拉上的窗帘,可以感觉到,里斯本的天空,艳阳高照。

中午,他来到相邻的购物中心地下一层吃了一份三明治,观察着午休的上班族忙着吃午餐,闲极无聊地看了看澳洲的橄榄球比赛转播。之后,空空的公寓似乎在对他说,该上路了。他收拾好东西,去地下车库开车,出发。离玛丽亚降落还有八个小时,开到波尔图需要三个半小时。他不知道该如何度过白天这段时间,也不知道晚上见到妻子应该说些什么。他是否可以请家庭医生给他开一个长期的病假条?还是应该和彼得再谈谈薪资待遇?手机震动的声音将他从沉思中拉回到现实。不是电话,只是一条短信。菲力帕发来的,说她和若昂已经安全抵达拉帕,其他的还没有新的消息,祝顺利,好好开车!心上的一块石头终于落地。哈特穆特把牙刷放回盥洗包,再漱一次口,从洗手间出来。

当他再次站到大屏幕下面,航班信息刚好滚动翻页,显示TP937航班已经降落。他赶紧快走几步,坐扶梯下楼,把东西塞进车里,重新回到大厅。他站在显示所有时区的世界钟下面,正好位于通道的侧边。通道上方是一张巨大的海报,上面是一群企鹅歪歪扭扭地走向一瓶玫瑰酒,旁边写了一行字:清凉饮品由此进入。

他所行驶的路程总计已经超过了三千公里,现在他的手心冒汗,脸上发热。他紧张得真想躲到浅绿植物环绕的柱子后面去。

差不多同时抵达的还有另外两个航班,第一批旅客从门里走出来了。他们推着满满的行李车,四处寻找张望。等待接机的人踮起脚尖,打着电话,一看到要接的人出现,高兴地大喊。他们迫不及待隔着齐腰的栏杆就拥抱起来,也不管是否挡住了后面一堆人。一个小男孩愤懑地拿着两只筷子来回敲打他的座位,似乎要让所有人知道:虽然他母亲一看到那个接机的人就已经激动得双唇哆嗦,但是对于他来说根本就无所谓。

玛丽亚仿佛知道他站在哪里,一下子就迎上了他的目光。她微笑着向他挥手,侧身躲过一对夫妇,那两人正旁若无人地冲向自己已经成年的儿子。她把手包挎在肩上,身后拖着一个红色的小行李箱,那是他送给她的礼物。似曾相识的感觉,他想。在过去的两年时间里,他们就这样相见了十几次,在火车站或者飞机场,问候、拥抱,暂时忘记两人身边的世界,手忙脚乱地收拾行李和情感。他迟疑地抬手回应,往前走了几步,然后就闻到了玛丽亚身上的烟味以及新抹的润肤霜香味。他一看到她眼睛周围的细纹,就知道她有多疲倦。她穿着长长的蓝色针织外套,以抵御飞机上的空调。她扬起眉毛,一副疑惑的表情。

"你好。"他说,"欢迎!"

"你好,亲爱的。"仿佛她想确认,真的是你吗?她并没有这么问,而是一笑了之,并给了他一个拥抱。

老相识之间的那种怪怪的感觉。玛丽亚身上的香味以及她那熟悉的身影。最近两周他所思念的一切,突然之间都在他眼前。他只是把她紧紧拥在怀里,感到诧异。身边的陌生人和他们俩一样,做着同样的动作:亲吻、拥抱、第一声问候。刚才在出口处的那个已经长大成人的儿子,被他的父母裹挟着往出口走去,犹如活生生的猎物。然后画面逐渐模糊消失,而他则费劲地眨了好几下眼

430

睛,才开始打量站在眼前的妻子。

"你哭了,而且留胡子了。"玛丽亚想笑,但是她的眼里同样闪着泪光。

"你觉得怎么样?"

"什么怎么样?你哭了还是留胡子怎么样?"

"胡子怎么样?玛丽亚,你喜欢吗?"

她仔细地打量着他。二十多年了,他想,现在居然还有这种无助的喜悦。她不顾脸上流下来的眼泪,伸手抚摸他又短又硬的灰白胡子茬。

"是的,我喜欢。"她说,"你看起来有点像博托·斯特劳斯。"

"那我就放心了。"

"你还晒伤了。"她踮起脚尖吻他。他又将她搂紧。他还以为,他是因为激动才觉得脸上发热。

"我爸有什么新的消息吗?"她贴着他的耳朵轻声问。

"菲力帕和若昂刚刚发来信息,他们已经平安到达拉帕。阿图尔的血象好了一些,明天应该就可以出院。"

玛丽亚往后仰头,紧咬嘴唇。

"你可能会觉得我每次都这么说。但是我真的觉得这次情况很严重。"

"医生看起来不这么认为。"他真的希望,她的注意力还能多一点时间停留在他一个人身上。这次分开的时间虽然比平时要短,但是距离比任何时候都要大。"你想马上就赶过去吗?今天夜里就走吗?"

"我也不想连夜赶过去,但是我答应妈妈了。这里怎么有个伤口?"她又伸手抚摸他脸上的伤处。被不来梅那个露营者用婚戒划伤的地方已经结痂,胡子茬遮住了一半伤口。

"不小心划了一下。我们可以打电话说已经太晚了。这可不是说谎,马上就十点了,到那里需要三个小时。"

玛丽亚又吻了吻他,然后从他怀里挣脱出来,把手包换到另一边的肩上。她点点头,表示听明白了他的意思。现在是九点半,这个时候往那边开肯定要不了三个小时,顶多两个小时。从阿维罗开始,穿过山间的路都是一路畅通。

"你真的是一路都开我们的车过来的?"

"是的。"他拿起行李,握着她汗湿的手。两人默默地穿过大厅。透过玻璃幕墙,可以看到夜幕下闪烁的车灯,或疾驶,或静止。手心有汗可不是什么好事。可是哈特穆特也说不清楚,为什么此时握着她汗湿的手反而觉得平静。在地下车库里,他用车钥匙遥控打开车门,将玛丽亚的行李放进后备厢。两人站在车子两边,目光相遇在布满灰尘的车顶上。

"那两个人是不是骑摩托车去拉帕的?"她问,"但愿不是的。"

"菲力帕发了短信过来,说他们已经平安抵达了。"

"我弟弟很清楚,我不喜欢这样。你也知道。可是为什么你没有阻止他们?"

他没有回应,只听见自己的笑声,并且暗暗感到吃惊,这笑声听起来是这么随性、自然。玛丽亚迟疑了一下,然后兀自摇了摇头。

"简直是疯了。不是吗?"她一脸惘然地看着两边停放的汽车,"我们一直都是这样吗?"

"等你见到她,再问吧。"他仍然笑着说,"不让这两个人做他们自己想做的事情,怎么可能呢?那可就太有意思了。"

两人一起上车。在他们的车前,停着一辆红色的宝马双门车,里面有一对年轻的情侣正亲热得难分难舍。

"你还记得吗?"玛丽亚说,"前几天你在电话里说,我们本身就是对自己最大的讽刺。这句话在我脑子里挥之不去。为什么是最大的讽刺？就因为刚才这样的事吗？"

"那不过是我做的一个评论。我已经不记得我指的是什么了，应该跟菲力帕有关。也许我是想说，其实我们早就察觉，并且一直都假装不知道，因为这样我们就可以显得满不在乎。最终我们也会如此要求自己，不必去在乎这种事情。我们的父母会在乎，但我们不会。对吗？"

"你有没有问她，是否在拉帕也要公开？"

"别紧张，她没想这么做。但是，这将是她唯一的妥协，绝对没有商量的余地。其他人要么接受，否则她也无所谓。"

"也就是说，我们都被蒙骗了。"玛丽亚解开安全带，脱下针织外套。此时，他才觉得，车里空气耗费殆尽，令人窒息。"我不知道是不是确实如此。但是自从她告诉我之后，我就仔细回想。肯定有些迹象，我们本来早就可以察觉到，但是我真的做梦都没想到是这种情况。"

"可能是我说的不够明白。我的意思是，其实没有那么糟糕，我们只是无所适从。也许我应该说，我们的生命是对梦想的最大讽刺。这样说可能更贴切一些。"他其实不想谈菲力帕的事，此时他更想模仿宝马车里的那两个人。两辆车子的车头对着车头，保险杠挨着保险杠，但是对面车里的那两个人根本不管周围有没有人，亲吻、抚摸，无拘无束，就像在自己家里一样。男人的手已经伸到了女伴的衬衣底下。这种感觉可真奇特，仿佛坐在包厢里，四周被围上，无法避开眼前的这一幕。为了不至于联想到卡塔琳娜和他自己也曾有过的尴尬场景，哈特穆特试图以讽刺来点评这对情侣，他耸耸肩，转头看向副驾驶座。玛丽亚一脸惊恐地看着他。

"你怎么能这么说？你说我们的生命是什么？"

"我是说……"他愣了一会儿,根本不知道他说了什么。他只是随便说说而已,没有什么特别的含义。但是等他意识到这句话的残酷性,却为时已晚。"我不是那个意思。"

"那是什么意思?"玛丽亚克制住自己的脾气,他只能摇摇头。

"我也不知道。什么意思都没有。我们赶紧走吧,待会儿那两个人真的要开始干起来了。"

哈特穆特打开车灯,往后倒车,那两人吓了一大跳。出了地下车库,驶过五颜六色的霓虹灯广告招牌,一头扎进夜的黑暗之中。卫星导航开启,屏幕上出现他们缓慢变动的位置轨迹。哈特穆特本能地避开去波尔图和里斯本的方向,漫无目的地转了几个弯,最终驶入朝北的十三号国道。为了打破车内的沉默,他开始播放音乐。忍住右脚的痉挛,暂时搁置所有必须决定的事情。如果玛丽亚想去拉帕,她必须开口说出来。那是她的父亲,不是他的。她紧张地打开空调,试图寻找一些无关紧要的话题,这一点从她的问话语调里就可以听出来:"这是什么音乐?"

"一个名不见经传的乐队。昨天,在摩尔古城墙那边看到的,唱片封套就在你前面放手套的格子抽屉里。"

"在摩尔古城墙边。"她轻声说道,往后靠回座位。"自从你在电话里跟我说,你已经在路上一个多星期了,我就试着想象:你是如何旅行的?你在做什么?你过得好不好?然后我就吃了一惊,因为我做不到一个人去旅行。"

"这算是一个问题吗?"

"不是。你自己一个人去的?我是说昨天。"

"菲力帕不愿陪我去。她急着打电话。"

比较起来,他更愿意走宽阔的大马路,但是眼前的公路却很狭窄,沿途都是一个接着一个的小村庄,还有公寓楼、银行网点和餐厅等等。路旁的牌子上写着孔德镇,几年前他们在当地一家很好的酒店里住过,今天中午他在网上没查到这家酒店的信息。隐隐约约觉得左手边应该是大海,但是却看不清。夜空下,繁星密布。半月高高挂在空中,仿佛正在思忖何时才能圆满。断断续续的生活片段,他不知道自己到底该如何感觉。昨天,他坐在摩尔古城墙边,喝了一杯啤酒,之后又喝了一杯,直到他内心冷静下来。晚上他们一起去了里斯本的上城老区,大家有说有笑。若昂一高兴起来,可以让整个餐厅里的人笑个不停。

"你在生我气吗?因为我没有告诉你?"玛丽亚问。

"那是她的决定。如果你告诉我的话,她将不会原谅你。我们的女儿变得很强硬,她一个人就可以决定所有的事。"

"你们吵架了?"

"没吵。不,吵了一小会儿。我们只是把话说清楚而已,早就应该这样了。也许这是我的错,不该觉得像是一个巨大的损失。"如果他之前没有说过那句话,此刻玛丽亚一定会将手放在他的大腿上,跟他说:她明白他的意思,而且她也有同感。但是她并没有这么做,只是咬紧嘴唇,点点头。他心想,我们的生命是对梦想的最大讽刺。他说的就是这个意思。

"她要搬到圣地亚哥去。"他说,"不过,你可能也在我之前就知道了。下个学期,或者下下个学期。她已经提交入学申请了。"

"不,我不知道。"

"她当然是为了加布莉艾拉。我觉得,她有点过分依赖她了。"今天吃早餐的时候,她告诉他,圣地亚哥大学已经形成了跨学科的学术氛围,可谓精英荟萃。他提醒她要小心所有冠以精英的学术机构,可是菲力帕却把他的话当作耳旁风。

"她认为,总有一天我们大家都会生活在伊比利亚半岛上。"他补充说,因为玛丽亚一直都沉默不语。

"我们会吗?"

卫星导航屏幕的左边出现了一条蓝线,慢慢地越来越粗。有一次他们开着租来的车在这里迷路了,最终还得求助那家租车公司。其实要找的地点就在机场附近,只是在岔路口没有任何路标显示。

"会的,只要我们决定搬过来。"

"我们现在去哪里?"

"漫无目的,开进黑夜。你要打电话去拉帕吗?还是不打?"

"我应该打个电话。但是我现在不能跟我母亲说话。哈特穆特,她一定害怕得要命。我可不想听她说什么最终一切都掌握在上帝的手中以及我们只能希望和祈祷之类的话。我担心,我可能会跟她说:她的头脑不正常,除了《圣经》之外,她也该读读别的书了。"

"在哥本哈根很辛苦吧?"

"简直太可怕了。"

"那就打电话给菲力帕。"他说,"说来也好笑,咱们结婚二十多年了,如果有人问我,你妻子信不信教,我居然不知道如何回答。"

令他感到惊讶的是,玛丽亚不仅转头看着他的脸,还把一只手放在他大腿上,来回缓缓地抚摸。现在他已经觉得完全无所谓了,找一家旅馆过夜也行,或者连夜直接去埃什特雷拉山也行。不过,在他们做出选择之前,他想先看看大海。没有理由,就是想看看海。

"你自己知道答案吗?你自己信不信教?"她问,"活了将近六十年了。"

"我也不知道该如何回答。"根据路标显示,这里可以通往沙滩和露营地。有一家开着门的酒馆,入口上方到处都亮着啤酒广告招牌。"尽管如此,我还是觉得纳闷,我们结婚二十多年了,而这些事情我们互相都还不知道。"

"你的意思是,你不清楚为什么我们还有这么多互相不知道的事情。"

他抚摸了一下她的手,接着又抽手回来换挡。他在寻找机会往左转弯。自从玛丽亚告诉他脸上晒伤了以后,他就一直觉得脸上真的是火辣辣的,前臂上也是这种感觉。

"今天下午我去了科英布拉。"他说,"你还记得那个地方吗?"

她点点头,却没有回答。

"菲力帕和若昂上午就出发了,我不愿一个人坐在公寓里胡思乱想,所以我也出发上路了。在高速公路上看到科英布拉的路标,当时我就想,为什么不顺便去一下呢?上次去那里已经是很久以前的事了。而且我有的是时间。"

"那里变化大吗?"

"老城几乎没变。上面的大学在整修。我不记得我们上次是否参观过图书馆,只记得我和菲力帕坐在门口,我给她讲有关蝙蝠的事情。其实,我不喜欢巴洛克风格,但是里面真的很美,美得近乎不真实。很多书,不再有人借阅。我觉得,我们是在那年夏天去的,也就是我的求职申请被柏林拒绝之后的那个夏天。"

"我知道。"她说。

"而且我竟然忘了,原来中古时期的大学还有自己的监牢,至少科英布拉大学有。都是无窗的监牢,可以参观。"他哈哈一笑,"你能想象得出来吗?当我站在其中一个监牢里时,脑子里在想什么?"

她迟迟没有回答。不知他是否觉察到她的不快,或者他自己感到不快?那天天气很热,他从车子里出来时,忘了涂防晒油。在蒙德哥河的大桥桥头。河对岸仍然是当初那座白色的城市,坐落在陡峭的山崖上,散发着一股神秘的忧伤气息。哈特穆特认出了曾经住过的亚斯托里亚饭店,想起了店内昏暗的木板墙餐厅。到处都是逐渐衰败的痕迹,只是仍然可见昔日的骄傲。长长夏日,疲乏困顿。

"两周以前,"他说,"我从家里出发,因为我想静静地思考一下。结果反而被旅行本身转移了注意力。一路上,看到了很多新鲜事物,和一些不同于平常的人聊天。不用每天仿佛被人指挥着忙忙碌碌。有点像从前我们还在思索究竟想要什么样的生活。你能理解吗?"

"我不喜欢你这样说话。"她说,听起来并不像是拒绝,"如果你想知道什么,那就问我吧。"

"我好想你。我开车离开波恩,因为我不想一个人在家。但是,大多数情况下,一路上也好不到哪里去。有一次,我喝得酩酊大醉,夜里跑去和一群陌生人围着篝火跳舞。就在西班牙的一处海滩上。我一个人!"他笑着转过头,但是玛丽亚却直直地看着前面。他们俩人一直以不同的方式做着同样的事情,真是奇怪。每个人都试图搞明白自己到底想说什么;他滔滔不绝,她默默无语。"你坐飞机来的,我猜你身上应该不会有大麻,对吧?"

"我跟若昂说,让他带一点来。不知道他到底带了没有?"

"为什么我们没有再抽一次大麻呢?"

"在电话里我已经说过了,你没有让我觉得你想抽。"

"我常常想象抽大麻的样子。我想坐在拉帕的阳台上,和你一起抽一支大麻。第一次抽的时候我有点害怕,但是现在……"没有什么明显的理由,这样的想象让他发笑。实际上,他的恐惧在增长。"我们的女儿会说,我们太不像话了。"

"那么,我们就应该让她清楚地知道,她还是管好自己的那些破事吧。"玛丽亚冷冷地回答。

在下一个十字路口的环岛处,哈特穆特离开主干道,经过一个购物中心空荡荡的停车场,沿着愈来愈颠簸的马路,从高高的玉米地旁开过。到了下一个村子,街道越来越窄,村民们不得不在街道两旁的墙面上贴发光纸以示提醒。街上一个人都没有,感觉像是行驶在荒芜的迷宫里。石块路面的边缘并不明显,尘土飞扬,后视镜里一片不真实的红色微光。

"这样很不公平。"玛丽亚说,"我们不能干涉她的生活,但是她却可以随便干涉我们的生活。将来她对我们的每一条批评意见都会带着责备和反抗,说我们只是因为不能接受,她是……真是气死我了。"

"她是什么?"他问。

"在柏林的时候,她不许我当着加布莉艾拉的面抽烟。这就是我们教育小孩子的结果。她简直就是同性恋的交通协警,不许我们这样,也不许我们那样。"

车灯长长的光束忽明忽暗。他们俩同时发出的笑声听起来有点夸张,几近歇斯底里。玛丽亚双手捂住脸笑,而他笑得双肩直抖。迎面过来一辆车,哈特穆特差一点开到了路边的沟里。

"交通协警真是贴切。"他说,一边擦着自己的眼睛。

他们经过的这个村子只有几家农户。唯一的一家餐厅已经打烊了,蓝色的霓虹灯招牌因为接触不良而时明时暗。沙滩步道上,隔一段距离才有路灯照明。黄色的灯光越过围墙落在脏兮兮的沙滩上、深色的海藻上以及卷起来的渔网上。船只停泊在右边远远的黑暗里。哈特穆特停好车,关掉引擎,周遭的寂静顿时吞没了他们最后的笑声。

"就停在这里?"玛丽亚问。

"就停在这里。"他摇下车窗,闻到了海水的咸味和陈腐味道,似乎还有牛粪的味道,虽然看不到附近有牧场。海是黑色的,几乎一动不动。"我们到长椅上坐坐吧。"

"能有时间先吻我一下吗?"听起来她似乎想提醒他,他们又来到了葡萄牙,又在一起度假了。这里是另外一个世界,她仿佛想说。她的双唇在发抖。他觉得,他们亲吻的时候,仿佛有人在窥视。

两人走下车,天气转凉了。长椅上积了一层露水,哈特穆特用手抹去,然后他们并肩坐下,瞪着眼前这片破败的沙滩,如同明信片上美丽风景的丑陋背面。

"真是奇怪。"他说,"人怎么会只记得场景而忘记了细节呢?今天在科英布拉的时候,我去了老教堂。我还记得菲力帕和我当时坐在那里面,她拉着我的手,好像是要我离开某处,或者是要我去某个地方。具体我记不清了,但是肯定和里面摆着的大贝壳有关。入口处有一只大贝壳,在前面的祭坛旁边也有一只大贝壳。这些大贝壳来自印度洋,用来装圣水。"他停止了叙述,以便伸手比划出直径一米的样子。"这就是让我们的女儿着迷的东西,这些大贝壳。旁边的牌子上标着葡萄牙语的说明。"

"你该先跟我说一声的。"玛丽亚又穿上针织外套,双手环抱在胸前。"我一直都盼着我们俩再次相聚,高兴了好几天。"

"我也是。我穿过欧洲到南方来,就是为了思考未来,思考你、我的未来。我想再见到你,告诉你,说我打算放弃教授的职位,搬到柏林去。彼得的出版社给了我一个位置,虽然并不怎么吸引人,但是——我不知道你怎么看。我办不到,去年我已经明白了这一点。虽然我退休的时间指日可待,但还有几年的时间。我们俩在最近这两年所过的日子,算不上正常的婚姻生活。"

沙滩近处隐约有岩石,几乎与深色的海水混为一体。来来回回一闪而过的手电筒光亮,让人隐约可以觉出岩石的轮廓。村子里的居民在寻找螃蟹或者其他的海产品。玛丽亚坐在他身边一动不动。

"但是,在旅途中,"他说,"我突然意识到另外一件事情:我不知道,你到底愿不愿意我搬去柏林;或者说我们之间是否有什么事情改变了,而我们开始过各自的生活? 在你搬走以前,就已经开始了各自的生活。我为了工作而忙碌,而你……你自己说吧。"

"没有工作。"她小声回答,"这是对我众多梦想的最大讽刺。"

"几天前,和菲力帕谈话时,我顺口说出,只有确定了你的意愿,我才会走出这一步。今天白天,我坐在科英布拉的教堂里,思考着女儿身上所发生的一切。如果我连这个都不知道,连这个都不确定,连这个都毫无察觉,那我错过的事还有多少? 你那个时候就已经打算独自搬到柏林去吗? 我是说,我的求职申请被拒绝之后。"

"现在你才问我? 过了十六七年之后?"

"你刚才说,你无法想象我一个人独自旅行是什么样子。我这就告诉你。"

"行啊,你说吧。"

"两个星期前,我去出版社和彼得见面,就在我们去哈克广场吃午饭之前。他想让我看看出版社的办公室,看看我将来工作的地方,并介绍一些同事给我认识。他对他的想法充满自信,而我——我不知道该如何形容那种感觉。我坐在他对面,搞不明白怎么会落到这种地步? 突然之间,和我握手的那些人,年纪跟我的学生差不多。但是,我却在应聘成为他们的同事。"

"很恐怖的感觉,对吧?"

"是的。"

"你终于敢做我二十年前做的事情了——那就是降低对职业的要求。"

"我觉得更恐怖的是,不知道你是否会赞成。"他说,"结婚二十年了,我竟然不确定,我老婆是否愿意和我在同一个屋檐下生活。多么可怕!直到我在旅途中才想明白,其实我是多么地不确定。"他止住话题,举起手来。两人不说话的时候,就只剩下海涛的声音,小小的浪头从沙滩上退去。"说点什么吧,玛丽亚。我刚才做的总结,应该跟你的差不多。"

"我知道你去出版社谈工作的事。"她直视前方,用他想念了很久的温柔声音说,"我在你们商谈这件事之前就已经知道了,关于彼得和你见面的事。"

拿着手电筒的人离开了岩石边,正走过沙滩。他的皮肤上感觉更加灼热。

"你早就知道?"

"这甚至是我的主意。"她扭头看着他,带着不明所以的微笑,从中可以看出她的骄傲、内疚以及默默的所谓胜利感。"刚开始只是一个随意而来的想法。彼得跟我说起他对出版社的计划,还说很难找到合适的人选。这份工作要求很专业的知识,但是这样的人并不多。而他很不喜欢和他不认识的人共事。你知道他是怎么样的人。他需要朋友之间友善的气氛,所以我就推荐你了。多少年来,你对你的工作只有抱怨,而你独自一人在波恩生活,感觉很不舒服,这一点我很清楚。尽管你偶尔指责我,说我根本就不在乎这一点。"她做了一个手势,不让他争辩。"你一直都觉得,我把自己的利益凌驾于我们的共同利益之上。某种程度上来说,你说得也有道理。我想去柏林,虽然我知道我这么一走,会伤害到你。确实,我早在几年前就已经开始考虑这件事。当我们确定,我们不可能一起搬去柏林的时候。这么多年来,我一直都把我们的利益凌驾于我自己的利益之上。于是我就想,为什么不能颠倒过来呢?我从来就不属于那种家庭至上、只为家人而活的女人,更何况——这是怎样的一个家庭?女儿吧,对我爱理不理;丈夫吧,从来不在家里。如同你坐在出版社里所想,我坐在家里也想:我在这里做什么?我不需要大房子,我也不用每天夜里在丈夫身边才能入睡。但是,如果不能每天都过得有意义,我宁可不要这样的生活。如果当初你说,要么我留在波恩,要么我们就离婚,那我们可能就已经离婚了。我都已经准备好了走到这一步。"玛丽亚深吸一口气。她美丽、纤细的手指一直都在动。这种绝不屈服的坚毅表情,昨天他在菲力帕脸上也见到过,还以为遗传于自己;看来女儿的这种个性也可能遗传自她的妈妈。只不过菲力帕脸上的坚毅并不带有愧疚。这种源自拉帕的特质,菲力帕没有承袭到。

"我们既然说到这种可怕的感觉,"他说,"我觉得,早在出版社谈话之前很久的时候我就已经有了这种感觉。也就是说,我虽然知道却不愿承认,我所能提供给你的生活并不是你想要的生活。而且我并不清楚,你到底梦想着过什么样的生活。我害怕你所梦想的生活里没有我。多年来,我一直尝试逃避这个现实。"

"我们从来没有这种你供养我的约定,哈特穆特,我既没有要求你这样,也没有期待如此。"

"那我们的约定是什么?"

"没有约定什么。我们突然就有了孩子。"

他们身后的路灯把两人的影子投在柏油路面上。沙滩步道通往村子去的方向,有声音传来,却不见人影。哈特穆特感觉到手臂上起了鸡皮疙瘩。他不是被惊吓到,而是诧异于她话语里的平静,虽然他自己发出的语调同样平静。

"听起来,好像你想说:那不是爱情,而是出现了麻烦。关于这点,我想告诉你的是,我可不这么认为。"

"我们搬到多特蒙德,然后又搬到波恩,哈特穆特,这些不是麻烦是什么?与此相关的还有,你在赚钱,而我没有。我们不要再为过去争吵了。你究竟明不明白,我早就回答了你在旅途上苦苦思索的问题?我要你到柏林来,那是我的主意。"

"好吧。"他说,努力想了解全局。他们现在到底处于什么样的境地?他们想告诉对方什么?会得出什么结果?他们越是真诚对待彼此,这场谈话就越不明确。"也就是说,你一直都知道我想换工作。那天吃午饭的时候以及之后我们打电话的时候。"

"你是否想换工作,我并不清楚。对我来说,看起来像是一个解决办法,而彼得觉得这个主意很好。他觉得应该没问题。重要的是,你是否愿意冒这个风险。因为这本来就意味着风险。我不想说服你因为我的缘故而做这件事情,万一没成的话,你肯定会后悔。也许你并不喜欢那个工作,或者你和彼得之间处不来,所以我什么都没说,而是让彼得告诉你有这个机会。那天吃晚饭的时候,你就已经了解到,其实我知道这件事。你完全可以跟我商量,或者由你自己决定。无论是这样或者那样都是你的自由意志。事情就是这样的。"她看着自己的手,又看看哈特穆特,然后看向黑魆魆的海面。"不经意之间产生的一个想法,没错,这也是一个好的计划。"

"一个好的计划。"他说,"不顾一切现实条件。"

"你已经决定放弃。"她点点头,往他身边靠近一点,"我已经想到了这一点。你心里不情愿,你也放不下你的工作。"

"我在找解决办法,但是要停薪留职到退休,我需要充分的理由,一个能让我的最高上司接受的理由。如果我直接辞职,就享受不到任何退休福利。我是公务员,玛丽亚,我不能就这样拍屁股走人。"

"你可以的,只是你不愿意。"

"尽管你一直宣称并不在乎有稳定的收入,但这是不是有点痴人说梦了?你愿意在二十年之后还靠你父母的遗产生活吗?还是要菲力帕来赡养你?难道我们要搬到拉帕去种橄榄吗?"

"我只想知道具体原因。"她一脸严肃,还有些伤心,真没想到他竟然这样狡辩。"试想一下:如果没有这么大的经济损失,你会放弃教授职位吗?你说呀!"

"这就是你的杀手锏?"他摇摇头,想笑出来,"如果我现在说会,你肯定揪住这个话题不放。究竟怎么啦?阿图尔最终还是告诉你了?他攒了多少钱?"

"没有。"玛丽亚避开他的问题,深吸了一口气,"我没有什么杀手锏。恰恰相反。你们在出版社谈完之后,彼得后悔了。他认为根本就行不通。你是个哲学家。而哲学家喜欢对所有的事都抱有疑问,总是要彻底分析到最后一个细节。另外,你不习惯接受命令。他跟我说你们谈话的过程时,几乎要哭了。他不想说不,也不愿当着你的面拒绝,但是他必须为他的出版社着想。相信我,我本来对他很生气,但是他坐在我的对面,那么痛苦。他很欣赏你,生怕你再也不理他。那天是周一,在我飞去哥本哈根的前一天。"玛丽亚叹了一口气,"他在鼓起勇气说出口之前,喝掉了整整一瓶葡萄酒。"

"我明白了。"他说,而且感到很诧异,幻想破灭,竟然没有觉得疼痛。对于彼得的评判,他竟然毫无异议地觉得恰如其分。

"我很抱歉,哈特穆特。我不是要设计骗你,而且彼得已经看出来了,你在谈话过程中并没有让人觉得你非常想要这个工作。从那以后你再也没有给他写过邮件,不是吗?"

"没有。"

"因为你不知道,我是否愿意。但是你自己也不知道,你本人是否愿意。"

"你们谈好什么了?我怎么知道彼得反悔了呢?"

"我已经说过了,这件事是我的主意。所以我想亲自跟你说。彼得当然很高兴,他不必亲口通知你。如果你联系他,跟他说你愿意接受这个职位,那他也没有别的办法。他可能这两周以来每天都心惊胆战地打开收件箱。我不想在电话里和你谈这件事,有两次我差点要开口了,然后——我想,我们应该面对面地谈这件事情。"她确实在试着与他面对面,但现在换他直愣愣地盯着前方。远处的海面上,有灯光在闪烁。他是如释重负还是大失所望?他认为是得到证实了还是受到羞辱了?都不是,也都是。

"菲力帕会说,所有的事情都可以在电话里谈,反而会更好。"

"不要把菲力帕扯进来。告诉我,你觉得受骗上当了。你是对的。现在回头想想,那的确是一个错误。"

哈特穆特耸耸肩。至少可以肯定的是,他不觉得愤怒。他心里似乎有个抽屉,上面标着"愤怒"这两个字,里面的内容却如同他少年时期的一摞旧书,再也没有兴趣重新拿出来翻阅。

"如果我早知道,这是你的主意,那我也不认为和彼得的谈话会有所不同。彼得说得对,我并不适合他的团队。即使当天谈话时没有什么破绽,那也迟早会被发现。"他伸出手臂搂紧玛丽亚,"你毫无办法,我母亲总是这么说。如果注定会失败,那还是趁早吧。"

她把头靠在他肩上。仿佛一切都就此解释清楚了,而他们可以开始闲聊家常了。

"这两个星期简直太可怕了。哥本哈根的客场演出累得我够呛。明明知道你为了这个其实没有着落的决定在折磨自己。真的有心帮你,但是不知道什么时候、怎么做才合适。当我得知你在路上已经一个多星期的时候,我真不知道如何是好。我以为,现在一切都被我搞砸了。也是因为我才导致如此。"

"对我来说,出门旅行一趟,比待在波恩想破脑袋,或者绞尽脑汁写出一篇论文要好得多。我去了欧罗巴山,你记得我们曾经一起去过那个地方吗?就在波特斯附近,山里有一个罗马式教堂。教堂没有开门,所以我们就顺着山坡去了河边,躺在草地上。"

"我们?"

"你和我,当初。"

"我们没有去过欧罗巴山。"

"去过。我们第一次去葡萄牙旅行的时候。教堂的名字是圣母玛丽亚,和其他的教堂一样。"

"我们当时是从高原上走的,哈特穆特。沿途还经过了布尔格斯和萨拉曼卡。在布尔格斯的时候,我们的车子抛锚了。叫做圣母玛丽亚教堂,我们每两天就参观一座,但是不在欧罗巴山上。"

"我认出了那个地方。"他点点头,很确定地说。他们是从那里开车去萨拉曼卡,布尔格斯是在回程的路上,而他们总共抛锚了三次。他的欧宝老爷车常常打不着火,车内经常能闻到机油味儿。

一条狗跑过沙滩和步道之间的矮墙。那时候,他们经常停车下水游泳,在海边,或者在冷清的河边。只有他和她,有时候一丝不挂。现在虽然有些凉,但他还是想下海去泡一泡。整个旅途中,他只游过一次泳。他脸上的晒伤灼热得就像发高烧。

"你不生我的气了?"她问,"真的不生气了?"

"真的。"

"我们现在干什么?"

447

"我们去找一家旅馆,再找一个好点儿的餐厅。今天我没吃多少东西。我们打电话到拉帕,明天再开车过去。肯定来得及。"

"我是说以后怎么办?你刚才说,你不能再像过去的两年那样生活,但是你又不愿意到柏林来。那怎么办?"

"玛丽亚,两周以来,我一直都在考虑一个根本不存在的可能性。现在我的脑袋空了。我很想找到解决办法,但是我不能马上变魔术似的变出一个办法。就算想出什么办法,也未必能解决问题。"

"你希望我搬回波恩。"

"绝对不是。"为了强调这一点,他站起身坐到玛丽亚对面的墙头上。围墙另一边比他想象的还要低很多。几个临时性的更衣室立在沙滩上,除此之外还有收起来的太阳伞以及两个空空的、不带球网的球门柱子。看起来并不吸引人,但是他急需让自己冷静下来。

"我考虑过搬回波恩。"玛丽亚说。

"你再也无法忍受波恩的生活。"他断然回答,"你自己说过,那里的日子很无聊,无所事事,空房子里长日漫漫。当时我不愿意理解,但是现在我很清楚这种感觉。不过,我受不了的是晚上,但是这已经足够了。你怎么想的呢?你打算回波恩做什么?"

"我不认为这是件容易的事,但是,首先我不用一直心怀内疚;另外,这次在哥本哈根简直就是一场大灾难。我再也无法忍受了。"

"那你先跟我说说哥本哈根的事吧。"他说,并动手解开衬衫的扣子。

"你肯定不愿意听,没有你想象的那么有意思。"她的脸有一半在暗影里。街道后面有一排房子,窗户都是黑的。"你在做什么?"

"我想去游泳。"

"别发疯。我们在谈事情。你不是要听我说吗？"

"在海水浴场下水游泳，这算什么发疯啊？我晒伤了，在科英布拉的时候，太热了。"他脱下衬衫，想扔到长椅上，但是没扔准，掉到地上了。他甚至可能是中暑了。五米开外的地方，有一段台阶通到下面的沙滩。

"我们的生活回不到你搬走之前的样子。"谁能料到他居然说出这句话。

"为什么不能？"

"因为我们知道的太多，或者仍然知道的太少。抱歉，玛丽亚，我得冷静一下。我也不知道我们以后该怎么办，但是我们绝不能头脑发热、慌不择路。多年来我们一直都这么做，但是并未奏效。就像那次吵架之后。我们必须……彻底想清楚。"

"你是想跟我离婚吗？"她问，"这就是你想说的结论吗？"

"也许你也该冷静一下。"

"你不能再这样下去了。你不来柏林，又不让我搬回波恩。我该得出什么结论？哈特穆特，你到底要怎么样？"

"游泳去。"他坚定地站起身来。

她不知所措地靠在长椅上，看着他。他摘下手表，塞进她手里。玛丽亚要么已经忘记了地下室箱子里的光盘，要么就是在哥本哈根发生了什么事，所以她在波恩的不幸生活根本就算不了什么。他的皮肤感到灼痛，同时又觉得夜里海边的空气寒冷袭人。他已经没有力气去管灼痛的皮肤。他想穿着裤子，到海边再脱下。

"你知道，离婚是我最不想要的。"他平静地说，"我根本无法想象离婚会是什么样子。但是，以前有些事我并不知晓，而现在我明白了，很多事情也因此而发生改变。我跟菲力帕谈过，她都告诉我了。我能说什么呢？我无法责怪你，甚至我也有错，因为我没有多陪陪你,对你理解不够。尽管如此,还是有些改变。"

玛丽亚坐在长椅上,往前弯下腰,不让他看清她的脸。他朝她点点头,甚至还对她微笑。

"刚开始,我不愿相信。我就是无法想象,你和这些……"滥俗这个词他硬生生地吞了回去。"但是,我也有责任。我没有注意到,当时你的情况变得那么糟糕。我很心痛,但是现在终于搞清楚了。如果还是佯装不知,肯定行不通。你还记得吗?你对我说过,我们足够坚强,我们能够做到。我不知道,当时是否足够坚强,但是现在,我们必须坚强。"

"如果不够坚强呢?"

他一动也不动,就像她一样,过了一会儿,他才转身走向台阶。他在海边脱掉鞋袜,踩着粗粒的沙子,走到水边。到处都布满了海藻,湿腻腻的,泛着绿光。

沙滩的另一头,一排木板房棚前,白炽灯泡闪闪发亮。很多人坐在那里,人影攒动,人声鼎沸。脚底的沙子变得坚实,海的味道更强烈。在一小块岩石旁边,哈特穆特停下脚步,回转身。停车场上仅有一辆车,玛丽亚坐在旁边的长椅上。他抬起胳膊挥了挥手。我下去一下,马上就上来,他自言自语道,脱下裤子,摘了眼镜放在裤子上面。

一开始,他觉得水有些冰冷,但是等到水没过膝盖的时候,反而不冷了。不比气温低,水里反而更暖和。之前能够辨认出来的岩石,现在只剩下一片模糊融进黑暗中。哈特穆特往前探了几步,感觉到水已经没过大腿,便俯身到水中。比预想的要舒服。水面上波光粼粼,似乎在为他引路。他放松下来,手臂来回划水,在黑暗中往前游去。脚尖碰到了一个硬物的边缘,稍稍有些吃惊,随即游过最后一块岩石,眼前只见开阔的海面。

云彩从月亮上掠过。从波尔图起飞的飞机，闪着灯光，往海洋方向的上空飞去。双腿间时不时能感受到一股冷冷的海水流过，只要他静止不动，随波荡漾，感觉就好像躺在温暖的浴缸里。下午在教堂的时候，他心一横，朝忏悔室走去。忏悔室结实的木橱，看起来就像旧式的衣柜。哈特穆特往里边看去，目光落在一个小桶上，里面有一块破旧的抹布。洗涤剂瓶子排成一列，就放在之前信徒跪下来的地方。看到这世俗的一幕，他所希望知道或害怕知道的，顷刻间烟消云散。哈特穆特必须控制自己，才不至于笑出声来。他扪心自问，究竟是什么一直在驱使着他？不只是今天，也不只是这趟旅程，而是一直以来始终都念念不忘。他究竟在寻找什么？他在逃避什么？这种捉摸不定、变幻无穷的东西，到底是什么？爱与雄心同在，渴求和欲望难舍，曾经以为能够兼得，奈何周而复始，何时才是尽头！

海水托着他。他听见远处车门关上的声音。海岸更宽阔了。哈特穆特看得到邻村的灯光，不再感到惊奇。游了几下之后，他翻身仰躺在水面上，一动不动，任凭柔和的波涛起起伏伏。他开了三千公里的路程，也许只是为了这一刻：总算能够脱离尘世，在大海的怀抱里放任自流，没有目标，不再恐惧。终于，他想。月光之下，四肢舒展。

所有离心力，停止喧嚣。

他就这么漂着。

本书出版得到北京第二外国语学院
"科技创新服务能力建设－高精尖学科建设－外国语言文学学科"项目资助